ÚLTIMO TURNO

STEPHEN KING

ÚLTIMO TURNO

Tradução
Regiane Winarski

9ª reimpressão

Copyright © 2016 by Stephen King
Publicado mediante acordo com o autor através da The Lotts Agency.

Grafia atualizada segundo o Acordo Ortográfico da Língua Portuguesa de 1990, que entrou em vigor no Brasil em 2009.

Título original
End of Watch

Imagem da capa
Jaya Miceli e Sam Weber

Preparação
Carolina Vaz

Revisão
Ana Maria Barbosa
Márcia Moura

Dados Internacionais de Catalogação na Publicação (CIP)
(Câmara Brasileira do Livro, SP, Brasil)

King, Stephen
  Último turno / Stephen King ; tradução Regiane Winarski. – 1ª ed. – Rio de Janeiro : Suma, 2016.

  Título original: End of Watch.
  ISBN 978-85-5651-018-1

  1. Ficção de suspense 2. Ficção norte-americana.
I. Título.

16-05572   CDD-813

Índice para catálogo sistemático:
1. Ficção de suspense : Literatura norte-americana   813

Todos os direitos desta edição reservados à
EDITORA SCHWARCZ S.A.
Praça Floriano, 19, sala 3001 – Cinelândia
20031-050 – Rio de Janeiro – RJ
Telefone: (21) 3993-7510
www.companhiadasletras.com.br
www.blogdacompanhia.com.br
facebook.com/editorasuma
instagram.com/editorasuma
twitter.com/Suma_BR

Para Thomas Harris

Get me a gun
Go back into my room
I'm gonna get me a gun
One with a barrel or two
You know I'm better off dead than
Singing these suicide blues.
                              Cross Canadian Ragweed

10 DE ABRIL DE 2009: MARTINE STOVER

Sempre é mais escuro antes do amanhecer.

Essa antiga pérola de sabedoria ocorreu a Rob Martin enquanto dirigia a ambulância lentamente pela Upper Marlborough Street na direção da garagem, que era no Quartel do Corpo de Bombeiros nº 3. Ele tinha a sensação de que a pessoa que elaborou essa ideia sabia do que estava falando, porque estava escuro como o breu naquela madrugada, e o amanhecer não ia demorar.

Não que o nascer do sol fosse ser grande coisa; seria possível chamar de amanhecer de ressaca. A neblina estava cerrada e com o cheiro do Grande Lago ali perto, que não era nada grandioso. Um chuvisco frio tinha começado a cair, só para melhorar a diversão. Rob aumentou a velocidade do limpador de para-brisa. Um pouco à frente, dois arcos amarelos inconfundíveis se destacavam na escuridão.

— As Tetas Douradas dos Estados Unidos! — gritou Jason Rapsis do banco do carona. Rob trabalhara com vários paramédicos ao longo de seus quinze anos como socorrista, e Jace Rapsis era o melhor: tranquilo quando não tinha nada acontecendo, inabalável e concentrado quando tudo estava acontecendo ao mesmo tempo. — Seremos alimentados! Deus abençoe o capitalismo! Pare, pare!

— Tem certeza? — perguntou Rob. — Depois da aula prática que acabamos de ter sobre o que essa merda é capaz de fazer?

A chamada que eles haviam acabado de atender foi em uma das mansões em Sugar Heights, onde um homem chamado Harvey Galen ligara para a emergência reclamando de dores terríveis no peito. Eles o encontraram caído no sofá do que esse pessoal rico chamava de "sala principal", uma baleia branca encalhada usando pijama de seda azul. A esposa estava em pé ao lado dele, convencida de que o marido ia bater as botas a qualquer segundo.

— McD, McD! — cantarolou Jason. Ele estava quicando no banco. O profissional sério e competente que medira os sinais vitais do sr. Galen (com Rob bem ao lado, segurando o kit de primeiros socorros, com o equipamento de liberação de vias aéreas e a medicação para reanimação cardíaca) tinha desaparecido. Com a franja loura caindo nos olhos, Jason parecia um garoto de catorze anos grande demais. — Pare, estou dizendo!

Rob parou. Podia muito bem colocar para dentro um pãozinho com salsicha e talvez uma daquelas coisas estilo *hash browns* que mais pareciam uma língua de búfalo assada.

Havia uma fila pequena de carros no drive-thru. Rob entrou no final dela.

— Além do mais, o cara nem teve um ataque cardíaco de verdade — disse Jason. — Só uma overdose de comida mexicana. Nem quis ir para o hospital, não é?

Era. Depois de alguns arrotos profundos e um sopro de trombone das regiões mais baixas que fizeram a esposa anoréxica se refugiar na cozinha, o sr. Galen se sentou, disse que estava se sentindo bem melhor e que não, não achava que precisava ser transportado para o Kiner Memorial. Rob e Jason também não achavam que ele precisava ir depois de ouvi-lo recitar tudo que tinha comido no Tijuana Rose na noite anterior. A pulsação era forte, e apesar de a pressão sanguínea estar um pouco elevada, devia estar assim havia anos e se mantinha estável no momento. O desfibrilador externo automático nem saiu do saco de lona.

— Quero dois Egg McMuffins e dois *hash browns* — anunciou Jason. — E café preto. Pensando melhor, três *hash browns*.

Rob ainda estava pensando em Galen.

— Foi indigestão desta vez, mas vai ser pra valer em breve. Infarto fulminante. Quanto você acha que ele pesava? Cento e quarenta? Cento e sessenta?

— Cento e cinquenta, no mínimo — respondeu Jason. — E pare de tentar estragar meu café da manhã.

Rob apontou para os Arcos Dourados suspensos em meio à névoa vinda do lago.

— Este lugar e todos os outros antros de gordura são grande parte do problema dos Estados Unidos. Como alguém da área médica, tenho certeza de que você sabe. Isso que você pediu? São novecentas calorias pelo menos, cara. Se você acrescentar presunto ao Egg McMuffin, chega perto das mil e trezentas.

— O que *você* vai querer, Doutor Saúde?

— Pãozinho com salsicha. Talvez dois.

Jason deu um tapa no ombro dele.

— Esse é dos meus!

A fila avançou. Eles estavam a dois carros da janela de atendimento quando o rádio embaixo do computador do painel soou. Os atendentes costumavam ser frios, calmos e contidos, mas esse soava como um locutor de rádio depois de tomar Red Bulls demais.

— Todas as ambulâncias e carros de bombeiro, temos um IMV! Repetindo, um IMV! Esta é uma chamada prioritária para todas as ambulâncias e carros de bombeiro!

IMV era a abreviatura para "incidente com múltiplas vítimas". Rob e Jason se entreolharam. Acidente de avião, acidente de trem, explosão ou ato de terrorismo. Só podia ser um dos quatro.

— O local é o City Center, na Marlborough Street. Repetindo, City Center, na Marlborough Street. Mais uma vez, é um IMV com possíveis mortes. Prossigam com cautela.

O estômago de Rob Martin se embrulhou. Ninguém dizia para você prosseguir com cautela quando ia para um local de acidente ou explosão. Só restava o ato de terrorismo, que podia ainda estar acontecendo.

A atendente recomeçou a falação. Jason ligou as luzes e a sirene enquanto Rob girava o volante e guiava a ambulância Freightliner para a faixa que contornava o restaurante, raspando no para-lama do carro da frente. Eles estavam a nove quarteirões do City Center, mas se a Al-Qaeda estava atirando em todo mundo com Kalashnikovs, a única coisa que eles tinham com que se defender era o confiável desfibrilador externo.

Jason pegou o microfone.

— Recebido, Central, aqui é a unidade vinte e três do Quartel do Corpo de Bombeiros nº 3, chegada provável em seis minutos.

Eles ouviram outras sirenes em outras partes da cidade, mas, a julgar pelo som, Rob achou que a ambulância deles era a mais próxima do local. Uma luz acinzentada tinha começado a surgir no céu, e, quando eles saíram do McDonald's e entraram na Upper Marlborough, um carro cinza saiu do meio da névoa, um sedã grande com capô amassado e grade bem enferrujada. Por um momento, os faróis de alta definição, ligados no máximo, os cegaram. Rob apertou a buzina dupla e desviou. O carro (parecia um Mercedes, mas ele não

11

tinha certeza) saiu da contramão e logo se transformou em apenas um par de lanternas traseiras sumindo na névoa.

— Caramba, essa foi por pouco — disse Jason. — Você não pegou a placa, pegou?

— Não. — O coração de Rob estava batendo com tanta força que ele o sentia pulsando na garganta. — Estava ocupado demais salvando nossas vidas. Escute, como pode haver múltiplas vítimas no City Center? Deus nem acordou ainda. Lá deve estar fechado.

— Pode ser sido um acidente de ônibus.

— Tente de novo. Eles só começam a passar às seis.

Sirenes. Sirenes em toda parte, começando a convergir como bipes em um radar. Uma viatura de polícia passou voando por eles, mas, até onde Rob percebia, eles ainda estavam à frente das outras ambulâncias e dos carros de bombeiro.

O que nos dá uma chance de sermos os primeiros a levar tiros ou ser explodidos por um árabe maluco gritando allahu akbar, pensou Rob. *Que legal para nós.*

Mas trabalho era trabalho, então seguiu pela rampa íngreme que levava até os prédios administrativos e ao auditório feio onde ele votava até se mudar para os arredores da cidade.

— *Freie!* — gritou Jason. — *Puta merda, Robbie, FREIE!*

Uma multidão surgiu do meio da névoa e correu na direção deles, algumas pessoas quase fora de controle por causa da inclinação da rampa. Elas estavam gritando. Um sujeito caiu, rolou, se levantou e correu com a camisa rasgada voando sob o paletó. Rob viu uma mulher com a meia-calça rasgada, canelas sangrando e só um sapato. Ele enfiou o pé no freio, e o solavanco da ambulância fez com que as coisas que não estavam presas na parte de trás voassem para a frente. Medicamentos, bolsas de soro e pacotes de agulhas de um armário deixado aberto, uma violação de protocolo, se tornaram projéteis. A maca que eles não precisaram usar com o sr. Galen quicou na lateral do veículo. Um estetoscópio encontrou a abertura da divisória, bateu no para-brisa e caiu no painel.

— Siga devagar — pediu Jason. — Devagar, está bem? Não vamos piorar as coisas.

Rob apertou o acelerador e continuou subindo a rampa, agora em velocidade de caminhada. As pessoas continuavam vindo, centenas delas, ao que parecia, algumas sangrando, a maioria não parecendo machucada, mas todas apavoradas. Jason abriu a janela e se inclinou para fora.

— *O que está acontecendo? Alguém pode me dizer o que está acontecendo!?*

Um homem se aproximou, com o rosto vermelho e ofegando.

— Foi um carro. Partiu para cima da multidão como um cortador de grama. O maluco filho da mãe quase me acertou. Não sei quantos ele atropelou. Ficamos encurralados como porcos por causa dos pedestais que montaram para organizar a fila. Ele fez de propósito, e as pessoas estão caídas lá como... como... ah, cara, bonecas ensanguentadas. Contei pelo menos quatro mortos. Deve ter mais.

O cara passou a andar em vez de correr agora que a adrenalina estava baixando. Jason soltou o cinto de segurança e se inclinou para gritar para ele.

— Você viu de que cor era? O carro que fez isso?

O homem se virou, pálido e desgrenhado.

— Cinza. Um carro grande e cinza.

Jason voltou a se sentar e olhou para Rob. Nenhum dos dois precisou falar: foi o carro do qual eles desviaram quando saíram do McDonald's. E não era ferrugem na grade, no fim das contas.

— Acelere, Robbie. Vamos nos preocupar com a bagunça lá atrás depois. Nos leve até o baile e não atropele ninguém, está bem?

— Tá.

Quando Rob chegou ao estacionamento, o pânico estava diminuindo. Algumas pessoas iam embora caminhando; outras tentavam ajudar as que foram atropeladas pelo carro cinza; algumas, os babacas presentes em todas as multidões, estavam tirando fotos ou filmando com o celular. Torcendo para viralizarem no YouTube, Rob supôs. Pedestais cromados com fitas amarelas escrito NÃO ULTRAPASSE estavam espalhados pelo asfalto.

A viatura que passou por eles estava estacionada perto do prédio, próxima a um saco de dormir com uma mão branca e magra para fora. Um homem estava caído em cima do saco, que estava no meio de uma poça de sangue cada vez maior. O policial fez sinal para a ambulância se aproximar, e o braço em movimento parecia tremer sob o brilho oscilante da luz azul no teto do carro.

Rob pegou o Terminal Móvel de Dados e saiu enquanto Jason corria para a parte de trás da ambulância. Voltou com o kit de primeiros socorros e o desfibrilador externo. O dia começou a clarear mais, e Rob conseguiu ler a faixa oscilando acima das portas do auditório: 1000 EMPREGOS GARANTIDOS! *"Apoiamos o povo da nossa cidade!"* — PREFEITO RALPH KINSLER.

Tudo bem, isso explicava por que havia tanta gente ali tão cedo. Uma feira de empregos. Os tempos andavam difíceis em todo lugar desde que a economia sofrera o próprio infarto fulminante no ano anterior, mas estavam especialmente ruins naquela cidadezinha à beira do lago, onde os empregos começaram a sumir mesmo antes da virada do século.

Rob e Jason se aproximaram do saco de dormir, mas o policial balançou a cabeça. O rosto dele estava pálido.

— Esse cara e as duas pessoas no saco de dormir estão mortos. A esposa dele e o bebê, eu acho. Ele devia estar tentando protegê-los. — Ele fez um som curto no fundo da garganta, algo entre um arroto e uma ânsia de vômito, e colocou a mão sobre a boca, apontando. — Aquela moça ali ainda pode ter alguma chance.

A moça em questão estava caída de costas, com as pernas torcidas em um ângulo que sugeria trauma sério. A virilha da calça bege estava escura de urina. O rosto, ou o que havia sobrado dele, estava sujo de graxa. Parte do nariz e boa parte do lábio superior tinham sido arrancados. Os dentes impressionantemente brancos estavam expostos em um rosnado involuntário. O casaco e metade do suéter de gola rulê também foram arrancados. Grandes hematomas escuros surgiam no pescoço e no ombro.

A porra do carro passou bem em cima dela, pensou Rob. *Esmagou a mulher como se fosse um esquilo.*

Ele e Jason se ajoelharam ao lado da mulher enquanto colocavam as luvas descartáveis. A bolsa estava perto, com uma marca parcial de pneu. Rob a pegou e jogou na parte de trás da ambulância, pensando que a marca poderia servir de evidência, talvez. E a mulher iria querer a bolsa de volta.

Se sobrevivesse, claro.

— Ela parou de respirar, mas encontrei pulsação — disse Jason. — Fraca e oscilante. Rasgue o suéter.

Rob fez isso, e metade do sutiã, com as alças destruídas, foi junto. Ele tirou o resto do caminho e começou com as compressões no peito enquanto Jason trabalhava nas vias aéreas.

— Ela vai sobreviver? — perguntou o policial.

— Não sei — respondeu Rob. — Nós cuidamos do resto. Você tem outros problemas. Se mais ambulâncias vierem disparadas pela rampa como nós quase viemos, alguém vai morrer.

— Ah, cara, tem gente ferida para todo lado. Parece um campo de batalha.

— Ajude todas as pessoas que puder.

— Ela está respirando de novo — disse Jason. — Se concentre, Robbie, estamos salvando uma vida aqui. Entre no TMD e avise o Kiner que estamos levando uma paciente com possível fratura no pescoço, trauma na espinha, hemorragia interna, ferimentos no rosto e só Deus sabe mais o quê. A condição é crítica. Vou passar os sinais vitais.

Rob fez a ligação do Terminal Móvel de Dados enquanto Jason continuava apertando o balão do respirador. A emergência do Kiner atendeu na mesma hora, a voz do outro lado seca e calma. O Kiner era um centro de trauma nível 1, o que às vezes era chamado de Classe Presidencial, e estava preparado para lidar com uma situação como aquela. Eles treinavam cinco vezes por ano.

Com a chamada feita, ele mediu o nível de oxigenação (previsivelmente horrível) e pegou o colar cervical e a prancha de imobilização laranja nos fundos da ambulância. Outros veículos de resgate estavam chegando agora, e a névoa estava começando a dispersar, tornando clara a magnitude do desastre.

Tudo isso com apenas um carro, pensou Rob. *Ninguém acreditaria*.

— Tudo bem — disse Jason. — Mesmo se ela não estiver estável, é o melhor que podemos fazer. Vamos levá-la para o veículo.

Tomando o cuidado de manter a prancha na horizontal, eles a carregaram até a ambulância, colocaram na maca e a prenderam. Com o rosto pálido e desfigurado emoldurado pelo colar cervical, ela parecia uma vítima de um ritual de filme de terror... só que essas eram sempre moças jovens e sensuais, e aquela mulher parecia ter uns quarenta e tantos ou cinquenta e poucos anos. Velha demais para estar procurando emprego, alguém diria, e Rob só precisava de um olhar para saber que ela jamais sairia para procurar outro. Nem voltaria a andar, pelo jeito. Se tivesse sorte, talvez evitasse a tetraplegia, supondo que sobrevivesse, mas Rob achava que a vida dela da cintura para baixo estava encerrada.

Jason se ajoelhou, colocou uma máscara de plástico transparente sobre a boca e o nariz da mulher e liberou o oxigênio do tanque na cabeceira da maca.

— E agora? — disse Rob, como se perguntasse "O que mais podemos fazer?".

— Encontre epinefrina no meio dessa zona ou pegue na minha bolsa. Senti uma pulsação boa por um tempo, mas está oscilante de novo. Depois, vamos partir. Com os ferimentos que ela sofreu, é um milagre estar viva.

Rob encontrou uma ampola de epinefrina debaixo de uma caixa de ataduras e a entregou para Jason. Em seguida, fechou as portas de trás, se sentou no banco do motorista e ligou o motor. O primeiro a chegar a um incidente com múltiplas vítimas era o primeiro a chegar ao hospital. Isso melhoraria um pouco as chances daquela moça, que eram ínfimas. Ainda assim, era um trajeto de quinze minutos no trânsito leve da manhã, e Rob esperava que ela estivesse morta quando chegassem ao Ralph M. Kiner Memorial Hospital. Considerando a extensão dos ferimentos, talvez esse fosse o melhor resultado.

Mas isso não aconteceu.

* * *

Às três da tarde, bem depois que o turno deles terminou, mas agitados demais até para pensarem em ir para casa, Rob e Jason estavam sentados na sala de espera do Quartel do Corpo de Bombeiros nº 3, assistindo à ESPN com a televisão no mudo. Eles fizeram oito viagens no total, mas a mulher foi a pior vítima.

— O nome dela é Martine Stover — disse Jason. — Ela ainda está na sala de cirurgia. Perguntei quando você foi ao banheiro.

— Alguma ideia de quais são as chances dela?

— Não, mas eles ainda não desistiram, e isso quer dizer alguma coisa. Tenho certeza de que ela estava lá procurando emprego de secretária executiva. Mexi na bolsa para procurar alguma identificação, vi o tipo sanguíneo na carteira de habilitação e encontrei uma pilha de referências. Parece que ela era boa no que fazia. O último emprego foi no Bank of America. Foi demitida por corte de custos.

— E se ela sobreviver? O que você acha? Só as pernas?

Jason olhou para a TV, onde jogadores de basquete corriam pela quadra, e não disse nada por um bom tempo.

— Se ela sobreviver — falou ele, por fim —, vai ficar tetraplégica.

— Tem certeza?

— Noventa e cinco por cento de certeza.

Uma propaganda de cerveja começou a passar. Jovens dançando com empolgação em um bar. Todo mundo se divertindo. Para Martine Stover, a diversão havia acabado. Rob começou a imaginar o que ela teria que encarar se sobrevivesse. Passaria o resto da vida em uma cadeira de rodas motorizada que ela faria se deslocar soprando em um tubo. Alimentando-se à base de comida pastosa ou através de tubos. A respiração assistida por máquinas. Cagando em um saquinho. A vida na zona além da imaginação médica.

— Christopher Reeve até que não se saiu mal — comentou Jason, como se lendo seus pensamentos. — Tinha uma boa atitude. Foi um bom exemplo. Manteve a cabeça erguida. Até dirigiu um filme, eu acho.

— Claro que ele manteve a cabeça erguida — disse Rob. — Graças ao colar cervical que nunca podia tirar. E ele já morreu.

— Ela estava usando as melhores roupas — disse Jason. — Uma calça de qualidade, um suéter caro, um casaco legal. Estava tentando se reerguer. E um *babaca* aparece e tira tudo dela.

— Já o pegaram?

— Não que eu saiba. Quando pegarem, espero que o pendurem pelas bolas.

Na noite seguinte, enquanto levavam uma vítima de derrame para o Kiner Memorial, os dois deram uma espiada em Martine Stover. Ela estava na UTI e dava sinais de função cerebral crescente, que indicavam a recuperação iminente da consciência. Quando ela voltasse a si, alguém teria que lhe dar a má notícia: ela estava paralisada do peito para baixo.

Rob Martin ficou feliz de aquela pessoa não ter que ser ele.

E o homem que a imprensa estava chamando de Assassino do Mercedes ainda não tinha sido pego.

Z
JANEIRO DE 2016

1

Uma vidraça se quebra no bolso da calça de Bill Hodges. O som é seguido de um coral jubiloso de garotos gritando: "Foi um HOME RUN!".

Hodges faz uma careta e pula na cadeira. O dr. Stamos é um dos quatro médicos com os quais marcou consulta, e a sala de espera está cheia naquela manhã de segunda. Todo mundo se vira para olhar para ele. Hodges sente o rosto ficar quente.

— Desculpem — diz ele para a sala toda. — Mensagem de texto.

— E bem alta — comenta uma senhora com cabelo branco fino e papada de beagle. Ela faz Hodges se sentir um garotinho, e ele já está com quase setenta anos. Mas aparentemente ela sabe tudo sobre etiqueta de celulares. — Você deveria baixar o volume em lugares públicos, ou deixar o telefone no mudo.

— Claro, claro.

A senhora idosa volta a se concentrar em seu livro (é *Cinquenta tons de cinza*, e não é a primeira vez que lê, pela aparência surrada do exemplar). Hodges puxa o iPhone do bolso. A mensagem de texto é de Pete Huntley, seu velho parceiro quando ele ainda era da polícia. Pete está prestes a se aposentar; difícil de acreditar, mas é verdade. Último turno é como chamam, mas Hodges acha impossível parar. Ele agora tem uma firma de duas pessoas chamada Achados e Perdidos. Ele se intitula rastreador independente, porque se meteu em um probleminha alguns anos atrás e não pode se qualificar para uma licença de investigador particular. Naquela cidade, é preciso ter seguro. Mas investigador particular é o que ele é, ao menos em parte do tempo.

Me ligue, Kermit. Agora. É importante.

Kermit é o verdadeiro primeiro nome de Hodges, mas ele usa o do meio com a maioria das pessoas; reduz as piadas de sapo ao mínimo. Mas Pete faz questão de usá-lo. Acha hilário.

Hodges pensa em colocar o celular no bolso de novo (depois de deixá-lo no mudo, se ele conseguir encontrar o botão de NÃO PERTURBE). Ele vai ser chamado para o consultório do dr. Stamos a qualquer minuto e quer acabar logo com essa história. Como a maioria dos homens mais velhos que conhece, Hodges não gosta de consultórios médicos. Sempre tem medo de eles encontrarem não só uma coisa errada, mas uma coisa *muito* errada. Além do mais, ele sabe muito bem sobre o que o ex-parceiro quer conversar: a grande festa de aposentadoria no mês que vem. Vai ser no Raintree Inn, perto do aeroporto. No mesmo lugar em que a festa de Hodges aconteceu, mas desta vez ele pretende beber bem menos. Talvez nada. Ele teve problemas com a bebida quando estava na ativa — foi parte do motivo de seu casamento ter desmoronado —, mas atualmente parece ter perdido o gosto pelo álcool. Isso é um alívio. Hodges leu um livro de ficção científica chamado *The Moon is a Harsh Mistress*. Ele não sabe sobre a Lua, mas testemunharia no tribunal que o uísque é um amante cruel, e ele é produzido bem aqui, na Terra.

Ele reflete, pensa em mandar uma mensagem de texto, mas rejeita a ideia e se levanta. Os velhos hábitos são fortes demais.

A mulher na recepção se chama Marlee, de acordo com o crachá. Ela parece ter uns dezessete anos e lhe oferece um sorriso brilhante de líder de torcida.

— O doutor vai atendê-lo em breve, sr. Hodges, eu prometo. Só estamos um pouquinho atrasados. Segunda-feira é assim.

— Segunda, segunda, não dá para confiar na segunda — canta Hodges.

Ela parece não entender a referência.

— Vou precisar dar um pulinho lá fora, está bem? Tenho que fazer uma ligação.

— Tudo bem — diz Marlee. — Só fique perto da porta. Faço um sinal se você ainda estiver lá fora quando o doutor estiver pronto para te atender.

— Ótimo. — Hodges para ao lado da senhora a caminho da porta. — O livro é bom?

Ela olha para ele.

— Não, mas é muito vigoroso.

— Foi o que me disseram. Já viu o filme?

Ela olha para ele, surpresa e interessada.

— Existe um *filme*?

— Sim. Você devia ver.

Não que Hodges tenha visto, apesar de Holly Gibney (sua antiga assistente e atual sócia é uma fã ávida de filmes desde a infância perturbada) ter tentado arrastá-lo para assistir. Duas vezes. Foi Holly quem botou o alerta de mensagens com som de vidro se quebrando/*home run* no celular dele. Ela achou engraçado. Hodges também achou... no começo. Agora, acha um saco. Ele vai pesquisar na internet como mudar isso. Dá para encontrar qualquer coisa na internet hoje em dia. Algumas coisas são úteis. Algumas são interessantes. Algumas são engraçadas.

E algumas são horríveis pra caralho.

2

O celular de Pete toca duas vezes antes de seu antigo parceiro atender.

— Huntley.

— Me escute com atenção — ordena Hodges —, porque você pode ser testado sobre isso depois. Sim, eu vou à festa. Sim, vou fazer alguns comentários depois do jantar, divertidos, mas não vulgares, e vou fazer o primeiro brinde. Sim, eu sei que sua ex e sua atual esposa estarão lá, mas, até onde estou informado, ninguém contratou uma stripper. Se alguém tiver contratado, só pode ser o idiota do Hal Corley, e você teria que perguntar a el...

— Bill, pare. Não é sobre a festa.

Hodges para na mesma hora. Não é só por causa das vozes indistintas ao fundo, vozes de policiais, ele sabe disso apesar de não conseguir identificar o que estão dizendo. O que o faz hesitar é Pete o chamar de Bill, e isso quer dizer que ele está falando sério. Os pensamentos de Hodges vão primeiro até Corinne, sua ex-esposa, e em seguida até a filha, Alison, que mora em San Francisco, e depois até Holly. Jesus, se alguma coisa tiver acontecido com Holly...

— O que foi, Pete?

— Estou na cena de um crime que parece ser um assassinato seguido de suicídio. Eu gostaria que você viesse dar uma olhada. Traga sua parceira se ela estiver disponível e concordar. Odeio dizer isso, mas acho que ela talvez seja um pouco mais inteligente que você.

Nenhuma das pessoas importantes para ele. Os músculos do abdome de Hodges, contraídos como se para absorver um golpe, relaxam. Embora a dor constante no estômago que o levou até Stamos continue presente.

— Claro que é. Porque ela é mais jovem. A gente começa a perder neurônios aos milhões depois dos sessenta, um fenômeno que você vai poder vivenciar em dois anos. Por que você iria querer um velhaco como eu em uma cena de assassinato?

— Porque esse deve ser meu último caso, porque vai estourar nos jornais e porque, não desmaie, eu valorizo sua opinião. A de Gibney também. E, de um jeito estranho, você tem uma ligação com esse caso. Deve ser coincidência, mas não tenho certeza.

— Que ligação?

— O nome Martine Stover te diz alguma coisa?

Por um momento, não, mas de repente Hodges tem um estalo. Em uma manhã enevoada de 2009, um maluco chamado Brady Hartsfield dirigiu um Mercedes-Benz para cima de uma multidão procurando emprego no City Center, no Centro. Ele matou oito pessoas e feriu quinze seriamente. Ao longo da investigação, os detetives K. William Hodges e Peter Huntley entrevistaram muitos dos que estavam presentes naquela manhã enevoada, inclusive os sobreviventes feridos. Martine Stover foi a mais difícil de conversar, e não só porque a boca desfigurada a tornava praticamente impossível de entender por todo mundo, exceto sua mãe. Stover ficou paralisada do peito para baixo. Anos mais tarde, Hartsfield mandou uma carta anônima para Hodges. Nela, ele se referiu a Stover como "uma cabeça em um palito". O que tornou tudo especialmente cruel foi a pérola de verdade dentro da piada de mau gosto.

— Não consigo ver uma tetraplégica como assassina, Pete... a não ser em um episódio de *Criminal Minds*, claro. Então, concluo...?

— É, foi a mãe. Primeiro Stover, depois ela. Você vem?

Hodges não hesita.

— Vou. Busco Holly no caminho. Qual é o endereço?

— Hilltop Court, nº 1601. Em Ridgedale.

Ridgedale é um bairro planejado ao norte da cidade. As casas não são tão caras quanto as de Sugar Heights, mas é bem chique.

— Posso chegar em quarenta minutos, se Holly estiver no escritório.

E ela vai estar. Ela quase sempre está sentada à mesa às oito, às vezes às sete, e é capaz de ficar lá até Hodges mandá-la ir para casa, preparar um jantar e ver um filme no computador. Holly Gibney é o motivo principal de a Achados e Perdidos ainda estar de pé. Ela é um gênio da organização, uma fera no computador e o trabalho é sua vida. Bem, junto com Hodges e a família Robinson, principalmente Jerome e Barbara. Uma vez, quando a mãe dos dois chamou Holly de Robinson honorária, seu rosto se iluminou como o sol em uma tarde de verão. É uma coisa que Holly faz com mais frequência agora, mas ainda não o bastante para o gosto de Hodges.

— Ótimo, Kerm. Obrigado.

— Os corpos foram transportados?

— Estão indo para o necrotério agorinha, mas Izzy está com todas as fotos no iPad.

Ele está falando de Isabelle Jaynes, parceira de Pete desde que Hodges se aposentou.

— Tudo bem. Vou levar uma bomba de chocolate.

— Já tem uma padaria inteira aqui. Onde você está, aliás?

— Nenhum lugar importante. Chego aí assim que puder.

Hodges encerra a ligação e segue depressa pelo corredor até o elevador.

3

O paciente do dr. Stamos das 8h45 finalmente sai da área de exames nos fundos. Marlee olha ao redor em busca do médico. A consulta do sr. Hodges estava marcada para as nove, e agora são nove e meia. O pobre sujeito deve estar impaciente para ser atendido logo e dar continuidade ao seu dia. Ela olha para o corredor e vê Hodges falando ao celular.

Marlee se levanta e espia o consultório do dr. Stamos. Ele está sentado à mesa com uma pasta aberta. KERMIT WILLIAM HODGES está impresso na aba. O médico está lendo alguma coisa na pasta e massageando as têmporas, como se estivesse com dor de cabeça.

— Dr. Stamos. Devo deixar o sr. Hodges entrar?

Ele olha para ela, assustado, e depois para o relógio na mesa.

— Ah, Deus, sim. A segunda-feira é um saco, não é?

— Não dá para confiar na segunda — diz ela, e se vira para sair.

— Eu amo meu trabalho, mas odeio essa parte — comenta Stamos.

É a vez de Marlee levar um susto. Ela se vira e olha para o médico.

— Deixa pra lá. Estou falando sozinho. Mande-o entrar. Vamos acabar logo com isso.

Marlee olha para o corredor a tempo de ver a porta do elevador se fechar ao longe.

4

Hodges liga para Holly do estacionamento ao lado do centro médico, e quando chega ao Turner Building na Lower Marlborough, onde fica o escritório deles, ela está em frente ao prédio com a pasta entre os sapatos sóbrios. Holly Gibney: quarenta e tantos anos agora, alta e magra, com o cabelo castanho normalmente preso em um coque apertado, esta manhã está usando um casaco volumoso da North Face com o capuz levantado envolvendo seu rosto pequeno. *Qualquer pessoa chamaria aquele rosto de comum*, pensa Hodges, *até ver os olhos, que são lindos e cheios de inteligência. E é possível que você não os veja por muito tempo, porque, via de regra, Holly Gibney não faz contato visual.*

Hodges para o Prius no meio-fio e ela entra, tirando as luvas e levando as mãos para perto da abertura de ventilação no lado do carona.

— Você demorou.

— Quinze minutos. Eu estava do outro lado da cidade. Só peguei sinais vermelhos.

— Foram *dezoito* minutos — informa Holly enquanto Hodges volta para a via. — Porque você estava indo rápido demais, o que é contraproducente. Se mantivesse a velocidade exata de trinta quilômetros por hora, teria passado por quase todos os sinais. Eles são sincronizados. Já falei várias vezes. Agora conte o que o médico disse. Você tirou dez nos exames?

Hodges avalia suas alternativas, que são apenas duas: contar a verdade ou mentir. Holly o perturbou para ir ao médico porque ele anda com problemas no estômago. Só uma pressão no começo, agora, um pouco de dor. Holly pode ter transtorno de personalidade, mas é muito eficiente na hora de pegar no pé. *Feito um cachorro com um osso*, pensa Hodges às vezes.

— Os resultados ainda não chegaram.

Isso não é bem uma mentira, Hodges diz para si mesmo, *porque ainda não chegaram a mim.*

Ela o olha com desconfiança enquanto ele entra no trânsito da via expressa. Hodges odeia quando ela o olha assim.

— Vou ficar de olho — diz ele. — Confie em mim.

— Eu confio — responde ela. — Confio, Bill.

Isso o faz se sentir pior.

Ela se inclina, abre a pasta e pega o iPad.

— Pesquisei algumas coisas enquanto estava esperando. Quer ouvir?

— Pode falar.

— Martine Stover tinha cinquenta anos quando Brady Hartsfield a deixou aleijada, o que faria com que tivesse cinquenta e seis anos hoje. Poderia ser cinquenta e sete, mas como estamos em janeiro, acho improvável. O que me diz?

— É improvável mesmo.

— Na época do Massacre do City Center, ela estava morando com a mãe em uma casa na Sycamore Street. Não era longe de Brady Hartsfield e a mãe *dele*, o que é meio irônico, se você pensar bem.

Também perto da família de Tom Saubers, reflete Hodges. Ele e Holly tiveram um caso envolvendo a família Saubers há pouco tempo, que também tinha ligação com quem o jornal local gostava de chamar de Assassino do Mercedes. Pensando bem, todos eram meio interligados, e talvez o mais estranho fosse que o carro que Hartsfield usou como arma do crime pertencera à prima de Holly Gibney.

— E como uma mulher idosa e a filha severamente aleijada foram das ruas das árvores para Ridgedale?

— Seguro. Martine Stover não tinha uma nem duas grandes apólices, mas três. Era meio surtada quando o assunto era seguro. — Hodges reflete que só Holly poderia dizer isso em tom de aprovação. — Houve vários artigos sobre ela depois, porque ela foi a mais ferida dentre os sobreviventes. Martine Stover disse que sabia que, se não conseguisse um emprego no City Center, teria que começar a tirar o dinheiro das apólices, uma a uma. Afinal, ela era uma mulher solteira com uma mãe viúva e desempregada para sustentar.

— Que acabou cuidando dela.

Holly assente.

— Muito estranho e muito triste. Mas pelo menos tinham segurança financeira, que é o objetivo de um seguro. Elas até subiram na vida.

— Aham — diz Hodges —, mas agora a vida delas acabou.

Holly não responde. À frente está a saída de Ridgedale. Hodges entra.

5

Pete Huntley ganhou peso, a barriga se projeta acima do cinto, mas Isabelle Jaynes continua linda como sempre com a calça jeans skinny surrada e o blazer azul. Os olhos cinzentos enevoados vão de Hodges a Holly e novamente a Hodges.

— Você emagreceu — comenta ela.

Isso poderia ser tanto um elogio quanto uma acusação.

— Ele está com problemas de estômago, então fez uns exames — diz Holly. — Os resultados deviam sair hoje, mas...

— Não vamos falar sobre isso, Hols — pede Hodges. — Isto não é uma consulta médica.

— Vocês parecem mais e mais um casal velho — diz Izzy.

Holly responde com voz firme:

— Um casamento estragaria nosso relacionamento de trabalho.

Pete ri, e Holly lança a ele um olhar intrigado enquanto entram na casa.

É uma bela casa estilo Cape Cod, e apesar de estar localizada no alto de uma colina e do clima frio, a casa está quente. No saguão, os quatro colocam luvas finas de borracha e sapatilhas sobre os sapatos. *Como tudo volta*, pensa Hodges. *Como se nunca tivesse acabado.*

Na sala, tem um quadro com meninos de rua de olhos grandes pendurado em uma parede e uma televisão enorme na outra. Há uma poltrona na frente da televisão com uma mesinha ao lado. Na mesa há uma variedade de revistas de celebridades como *OK!* e periódicos sensacionalistas como o *Inside View* arrumados em pilhas. No meio da sala tem duas marcas fundas no tapete. Hodges pensa: *Era aqui que elas se sentavam à noite para assistir à TV. Ou talvez o dia todo. A mãe na poltrona, Martine na cadeira de rodas. Que devia pesar uma tonelada, a julgar pelas marcas.*

— Qual era o nome da mãe? — pergunta ele.

— Janice Ellerton. O marido, James, morreu vinte anos atrás, de acordo com... — Das antigas, como Hodges, Pete carrega um bloco em vez de um iPad. Agora, ele o consulta. — De acordo com Yvonne Carstairs. Ela e a outra cuidadora, Georgina Ross, encontraram os corpos quando chegaram hoje de manhã, pouco antes das seis. Elas recebiam a mais para chegar cedo. A tal Ross não foi de muita ajuda...

— Ela estava em choque — interrompe Izzy. — Mas Carstairs ajudou. Manteve a cabeça no lugar. Ligou para a polícia na mesma hora, e chegamos ao local às seis e quarenta.

— Que idade tinha a mãe? — pergunta Hodges.

— Ainda não sei exatamente — responde Pete —, mas não era nenhuma garotinha.

— Ela tinha setenta e nove anos — diz Holly. — Um dos artigos que encontrei enquanto estava esperando Bill me buscar dizia que ela tinha setenta e três na época do Massacre do City Center.

— Velha demais para cuidar da filha tetraplégica — afirma Hodges.

— Mas ela estava bem de saúde — diz Isabelle. — Ao menos de acordo com Carstairs. Era forte. E tinha bastante ajuda. Havia dinheiro para pagar por causa...

— ... do seguro — conclui Hodges. — Holly me contou no caminho.

Izzy lança um olhar a Holly, que não repara. Ela está avaliando a sala. Fazendo um inventário. Farejando o ar. Passando a mão pelas costas da poltrona da mãe de Martine. Holly tem problemas emocionais, é literal até demais, mas também é aberta a estímulos de uma forma que poucas pessoas são.

— Havia duas cuidadoras pela manhã, além de duas à tarde e duas à noite — conta Pete. — Sete dias por semana. De uma empresa particular chamada... — Uma nova consulta ao bloco. — Home Helpers. Elas faziam todo o trabalho pesado. Tem também uma empregada, Nancy Alderson, mas parece que ela está de folga. Uma anotação no calendário da cozinha diz *Nancy em Chagrin Falls*. Tem uma linha riscada nos dias de hoje, terça e quarta.

Dois homens, também usando luvas e sapatilhas, se aproximam pelo corredor. Vindos da parte da casa que pertencera à falecida Martine Stover, supõe Hodges. Os dois carregam malas de provas.

— Terminamos no quarto e no banheiro — diz um deles.

— Encontraram alguma coisa? — pergunta Izzy.

— Apenas o que era de se esperar — responde o outro. — Conseguimos vários fios de cabelo branco na banheira, o que não é incomum considerando que foi onde a coroa empacotou. Também havia excremento, mas só traços. O que também era de esperar. — Por causa da expressão questionadora de Hodges, o técnico acrescenta: — Ela estava usando fralda. Aquela senhora sabia o que estava fazendo.

— Eca — diz Holly.

O primeiro técnico diz:

— Tem uma cadeira de rodas adaptada para o chuveiro, mas está no canto com toalhas empilhadas no assento. Parece nunca ter sido usada.

— Deviam dar banho nela com esponja — afirma Holly.

Ela ainda parece sentir nojo, seja pela ideia da fralda ou da merda na banheira, mas os olhos continuam observando a sala. Ela pode fazer uma pergunta ou duas ou um comentário, mas a maior parte do tempo fica em silêncio, porque as pessoas a intimidam, principalmente em ambientes fechados. Mas Hodges a conhece bem (ao menos tanto quanto é possível) e vê que ela está alerta a tudo.

Mais tarde ela vai falar, e Hodges vai ouvir com atenção. No caso dos Saubers, no ano passado, ele aprendeu que ouvir Holly paga dividendos. Ela pensa fora da caixinha, às vezes bem longe dela, e pode ter intuições bem incomuns. E apesar de ser medrosa por natureza, Deus sabe que ela tem seus motivos, ela pode ser corajosa. Holly é o motivo de Brady Hartsfield, também conhecido como Assassino do Mercedes, estar agora na Clínica de Traumatismo Cerebral Kiner Memorial. Holly usou uma meia cheia de bilhas para esmagar seu crânio antes de Hartsfield poder deflagrar um massacre muito maior do que o do City Center. Agora, ele está em um mundo distinto que o chefe do departamento de neurologia da clínica chama de "estado vegetativo persistente".

— Tetraplégicos podem tomar banho de chuveiro — explica Holly —, mas é difícil por causa de todo o equipamento ao qual ficam ligados. Então quase sempre tomam banho com esponja.

— Vamos para a cozinha, onde está sol — sugere Pete, e os quatro se dirigem para lá.

A primeira coisa na qual Hodges repara é o escorredor de louça, onde o prato com a última refeição da sra. Ellerton foi deixado para secar. As bancadas estão brilhando, e o piso parece limpo o bastante para poder se comer nele. Hodges acredita que a cama no andar de cima deve estar arrumada. Ela talvez tenha até aspirado os tapetes. E tem a questão da fralda. Ela cuidou das coisas das quais podia cuidar. Como um homem que já considerou seriamente o suicídio, Hodges se identifica.

6

Pete, Izzy e Hodges se sentam à mesa. Holly fica de pé, às vezes atrás de Isabelle para olhar a coleção de fotos no iPad com o título ELLERTON/STOVER, às vezes mexendo nos vários armários, os dedos enluvados leves como mariposas.

Izzy vai explicando tudo e passando as fotos enquanto fala.

A primeira mostra duas mulheres de meia-idade. São corpulentas e têm ombros largos nos uniformes de náilon vermelho da Home Helpers, mas uma delas (Georgina Ross, presume Hodges) está chorando e abraçando o peito. A outra, Yvonne Carstairs, parece mais firme e resistente.

— Elas chegaram às quinze para as seis — diz Izzy. — As duas têm a chave, para poderem entrar sozinhas e não precisarem bater à porta ou tocar a campainha. Carstairs disse que Martine costumava dormir até as seis e meia, mas a sra. Ellerton estava sempre acordada quando chegavam. Ela dizia que se levantava por volta das cinco, pois gostava de tomar café cedinho. Só que esta manhã ela não estava acordada e não havia cheiro de café. Então as duas acharam que a velha senhora perdera a hora ao menos uma vez, que bom. Elas seguiram nas pontas dos pés até o quarto de Stover, no final do corredor, para ver se *ela* estava acordada. Isto foi o que encontraram.

Izzy passa para a foto seguinte. Hodges espera outra interjeição de Holly, mas ela fica em silêncio e observa a foto com atenção. Stover está na cama com as cobertas puxadas até os joelhos. Os danos ao rosto nunca foram consertados, mas o que sobrou parece em paz. Os olhos estão fechados, e as mãos retorcidas, unidas. Um tubo de alimentação se projeta da barriga magra. A cadeira de rodas, que mais parece uma cápsula espacial aos olhos de Hodges, está ali perto.

— No quarto de Stover *havia* um cheiro. Mas não de café. De bebida.

Izzy muda a tela. Mostra um close da mesa de cabeceira de Stover. Há filas arrumadas de comprimidos e um pilão para transformá-los em pó, para que Stover pudesse ingeri-los. No meio deles, parecendo totalmente deslocada, está uma garrafa de vodca Smirnoff Três Vezes Destilada e uma seringa de plástico. A garrafa de vodca está vazia.

— A mulher não queria correr risco nenhum — diz Peter. — Smirnoff Três Vezes Destilada é forte pra caramba.

— Imagino que ela quisesse que fosse o mais rápido possível para a filha — comenta Holly.

— Bom palpite — diz Izzy, mas com uma notável falta de calor. Ela não gosta de Holly, e o sentimento é recíproco. Hodges está ciente disso, porém não faz ideia do motivo. E como eles raramente encontram Isabelle, ele nunca se deu ao trabalho de perguntar a Holly.

— Você tem um close do pilão? — pergunta Holly.

— Claro. — Izzy passa para a foto seguinte, e o pilão parece do tamanho de um disco voador. Há um resto de pó branco no fundo. — Não vamos ter certeza até o fim da semana, mas achamos que é Oxycodone. A receita foi preenchida três semanas atrás, de acordo com o rótulo, mas o vidro está tão vazio quanto a garrafa de vodca.

Ela volta para a foto de Martine Stover, com os olhos fechados, as mãos magras unidas como em oração.

— A mãe esmagou os comprimidos, colocou na garrafa com um funil e injetou a vodca no tubo de alimentação de Martine. Deve ter sido mais eficiente do que uma injeção letal. Ellerton sabia exatamente o que estava fazendo.

Izzy muda a tela novamente. Dessa vez, Holly ofega, mas não afasta o olhar.

A primeira foto do banheiro adaptado para deficientes físicos de Martine é uma cena ampla, que mostra a bancada baixa com a pia, os armários e toalheiros baixos, a combinação de chuveiro com banheira. A porta de correr na frente do chuveiro está fechada, a banheira visível. Janice Ellerton está afundada na água até os ombros, usando uma camisola rosa. Hodges pensou que a peça teria inflado como um balão quando ela entrou na água, mas na foto da cena do crime a camisola está grudada ao corpo. Tem um saco plástico sobre a cabeça, preso pelo tipo de faixa que acompanha roupões de banho. Um tubo longo serpenteia por baixo do saco, preso a uma lata pequena no chão de azulejos. Na lateral da lata há a imagem de crianças rindo.

— Kit de suicídio — diz Pete. — Ela deve ter aprendido como fazer na internet. Há vários sites explicando o passo a passo, com fotos, até. A água na banheira estava morna quando chegamos, mas devia estar quente quando ela entrou.

— É para acalmar os nervos — fala Izzy, e apesar de não dizer *eca*, seu rosto se contrai em uma expressão momentânea de desgosto quando ela passa para a foto seguinte: um close de Janice Ellerton. O saco se enevoou com a condensação das respirações finais, mas Hodges vê que os olhos estão fechados. Ela se foi com ar pacífico.

— A lata continha hélio — diz Pete. — Dá para comprar uma em qualquer supermercado. É usada para encher balões nas festinhas infantis, mas também serve para se matar se você tiver um saco na cabeça. A tontura é seguida de desorientação; nesse ponto você não conseguiria tirar o saco mesmo que mudasse de ideia. Logo vem a inconsciência, seguida de morte.

— Volte para a foto anterior — pede Holly. — A que mostra o banheiro todo.

— Ah — comenta Pete. — Dr. Watson pode ter visto alguma coisa.

Izzy volta. Hodges se inclina para perto e aperta os olhos — sua visão para perto não é mais a mesma. Mas ele vê o mesmo que Holly. Ao lado de um fino fio cinza ligado a uma das tomadas há uma caneta permanente. Alguém, e ele presume que tenha sido Ellerton, porque os dias de escrever de sua filha haviam acabado, desenhou uma única e grande letra na bancada: **Z**.

— O que você conclui disso? — pergunta Pete.

Hodges pensa.

— É o bilhete de suicídio — responde ele, por fim. — Z é a última letra do alfabeto. Se ela soubesse grego, talvez tivesse sido ômega.

— É o que eu acho também — diz Izzy. — É até elegante, se você pensar bem.

— Z também é a marca do Zorro — informa Holly. — Ele era um cavaleiro mexicano mascarado. Houve muitos filmes ótimos do Zorro, um com Anthony Hopkins como Don Diego, mas esse não foi muito bom.

— Você acha isso relevante? — pergunta Izzy. O rosto dela demonstra interesse educado, mas há crítica em seu tom de voz.

— Também tinha uma série de TV. — Holly está olhando a foto como se estivesse hipnotizada. — Foi produzida pela Walt Disney na época do preto e branco. A sra. Ellerton talvez visse quando era pequena.

— Você está dizendo que ela talvez estivesse lembrando a infância enquanto estava se preparando para se matar? — Pete parece duvidar disso, assim como Hodges. — Talvez.

— Baboseira, provavelmente — diz Izzy, revirando os olhos.

Holly não lhe dá atenção.

— Posso olhar o banheiro? Não vou tocar em nada, nem com isto.

Ela levanta as mãos enluvadas.

— Fique à vontade — dispara Izzy na mesma hora.

Em outras palavras, pensa Hodges, *se manda e deixa os adultos conversarem*. Ele não gosta da atitude de Izzy em relação à Holly, mas como não parece afetá-la em nada, ele não vê motivo para criar caso. Além do mais, Holly está meio esquisita hoje, parece perdida. Hodges acha que foram as fotos. Os mortos nunca parecem tão mortos quanto nas fotos da polícia.

Ela sai para olhar o banheiro. Hodges se recosta na cadeira, com as mãos entrelaçadas na nuca. O estômago problemático não está tão problemático esta manhã, talvez por ele ter substituído o café por chá. Se for isso, vai ter que fazer um estoque de chá. Ele vai comprar um *caminhão*. Já está de saco cheio da dor de estômago constante.

— Você vai me contar o que Holly e eu estamos fazendo aqui, Pete?

Pete ergue as sobrancelhas e tenta parecer inocente.

— O que você quer dizer com isso, Kermit?

— Você estava certo quando disse que isso sairia nos jornais. É o tipo de história triste que as pessoas adoram, que faz a vida delas parecer melhor...

— Seu comentário é cínico, mas deve ser verdade — diz Izzy, suspirando.

— ... mas qualquer ligação com o Assassino do Mercedes é casual, não causal. — Hodges não tem certeza absoluta de que isso passa o que ele gostaria de dizer, mas soa bem. — O que você tem aqui é um assassinato de misericórdia típico, executado por uma senhora que não conseguia mais suportar ver a filha sofrendo. O último pensamento de Ellerton quando acionou o fluxo de hélio deve ter sido: "Vou estar com você daqui a pouco, querida, e quando eu caminhar pelas ruas do paraíso, você vai estar ao meu lado".

Izzy ri um pouco, mas Pete está pálido e pensativo. Hodges lembra de repente que, muito tempo atrás, talvez trinta anos, Pete e a esposa perderam o primeiro bebê, uma menininha, por causa da síndrome de morte súbita infantil.

— É triste, e os jornalistas se aproveitam disso por um ou dois dias, mas acontece no mundo inteiro todo santo dia. A cada hora, pelo que sei. Então me diga qual é a questão.

— Não deve ser nada. Izzy diz que não é nada.

— Izzy diz — confirma ela.

— Izzy deve achar que estou ficando meio doido ao me aproximar da linha de chegada.

— Izzy não acha isso. Izzy só acha que está na hora de você parar de deixar que a abelhinha conhecida como Brady Hartsfield pare de zumbir no seu ouvido.

Ela vira os olhos cinzentos enevoados para Hodges.

— A srta. Gibney pode ser uma pilha de tiques nervosos e associações estranhas, mas parou o relógio de Hartsfield bem na hora, e dou total crédito a ela por isso. Ele está detonado naquela Clínica de Traumatismo Cerebral do Kiner, onde deve ficar até pegar pneumonia e morrer, poupando ao Estado uma nota preta. Ele nunca vai a julgamento pelo que fez, todos nós sabemos disso. Vocês não o pegaram por causa da coisa do City Center, mas Gibney o impediu de explodir duas mil crianças no auditório Mingo um ano depois. Vocês precisam aceitar isso. Contem como uma vitória e sigam em frente.

— Nossa — diz Pete. — Há quanto tempo você está guardando isso aí dentro?

Izzy tenta não sorrir, mas não consegue evitar. Pete sorri também, e Hodges pensa: *Eles trabalham tão bem juntos quanto Pete e eu. É uma pena acabar com essa dupla. De verdade.*

— Por um tempo — diz Izzy. — Agora, conte a ele. — Ela se vira para Hodges. — Pelo menos não são os homenzinhos cinza de *Arquivo X*.

— E então? — pergunta Hodges.

— Keith Frias e Krista Countryman — começa Pete. — Os dois também estavam no City Center na manhã de 10 de abril, quando Hartsfield fez o que fez. Frias, de dezenove anos, teve as pernas quebradas, o quadril fraturado, quatro costelas quebradas e hemorragia interna. Também perdeu setenta por cento da visão do olho direito. Countryman, de vinte e um anos, teve as costelas quebradas, o braço quebrado e fraturas na coluna que só sararam depois de todo tipo de terapia dolorosa nas quais nem quero pensar.

Hodges também não quer, mas sempre é assombrado pelas vítimas de Brady Hartsfield. Principalmente quando pensa no quanto o trabalho de setenta segundos macabros podia mudar a vida de tantas pessoas por anos... ou, no caso de Martine Stover, para sempre.

— Eles se conheceram em sessões semanais de terapia em um lugar chamado Recovery Is You e se apaixonaram. Estavam melhorando... aos poucos... e planejavam se casar. Então, em fevereiro do ano passado, cometeram suicídio juntos. Nas palavras de uma música punk antiga, eles encheram a cara de comprimidos e morreram.

Isso faz Hodges pensar no pilão na mesa de cabeceira de Stover. O pilão com o resíduo de Oxycodone. A mãe dissolveu o Oxy todo na vodca, mas devia haver muitos outros remédios narcóticos naquela mesa. Por que ela teve o trabalho de usar o saco plástico e o hélio quando podia ter engolido um monte de Vicodin, seguidos de um monte de Valium e pronto?

— O suicídio adolescente de Frias e Countryman acontece todos os dias — diz Izzy. — Os pais não acreditavam no casamento. Queriam que eles esperassem. E eles não podiam fugir juntos, podiam? Frias mal conseguia andar, e nenhum dos dois trabalhava. O seguro era suficiente para pagar as sessões semanais de terapia e ajudar nas compras da casa, mas nada parecido com o tipo de cobertura de primeira que Martine Stover tinha. No fim das contas, merdas acontecem. Não dá nem para chamar de coincidência. Pessoas aleijadas ficam deprimidas, e às vezes as pessoas deprimidas se matam.

— Onde eles se mataram?

— No quarto de Frias — responde Pete. — Quando os pais tinham ido para um parque de diversões com o irmãozinho dele. Eles tomaram os comprimidos, se deitaram na cama e morreram abraçados, como Romeu e Julieta.

— Romeu e Julieta morreram em uma tumba — diz Holly, voltando para a cozinha. — No filme de Franco Zeffirelli, que é o melhor...

— Tá, tudo bem, entendemos — interrompe Pete. — Tumba, quarto, pelo menos os dois estavam abraçados.

Holly está segurando o *Inside View* que estava na mesinha ao lado da poltrona, dobrado para mostrar uma foto de Johnny Depp que o faz parecer bêbado, drogado ou morto. Ela estava na sala, lendo um jornal de fofocas o tempo todo? Se estava, Holly está mesmo tendo um dia ruim.

— Você ainda tem o Mercedes, Holly? — pergunta Pete. — O que Hartsfield roubou da sua prima Olivia?

— Não. — Holly se senta com o jornal dobrado no colo e os joelhos unidos. — Troquei em novembro por um Prius como o de Bill. Gastava muita gasolina e não era bom para o meio ambiente. Além do mais, minha terapeuta recomendou. Ela disse que, depois de um ano e meio, eu já tinha exorcizado a influência do carro sobre mim, e seu valor terapêutico já tinha acabado. Por que está interessado nisso?

Pete se senta na beira da cadeira e junta as mãos entre as pernas abertas.

— Hartsfield entrou naquele Mercedes usando um dispositivo eletrônico para destrancar as portas. A chave reserva estava no porta-luvas. Talvez ele soubesse que estava ali, ou talvez o Massacre do City Center tenha sido um crime de oportunidade. Jamais vamos saber.

E Olivia Trelawney, pensa Hodges, *era muito parecida com Holly: nervosa, fechada e definitivamente nem um pouco social. Longe de ser burra, mas alguém difícil de gostar. Nós tínhamos certeza de que ela tinha deixado o carro destrancado com a chave na ignição, porque era a explicação mais simples. E porque, em um nível primitivo do cérebro em que o pensamento lógico não tem poder, nós queríamos que essa fosse a explicação. Ela era um porre. Nós víamos as sucessivas negações como uma recusa arrogante de assumir a responsabilidade pelo próprio descuido. A chave na bolsa, que ela nos mostrou? Nós supusemos que era a reserva. E a crucificamos, e quando a imprensa descobriu seu nome, também a crucificou. Ela começou a acreditar que fez o que acreditávamos que tinha feito: ajudou um monstro a cometer assassinato em massa. Nenhum de nós considerou a ideia de que um gênio da computação pudesse ter criado aquele dispositivo de destrancar carros. Inclusive a própria Olivia Trelawney.*

— Mas nós não fomos os únicos que a crucificamos.

Ele só percebe que falou aquilo em voz alta quando todos se viram para olhar para ele. Holly assente de leve, como se eles estivessem seguindo a mesma linha de pensamento. O que não seria tão surpreendente.

Hodges continua:

— É verdade que nunca acreditamos em Olivia, por mais que ela tivesse repetido que tinha a chave e trancou o carro, então parte da responsabilidade pelo que ela fez é nossa, mas Hartsfield foi atrás dela com malícia premeditada. É aí que você quer chegar, não é?

— É — afirma Pete. — Ele não ficou satisfeito em roubar o Mercedes dela e usá-lo como arma de um crime. Entrou na cabeça dela, até instalou um programa de áudio no computador cheio de gritos e acusações. E também tem você, Kermit.

Sim. Tem ele.

Hodges recebeu uma carta anônima de Hartsfield quando estava no fundo do poço, morando em uma casa vazia, dormindo mal, sem encontrar quase ninguém além de Jerome Robinson, o garoto que aparava sua grama e fazia consertos gerais pela casa. Sofrendo de uma doença comum em policiais aposentados: depressão após o último turno.

A taxa de suicídios entre policiais aposentados é extremamente alta, escreveu Brady Hartsfield. Isso foi antes de eles começarem a se comunicar pelo método preferido do século XXI: a internet. *Eu não iria querer que você começasse a pensar na sua arma.*

Mas você já está pensando, *não está?*

Foi Hartsfield quem percebeu os pensamentos suicidas de Hodges e tentou dar uma mãozinha. Funcionou com Olivia Trelawney, afinal, e ele pegou gosto.

— Quando começamos nossa parceria na polícia — continua Pete —, você me disse que criminosos reincidentes eram como tapetes persas. Você lembra?

— Lembro.

Foi uma teoria que Hodges expôs a muitos policiais. Poucos ouviram, e, a julgar pela expressão de tédio, ele achava que Isabelle Jaynes seria uma dessas. Pete ouviu.

— Eles recriam o mesmo padrão várias vezes. Ignore as pequenas variações, você disse, e procure a grande semelhança. Porque até os criminosos mais inteligentes, como o Joe da Estrada, que matou todas aquelas mulheres em paradas de estrada, parecem estar ligados na repetição. Brady Hartsfield era especialista em suicídio...

— Ele era um *arquiteto* do suicídio — diz Holly. Ela está olhando para o jornal com a testa franzida e o rosto mais pálido do que o normal. É difícil para Hodges reviver a história de Hartsfield (pelo menos ele finalmente conseguiu parar de visitar o filho da mãe na Clínica de Traumatismo Cerebral), mas é ainda mais difícil para Holly. Hodges espera que ela não tenha uma recaída e volte a fumar, porém não o surpreenderia se isso acontecesse.

— Chame como quiser, mas o padrão estava lá. Ele levou a própria mãe ao suicídio, caramba.

Hodges não diz nada, apesar de sempre ter duvidado da crença de Pete de que Deborah Hartsfield se matou quando descobriu, talvez por acidente, que o filho era o Assassino do Mercedes. Primeiro, eles não têm provas de que a sra. Hartsfield descobriu. Segundo, a mulher ingeriu veneno de rato, o que deve ter causado uma morte agonizante. É possível que Brady tenha assassinado a mãe, mas Hodges também nunca acreditou nisso. Se ele amava alguém, era ela. O ex-detetive acha que o veneno devia ser para outra pessoa... ou talvez nem mesmo para uma pessoa. De acordo com a autópsia, estava misturado com carne moída, e se tem uma coisa de que cachorros gostam, essa coisa é um hambúrguer de carne moída crua.

A família Robinson tem um cachorro, um vira-lata lindo de orelhas caídas. Brady devia tê-lo visto muitas vezes, porque estava vigiando a casa de Hodges e porque Jerome costumava levar o cachorro até lá quando ia cortar a grama. O veneno podia ser para Odell. É uma ideia que Hodges nunca mencionou para os Robinson. Nem para Holly, na verdade. E deve ser besteira, mas, na opinião de Hodges, é tão provável quanto a ideia de Pete de que a mãe de Brady se matou.

Izzy abre a boca, mas desiste de falar quando Pete ergue a mão; afinal, ele ainda é o integrante mais velho da dupla, e bem mais experiente.

— Izzy está se preparando para dizer que o caso de Martine Stover foi assassinato, não suicídio, mas acho que tem uma boa chance, talvez setenta por cento, de que a ideia tenha partido da própria Martine, ou ela e a mãe conversaram e chegaram a um acordo mútuo. O que ao meu ver caracteriza os dois casos como suicídio, apesar de não pretender escrever isso no relatório oficial.

— Imagino que você tenha verificado os outros sobreviventes do City Center, certo? — pergunta Hodges.

— Todos estão vivos, exceto Gerald Stansbury, que morreu depois do último Dia de Ação de Graças — responde Pete. — Teve um ataque cardíaco. A esposa me disse que as doenças coronárias são de família e que ele viveu mais do que o pai e o irmão. Izzy está certa, não deve ser nada, mas achei que você e Holly deviam saber. — Ele olha para cada um dos dois. — *Vocês* não tiveram pensamentos obscuros sobre suicídio, tiveram?

— Não — diz Hodges. — Não nos últimos tempos.

Holly só balança a cabeça, ainda olhando para o jornal.

— Ninguém achou uma letra Z misteriosa no quarto do jovem sr. Frias depois que ele e a srta. Countryman cometeram suicídio? — pergunta Hodges.

— Claro que não — diz Izzy.

— Que você saiba — corrige Hodges. — Não é isso que você quer dizer? Considerando que descobriu essa evidência hoje?

— Jesus Cristinho — responde Izzy. — Isso é ridículo.

Ela olha abertamente para o relógio e se levanta. Pete também se levanta. Holly fica sentada, olhando para o exemplar furtado do *Inside View*. Hodges também fica na cadeira, ao menos por enquanto.

— Você vai checar as fotos de Frias-Countryman, certo, Pete? Vai dar uma olhada, só para ter certeza?

— Vou — afirma Pete. — E Izzy deve estar certa, foi besteira minha trazer vocês dois aqui.

— Fico feliz que tenha feito isso.

— E... ainda me sinto mal sobre a forma como tratamos a sra. Trelawney, sabe? — Pete está olhando para Hodges, mas ele acha que o antigo parceiro está falando com a mulher magra e pálida com o jornal de quinta categoria no colo. — Eu nunca pensei em nenhuma outra possibilidade além de ela ter deixado a chave na ignição. E prometi a mim mesmo que jamais faria isso outra vez.

— Entendo — diz Hodges.

— Uma coisa na qual acredito que todos aqui concordamos — começa Izzy — é que os dias de Hartsfield atropelando, explodindo gente e arquitetando suicídios já eram. Então, a não ser que a gente tenha ido parar em um filme chamado *Filho de Brady*, sugiro deixarmos a casa da falecida sra. Ellerton e seguirmos a vida. Alguma objeção a essa ideia?

Não há nenhuma.

7

Hodges e Holly ficam parados na frente da casa por um tempo antes de entrarem no carro, com o vento frio de janeiro soprando ao redor dos dois. Está vindo do norte, direto do Canadá, então o sempre presente fedor do grande lago poluído ao leste está ausente hoje, o que é um alívio. Há apenas algumas casas naquele canto da Hilltop Court, e a mais próxima tem uma placa de à VENDA em frente. Hodges repara que Tom Saubers é o agente imobiliário e sorri. Tom também ficou muito ferido no Massacre do City Center, mas se recuperou quase por completo. Hodges sempre fica impressionado com a resiliência de alguns homens e mulheres. Não exatamente o enche de esperanças pela raça humana, mas...

Na verdade, enche, sim.

No carro, Holly coloca o *Inside View* dobrado no chão por tempo suficiente para botar o cinto de segurança, depois o pega de novo. Nem Pete nem Isabelle a impediram de levar o jornal. Hodges acha que nem notaram. Por que notariam? Para eles, a casa de Ellerton não é uma cena de crime de verdade, apesar de a lei chamá-la assim. Pete estava inquieto, é verdade, mas Hodges acredita que isso tenha mais a ver com superstição do que com verdadeira intuição de policial.

Hartsfield devia ter morrido quando Holly o acertou com o Porrete Feliz, pensa Hodges. *Teria sido melhor para todo mundo.*

— Pete *vai* olhar as fotos dos suicídios de Frias-Countryman — diz Hodges para Holly. — Só para ter certeza. Mas se ele encontrar um Z rabiscado em algum lugar, em uma bancada ou um espelho, eu vou ser um homem muito surpreso.

Ela não responde. Parece perdida em pensamentos.

— Holly. Você está aí?

Ela leva um pequeno susto.

— Estou. Estou pensando em como vou localizar Nancy Alderson em Chagrin Falls. Não deve demorar com todos os programas de busca que tenho instalados no computador, mas você vai ter que ligar para ela. Consigo fazer contatos agora, se precisar, você sabe disso...

— Sei. Você ficou boa nisso. — E é verdade, embora ela sempre faça esses contatos com a caixa de Nicorette por perto. Sem contar um estoque de Twinkies na gaveta, como apoio.

— Mas não posso ser a pessoa que vai contar a ela que suas empregadoras, suas *amigas*, até onde sabemos, estão mortas. Você vai ter que fazer isso. Você é bom em coisas assim.

Hodges acha que ninguém é muito bom em coisas assim, mas não se dá ao trabalho de responder isso a ela.

— Por quê? Alderson não deve vir aqui desde sexta passada.

— Ela merece saber — responde Holly. — A polícia fará contato com os parentes, é parte do trabalho, mas duvido que vá ligar para a empregada. Pelo menos, eu acho que não.

Hodges também acha que não, e Holly está certa, a empregada merece saber, ao menos para não aparecer amanhã e dar de cara com uma fita isolante da polícia barrando a porta. Mas ele acha que esse não é o único interesse de Holly em Nancy Alderson.

— Seu amigo detetive Huntley e a srta. Belos Olhos Cinzentos não fizeram *nada* — diz Holly. — Havia pó para coletar digitais no quarto de Martine Stover, claro, na cadeira de rodas e no banheiro onde a sra. Ellerton se matou, mas nada no andar de cima, onde ela dormia. Eles devem ter subido só para ver se não tinha um corpo debaixo da cama ou no armário e pronto.

— Espere um segundo. Você subiu?

— Claro. *Alguém* precisava investigar com atenção, e aqueles dois não estavam fazendo isso. Eles acham que sabem exatamente o que aconteceu. O detetive Huntley só chamou você porque ficou assustado.

Assustado. Sim, foi isso. A palavra que ele estava procurando e não conseguiu encontrar.

— Eu também fiquei assustada — revela Holly —, mas isso não quer dizer que perdi a cabeça. Toda a situação não me cheira bem. Nada bem, e você precisa conversar com a empregada. Vou dizer o que você precisa perguntar, se não descobrir sozinho.

— Isso é por causa do Z na bancada do banheiro? Se souber alguma coisa que não sei, eu gostaria que me contasse.

— Não é o que eu sei, é o que eu vi. Você não reparou no que havia *ao lado* daquele Z?

— Uma caneta permanente.

Ela olha para ele como quem diz: *Você consegue fazer melhor do que isso.*

Hodges usa uma velha técnica policial que é especialmente útil quando se dá testemunho em julgamentos: ele visualiza a foto de novo, dessa vez na mente.

— Havia um fio ligado na tomada ao lado da pia.

— Sim! Primeiro, imaginei que pudesse ser de um leitor digital e que a sra. Ellerton o deixava carregando ali porque passava a maior parte do tempo naquela parte da casa. Seria uma tomada conveniente, porque todas as outras no quarto de Martine deviam estar sendo usadas pelos equipamentos médicos dela. Você não acha?

— Aham, talvez.

— Só que eu tenho um Nook e um Kindle...

Claro que tem, pensa ele.

— ... e nenhum dos dois têm fios assim. Eles são pretos. Aquele era cinza.

— Ela pode ter perdido o carregador original e comprou outro na Tech Village. — Era praticamente a única loja da cidade para se comprar acessórios eletrônicos agora que a Discount Electronix, o antigo empregador de Brady Hartsfield, declarou falência.

— Não. Leitores digitais têm plugues estreitos e compridos. Esse era mais largo, como o de um tablet. Só meu iPad tem um plugue assim, e o do banheiro era bem menor. Aquele fio era de algum aparelho portátil. Assim, subi para o segundo andar para procurar.

— E lá você encontrou...?

— Só um computador velho em uma mesa perto da janela no quarto da sra. Ellerton. E quando digo velho, quero dizer velho *mesmo*. Estava ligado a um modem.

— Ah, meu Deus, não! — exclama Hodges. — Não um modem!

— *Não* é engraçado, Bill. Aquelas mulheres estão *mortas*.

Hodges tira uma das mãos do volante e a levanta em um gesto de paz.

— Desculpe. Continue. Agora é a parte em que você me conta que ligou o computador dela.

Holly parece um pouco desconcertada.

— Ah, é. Mas só a serviço de uma investigação que a polícia não parece estar interessada em fazer, obviamente. Eu não estava *xeretando*.

Hodges poderia começar uma discussão, mas não fala nada.

— Não tinha senha, então dei uma olhada no histórico de busca da sra. Ellerton. Ela visitava muitos sites de compras on-line e sites médicos relacionados à paralisia. Parecia muito interessada em células-tronco, o que faz sentido, considerando a condição da fil...

— Você fez tudo isso em dez minutos?

— Eu leio rápido. Mas sabe o que eu *não* encontrei?

— Imagino que qualquer coisa relacionada a suicídio.

— É. Então, como ela sabia sobre o hélio? E como sabia que devia dissolver os comprimidos em vodca e injetar no tubo de alimentação da filha?

— Ah — diz Hodges —, existe um antigo e misterioso ritual chamado leitura de livros. Talvez você já tenha ouvido sobre ele.

— Você viu algum livro naquela sala?

Ele repassa a imagem da sala assim como fez com a foto do banheiro de Martine Stover, e Holly está certa. Havia prateleiras com bibelôs, o quadro dos meninos de rua com olhos grandes e a TV de tela plana. Havia revistas na mesinha, mas espalhadas de uma forma que denotava mais decoração do que leitura voraz. Além do mais, nenhuma era exatamente *The Atlantic Monthly*.

— Não — responde Hodges —, não havia nenhum livro na sala, mas vi alguns na foto do quarto de Stover. Um parecia ser a Bíblia. — Ele olha para o *Inside View* dobrado no colo dela. — O que você tem aí, Holly? O que está escondendo?

Quando Holly fica vermelha, parece uma luz de alarme se acendendo, com o sangue todo indo para as bochechas de um jeito assombroso. Isso acontece agora.

— Eu não roubei — diz ela. — Eu peguei *emprestado*. Eu nunca roubo, Bill. Nunca!

— Calma aí. O que é?

— A coisa que acompanha o fio do banheiro. — Ela desdobra o jornal e revela um aparelho rosa com tela cinza-escura. É maior do que um leitor digital, menor do que um tablet. — Quando desci, me sentei na poltrona da sra. Ellerton para pensar um minuto. Passei as mãos entre os braços da poltrona e as almofadas. Não estava nem procurando nada, só mexendo as mãos.

Um dos gestos de conforto de Holly, Hodges supõe. Ele viu muitos desses desde que a conheceu, na companhia da mãe superprotetora e do tio agressivamente sociável. Na companhia deles? Não, não exatamente. Essa expressão sugere igualdade. Charlotte Gibney e Henry Sirois a tratavam mais como uma criança com deficiência mental em um passeio. Ela é uma mulher diferente agora, mas traços da antiga Holly continuam presentes. E Hodges não vê problema nisso. Afinal, todo mundo tem rabo preso.

— Encontrei isso do lado direito. É um Zappit.

O nome desperta alguma memória, embora, quando o assunto é aparelhos eletrônicos, Hodges esteja longe de ser conhecedor. Ele sempre faz besteira no computador de casa, e agora que Jerome Robinson está fora, é Holly quem costuma ir à casa dele na Harper Road para consertá-lo.

— Um o quê?

— Um Zappit. Já vi propagandas on-line, mas isso faz algum tempo. Vem com mais de cem joguinhos simples como Tetris, Genius e SpellTower instalados. Nada complicado como Grand Theft Auto. Então, me diga o que estava fazendo ali, Bill. Me diga o que estava fazendo em uma casa em que uma das mulheres tinha quase oitenta anos e a outra não era capaz de ligar um interruptor, menos ainda jogar joguinhos eletrônicos.

— Parece estranho mesmo. Não chega a ser bizarro, mas é meio estranho, sim.

— E o fio estava ligado ao lado da letra Z — continua ela. — Não Z representando a última letra do alfabeto, como em um bilhete suicida, mas Z de Zappit. Ao menos, é o que eu acho.

Hodges pensa na ideia.

— Pode ser.

Ele pensa de novo se já ouviu esse nome antes ou se é só o que os franceses chamam de *faux souvenir*, uma lembrança falsa. Ele poderia jurar que aquilo tinha alguma ligação com Brady Hartsfield, mas não pode confiar nessa ideia, porque Brady está pipocando muito em sua cabeça hoje.

Quanto tempo faz desde que Hodges foi visitá-lo pela última vez? Seis meses? Oito? Não, mais do que isso. Bem mais.

A última vez foi logo depois do caso de Peter Saubers e o baú cheio de dinheiro e cadernos roubados que Peter encontrou praticamente enterrado em seu quintal. Naquela ocasião, Brady parecia o mesmo de sempre: um jovem dopado usando uma camisa xadrez e uma calça jeans que nunca ficavam sujas. Sempre que Hodges ia visitá-lo, ele estava sentado na mesma cadeira no quarto 217 da Clínica de Traumatismo Cerebral, olhando pela janela para o estacionamento.

A única diferença real naquele dia ocorreu fora do quarto 217. Becky Helmington, a enfermeira-chefe, havia sido transferida para a ala cirúrgica do Kiner Memorial, encerrando o acesso de Hodges aos boatos sobre Brady. A nova enfermeira-chefe era uma mulher austera com um rosto que mais parecia um punho fechado. Ruth Scapelli recusou a oferta de Hodges de cinquenta dólares por qualquer informação sobre Brady e ameaçou denunciá-lo se ele voltasse a lhe oferecer dinheiro por informações sobre os pacientes.

— Você nem está na lista de visitantes — concluiu ela.

— Eu não quero informações sobre ele — respondeu Hodges. — Tenho todas as informações sobre Brady Hartsfield de que preciso. Só quero saber o que os funcionários dizem sobre ele. Porque houve boatos, sabe. Alguns bem loucos.

Scapelli lançou-lhe um olhar de desdém.

— Há fofoca em todos os hospitais, sr. Hodges, e sempre sobre os pacientes famosos. Ou infames, como é o caso do sr. Hartsfield. Tive uma reunião com os funcionários logo depois que a enfermeira Helmington saiu da ala de Traumatismo Cerebral para sua posição atual e informei a todos que deveriam parar de inventar histórias sobre o sr. Hartsfield imediatamente, e, caso ficasse ciente de algum boato, encontraria a fonte e cuidaria para que a pessoa ou pessoas responsáveis fossem despedidas. Quanto a você... — Ela empinou o nariz e contraiu o rosto ainda mais. — Não consigo acreditar que um ex-policial, um condecorado, ainda por cima, recorreria a suborno.

Pouco depois desse encontro humilhante, Holly e Jerome Robinson o encurralaram e executaram uma pequena intervenção. Eles disseram que as visitas a Brady tinham que parar. Jerome estava especialmente sério nesse dia, com o jeito alegre de sempre totalmente ausente.

— Não há nada que você possa fazer naquele quarto além de ferir a si mesmo — disse Jerome naquele dia. — Sempre sabemos quando você foi visitá-lo, porque você fica com uma nuvenzinha cinza em cima da cabeça nos dois dias seguintes.

— Está mais para a semana inteira — acrescentou Holly. Ela não estava olhando para ele e torcia os dedos de um jeito que fez Hodges ter vontade de segurá-los e fazê-la parar antes que quebrasse algum osso. Mas a voz dela estava firme e segura: — Não tem mais nada dentro dele, Bill. Você tem que aceitar isso. E, se tivesse, ele ficaria feliz cada vez que você aparecesse. Veria o que está fazendo consigo mesmo e ficaria feliz.

Foi isso que o convenceu, porque Hodges sabia que aquilo era verdade. Então, ele se manteve afastado. Foi um pouco como parar de fumar: difícil no começo, mais fácil com o passar do tempo. Agora, semanas inteiras se passam sem Hodges pensar em Brady ou em seus crimes terríveis.

Não tem mais nada dentro dele.

Hodges se força a se lembrar disso conforme dirige de volta ao coração da cidade, onde Holly vai ligar o computador e começar a caçar Nancy Alderson. O que quer que tenha acontecido naquela casa no final da Hilltop Court (os pensamentos e as conversas, as lágrimas e promessas, tudo culminando nos comprimidos dissolvidos injetados no tubo de alimentação e no tanque de hélio com crianças rindo na embalagem) pode não ter nada a ver com Brady Hartsfield, porque Holly literalmente transformou o cérebro dele em pasta. Ótimo. Se Hodges duvida às vezes é porque não consegue suportar a ideia de que Brady conseguiu evitar a punição. Que, no final, o monstro escapou. Hodges nem pôde usar a meia cheia de bilhas que chama de Porrete Feliz porque estava ocupado sofrendo um ataque cardíaco na hora.

Ainda assim, um resquício de lembrança: Zappit.

Ele *sabe* que já ouviu esse nome.

Hodges sente uma pontada no estômago e se lembra da consulta médica da qual fugiu. Ele vai ter que cuidar disso, mas amanhã. Tem a impressão de que o dr. Stamos vai dizer que ele tem uma úlcera, e essa notícia pode esperar.

8

Holly tem uma nova caixa de Nicorette ao lado do telefone, mas não precisa mastigar nenhum. A primeira Alderson para quem telefona é a cunhada da empregada, que obviamente quer saber por que alguém de uma empresa chamada Achados e Perdidos quer fazer contato com Nan.

— É sobre algum tipo de herança? — pergunta ela, esperançosa.

— Um momento — pede Holly. — Vou ter que pedir para você aguardar na linha enquanto chamo meu chefe.

Hodges não é chefe dela — ele a tornou sócia após o caso de Peter Saubers no ano passado —, mas é uma história que ela costuma usar quando está estressada. Ele, que está ao computador lendo sobre o Zappit, pega o telefone enquanto Holly fica parada ao lado da mesa, mordendo a gola alta do suéter.

Hodges segura o botão de espera por tempo suficiente para dizer para Holly que comer lá não deve fazer bem, e que certamente não faz bem para o suéter que ela está usando. Em seguida, se dirige à cunhada.

— Infelizmente, temos notícias ruins para dar a Nancy — diz ele, e conta tudo rapidamente.

— Ah, meu Deus! — exclama Linda Alderson (Holly anotou o nome no bloco dele). — Ela vai ficar arrasada, e não só porque isso significa o fim do emprego. Ela trabalha para essas senhoras desde 2012 e gosta muito delas. Passou o último Dia de Ação de Graças com as duas e tudo. Você é da polícia?

— Aposentado — responde ele —, mas trabalho com a equipe designada para o caso. Me pediram para fazer contato com a sra. Alderson. — Ele acha que essa mentira não vai voltar para assombrá-lo, considerando que Pete abriu a porta ao convidá-lo para ir à cena do crime. — Você pode me dizer como entrar em contato com Nancy?

— Vou lhe dar o número do celular. Ela foi para Chagrin Falls, para a festa de aniversário do irmão neste sábado. Ele fez quarenta anos, e a esposa dele quis comemorar. Vai ficar lá até quarta ou quinta, eu acho, ou ao menos era esse o plano. Tenho certeza de que a notícia vai fazê-la voltar. Nan mora sozinha desde que Bill, o irmão do meu marido, morreu, e só tem o gato como companhia. A sra. Ellerton e a sra. Stover eram uma espécie de família adotiva. Isso vai deixá-la tão triste...

Hodges anota o número e liga na mesma hora. Nancy Alderson atende no primeiro toque. Ele se identifica e dá a notícia.

Depois de um momento de silêncio chocado, ela diz:

— Ah, não, isso é impossível. Você se enganou, detetive Hodges.

Ele não se dá ao trabalho de corrigi-la, porque isso é interessante.

— Por que diz isso?

— Porque elas são *felizes*. Se dão muito bem, assistem à TV juntas. Elas adoram ver filmes no DVD e programas de culinária, e também aqueles nos quais as mulheres ficam conversando sobre coisas divertidas e recebem celebridades. Você não acreditaria, mas há muitas gargalhadas naquela casa. — Nancy Alderson hesita, então diz: — Você tem *certeza* de que está falando das pessoas certas? Jan Ellerton e Marty Stover?

— Lamento dizer que sim.

— Mas... ela tinha aceitado a condição dela! Estou falando de Marty. Martine. Ela dizia que se acostumar a ser paralítica era mais fácil do que se acostumar a ser uma solteirona. Nós falávamos disso o tempo todo, de sermos sozinhas. Porque eu perdi meu marido, sabe?

— Então nunca houve um sr. Stover.

— Houve, sim. Janice se casou cedo. Foi um casamento curto, eu acho, mas ela disse que nunca se arrependeu porque teve Martine. Marty teve um namorado pouco antes do acidente, mas ele sofreu um ataque cardíaco. Morreu na hora. Marty disse que ele estava em forma, que se exercitava três vezes por semana em uma academia no Centro. Disse que foi isso que o matou. Como o coração era muito forte, quando deu problema, foi o fim dele.

Hodges, sobrevivente coronariano, pensa: *Nunca vou frequentar uma academia.*

— Marty dizia que ficar sozinha depois que alguém que você ama falece era o pior tipo de paralisia. Eu não me sentia exatamente assim em relação a Bill, mas entendia o que ela queria dizer. O reverendo Henreid ia visitá-la com frequência. Marty o chama de conselheiro espiritual, e mesmo quando ele não ia, ela e Jan faziam orações diárias. Todos os dias, ao meio-dia. E Marty estava pensando em fazer um curso de contabilidade on-line. Você sabia que há cursos especiais para pessoas com o tipo de deficiência dela?

— Não sabia — diz Hodges. No bloco, ele anota STOVER PLANEJAVA FAZER CURSO DE CONTABILIDADE PELO COMPUTADOR e o vira para Holly. Ela ergue as sobrancelhas.

— Havia lágrimas e tristeza de tempos em tempos, é claro, mas na maior parte do tempo elas eram *felizes*. Ou pelo menos... não sei...

— Em que você está pensando, Nancy? — Ele passa a usar o primeiro nome dela, outro truque de policial experiente, no automático.

— Ah, não deve ser nada. *Marty* parecia tão feliz quanto sempre foi, ela é um doce, você não acreditaria no quanto é espiritualizada, sempre vê o lado bom das coisas, mas Jan parecia meio retraída ultimamente, como se tivesse alguma coisa pesando na mente, deixando-a preocupada. Achei que pudesse ser algo relacionado a dinheiro, ou aquela tristeza que nos pega depois do Natal. Eu nunca *imaginei*... — Ela funga. — Com licença, preciso assoar o nariz.

— Claro.

Holly pega o bloco. A letra dela é pequena, constipada, ele costuma pensar, e Hodges tem que segurar o bloco quase junto ao nariz para ler a mensagem: *Pergunte sobre o Zappit!*

Há um apito no ouvido dele na hora que Alderson assoa o nariz.

— Desculpe.

— Tudo bem. Nancy, você saberia me dizer se a sra. Ellerton tinha um console de jogos pequeno, de mão? Rosa.

— Pelo amor de Deus, como você sabia?

— Eu não sei nada, na verdade — diz Hodges, com sinceridade. — Sou só um detetive aposentado com uma lista de perguntas.

— Ela disse que um homem deu para ela. Ele disse que o aparelho era de graça desde que ela prometesse preencher um questionário e mandá-lo para a empresa. A coisa era um pouco maior do que um livro. Ficou largado pela casa um tempo...

— Quando foi isso?

— Não consigo lembrar exatamente, mas antes do Natal, com certeza. Na primeira vez que vi, estava na mesinha de centro na sala. Ficou lá junto com o questionário dobrado até depois do Natal, eu sei disso porque a pequena árvore já tinha sido retirada, e aí vi o aparelho um dia na mesa da cozinha. Jan disse que o ligou só para ver o que aconteceria e descobriu que havia jogos de paciência, talvez mais de dez variedades, como Klondike e Pyramid. Como ela começou a usar, decidiu preencher o questionário e enviar.

— Ela o colocava para carregar no banheiro de Marty?

— Sim, porque era o lugar mais conveniente. Ela ficava muito naquela parte da casa.

— Aham. Você disse que a sra. Ellerton ficou retraída...

— Um *pouco* retraída — corrige Alderson na hora. — Na maior parte do tempo, ela continuou a mesma de sempre. Um doce, como a filha.

— Mas alguma coisa a preocupava.

— É, acho que sim.

— *Pesando* na cabeça dela.

— Bem...

— Isso foi na mesma época em que ela ganhou o aparelho?

— Acho que foi, agora que estou pensando nisso, mas por que diabos jogar paciência em um aparelhinho rosa a deixaria deprimida?

— Não sei — responde Hodges, e escreve DEPRIMIDA no bloco. Ele acha que há um salto significativo entre estar retraída e ficar deprimida.

— A família já foi informada? — pergunta Alderson. — Não há ninguém na cidade, mas tem uns primos delas em Ohio, sei disso, e acho que no Kansas também. Ou talvez seja em Indiana. Os nomes estão no caderninho de endereços.

— A polícia está fazendo isso neste momento — afirma Hodges, embora decida ligar para Pete depois para ter certeza. Isso provavelmente vai irritar seu antigo parceiro, mas Hodges não se importa. A consternação de Nancy Alderson está presente em cada palavra, e ele quer oferecer todo o consolo que puder. — Posso fazer uma última pergunta?

— Claro.

— Por acaso você reparou em alguém rondando a casa? Alguém sem um motivo óbvio para estar ali?

Holly está assentindo com vigor.

— Por que você perguntaria isso? — Alderson parece atônita. — Você não acha que algum *estranho*...

— Eu não acho nada — responde Hodges com tranquilidade. — Só estou ajudando a polícia porque houve redução de pessoal nos últimos anos. Cortes no orçamento da cidade.

— Eu sei, é horrível.

— Então eles me deram uma lista de perguntas, e essa é a última.

— Bem, não havia ninguém. Eu teria reparado por causa do passadiço entre a casa e a garagem. A garagem é aquecida, então é lá que ficam a despensa, a máquina de lavar roupas e a secadora. Atravesso o passadiço o tempo todo e consigo ver a rua de lá. Quase ninguém sobe a Hilltop Court, porque a casa de Jan e Marty é a última. Só tem o retorno depois. Claro que tem o carteiro, o UPS e às vezes o FedEx, mas, fora isso, a não ser que alguém se perca, temos aquele pedaço da rua só para nós.

— Então não havia ninguém.

— Não, senhor, com certeza.

— Nem o homem que deu o aparelho para a sra. Ellerton?

— Não, ele a abordou no Ridgeline Foods. É o mercado no pé da colina, onde a City Avenue cruza com a Hilltop Court. Tem um Kroger um quilômetro e meio depois, na City Avenue Plaza, mas Janice não vai lá apesar de os produtos serem um pouco mais baratos, porque diz que gosta de ajudar os produtores locais e... e... — Ela solta um soluço alto de repente. — Mas ela não vai mais comprar em *lugar nenhum*, não é? Ah, não consigo acreditar! Jan jamais machucaria Marty, por nada no mundo.

— É muito triste — diz Hodges.

— Vou ter que voltar hoje. — Alderson agora está falando sozinha e não com Hodges. — Pode demorar um tempo até os parentes chegarem, e alguém tem que tomar todas as providências.

Sua última tarefa, pensa Hodges, e acha esse pensamento ao mesmo tempo tocante e terrível.

— Quero agradecer pelo seu tempo, Nancy. Vou deixar você ir ag...

— Claro, tinha aquele sujeito idoso — comenta Alderson.

— Que sujeito?

— Eu o vi várias vezes em frente ao número 1588. Ele parava junto ao meio-fio e ficava na calçada, olhando para a casa. Fica do outro lado da rua, um pouco mais abaixo. Você talvez não tenha reparado, mas ela está à venda.

Hodges reparou, mas não diz nada. Ele não quer interromper.

— Uma vez, ele atravessou o gramado para olhar lá para dentro pela janela. Isso foi antes da última grande nevasca. Como se estivesse olhando uma vitrine. — Ela dá uma gargalhada chorosa. — Se bem que minha mãe diria que ele estava *cobiçando*, porque não parecia o tipo de sujeito com dinheiro para comprar uma casa daquelas.

— Não?

— Há-há. Ele estava usando uniforme de trabalho. Sabe como é, calça verde, tipo da Dickies. E o casaco estava remendado com fita adesiva. Além do mais, o carro parecia muito velho e tinha manchas de primer. Meu falecido marido chamava isso de "cera de pobre".

— Você por acaso não sabe que tipo de carro era, sabe? — Ele vira o bloco para uma nova folha e escreve DESCOBRIR DATA DA ÚLTIMA GRANDE TEMPESTADE DE NEVE. Holly lê e assente.

— Não, desculpe. Não conheço carros. Nem me lembro da cor, só das manchas de primer. Sr. Hodges, tem certeza de que não houve nenhum engano? — Ela está quase implorando.

— Eu queria poder dizer que sim, Nancy, mas não posso. Você foi muito útil.

— Fui? — pergunta ela, com dúvida.

Hodges passa o número de seu celular para ela, o de Holly e o número do escritório. Pede para Nancy ligar se ela se lembrar de alguma coisa que eles não discutiram. Ele avisa que pode haver interesse da imprensa porque Martine ficou paralisada no Massacre do City Center em 2009 e diz que ela não é obrigada a falar com jornalistas nem repórteres da TV se não quiser.

Nancy Alderson está chorando quando ele desliga.

9

Ele leva Holly para almoçar no Panda Garden a uma quadra dali, na mesma rua. Está cedo, e os dois têm o restaurante quase só para eles. Holly não come carne e pede um *chow mein* de legumes. Hodges adora a carne desfiada apimentada, mas seu estômago não está muito bom esses dias, então escolhe cordeiro Ma La. Os dois usam palitinhos: Holly porque tem destreza e Hodges porque isso o faz comer mais devagar e torna menos provável que haja uma fogueira pós-almoço em sua barriga.

— A última grande nevasca foi no dia 19 de dezembro — diz Holly. — A previsão do tempo relatou trinta centímetros em Government Square e trinta e três em Branson Park. Não é muita coisa, mas a única outra nevasca deste inverno só gerou dez centímetros.

— Seis dias antes do Natal. Na mesma época em que Janice Ellerton ganhou o Zappit, de acordo com Alderson.

— Você acha que o homem que deu o aparelho para ela era o mesmo olhando a casa?

Hodges pega um pedaço de brócolis. É bom para a saúde, como todas as verduras de gosto ruim.

— Acho que Ellerton não teria aceitado *nada* de um cara usando um casaco remendado com fita adesiva. Não descarto a possibilidade, mas parece improvável.

— Coma seu almoço, Bill. Se eu continuar comendo assim, vou ficar parecendo uma porca.

Hodges come, mas tem pouco apetite agora, mesmo quando o estômago não está dando trabalho. Quando uma garfada entala na garganta, ele bebe chá. Talvez seja uma boa ideia, pois chá parece ajudar. Ele pensa no resultado dos exames que ainda não viu. Ocorre a ele que seu problema pode ser pior do que uma úlcera, que uma úlcera talvez seja a melhor possibilidade. Há remédio para úlceras. Para outras coisas, não.

Quando ele consegue ver o meio do prato (mas, Jesus, tem tanta comida nas beiradas), ele coloca os palitinhos de lado e diz:

— Descobri uma coisa enquanto você estava procurando Nancy Alderson.

— O quê?

— Eu estava lendo sobre esse Zappit. É incrível como essas empresas de tecnologia aparecem e desaparecem rápido. Parecem dentes-de-leão no verão. O Zappit Commander não dominou o mercado. Era simples demais, caro demais, tinha competidores sofisticados demais. As ações da Zappit Inc. caíram, e eles foram comprados por uma empresa chamada Sunrise Solutions. Dois anos atrás, *essa* empresa declarou falência e sumiu. O que quer dizer que a Zappit não existe faz tempo, e o cara distribuindo os aparelhos devia fazer parte de algum tipo de golpe.

Holly vê rapidamente aonde Hodges quer chegar.

— Então o questionário era uma bobagem para acrescentar um pouco de, como se diz, verossimilhança. Mas o cara não tentou roubá-la, tentou?

— Não. Ao menos não que a gente saiba.

— Tem alguma coisa estranha aqui, Bill. Você vai contar para o detetive Huntley e para a srta. Belos Olhos Cinzentos?

Hodges pega um pedacinho minúsculo de cordeiro que sobrou no prato, e agora há desculpa para deixá-lo cair.

— Por que você não gosta dela, Holly?

— Ah, ela acha que eu sou maluca — responde Holly, direta. — Tem isso.

— Tenho certeza de que ela não...

— Sim. Ela acha. E deve achar que sou perigosa também, por causa do jeito como bati em Brady Hartsfield no show do 'Round Here. Mas não ligo. Eu faria de novo. Mil vezes!

Ele coloca a mão sobre a dela. O palito que Holly está segurando com a mão fechada vibra como um diapasão.

— Eu sei que faria, e estaria certa todas as vezes. Você salvou muitas vidas naquele dia.

Ela tira a mão de debaixo da dele e começa a pegar grãos de arroz.

— Ah, consigo lidar com ela achando que sou maluca. Lidei a vida inteira com pessoas que acham isso, a começar pelos meus pais. Mas tem mais uma coisa. Isabelle só vê o que vê, e não gosta de gente que vê mais, ou que pelo menos procura mais. Ela acha a mesma coisa de você, Bill. Tem ciúme de você. Por causa de Pete.

Hodges não diz nada. Nunca havia considerado essa possibilidade.

Ela solta os palitos na mesa.

— Você não respondeu minha pergunta. Vai contar a eles o que descobriu até agora?

— Ainda não. Tem uma coisa que quero fazer primeiro, se você cuidar do escritório esta tarde.

Holly sorri para o que restou do *chow mein*.

— Eu sempre cuido.

10

Bill Hodges não é o único que desgostou de cara da substituta de Becky Helmington. Os enfermeiros e auxiliares que trabalham na Clínica de Traumatismo Cerebral chamam o local de Balde, por causa de Balde de Cérebros, e em pouco tempo Ruth Scapelli ficou conhecida como enfermeira Ratched, como no filme *Um estranho no ninho*. No final do terceiro mês, ela pediu a transferência de três enfermeiros por várias infrações menores, e um auxiliar foi despedido por fumar em um armário de suprimentos. Ela proibiu certos uniformes coloridos por serem "distrativos" ou "provocativos demais".

Mas os médicos gostam dela. Acham que é ágil e competente. Com os pacientes, ela também é ágil e competente, porém é fria, e há também um toque de desprezo presente. Ela não permite que nem os mais desenganados sejam chamados de vegetal ou planta, pelo menos não perto dela, mas tem certa *atitude*.

— Ela sabe o que faz — disse uma enfermeira para outra na sala de descanso pouco depois que Scapelli assumiu a posição. — Disso não tenho dúvidas, mas falta alguma coisa.

A outra enfermeira era uma veterana de trinta anos de serviço que já tinha visto de tudo. Ela pensou e disse uma palavra... mas foi a palavra certa.

— Compaixão.

Scapelli nunca demonstra frieza nem desprezo quando acompanha Felix Babineau, o chefe do departamento de neurologia, nas rondas dele, e ele provavelmente não repararia se demonstrasse. Outros médicos *repararam*, mas poucos dão atenção; os atos de seres inferiores como os enfermeiros, mesmo os chefes, estão bem abaixo do olhar arrogante deles.

Ao que parece, Scapelli acha que, independentemente do que haja de errado com eles, os pacientes da Clínica de Traumatismo Cerebral devem carregar parte da responsabilidade pela situação em que estão, e se eles se esforçassem mais, sem dúvida recuperariam ao menos *parte* de suas capacidades. Mas ela faz seu trabalho, e na maior parte do tempo faz bem, talvez melhor do que Becky Helmington, de quem as pessoas gostavam muito mais. Se alguém lhe dissesse isso, Scapelli teria respondido que não estava ali para gostarem dela. Estava ali para cuidar dos pacientes, fim da história, ponto final.

Mas há um paciente antigo no Balde que ela odeia. Esse paciente é Brady Hartsfield. O motivo não é porque ela tem um amigo ou parente que foi ferido ou morto no City Center; é porque ela acha que ele está fingindo. Fugindo da punição que tanto merece. Ela se mantém distante e deixa que outros funcionários cuidem dele, porque, só de olhá-lo, é tomada de uma fúria duradoura pelo sistema ser tão facilmente enganado por aquela criatura do mal. Ela fica longe por outro motivo também: não confia totalmente em si mesma quando está no quarto dele. Em duas ocasiões, ela fez uma coisa. O tipo de coisa que, se fosse descoberta, poderia resultar em *sua* demissão. Mas, naquela tarde nos primeiros dias de janeiro, na hora que Hodges e Holly estão terminando o almoço, ela é atraída para o quarto 217 como se puxada por um cabo invisível. Naquela manhã ela foi obrigada a ir lá, porque o dr. Babineau insiste que ela o acompanhe nas rondas, e Brady é seu paciente favorito. Ele fica impressionado com o quanto Brady foi longe.

— Ele nunca deveria ter saído do coma — disse Babineau logo depois que ela entrou para a equipe do Balde. O médico é frio como um peixe, mas fica quase alegre quando fala de Brady. — E olhe para ele agora! Consegue andar distâncias curtas, com ajuda, claro. Consegue se alimentar e responder verbalmente ou com sinais a perguntas simples.

Ele também quase sempre tenta enfiar o garfo no olho, Ruth Scapelli poderia ter acrescentado (mas não acrescenta), e suas respostas verbais parecem todas *wah-wah* e *gub-gub*. E tem a questão da sujeira. Se você coloca uma fralda nele, ele segura tudo. Se você tira, ele urina na cama, com a regularidade de um relógio. Defeca nela, se puder. Parece que sabe. Ela acredita que sabe *mesmo*.

Outra coisa que ele sabe, e disso não pode haver dúvida, é que Scapelli não gosta dele. Naquela manhã mesmo, depois que o exame terminou e o dr. Babineau estava lavando as mãos no banheiro contíguo, Brady levantou a cabeça para olhar para ela e levou uma das mãos ao peito. Fechou-a em um punho frouxo e trêmulo. Então, esticou o dedo médio lentamente.

Primeiro, Scapelli não acreditou no que estava vendo: Brady Hartsfield mostrando o dedo médio para ela. E então, quando ouviu a torneira ser fechada no banheiro, dois botões pularam na parte da frente do uniforme, deixando exposto o sutiã de sustentação Playtex 18-Hour Comfort Bra. Ela não acredita nos boatos que ouviu sobre esse desperdício de ser humano, *se recusa* a acreditar, mas...

Ele sorriu para ela. *Abriu um sorrisinho* para ela.

Agora, ela vai até o quarto 217 enquanto música tranquila sai dos alto-falantes no corredor. Está usando o uniforme reserva, o rosa que guarda no armário e do qual não gosta muito. Ela olha para os dois lados para ter certeza de que ninguém está prestando atenção, finge ler o prontuário de Brady para o caso de haver um par de olhos xeretas que deixou passar e entra no quarto. Ele está sentado na cadeira em frente à janela, onde sempre fica. Está usando uma das quatro camisas xadrez que tem e uma calça jeans. O cabelo foi penteado, e as bochechas estão macias como pele de bebê. Um bóton no bolso da camisa proclama: FUI BARBEADO PELA ENFERMEIRA BARBARA!

Ele está vivendo como Donald Trump, pensa Ruth Scapelli. *Matou oito pessoas e feriu Deus sabe quantas, tentou matar milhares de garotinhas em um show, e aqui está, com as refeições levadas até o quarto por uma equipe particular, suas rou-*

pas são lavadas, o rosto é barbeado. Ele recebe massagem *três vezes por semana. Vai ao spa quatro vezes por semana e passa um tempo na* banheira de hidromassagem.

Vivendo como Donald Trump? Não. Está mais para o líder de um daqueles países desérticos do Oriente Médio, cheios de petróleo.

E se ela contasse para Babineau que ele mostrou o dedo médio para ela?

Ah, não, ele diria. *Ah, não, enfermeira Scapelli. O que você viu não passa de um reflexo muscular involuntário. Seu cérebro ainda é incapaz de processar os pensamentos que levariam a um gesto desses. Mesmo que não fosse esse o caso, por que ele faria um gesto desses para você?*

— Porque você não gosta de mim — diz ela, se inclinando para a frente com as mãos nos joelhos cobertos pela saia rosa. — Não é, sr. Hartsfield? E isso nos deixa quites, porque eu não gosto de você.

Ele não olha para ela nem dá sinal de que ouviu. Só olha pela janela para o estacionamento. Mas ele *ouve*, ela tem certeza de que ouve, e o fato de não reagir a enfurece ainda mais. Quando Scapelli fala, as pessoas têm que *ouvir*.

— Devo acreditar que você arrancou os botões do meu uniforme hoje de manhã com algum tipo de controle mental?

Nada.

— Eu sei bem o que foi. Eu pretendia substituir aquele uniforme. A parte do busto estava apertada demais. Você pode enganar alguns funcionários mais crédulos, mas não me engana, sr. Hartsfield. Você só consegue ficar aí sentado. E sujar a cama toda vez que tem oportunidade.

Nada.

Ela olha para a porta para ter certeza de que está fechada, depois tira a mão esquerda do joelho e a estica na direção dele.

— Todas aquelas pessoas que você machucou, algumas ainda estão sofrendo. Isso deixa você feliz? Deixa, não é? Será que *você* gostaria de tal dor? Que tal descobrirmos?

Ela toca primeiro na superfície macia de um mamilo embaixo da camisa, depois belisca com o indicador e o polegar. As unhas são curtas, mas ela enfia o que tem. Gira de um lado para outro.

— Isso é dor, sr. Hartsfield. Está gostando?

O rosto dele continua sem expressão como sempre, o que a deixa com mais raiva. Ela se inclina para mais perto, até os narizes estarem quase se tocando. O rosto dela parece mais do que nunca um punho fechado. Os olhos azuis estão arregalados atrás dos óculos. Há cuspe nos cantos dos lábios.

— Eu poderia fazer isso com seus testículos — sussurra ela. — Talvez faça mesmo.

Sim. Talvez faça. Ele não pode contar para Babineau, afinal. Ele consegue dizer umas quarenta palavras, no máximo, e poucas pessoas entendem o que ele diz. *Quero mais milho* sai mais como *Qué má mi*, um som que parece uma imitação tosca de índios em um filme de faroeste. A única coisa que ele diz com clareza é *Quero minha mãe*, e em várias ocasiões Scapelli teve grande prazer em informá-lo novamente que a mãe dele está morta.

Ela gira o mamilo de um lado para outro. No sentido horário e no sentido anti-horário. Apertando com o máximo de força, e as mãos dela são de enfermeira, o que quer dizer que são fortes.

— Você acha que o dr. Babineau é seu bichinho de estimação, mas entendeu errado. Você é o bichinho *dele*. A cobaia. Ele acha que eu não sei sobre as drogas experimentais que ele lhe dá, mas eu sei. Vitaminas, diz ele. Até parece! Sei de *tudo* que acontece neste hospital. Ele acha que vai trazer você de volta, mas isso nunca vai acontecer. Seu caminho não tem volta. E se ele conseguisse? Você seria julgado e iria para a cadeia pelo resto da vida. E não tem banheira de hidromassagem na Prisão Estadual de Waynesville.

Ela está apertando o mamilo dele com tanta força que os tendões em seu pulso saltam, mas ele ainda não dá sinais de sentir dor. Só continua olhando para o estacionamento, com o rosto inexpressivo. Se ela continuar, é capaz de uma das enfermeiras ver o hematoma, o inchaço, e isso vai para o prontuário dele.

Ela recua, respirando fundo, e a persiana acima da janela chacoalha de repente, emitindo um som alto. Isso a faz pular e olhar ao redor. Quando ela se vira para ele de novo, Hartsfield não está mais olhando para o estacionamento. Ele está olhando diretamente para *ela*. Os olhos estão límpidos e conscientes. Scapelli sente uma pontada de medo e dá um passo para trás.

— Eu poderia denunciar Babineau — diz ela —, mas os médicos sempre encontram um jeito de escapar das coisas, principalmente quando é a palavra deles contra a de uma enfermeira, até mesmo a da enfermeira-chefe. E por que eu faria isso? Ele que faça os experimentos que quiser. Até Waynesville é bom demais para você, sr. Hartsfield. Talvez ele dê uma coisa que te mate. É o que você merece.

Um carrinho de comida retumba no corredor; alguém está recebendo um almoço tardio. Ruth Scapelli estremece como uma mulher despertando de um sonho e recua para a porta, olhando de Hartsfield para a agora silenciosa persiana e novamente para Hartsfield.

— Vou deixar você em paz, mas quero dizer mais uma coisa antes de ir. Se me mostrar o dedo do meio de novo, vou fazer nós nos seus testículos.

A mão de Brady sobe do colo até o peito. Treme, mas é uma questão de coordenação motora. Graças a dez sessões por semana de fisioterapia, ele conseguiu recuperar ao menos um pouco de tônus muscular.

Scapelli fica olhando sem acreditar, vendo o dedo do meio se erguer na direção dela.

Com isso, vem o sorriso obsceno.

— Você é um monstro — diz ela em voz baixa. — Uma aberração.

Mas não se aproxima dele de novo. Fica com um medo repentino e irracional do que poderia acontecer se ela se aproximasse.

11

Tom Saubers está mais do que disposto a fazer o favor que Hodges pediu, apesar de precisar remarcar alguns compromissos da tarde. Ele deve bem mais a Bill Hodges do que um passeio por uma casa vazia em Ridgedale; afinal, o ex-policial, com a ajuda dos amigos Holly e Jerome, salvou a vida de seus filhos. E, possivelmente, da esposa também.

Ele digita a senha do alarme no saguão, depois de ler os números em uma folha de papel presa à pasta que carrega. Enquanto leva Hodges pelos aposentos do primeiro andar, com os passos dos dois ecoando, Tom não consegue deixar de entrar na rotina. Sim, é bem longe do centro da cidade, não dá para discutir, mas isso significa que se tem todos os serviços da cidade, como água, saneamento, coleta de lixo, ônibus escolares e ônibus municipais, sem o barulho da cidade.

— A casa está pronta para receber TV a cabo da melhor qualidade — completa ele.

— Ótimo, mas não tenho interesse em comprá-la.

Tom olha para ele com curiosidade.

— Então qual é o seu interesse?

Hodges não vê motivo para não contar.

— Saber se alguém andou usando esta casa para ficar de olho naquela ali, do outro lado da rua. Houve um assassinato seguido de suicídio no fim de semana passado nesta rua.

— No 1601? Meu Deus, Bill, que *horrível*.

Aham, pensa Hodges, *e acredito que você já esteja se perguntando com quem deve falar para ser o corretor daquela casa.*

Não que ele ache isso uma atitude ruim da parte de Tom, que passou pelo inferno após o Massacre do City Center e saiu relativamente intacto.

57

— Estou vendo que você abandonou a bengala — comenta Hodges quando eles sobem para o segundo andar.

— Às vezes eu uso à noite, principalmente se estiver chovendo — diz Tom. — Os médicos dizem que essa história de as juntas doerem mais quando o tempo está úmido é besteira, mas estou aqui para dizer que essa não é uma historinha para boi dormir. Este é o quarto principal, dá para ver que pega todo o sol da manhã. O banheiro é bonito e grande, com ducha no chuveiro, e no fim do corredor...

Sim, é uma casa bonita, Hodges não esperaria nada diferente em Ridgedale, mas não há sinal de alguém ter entrado ali ultimamente.

— Viu o bastante? — pergunta Tom.

— Acho que sim. Você reparou em alguma coisa fora do lugar?

— Nadinha. E o alarme é dos bons. Se alguém *tivesse* entrado...

— Aham — interrompe Hodges. — Teria apitado loucamente. Desculpe por te fazer sair em um dia tão frio.

— Besteira. Eu tinha que sair mesmo. E é bom ver você. — Eles saem pela porta da cozinha, que Tom tranca logo depois. — Mas você está magro demais.

— Ah, sabe o que dizem: não existe isso de ser magro ou rico demais.

Tom, que por resultado dos ferimentos no City Center ficou magro e pobre demais, dá um sorriso para o coroa e se dirige para a frente da casa. Hodges dá alguns passos para segui-lo, mas para.

— Podemos olhar a garagem?

— Claro, mas não tem nada lá.

— Só uma espiada.

— Não quer deixar passar nada, não é? Entendi, deixa eu pegar a chave certa.

Só que ele não precisa da chave, porque a porta da garagem está entreaberta cinco centímetros. Os dois homens olham para a madeira arrebentada ao redor da tranca em silêncio.

— Ah. Quem diria — diz Tom, por fim.

— O alarme não cobre a garagem, imagino.

— Isso mesmo. Não tem nada para proteger aí dentro.

Hodges entra em um retângulo com paredes de madeira lisa e piso de concreto. Há visíveis marcas de botas no chão. Hodges consegue ver a própria respiração e também outra coisa. Em frente ao portão esquerdo há uma cadeira. Alguém se sentou ali para vigiar.

O ex-detetive vinha sentindo uma inquietação crescente no lado esquerdo da barriga, uma sensação que se estende até a lombar, mas esse tipo de dor é quase uma velha companheira agora, e fica temporariamente obscurecida pela empolgação.

Alguém se sentou ali para olhar o número 1601, pensa ele. *Eu apostaria minha alma nisso se pudesse.*

Ele vai até a entrada da garagem e se senta onde a pessoa se sentou. Há três janelas horizontais no meio do portão, e a da direita foi limpa recentemente. A vista é para o janelão da sala de estar do 1601.

— Ei, Bill — chama Tom. — Tem alguma coisa embaixo da cadeira.

Hodges se inclina para olhar, apesar de isso lhe causar um ardor na barriga. O que ele vê é um disco preto, com talvez uns oito centímetros de diâmetro. Ele o pega pelas beiradas. Gravado ali, em dourado, há uma única palavra: STEINER.

— É de uma câmera? — pergunta Tom.

— Não, de um binóculo. Departamentos de polícia com orçamento gordo usam binóculos Steiner.

Com um bom binóculo Steiner (e, até onde Hodges sabe, não existe um Steiner ruim), a pessoa poderia estar dentro da sala de estar de Ellerton-Stover, supondo que as persianas estivessem abertas... e estavam, quando ele e Holly entraram lá de manhã. Caramba, se as mulheres estivessem vendo a CNN, a pessoa conseguiria ler a legenda na base da tela.

Hodges não tem um saco plástico para coletar a evidência, mas tem um pacote de lenços de papel no bolso do casaco. Ele pega dois, enrola com cuidado a tampa da lente e a coloca no bolso interno do casaco. Levanta-se da cadeira (provocando outra pontada; a dor está ruim esta tarde) e vê outra coisa. Alguém entalhou uma única letra na tábua de madeira entre os dois portões, talvez com um canivete.

É a letra Z.

12

Eles estão quase na entrada de carros novamente quando Hodges sente uma dor nova: uma pontada lancinante atrás do joelho esquerdo. Parece que ele foi esfaqueado. Ele grita tanto de surpresa quanto de dor enquanto se inclina, massageando o ponto latejante de tensão, tentando fazer a dor passar. Aliviá-la, pelo menos.

Tom se ajoelha ao lado dele, e assim nenhum dos dois vê o Chevrolet velho seguindo lentamente pela Hilltop Court. A tinta azul desbotada está cheia de manchas de primer vermelho. O cavalheiro idoso atrás do volante desacelera ainda mais para poder olhar para os dois homens. Então acelera, soltando uma baforada de fumaça azulada pelo escapamento, e passa direto pela casa de Ellerton e Stover, a caminho do retorno no fim da rua.

— O que foi? — pergunta Tom. — O que aconteceu?

— Câimbra — diz Hodges entredentes.

— Massageie.

Hodges lança um olhar irônico por entre o cabelo desgrenhado.

— O que você acha que eu estou fazendo?

— Deixe que eu faço.

Tom Saubers, veterano de fisioterapia graças ao fato de ter ido a uma certa feira de empregos seis anos atrás, empurra a mão de Hodges para o lado. Tira uma das luvas e aperta o joelho de Hodges com os dedos. Com força.

— Ai! Jesus! Isso dói pra caralho!

— Eu sei — diz Tom. — Não dá para evitar. Coloque o máximo de peso que conseguir na perna boa.

Hodges faz isso. O Malibu com as manchas de primer vermelho passa lentamente de novo, dessa vez descendo a ladeira. O motorista aproveita para dar outra boa olhada e acelera.

— Está melhorando — diz Hodges. — Graças a Deus.

Está mesmo, mas seu estômago está em chamas e a lombar parece ter sido distendida.

Tom olha para ele com preocupação.

— Tem certeza de que está bem?

— Estou. É só um espasmo muscular.

— Ou talvez uma trombose venosa profunda. Você não é mais tão jovem, Bill. Tem que ver isso. Se alguma coisa te acontecesse enquanto estava comigo, Peter jamais me perdoaria. Nem a irmã dele. Devemos muito a você.

— Está tudo sob controle, tenho uma consulta médica amanhã — diz Hodges. — Venha, vamos embora daqui. Estou congelando.

Ele manca nos primeiros dois ou três passos, mas a dor atrás do joelho acaba sumindo por completo, e Hodges consegue andar normalmente. Mais do que Tom. Graças ao encontro com Brady Hartsfield em abril de 2009, Tom Saubers vai mancar pelo resto da vida.

13

Quando Hodges chega em casa, o estômago está melhor, mas ele está exausto. O ex-detetive se cansa com facilidade agora e diz para si mesmo que é porque seu apetite anda ruim, mas se pergunta se esse é mesmo o motivo. Ele ouviu o vidro se quebrando e os garotos gritando *home run* duas vezes no caminho de volta de Ridgedale, mas nunca olha o celular quando está dirigindo, em parte porque é perigoso (sem mencionar ilegal naquele estado), mas principalmente porque se recusa a se tornar um escravo do aparelho.

Além do mais, ele não precisa ler mentes para saber de quem ao menos uma dessas mensagens é. Ele espera até ter guardado o casaco no armário do saguão, tocando brevemente no bolso interno para verificar se a tampa da lente ainda está segura lá dentro.

A primeira mensagem é de Holly.

Devíamos falar com Pete e Isabelle, mas me ligue primeiro. Tenho uma pergunta.

A outra não é dela. Está escrito:

O dr. Stamos precisa falar com você com urgência. Você está marcado para amanhã às 9h. Não falte à consulta!

Hodges olha para o relógio e vê que, apesar de o dia parecer já estar durando ao menos um mês, são apenas 16h15. Ele liga para o consultório do médico e fala com Marlee. Consegue reconhecê-la pela voz alegre de líder de torcida, que fica séria quando ele se apresenta. Hodges não sabe o que os exames revelaram, mas não pode ser coisa boa. Como Bob Dylan disse uma vez, não é preciso ser meteorologista para saber para que lado o vento sopra.

Ele pede para mudar a consulta para as 9h30 porque pretende fazer uma reunião com Holly, Pete e Isabelle primeiro. Hodges se recusa a acreditar que sua visita ao consultório do dr. Stamos pode ser seguida de uma internação no hospital, mas é realista, e aquela pontada de dor na perna o deixou assustado.

Marlee o deixa esperando na linha. Hodges escuta Young Rascals por um tempo (*Que já devem estar bem velhos a essa altura*, pensa ele) até ela voltar.

— Podemos receber você às nove e meia, sr. Hodges, mas o dr. Stamos pediu para que eu enfatizasse que é imperativo que você não falte à consulta.

— É muito ruim? — pergunta ele antes que possa se segurar.

— Não tenho informações sobre o seu caso — responde Marlee —, mas eu diria que é melhor descobrir qual é o problema o mais rápido possível. Você não acha?

— Acho — diz Hodges, com a voz pesada. — Vou comparecer à consulta. E obrigado.

Ele desliga e olha para o celular. Na tela há uma foto da filha aos sete anos, alegre e sorridente, no balanço que ele montou no quintal quando moravam na Freeborn Avenue. Quando ainda eram uma família. Agora, Allie tem trinta e seis anos, é divorciada, faz terapia e está superando um relacionamento sofrido com um homem que contou uma história tão velha quanto a Bíblia: *Vou me separar em breve, mas agora é um momento ruim.*

Hodges coloca o celular na mesa e levanta a camisa. A dor no lado esquerdo do abdome diminuiu para uma pontada leve de novo, e isso é bom, mas ele não gosta do inchaço que vê abaixo do esterno. Parece que acabou de fazer uma refeição enorme, quando na verdade só conseguiu comer metade do almoço e o café da manhã, que foi um bagel.

— O que está acontecendo com você? — pergunta ele ao estômago inchado. — Eu não me importaria de receber uma dica antes da consulta amanhã.

Ele acredita que poderia encontrar todas as dicas de que precisa se ligasse o computador e pesquisasse na internet, mas acha que tentar fazer o próprio diagnóstico é um jogo para idiotas. Então, liga para Holly. Ela quer saber se ele encontrou alguma coisa interessante no número 1588.

— *Muito* interessante, como aquele cara do *Laugh-In* dizia, mas antes de falarmos disso, faça sua pergunta.

— Você acha que Pete consegue descobrir se Martine Stover comprou um computador? Verificar os cartões de crédito dela, essas coisas? Porque o da mãe era *pré-histórico*. Se sim, quer dizer que ela estava falando sério sobre o curso on-line. E, se estava falando sério, então...

— Então as chances de ter elaborado um pacto suicida com a mãe caem drasticamente.

— É.

— Mas eu não descartaria a possibilidade de a mãe ter decidido fazer tudo sozinha. Ela poderia ter colocado os comprimidos com vodca no tubo de alimentação da filha enquanto ela dormia e depois entrado na banheira para concluir o serviço.

— Mas Nancy Alderson disse...

— Que elas eram felizes, é, eu sei. Só estou fazendo uma observação. Mas não acredito nisso.

— Você parece cansado.

— Só meu cansaço normal de fim do dia. Vou me animar depois que comer alguma coisa.

Nunca na vida Hodges sentiu menos vontade de comer.

— Coma bastante. Você está magro demais. Mas primeiro me diga o que encontrou naquela casa vazia.

— Não na casa. Na garagem.

Hodges conta. Ela não o interrompe. Nem diz nada quando ele termina. Holly às vezes esquece que está no telefone, então ele dá uma deixa.

— E aí? O que você acha?

— Não sei. Não mesmo. É tão... estranho, tudo muito estranho. Você não acha? Ou não? Porque eu posso estar exagerando. Às vezes, eu faço isso.

Nem me fale, pensa Hodges, mas dessa vez não acha que ela está exagerando, e diz isso a Holly.

— Você me disse que achava que Janice Ellerton não aceitaria nada de um homem com casaco remendado e uniforme de trabalho — comenta ela.

— É.

— Isso quer dizer...

Agora, é ele que fica em silêncio e a deixa concluir.

— Quer dizer que dois homens estão envolvidos. *Dois*. Um deu o Zappit para Janice Ellerton junto com o questionário falso quando ela estava fazendo compras, e o outro a observou da casa do outro lado da rua. E com um binóculo! Dos *caros*! Talvez os dois homens não estejam trabalhando juntos, mas...

Ele espera. Sorrindo um pouco. Quando Holly eleva a velocidade do processo de pensamento ao nível máximo, ele quase escuta as engrenagens girando atrás da testa.

— Bill, você ainda está aí?

— Estou. Só esperando você botar para fora.

— Ah, ao menos para mim, eles parecem estar trabalhando juntos. E podem ter alguma coisa a ver com o fato de aquelas duas mulheres estarem mortas. Pronto, está feliz?

— Estou, Holly. Estou. Tenho uma consulta médica amanhã às nove e meia...

— Os resultados dos exames chegaram?

— Chegaram. Quero marcar um encontro antes com Pete e Isabelle. Oito e meia está bom para você?

— Claro.

— Vamos contar tudo, sobre Alderson, o leitor eletrônico que você encontrou e a casa de número 1588. Para ver o que eles acham. Parece bom?

— Parece, mas *ela* não vai gostar nada disso.
— Você pode estar enganada.
— Posso. E o céu pode ficar verde com pintinhas vermelhas amanhã. Agora, vá comer alguma coisa.

Hodges garante que vai e aquece uma lata de canja de galinha enquanto assiste ao noticiário. Ele come quase tudo, mas faz pausas entre as colheradas e tenta estimular a si mesmo: *Você consegue, você consegue.*

Enquanto está lavando o prato, a dor no lado esquerdo do abdome volta, junto com os tentáculos que se esticam até a lombar. A dor parece irradiar a cada batimento. Seu estômago se contrai. Ele pensa em correr para o banheiro, mas é tarde demais. Hodges se inclina na pia e vomita com os olhos fechados. Não os abre enquanto tateia em busca da torneira e a liga para lavar a sujeira. Ele não quer ver o que saiu de seu corpo, porque consegue sentir gosto de sangue na boca e na garganta.

Ah, pensa ele, *estou encrencado aqui.*
Estou muito encrencado.

14

Oito da noite.

Quando a campainha toca, Ruth Scapelli está assistindo a um reality show idiota que é só uma desculpa para mostrar homens e mulheres jovens usando pouca roupa. Em vez de ir direto até a porta da frente, ela arrasta os pés até a cozinha e liga o monitor da câmera de segurança na varanda. Ela mora em um bairro seguro, mas não vale a pena correr riscos; uma das frases favoritas de sua falecida mãe era *merda boia por aí*.

Ela fica surpresa e inquieta quando reconhece o homem parado à sua porta. Ele está usando um sobretudo de tweed, obviamente caro, e um chapéu Trilby com uma pena presa. Por baixo do chapéu, o cabelo grisalho perfeitamente cortado balança de forma dramática nas têmporas. Ele carrega uma pasta fina. É o dr. Felix Babineau, chefe do departamento de neurologia e mandachuva na Clínica de Traumatismo Cerebral de Lakes Region.

A campainha toca de novo, e ela corre para abrir a porta, pensando: *Ele não pode saber o que fiz hoje de tarde porque a porta estava fechada e ninguém me viu entrar. Relaxe. É outra coisa. Talvez tenha algo a ver com o sindicato.*

Mas ele nunca discutiu sobre assuntos do sindicato com ela, embora Scapelli seja integrante do Sindicato dos Enfermeiros há cinco anos. O dr.

Babineau talvez nem a reconhecesse se ela passasse por ele na rua sem estar vestindo o uniforme. Isso a fez se lembrar do que está usando agora, um roupão velho e pantufas mais velhas ainda (com carinhas de coelhinhos!), mas é tarde demais para fazer qualquer coisa a respeito. Pelo menos, o cabelo não está em bobes.

Ele devia ter ligado antes, pensa ela, mas o pensamento que vem em seguida é perturbador: *Talvez ele quisesse me pegar de surpresa.*

— Boa noite, dr. Babineau. Entre e saia do frio. Lamento estar recebendo o senhor de roupão, mas eu não estava esperando companhia.

Ele entra e fica de pé no saguão. Ela precisa contorná-lo para fechar a porta. Visto de perto em vez de pelo monitor, ela acha que os dois talvez estejam quites no quesito desalinho. Ela está usando roupão e pantufas, verdade, mas ele está com a barba por fazer. O dr. Babineau (ninguém sonharia em chamá-lo de dr. Felix) pode ser uma figura na moda — basta ver o cachecol de casimira envolto em seu pescoço —, mas esta noite ele precisa se barbear, e muito. Além do mais, há olheiras debaixo dos olhos.

— Me deixe pendurar seu casaco — oferece ela.

Ele coloca a pasta entre os sapatos, desabotoa o sobretudo e o entrega para ela, junto com o cachecol luxuoso. Ele ainda não disse nada. A lasanha que ela comeu no jantar, deliciosa naquele momento, parece estar afundando e levando o fundo do estômago junto.

— O senhor gostaria...

— Vamos para a sala — diz ele, e passa por ela como se fosse o dono da casa.

Ruth Scapelli o segue.

Babineau pega o controle remoto no braço da poltrona, aponta para a televisão e aperta o botão do mudo. Os homens e as mulheres jovens continuam na tela, mas fazem isso sem a companhia da falação do apresentador. Scapelli não está mais só inquieta; agora, está com medo. Pelo emprego, sim, pela posição que se esforçou tanto para alcançar, mas também por si mesma. Tem algo faltando no olhar dele, pois ela só vê uma espécie de vazio.

— Aceita alguma coisa para beber? Um refrigerante ou uma xícara de...

— Me escute, enfermeira Scapelli. E com atenção se quer manter o emprego.

— Eu... eu...

— E não terminaria com a perda do cargo. — Babineau coloca a pasta no assento da poltrona e abre as fivelas douradas. Elas estalam quando se abrem. — Você cometeu uma agressão contra um paciente mentalmente deficiente hoje, o que pode ser classificado como ataque *sexual*, e usou em seguida o que a lei chama de ameaça criminal.

— Eu... eu nunca...

Ela quase não consegue ouvir a própria voz. Acha que pode desmaiar se não se sentar, mas a pasta dele está na poltrona favorita dela. Scapelli atravessa a sala até o sofá e bate a canela na mesa de centro no caminho, com força suficiente para quase virá-la. Sente um filete de sangue escorrendo pelo tornozelo, mas não olha. Se olhar, ela vai *desmaiar*.

— Você torceu o mamilo do sr. Hartsfield. Depois, ameaçou fazer o mesmo com seus testículos.

— Ele fez um gesto obsceno para mim! — explode Scapelli. — Me mostrou o dedo do meio!

— Vou garantir que você nunca mais trabalhe na área de enfermagem — diz ele, olhando nas profundezas da pasta enquanto ela meio que desaba no sofá. As iniciais dele estão impressas na lateral da pasta. Em dourado, é claro. Ele dirige uma BMW nova e deve pagar cinquenta dólares para cortar o cabelo. Talvez mais. É um chefe autoritário, dominador, e agora está ameaçando arruinar sua vida por causa de um pequeno erro. Um pequeno erro de julgamento.

Ela não se importaria se o chão se abrisse e a engolisse, mas sua visão é perversamente clara. Scapelli parece ver cada filamento da pena espetada no chapéu dele, cada linha vermelha nos olhos injetados, cada pelo grisalho de barba por fazer nas bochechas e no queixo. *O cabelo teria a mesma cor de pelo de rato*, pensa ela, *se ele não pintasse*.

— Eu... — Lágrimas começam a surgir, lágrimas quentes escorrendo pelas bochechas frias. — Eu... por favor, dr. Babineau. — Ela não sabe como o médico sabe, e não importa. O fato é que ele sabe. — Eu nunca mais vou fazer isso. Por favor. *Por favor*.

O dr. Babineau não se dá ao trabalho de responder.

15

Selma Valdez, uma dos quatro enfermeiros que trabalham no turno das três da tarde às onze da noite no Balde, dá uma batidinha indiferente na porta do quarto 217 (indiferente porque o residente nunca responde) e entra. Brady está sentado na cadeira em frente à janela, olhando para a escuridão. O abajur da mesa de cabeceira está aceso, iluminando as mechas douradas em seu cabelo. Ele ainda está usando o bóton que diz FUI BARBEADO PELA ENFERMEIRA BARBARA!

Ela pensa em perguntar se ele está pronto para ir para cama (ele não consegue desabotoar a camisa e a calça sozinho, mas é capaz de tirar os dois quando alguém desabotoa para ele), porém muda de ideia. O dr. Babineau acrescentou uma observação no prontuário de Hartsfield, escrita com caneta vermelha. "O paciente não deve ser perturbado quando estiver em estado semiconsciente. Durante esses períodos, o cérebro dele pode estar se 'reiniciando' em graus pequenos, mas consideráveis. Voltem e verifique em intervalos de meia hora. <u>Não ignorem essa diretiva.</u>"

Selma não acha que Hartsfield esteja reiniciando porra nenhuma, ele está perdido na terra dos vegetais, mas como todos os enfermeiros que trabalham no Balde, ela tem um pouco de medo do dr. Babineau e sabe que o médico tem o hábito de aparecer a qualquer hora, mesmo de madrugada, e são apenas oito da noite.

Em algum momento desde a última vez que foi checar o quarto 217, Hartsfield conseguiu se levantar e dar três passos até a mesa de cabeceira, onde fica o aparelho de joguinhos eletrônicos. Ele não tem a destreza manual necessária para jogar nenhum dos joguinhos, mas consegue ligar. Ele gosta de segurá-lo no colo e olhar para as telas de demonstração. Às vezes, faz isso durante uma hora ou mais, inclinado como alguém estudando para uma prova importante. O favorito é a demonstração do jogo Pescaria, para o qual está olhando agora. Uma música que ela se lembra da infância está tocando: *Vou nadar, pelo mar, pelo tão lindo mar...*

Ela se aproxima, pensa em dizer "Você gosta mesmo disso, não é?", mas se lembra do aviso com *Não ignorem essa diretiva* sublinhado e encara a pequena tela de cinco por três polegadas. Ela entende por que ele gosta de assistir; tem algo lindo e fascinante na forma como os peixes exóticos aparecem, param e saem nadando com um único movimento da cauda. Alguns são vermelhos... alguns são azuis... alguns são amarelos... ah, tem um rosa lindo...

— Pare de olhar.

A voz de Brady arranha como as dobradiças de uma porta pouco usada, e apesar de haver um espaço considerável entre as palavras, elas são perfeitamente claras. Nem um pouco parecidas com os murmúrios enrolados de sempre. Selma pula, como se ele tivesse lhe dado um beliscão em vez de só falado com ela. Na tela do Zappit, há um brilho momentâneo de luz azul que esconde os peixes, mas eles logo voltam. Selma olha para o relógio preso de cabeça para baixo no uniforme e vê que já são oito e vinte. Jesus, ela está mesmo ali de pé há quase vinte minutos?

— Vá.

Brady ainda está olhando para a tela, onde os peixes nadam de um lado para outro, de um lado para outro. Selma afasta o olhar, mas é necessário um tremendo esforço.

— Volte mais tarde. — Uma pausa. — Quando eu terminar. — Outra pausa. — De olhar.

Selma obedece e, quando sai para o corredor, sente que tudo voltou ao normal. Ele falou com ela, grande coisa. E daí se ele gosta de assistir à demonstração do Pescaria da mesma forma que alguns caras gostam de ver garotas de biquíni jogar vôlei? Mais uma vez, grande coisa. A verdadeira pergunta é: por que deixam *crianças* terem esses joguinhos eletrônicos? Não podem fazer bem para seus cérebros imaturos, não é? Por outro lado, crianças jogam no computador o tempo todo, então talvez sejam imunes. Bem, ela ainda tem muita coisa a fazer. Que Hartsfield fique na cadeira olhando para o aparelho.

Afinal, ele não está machucando ninguém.

16

Felix Babineau se inclina rigidamente para a frente, como um androide em um filme antigo de ficção científica. Enfia a mão na pasta e tira um aparelho rosa que parece um leitor digital. A tela está cinza.

— Tem um número aqui que quero que você encontre — diz ele. — Um número de nove dígitos. Se você conseguir encontrá-lo, enfermeira Scapelli, o incidente de hoje ficará entre nós.

O primeiro pensamento dela é "você deve estar maluco", mas não pode dizer isso, não quando ele está segurando sua vida nas mãos.

— Como posso fazer isso? Não sei nada sobre aparelhos eletrônicos! Mal sei mexer no celular!

— Besteira. Como enfermeira cirúrgica, você foi muito procurada por sua destreza.

Era verdade, mas fazia dez anos que ela não botava os pés em uma sala de cirurgia, entregando tesouras e retratores e esponjas. Scapelli recebeu a oferta de um curso de seis semanas sobre microcirurgia — o hospital pagaria setenta por cento do valor —, mas ela não teve interesse. Ou foi o que ela disse; na verdade, ficou com medo de não passar no curso. Mas ele está certo, no seu auge ela era rápida.

Babineau aperta um botão no alto do aparelho. Ela inclina a cabeça para olhar a tela. O aparelho se acende, e as palavras BEM-VINDO AO ZAPPIT! aparecem. Então uma tela cheia de ícones surge. Jogos, ela acha. O médico mexe na tela uma, duas vezes, e diz para ela se aproximar. Quando Scapelli hesita, ele sorri. Talvez fosse para ser agradável e convidativo, mas o sorriso a apavora. Porque não vê nada nos olhos dele, nenhuma expressão humana.

— Venha, enfermeira. Eu não vou *morder* você.

É claro que não vai. Mas e se morder?

Mesmo assim, ela chega mais perto para poder ver a tela, onde peixes exóticos nadam de um lado para outro. Quando eles balançam os rabos, bolhas surgem. Uma musiquinha vagamente familiar toca.

— Está vendo este? Se chama Pescaria.

— E-estou.

Ela pensa: *Ele pirou mesmo. Teve algum colapso mental de tanto trabalhar.*

— Se você tocar na parte inferior da tela, o jogo vai começar e a música mudará, mas não quero que você faça isso. A demonstração é tudo que precisa. Procure os peixes rosa. Eles não aparecem com frequência e são rápidos, então você tem que observar com atenção. Não pode tirar os olhos da tela.

— Dr. Babineau, você está bem?

É a voz dela, mas parece estar vindo de muito longe. Ele não responde, só fica olhando para a tela. Scapelli também está olhando. Os peixes são até interessantes. E a musiquinha é meio hipnótica. Há um brilho de luz azul na tela. Ela pisca, e os peixes voltam. Nadando de um lado para outro. Batendo os rabinhos e espalhando bolhas.

— Cada vez que você encontrar um peixe rosa, bata nele, e um número vai aparecer. Nove peixes rosa, nove números. Aí, você vai ter terminado, e tudo isso ficará para trás. Entendeu?

Ela pensa em perguntar se deve anotar os números em algum lugar ou só decorá-los, mas isso parece difícil demais, então ela só assente.

— Ótimo. — Ele entrega o aparelho a ela. — Nove peixes, nove números. Mas só os peixes rosa, não esqueça.

Scapelli olha para a tela onde os peixes estão nadando: vermelhos e verdes, verdes e azuis, azuis e amarelos. Eles saem nadando pelo lado esquerdo da telinha retangular, depois voltam pelo direito. Eles saem nadando pelo lado direito da tela e voltam pelo esquerdo.

Esquerdo, direito.

Direito, esquerdo.

Alguns no alto, alguns embaixo.

Mas onde estão os rosas? Ela precisa bater nos rosas e, depois que tiver batido em nove, tudo isso vai ficar para trás.

Pelo canto do olho, ela vê Babineau fechando as fivelas da pasta. Ele a pega e sai da sala. Está indo embora. Não importa. Ela tem que bater nos peixes rosa para que tudo fique para trás. Uma luz azul brilha na tela, e os peixes voltam. Eles nadam da esquerda para a direita e da direita para a esquerda. A musiquinha toca: *Vou nadar, pelo mar, pelo tão lindo mar. E, ah, seremos tão felizes juntos.*

Um rosa! Ela clica nele. O número onze aparece! Faltam só oito!

Ela clica em um segundo peixe cor-de-rosa enquanto a porta da frente se fecha silenciosamente, e em um terceiro quando o dr. Babineau dá a partida no carro lá fora. Ela está de pé no meio da sala, com os lábios entreabertos como se para dar um beijo, olhando para a tela. As cores se movem nas bochechas e na testa dela. Os olhos estão arregalados e vidrados. Um quarto peixe cor-de-rosa aparece. Esse está se movendo mais devagar, como se convidando seu dedo, mas ela só fica ali parada.

— Olá, enfermeira Scapelli.

Ela levanta o rosto e vê Brady Hartsfield sentado em sua poltrona. Seu corpo está cintilando um pouco, meio fantasmagórico, mas é ele mesmo. Está usando a mesma roupa de quando ela foi visitá-lo à tarde: calça jeans e uma camisa xadrez. O bóton que diz FUI BARBEADO PELA ENFERMEIRA BARBARA! ainda está preso na camisa. Mas o olhar vazio com que todo mundo no Balde se acostumou sumiu. Ele está olhando para ela com interesse. Ela se lembra do irmão olhando para sua colônia de formigas daquele jeito quando eles eram crianças, em Hershey, na Pensilvânia.

Ele deve ser um fantasma, porque os peixes estão nadando nos olhos dele.

— Ele vai contar — diz Hartsfield. — E não vai ser só a palavra dele contra a sua, não é tão simples. Ele tem uma câmera escondida no meu quarto para me monitorar. Me estudar. Tem uma objetiva grande-angular para o dr. Babineau poder ver o quarto todo. Esse tipo de lente se chama olho de peixe.

Ele sorri para mostrar que fez um trocadilho. Um peixe vermelho nada pelo olho direito dele, então desaparece para reaparecer no esquerdo. Scapelli pensa: *O cérebro dele está cheio de peixes. Estou vendo os pensamentos dele.*

— A câmera está ligada a um gravador. Ele vai mostrar para os diretores do hospital a filmagem de quando você me torturou. Não doeu tanto assim, eu não sinto dor da forma como sentia antes, mas é de tortura que ele vai chamar. E não vai terminar por aí. Ele vai colocar o vídeo no YouTube. E no Facebook. E no site Bad Medicine. Vai viralizar. Você vai ficar famosa. A Enfermeira Torturadora. E quem vai defendê-la? Quem vai ficar do seu lado? Ninguém. Porque ninguém gosta de você. Todos a acham uma pessoa horrível. E o que *você* acha? Você se acha horrível?

Agora que essa ideia foi trazida à atenção dela, Scapelli acha que sim. Qualquer pessoa que ameace torcer os testículos de um homem com danos cerebrais *deve* ser horrível. No que ela estava pensando?

— Diga. — Ele se inclina para a frente, sorrindo. Os peixes nadam. A luz azul pisca. A música toca. — Diga, sua puta inútil.

— Eu sou horrível — diz Ruth Scapelli para a sala, que está vazia, exceto por ela.

Ela não desvia os olhos da tela do Zappit Commander.

— Agora diga com mais veracidade.

— Eu sou horrível. Sou uma puta inútil horrível.

— E o que o dr. Babineau vai fazer?

— Colocar o vídeo no YouTube. Colocar no Facebook. Colocar no Bad Medicine. Contar para todo mundo.

— Você vai ser presa.

— Eu vou ser presa.

— Vão colocar sua foto nos jornais.

— Claro que vão.

— Você vai para a prisão.

— Eu vou para a prisão.

— Quem vai ficar do seu lado?

— Ninguém.

17

Sentado no quarto 217 do Balde, Brady olha para a demonstração do jogo Pescaria. O rosto está desperto e atento. É o rosto que ele esconde de todo mundo, exceto de Felix Babineau, pois o médico não importa mais. O dr. Babineau mal existe. Atualmente, ele é apenas o dr. Z.

— Enfermeira Scapelli — diz Brady. — Vamos para a cozinha.

Ela resiste, mas não por muito tempo.

18

Hodges tenta nadar abaixo da dor e continuar dormindo, mas acaba sendo puxado com firmeza até chegar à superfície e abrir os olhos. Ele procura o relógio e vê que são duas da manhã. Um horário ruim para estar acordado, talvez o pior. Quando ele sofria de insônia depois da aposentadoria, chamava as duas da manhã de "a hora do suicídio", e agora pensa: *Deve ter sido nessa hora que a sra. Ellerton agiu. Às duas da manhã. A hora em que parece que o dia não vai chegar nunca.*

Ele sai da cama, anda lentamente até o banheiro e pega o vidro gigantesco de Gelusil no armário de remédios, tomando o cuidado de não se olhar no espelho. Toma quatro goles grandes e se inclina, esperando para ver se o estômago vai aceitar ou ejetar tudo, como fez com a canja de galinha.

O remédio fica, e a dor começa a diminuir. Às vezes, o Gelusil ajuda. Nem sempre.

Hodges pensa em voltar para a cama, mas está com medo de as pontadas voltarem assim que ele se deitar. Então, vai para o escritório e liga o computador. Ele sabe que é o pior horário para começar a procurar causas possíveis para seus sintomas, mas não consegue mais resistir. O papel de parede aparece (outra foto de Allie quando criança). Ele leva o cursor do mouse até a barra de tarefas para abrir o Firefox, mas congela. Tem uma atualização no dock. Entre o ícone de balão das mensagens de texto e o ícone de câmera do FaceTime, tem um guarda-chuva azul com um número *1* vermelho em cima.

— Uma mensagem no Debbie's Blue Umbrella — diz ele. — Caramba.

Jerome Robinson fez o download do aplicativo do Blue Umbrella para o computador de Hodges quando era bem mais novo, quase seis anos atrás. Brady Hartsfield, também conhecido como Assassino do Mercedes, queria conversar com o policial que não conseguiu pegá-lo, e, apesar de aposentado, Hodges estava muito disposto a conversar. Porque depois que bandidos como o Mr. Mercedes começam a falar (não havia muitos como ele, e graças a Deus por isso), eles estão a um ou dois passos de serem pegos. Isso era especialmente verdade sobre os arrogantes, e Hartsfield era a personificação da arrogância.

Os dois tinham seus motivos para se comunicarem por um site seguro, teoricamente impossível de rastrear, com servidores localizados em algum lugar nas profundezas obscuras da Europa Oriental. Hodges queria levar o criminoso do Massacre do City Center a cometer um erro que ajudaria a identificá-lo. O Mr. Mercedes queria fazer Hodges cometer suicídio. Afinal, tinha convencido Olivia Trelawney.

Que tipo de vida você tem?, ele havia escrito no primeiro contato que fizera com Hodges, uma carta de verdade. *Que tipo de vida você tem agora que a "emoção da caçada" acabou?* E depois: *Quer fazer contato comigo? Experimente o site Under Debbie's Blue Umbrella. Até arrumei um nome de usuário para você: "kermitsapo19".*

Com a ajuda de Jerome Robinson e Holly Gibney, Hodges rastreou Brady, e Holly o acertou na cabeça. Jerome e Holly ganharam serviços municipais de graça por dez anos; Hodges ganhou um marca-passo. Houve dores e perdas nas quais Hodges não quer pensar, nem mesmo agora, tantos anos depois, mas seria possível dizer que, para a cidade, e principalmente para quem estava no show no Mingo naquela noite, tudo terminou bem.

Em algum momento entre 2010 e agora, o ícone de guarda-chuva azul desapareceu da barra de ferramentas. Se Hodges alguma vez se perguntou o que aconteceu (ele não lembra se pensou nisso), deve ter suposto que Jerome ou Holly desinstalou o aplicativo em uma das visitas para consertar qualquer problema que tenha causado ao indefeso Macintosh. Mas um deles deve só ter colocado o ícone na pasta de aplicativos, onde o guarda-chuva azul ficou escondido todos esses anos. Caramba, talvez o próprio Hodges o tenha tirado dali e esquecido. A memória tem mania de pregar umas peças depois dos sessenta e cinco anos, quando os coroas da terceira idade entram na reta final.

Ele leva o cursor até o guarda-chuva azul, hesita e clica. A imagem de fundo é substituída por um casal jovem em um tapete mágico, flutuando acima de um mar infinito. Chuva prateada cai, mas o casal está seguro e seco embaixo de um guarda-chuva azul.

Ah, quantas lembranças isso traz.

Ele digita **kermitsapo19** tanto como nome de usuário quanto como senha. Não era assim que fazia antes, seguindo as instruções de Hartsfield? Ele não tem certeza, mas só há um jeito de descobrir. Ele clica na tecla enter.

O computador pensa por um segundo ou dois (parece mais) e então, pronto, ele entrou. Hodges franze a testa para o que vê. Brady Hartsfield usava **assassmerc** como apelido, abreviatura de Assassino do Mercedes (não tem dificuldade para se lembrar disso), mas agora é outra pessoa. O que não deveria surpreendê-lo, pois Holly transformou o cérebro doentio de Hartsfield em aveia, mas mesmo assim ele fica surpreso.

        Z-BOY QUER CONVERSAR COM VOCÊ!
        VOCÊ QUER CONVERSAR COM Z-BOY?
        S N

Hodges clica no S, e, um momento depois, uma mensagem aparece. Só uma única frase, meia dúzia de palavras, mas Hodges a lê várias vezes, sentindo não medo, mas empolgação. Tem uma coisa importante ali. Ele não sabe o que é ainda, mas parece muito importante.

Z-boy: Ele ainda não acabou com você.

Hodges encara a mensagem com a testa franzida. Finalmente, senta-se na beira da cadeira e digita:

kermitsapo19: Quem não acabou comigo? Quem é você?

Não há resposta.

19

Hodges e Holly se reúnem com Pete e Isabelle no Dave's Diner, uma lanchonete a um quarteirão do hospício matinal conhecido como Starbucks. Como a correria do café da manhã já passou, eles podem escolher a mesa e vão para uma nos fundos. Na cozinha, uma música do Badfinger está tocando no rádio, e as garçonetes não param de rir.

— Só tenho meia hora — diz Hodges. — Tenho que correr para o médico.

Pete se inclina para a frente com uma expressão preocupada.

— Nada sério, espero.

— Não. Estou ótimo. — Naquela manhã, ele se sente mesmo ótimo, como se tivesse quarenta e cinco anos de novo. Aquela mensagem no computador, mesmo críptica e sinistra, parece ter sido um remédio melhor do que o Gelusil. — Vamos falar sobre o que descobrimos. Holly, mostre a eles a Evidência A e a Evidência B.

Holly levou sua pasta castanha para o encontro. De dentro (e não sem relutância), ela tira o Zappit Commander e a capa de lente que Hodges encontrou na garagem da casa de número 1588. Os dois itens estão em sacos plásticos, embora a lente ainda esteja enrolada em lenços de papel.

— O que vocês andaram aprontando? — pergunta Pete.

Ele está tentando ser engraçado, mas Hodges ouve um toque de acusação em sua voz.

— Investigando — responde Holly, e embora não costume fazer contato visual, lança um olhar breve para Izzy Jaynes, como se para dizer "Entendeu?".

— Expliquem — diz Izzy.

Hodges faz isso enquanto Holly fica sentada ao seu lado com o olhar baixo, o café descafeinado, a única coisa que ela bebe, ainda intocado. Mas o maxilar está se movendo, e Hodges sabe que ela voltou ao Nicorette.

— Inacreditável — diz Izzy quando Hodges termina. Ela cutuca o saco com o Zappit dentro. — Você *roubou* isso. Enrolou em um jornal como um pedaço de salmão da peixaria e levou para fora da casa.

Holly parece se encolher na cadeira. As mãos estão tão apertadas no colo que os nós dos dedos ficaram brancos.

Hodges normalmente gosta de Isabelle, apesar de ela uma vez quase tê-lo levado erroneamente à sala de interrogatório (isso durante a história do Assassino do Mercedes, quando ele estava afundado até a cintura em investigações não autorizadas), mas não gosta muito dela agora. Ele não gosta de ninguém que faça Holly se encolher assim.

— Seja razoável, Iz. Pense bem. Se Holly não tivesse encontrado esse troço, e por puro acidente, o aparelho ainda estaria lá. Vocês não iam revistar a casa.

— E provavelmente nem iam ligar para a empregada — completa Holly, e apesar de não erguer o olhar, a voz soa dura.

Hodges fica feliz em ouvir isso.

— Teríamos chegado a Alderson com o tempo — afirma Izzy, mas seus olhos cinzentos enevoados se desviam para cima e para a esquerda quando ela diz isso. É um sinal clássico de mentira, e Hodges sabe que ela e Pete nem cogitaram conversar com a empregada, embora talvez fossem *mesmo* chegar a ela em algum momento. Pete Huntley pode ser meio lento, mas os lentos costumam ser detalhistas, e isso tinha seu valor.

— Se havia alguma impressão digital no aparelho — continua Izzy —, não há mais. Pode dar adeus a elas.

Holly murmura alguma coisa para si mesma, o que faz Hodges lembrar que, quando a conheceu (e a subestimou totalmente), pensava nela como Holly Murmuradora.

Izzy se inclina para a frente, com os olhos cinzentos de repente não mais enevoados.

— *O que* você disse?

— Ela disse que isso é bobagem — responde Hodges, sabendo perfeitamente bem que a palavra que ela usou foi *burrice*. — E está certa. Estava enfiado entre o braço da poltrona de Ellerton e a almofada. Qualquer digital estaria borrada e você sabe muito bem disso. Além do mais, vocês *pretendiam* revistar a casa toda?

— Talvez — diz Isabelle, parecendo mal-humorada. — Dependendo do que o relatório da perícia dissesse.

Apenas o quarto e o banheiro de Martine Stover foram examinados. Todos ali sabem disso, inclusive Izzy, e não há necessidade de Hodges bater nesse ponto.

— Calma aí — diz Pete para Isabelle. — Eu convidei Kermit e Holly para irem até lá, e você concordou.

— Isso foi antes de eu saber que eles iam sair com...

Ela para de falar. Hodges espera com interesse para ver como ela vai terminar. Vai dizer *com uma prova*? Prova de quê? De vício em paciência, Angry Birds e Frogger?

— Com um objeto que pertenceu à sra. Ellerton — termina ela, sem graça.

— Ah, agora sim — diz Hodges. — Podemos seguir em frente? Quem sabe falar sobre o homem que entregou o Zappit para ela no supermercado, alegando que a empresa queria receber opinião de usuários sobre um aparelho que não é mais fabricado?

— E o homem que as observava — acrescenta Holly, ainda sem erguer o olhar. — O homem que as observava do outro lado da rua com um binóculo.

O antigo parceiro de Hodges cutuca o saco com a lente enrolada dentro.

— Vou mandar examinarem isto para procurar digitais, mas não estou muito esperançoso, Kerm. Você sabe como as pessoas tiram e botam as capas das lentes.

— Sei — afirma Hodges. — Pelas beiradas. E estava frio naquela garagem. Frio o bastante para a respiração condensar. O cara provavelmente estava usando luvas.

— O cara do supermercado devia estar tramando algum tipo de golpe — diz Izzy. — Tem cara de ser isso. Pode ser que tenha ligado uma semana depois para tentar convencê-la de que, por ter aceitado o aparelho de joguinhos obsoleto, ela teria que comprar um moderno e mais caro, e ela mandou o cara ir pastar. Ou ele pode ter usado as informações no questionário para invadir o computador dela.

— Não *aquele* computador — diz Holly. — É mais velho do que a minha avó.

— Você deu uma boa olhada na casa, não é? — pergunta Izzy. — Também deu uma olhada no armário de remédios durante sua investigação?

Agora ela passou dos limites, pensa Hodges.

— Ela estava fazendo o que você deveria ter feito, Isabelle. E você sabe muito bem.

As bochechas de Izzy começam a ficar vermelhas.

— Nós só chamamos vocês por cortesia, e eu queria que não tivéssemos chamado. Vocês dois são sinônimo de problema.

— Chega — diz Pete.

Mas Izzy está inclinada para a frente, com os olhos indo do rosto de Hodges para o topo da cabeça inclinada para baixo de Holly.

— Esses dois homens misteriosos, se realmente existiram, não têm nada a ver com o que aconteceu naquela casa. Um devia estar planejando um golpe, e o outro devia ser um esquisitão qualquer.

Hodges sabe que deve continuar sendo simpático, manter a paz e todas essas coisas, mas isso é demais.

— Um pervertido salivando só de pensar em ver uma mulher de oitenta anos se despir ou uma tetraplégica tomar seu banho de esponja? É, faz sentido.

— Leia meus lábios — diz Izzy. — A mãe matou a filha e depois se matou. Até deixou uma espécie de bilhete suicida, o Z, ponto final. Não poderia ser mais claro.

Z-boy, pensa Hodges. *Quem está no Debbie's Blue Umbrella agora assina como Z-boy.*

Holly levanta a cabeça.

— Também havia um Z na garagem. Entalhado na madeira entre as portas. Bill viu. Zappit também começa com Z.

— Sei — diz Izzy. — E Kennedy e Lincoln têm o mesmo número de letras, o que prova que os dois foram mortos pela mesma pessoa.

Hodges checa o relógio e vê que vai ter que partir logo, e tudo bem. Além de chatear Holly e irritar Izzy, aquela reunião não resultou em nada. E nem vai, porque ele não tem intenção de contar a Pete e Isabelle o que descobriu no computador de madrugada. Essa informação pode levar a investigação a outro nível, mas Hodges vai deixar tudo quieto até poder investigar um pouco mais. Ele não quer pensar que Pete pode estragar tudo, mas...

Bem, ele poderia. Porque ser detalhista é um substituto pobre de ser atencioso. E Izzy? Ela não quer cutucar o vespeiro cheio de coisas saídas de romances policiais sobre letras crípticas e homens misteriosos. Não com as mortes na casa de Ellerton já na primeira página do jornal de hoje, junto com a história completa de como Martine Stover ficou tetraplégica. Não com Izzy esperando dar o próximo passo na hierarquia da delegacia de polícia assim que seu atual parceiro se aposentar.

— A questão — começa Pete — é que isso está classificado como assassinato seguido de suicídio, e vamos continuar com essa versão. Nós *temos* que seguir em frente, Kermit. Eu estou me aposentando, e Iz vai ficar com um monte de casos e sem parceiro por um tempo, graças ao maldito corte de orçamento. Essas coisas — ele indica os dois sacos plásticos — são interessantes, mas não mudam os fatos. A não ser que você pense que um mestre do crime armou tudo isso. Um que dirige um carro velho e remenda o casaco com fita adesiva.

— Não, eu não acho. — Hodges está se lembrando de uma coisa que Holly disse sobre Brady Hartsfield ontem. Ela usou a palavra *arquiteto*. — Acho que você está certo. Assassinato seguido de suicídio.

Holly lança um olhar sentido na direção dele antes de baixar os olhos de novo.

— Mas você pode me fazer um favor?

— Se eu puder — diz Pete.

— Eu tentei ligar o aparelho, mas a tela não acendeu. As pilhas devem estar descarregadas. Eu não quis abrir o compartimento porque aquela tampa deslizante *seria* um bom lugar para verificar digitais.

— Vou mandar verificar, mas duvido que...

— É, eu também. O que quero mesmo é que um dos feras em tecnologia da delegacia verifique os vários aplicativos de jogos. Para ver se tem alguma coisa incomum.

— Tudo bem — concede Pete, e se mexe de leve quando Izzy revira os olhos. Hodges não tem como ter certeza, mas acha que o ex-parceiro chutou o tornozelo dela debaixo da mesa.

— Eu tenho que ir — diz Hodges, e pega a carteira. — Perdi a consulta de ontem. Não posso perder a de hoje.

— Pode deixar que pagamos a conta — diz Izzy. — Afinal, você trouxe tantas evidências valiosas, é o mínimo que podemos fazer.

Holly murmura outra coisa para si mesma. Dessa vez, Hodges não tem como ter certeza, mesmo com seu ouvido treinado para ouvir Holly, mas acha que pode ter sido *escrota*.

20

Na calçada, Holly enfia na cabeça um chapéu de caça xadrez fora de moda, mas encantador, e puxa até as orelhas, depois enfia as mãos nos bolsos do casaco. Ela não olha para ele, só sai andando na direção do escritório a um quarteirão de distância. O carro de Hodges está estacionado em frente ao Dave's, mas ele corre atrás dela.

— Holly.

— Você viu como ela é.

Holly acelera ainda sem olhar para ele.

A dor no estômago está voltando e Hodges está ficando sem fôlego.

— Holly, espere. Não consigo acompanhar.

Ela se vira, e ele fica alarmado de ver os olhos dela cheios de lágrimas.

— Tem mais nessa história! Mais, mais, mais! Mas eles vão varrer tudo para debaixo do tapete, e nem disseram o motivo real, que é para Pete poder ter uma boa festa de aposentadoria sem isso pairando sobre a cabeça dele do jeito que você teve que se aposentar com o Assassino do Mercedes na sua e para que os jornais não fiquem fazendo estardalhaço, mas você sabe que tem mais nessa história, eu sei que sabe, e sei que você tem que pegar os resultados dos exames e *quero* que faça isso, porque estou muito *preocupada*, mas aquelas pobres mulheres... eu não acho... elas não merecem... serem *enfiadas debaixo do tapete*!

Ela finalmente para, tremendo. As lágrimas já estão congelando nas bochechas. Ele inclina o rosto dela na direção do dele, sabendo que Holly rejeitaria qualquer outra pessoa que tentasse tocar nela assim, até mesmo Jerome Robinson, e ela ama Jerome, talvez desde a época em que os dois descobriram o programa fantasma que Brady deixou no computador de Olivia Trelawney — o que finalmente a levou ao limite e fez com que também tomasse uma overdose de comprimidos.

— Holly, nós não acabamos. Na verdade, acho que estamos só começando.

Ela olha nos olhos dele, outra coisa que não faz com mais ninguém.

— O que você quer dizer?

— Aconteceu uma coisa, uma coisa que eu não quis contar para Pete e Izzy. Não sei como interpretar. Não tenho tempo de contar agora, mas, quando voltar do médico, contarei tudo.

— Tudo bem. Vá logo. E apesar de eu não acreditar em Deus, vou orar pelo resultado dos seus exames. Porque uma oraçãozinha não pode fazer mal, não é?

— Não.

Ele dá um abraço rápido nela, pois abraços longos não funcionam com Holly, e vai andando para o carro, mais uma vez pensando no que ela disse ontem, sobre Brady Hartsfield ser um arquiteto do suicídio. É uma bela expressão para uma mulher que escreve poesia no tempo livre (não que Hodges já tenha lido alguma ou terá permissão de ler um dia), mas Brady provavelmente desprezaria a expressão, a consideraria abaixo de seu calibre. Brady se consideraria um *príncipe* do suicídio.

Hodges entra no Prius que Holly praticamente o forçou a comprar e segue para o consultório do dr. Stamos. Está fazendo uma oraçãozinha também: *Que seja uma úlcera. Até do tipo que sangra e precisa de cirurgia.*
Só uma úlcera.
Por favor, que não seja nada pior do que isso.

21

Ele não precisa perder tempo esfriando os músculos na sala de espera hoje. Apesar de chegar cinco minutos mais cedo e de a sala de espera estar tão cheia quanto na segunda-feira, Marlee, a recepcionista líder de torcida, o manda entrar antes mesmo de Hodges ter a oportunidade de se sentar.

Belinda Jensen, a enfermeira de Stamos, sempre o cumprimenta nos check-ups anuais com um sorriso alegre, mas não está sorrindo esta manhã. Quando Hodges sobe na balança, ele lembra que o check-up anual está um pouco atrasado. Uns quatro meses. Na verdade, quase cinco.

O cilindro da balança antiquada para em setenta e cinco quilos. Quando ele se aposentou da polícia em 2009, estava pesando cento e cinco quilos no exame obrigatório. Belinda afere sua pressão, enfia uma coisa no ouvido para medir a temperatura e o leva direto pelas salas de exame até o consultório do dr. Stamos, no final do corredor. Bate com os nós dos dedos, e quando Stamos diz "Entre, por favor", ela deixa Hodges sozinho. Normalmente tagarela e cheia de histórias sobre os filhos desobedientes e o marido arrogante, hoje ela não disse quase nada.

Não pode ser bom, pensa Hodges, *mas talvez não seja tão ruim. Por favor, Deus, que não seja muito ruim. Mais dez anos não seria muito a pedir, seria? Ou, se não for pedir muito, que tal cinco?*

Wendell Stamos está na casa dos cinquenta anos, com o cabelo rareando e o corpo de ombros largos e cintura fina de um atleta profissional que manteve a forma depois da aposentadoria. Ele olha para Hodges com seriedade e o convida a se sentar. Hodges faz isso.

— Qual é a gravidade?

— É ruim — diz o dr. Stamos, mas se apressa a acrescentar —, mas não incurável.

— Não enrole, diga logo.

— É câncer de pâncreas e, infelizmente, descobrimos... bem... meio tarde. Seu fígado está envolvido.

Hodges se vê lutando contra uma vontade forte e consternadora de rir. Não, mais do que rir, jogar a cabeça para trás e urrar como a porra do avô da Heidi. Ele acha que foi por Stamos ter dito é *ruim, mas não incurável*. Isso o faz lembrar uma piada antiga. O médico diz para o paciente que tem uma boa e uma má notícia; qual o paciente quer primeiro? Quero a má notícia, diz o paciente. Bem, responde o médico, você tem um tumor cerebral inoperável. O paciente começa a gaguejar e pergunta qual pode ser a boa notícia depois de saber uma coisa assim. O médico se inclina para a frente, dá um sorrisinho e diz: Eu estou comendo a minha recepcionista e ela é *linda*.

— Quero que você vá a um gastroenterologista imediatamente. E quero dizer hoje. O melhor desta parte do país é Henry Yip, do Kiner. Ele vai indicar um bom oncologista. Estou achando que o médico vai querer iniciar logo a quimio e a radioterapia. Pode ser difícil para o paciente, debilitante, mas é bem menos árduo do que cinco anos atrás...

— Pare — diz Hodges.

A vontade de rir felizmente passou.

Stamos para, olhando para ele em meio aos raios brilhantes do sol de janeiro. Hodges pensa: *Exceto por um milagre, este é o último mês de janeiro que vou ver. Uau.*

— Quais são minhas chances? Não doure a pílula. Estou no meio de uma coisa agora, uma coisa importante, então preciso saber.

Stamos suspira.

— Bem poucas, infelizmente. O câncer de pâncreas é muito *furtivo*.

— Quanto tempo?

— Com tratamento? Possivelmente, um ano. Até dois. E uma remissão não está totalmente fora de ques...

— Quanto tempo sem tratamento?

Stamos franze a testa.

— Quatro meses. Talvez sete. É impossível prever com precisão.

— Eu preciso pensar — diz Hodges.

— Já ouvi isso muitas vezes depois que tive a tarefa desagradável de dar esse tipo de diagnóstico, e sempre digo para meus pacientes o que vou dizer agora para você, Bill. Se estivesse de pé no alto de um prédio em chamas e um helicóptero aparecesse e jogasse uma escada de corda, você diria que precisa pensar antes de subir?

Hodges pensa sobre isso, e a vontade de rir retorna. Ele consegue controlá-la, mas não controla o sorriso. É amplo e encantador.

— Talvez — diz ele —, se o helicóptero em questão não tiver gasolina suficiente no tanque.

22

Quando Ruth Scapelli tinha vinte e três anos, antes de começar a criar a casca grossa que a envolvia nos últimos anos, ela teve um caso curto e conturbado com um homem não muito honesto que era dono de um boliche. Ela engravidou e deu à luz uma filha que batizou de Cynthia. Isso foi em Davenport, Iowa, sua cidade natal, onde ela estudava para tirar o registro de enfermeira na Kaplan University. Ela ficou impressionada de se ver mãe, mais impressionada ainda de perceber que o pai de Cynthia era um sujeito de quarenta anos barrigudo com a tatuagem AMAR PARA VIVER E VIVER PARA AMAR escrita em um braço peludo. Se ele a tivesse pedido em casamento (o que não fez), ela teria dito não com um tremor interno. A tia dela, Wanda, a ajudou a criar a criança.

Cynthia Scapelli Robinson agora mora em San Francisco, onde tem um bom marido (sem tatuagens) e dois filhos, sendo que o mais velho é aluno com honras no ensino médio. O lar dela é caloroso. Cynthia se esforça para mantê-lo assim, porque a atmosfera na casa da tia, onde ela passou a maior parte da infância (e onde a mãe começou a desenvolver aquela casca impressionante) era sempre fria, cheia de recriminações e repreensões que costumavam começar com "Você se esqueceu de...". A atmosfera emocional da casa não chegava ao nível congelante, mas nunca passava dos sete graus. Quando Cynthia estava no ensino médio, já chamava a mãe pelo primeiro nome. Ruth Scapelli nunca reclamou disso; na verdade, sentia certo alívio. Ela perdeu o casamento da filha por causa de compromissos de trabalho, mas mandou um presente. Um rádio relógio. Atualmente, Cynthia e a mãe se falam ao telefone uma ou duas vezes por mês e às vezes trocam e-mails. *Josh está indo bem na escola, entrou no time de futebol* é seguido de uma resposta lacônica: *Que bom.* Cynthia nunca sentiu falta da mãe porque nunca houve tanta coisa assim do que sentir falta.

Nesta manhã, ela se levanta às sete, faz o café da manhã para o marido e para os dois filhos, se despede de Hank quando ele sai para trabalhar, se despede dos meninos quando saem para a escola, passa água nos pratos e liga o lava-louças. Isso é seguido de uma ida à lavanderia, onde ela enche a máquina e a liga também. Ela faz essas tarefas matinais sem pensar nem uma vez *Você não pode se esquecer de...*, só que em algum lugar lá no fundo ela *está* pensando, e sempre vai pensar. As sementes plantadas na infância criam raízes profundas.

Às nove e meia, ela faz uma segunda xícara de café, liga a televisão (ela raramente olha a tela, mas gosta da companhia) e abre o laptop para ver se recebeu algum outro e-mail além dos habituais da Amazon e da Urban Outfitters. Esta manhã, tem um da mãe dela, enviado na noite anterior, às 22h44, o que quer dizer 20h44 no horário da Costa Oeste. Ela franze a testa para a linha do assunto, que só tem duas palavras: **Sinto muito**.

Ela abre o e-mail. Os batimentos se aceleram conforme lê.

Eu sou horrível. Sou uma puta inútil horrível. Ninguém vai ficar do meu lado. É isso que eu tenho que fazer. Eu te amo.

Eu te amo. Quando foi a última vez que a mãe disse isso a ela? Cynthia, que diz para os filhos ao menos quatro vezes por dia, não consegue lembrar. Ela pega o celular na bancada, onde estava carregando, e liga primeiro para o celular da mãe, depois para o telefone fixo. Só ouve a mensagem curta e objetiva de Ruth Scapelli nos dois: "Deixe uma mensagem. Retorno a ligação se parecer apropriado". Cynthia pede à mãe para ligar imediatamente, mas está morrendo de medo de a mãe não poder fazer isso. Nem agora, nem mais tarde, talvez nunca.

Ela anda de um lado para outro da cozinha ensolarada duas vezes, mordendo o lábio, depois pega o celular de novo e procura o número do Kiner Memorial Hospital. Volta a andar enquanto espera ser transferida para a Clínica de Traumatismo Cerebral. Finalmente é atendida por um enfermeiro que se identifica como Steve Halpern. Não, Halpern diz para ela, a enfermeira Scapelli ainda não chegou, o que é surpreendente. O turno dela começa às oito, e no Meio-Oeste já é meio-dia e quarenta.

— Tente falar com ela em casa — aconselha ele. — Ela deve ter tirado folga por estar doente, embora seja esquisito ela não ligar.

Você não sabe da missa a metade, pensa Cynthia. A não ser, claro, que Halpern tenha crescido em uma casa em que o mantra era "Você se esqueceu de...".

Ela agradece (não pode se esquecer disso, por mais preocupada que esteja) e pega o número de uma delegacia de polícia a mais de três mil quilômetros de distância. Identifica-se e relata o problema o mais calmamente possível.

— Minha mãe mora no número 298 da Tannenbaum Street. O nome dela é Ruth Scapelli. Ela é enfermeira-chefe na Clínica de Traumatismo Cerebral do Kiner Hospital. Recebi um e-mail dela hoje de manhã que me deixou preocupada...

Digo que ela parecia deprimida? Não. Pode não ser o bastante para fazer a polícia ir até lá. Além do mais, não é isso que ela acha. Cynthia respira fundo.

— Acho que ela pode estar considerando suicídio.

23

A viatura 54 para na porta da casa 298 da Tannenbaum Street. Os policiais Amarilis Rosario e Jason Laverty, conhecidos como Toody e Muldoon porque o número do carro deles aparecia em um antigo programa de comédia sobre policiais, saem e se aproximam da porta. Rosario toca a campainha. Ninguém atende, então Laverty bate à porta, com força. Ainda não há resposta. Ele tenta a maçaneta só para ver se está destrancada, e está. Eles se entreolham. O bairro é bom, mas ainda fica na cidade, e o pessoal da cidade quase sempre tranca as portas.

Rosario coloca a cabeça dentro da casa.

— Sra. Scapelli. Aqui é a policial Rosario. Você está em casa?

Não há resposta.

O parceiro dela fala:

— Aqui é o policial Laverty, senhora. Sua filha está preocupada. Você está bem?

Silêncio. Laverty dá de ombros e indica a porta aberta.

— Primeiro as damas.

Rosario entra e solta a tira da arma sem nem pensar. Laverty vai atrás. A sala está vazia, mas a TV está ligada, no mudo.

— Toody, Toody, não estou gostando nada disso — diz Rosario. — Está sentindo o cheiro?

Laverty está. É cheiro de sangue. Eles encontram a fonte na cozinha, onde Ruth Scapelli está caída no chão ao lado de uma cadeira virada. Os braços estão abertos, como se ela tivesse tentado amortecer a queda. Eles veem os cortes profundos que ela fez, longos nos antebraços, quase até os cotovelos, e curtos nos pulsos. Tem sangue respingado nos azulejos e uma boa quantidade na mesa, onde ela se sentou para executar o feito. Uma faca de carne tirada do cepo de madeira ao lado da torradeira jaz no meio da mesa, posicionada com cuidado grotesco entre o saleiro, o pimenteiro e o porta-guardanapos de cerâmica. O sangue está escuro, coagulado. Laverty acha que ela está morta há pelo menos doze horas.

— Talvez não houvesse nada de bom na TV — diz ele.

Rosario olha para o parceiro de cara feia e se ajoelha perto do corpo, mas não o bastante a ponto de sujar de sangue o uniforme, que acabou de voltar da lavanderia no dia anterior.

— Ela desenhou alguma coisa antes de perder a consciência — diz ela. — No azulejo perto da mão direita. Desenhou com o próprio sangue. O que você acha que é? O número dois?

Laverty se inclina para olhar melhor, com as mãos nos joelhos.

— Difícil dizer — diz ele. — É um dois ou um Z.

BRADY

— Meu filho é um gênio — dizia Deborah Hartsfield para as amigas, para depois acrescentar com um sorriso enorme: — Não estou sendo pedante se é verdade.

Isso foi antes de ela começar a beber muito, quando ainda tinha amigas. Ela já tinha tido outro filho, Frankie, mas Frankie não era um gênio. Frankie tinha sequelas devido a uma lesão cerebral. Uma noite, quando tinha quatro anos, ele caiu da escada do porão e quebrou o pescoço. Pelo menos essa era a história que Deborah e Brady contavam. A verdade era um pouco diferente. Um pouco mais complexa.

Brady amava inventar coisas, e um dia inventaria uma coisa que tornaria os dois ricos, e suas vidas mudariam para melhor. Deborah tinha certeza disso e dizia ao filho com frequência. E Brady acreditava.

Ele tirava notas medianas na maioria das matérias, mas em ciência da computação I e II só tirou dez. Quando se formou na North Side High, a casa dos Hartsfield era equipada com todo o tipo de aparelhos, alguns altamente ilegais, como os que Brady usava para roubar sinal de TV a cabo do Midwest Vision. Ele tinha uma oficina no porão onde Deborah raramente se aventurava, e era lá que criava suas invenções.

Pouco a pouco, a dúvida surgiu. E o ressentimento, o irmão gêmeo da dúvida. Por mais que as criações dele fossem inspiradas, nenhuma gerava dinheiro. Havia pessoas na Califórnia, por exemplo, Steve Jobs, que fizeram fortunas incríveis e revolucionaram o mundo só experimentando em suas garagens, mas as coisas que Brady criava raramente atingiam as expectativas.

O design dele para o Rolla, por exemplo. Era para ser um aspirador de pó controlado por computador que trabalharia de forma autônoma, girando à base de um eixo principal e virando para uma nova direção cada vez que encontrasse um obstáculo. Parecia uma invenção campeã, até que Brady viu um aspirador de pó Roomba em uma loja chique de eletrodomésticos na Lacemaker Lane. Alguém foi mais rápido do que ele. A expressão *um dia atrasado, um dólar mais pobre* ocorreu a Brady. Ele afastou esse pensamento, mas às vezes, à noite, quando não conseguia dormir ou quando estava começando a ter uma das enxaquecas, ele voltava.

Mas duas de suas invenções, e das menores, tornaram a matança no City Center possível. Eram controles remoto de tv modificados, que ele chamava de Coisa Um e Coisa Dois. A Coisa Um mudava sinais de trânsito de vermelho para verde ou vice-versa. A Coisa Dois era mais sofisticada: capturava e guardava sinais enviados de chaves eletrônicas de carros, permitindo que Brady destrancasse os veículos depois que os donos, sem suspeitar de nada, fossem embora. Primeiro, ele usou a Coisa Dois como ferramenta de roubo, para abrir carros e procurar dinheiro e outros itens de valor no interior. Depois, quando a ideia de dirigir um carro grande para cima de uma multidão foi tomando forma na mente dele (junto com a fantasia de assassinar o presidente ou talvez um astro de cinema famoso), Brady usou a Coisa Dois no Mercedes da sra. Olivia Trelawney e descobriu que ela guardava uma chave reserva no porta-luvas.

Ele deixou aquele carro em paz e guardou a existência da chave reserva para uso posterior. Pouco tempo depois, como uma mensagem das forças sombrias que controlam o universo, ele leu no jornal que uma feira de empregos aconteceria no City Center no dia 9 de abril.

A expectativa do evento era receber milhares de pessoas.

Depois que começou a trabalhar na Ciberpatrulha da Discount Electronix e passou a poder comprar computadores com desconto, Brady ligou vários laptops de marcas genéricas na sala de controle do porão. Ele raramente usava mais do que um, mas gostava de como eles deixavam o aposento: como algo saído de um filme de ficção científica ou de um episódio de *Star Trek*. Ele também instalou um sistema com ativação por voz, e isso anos antes de o programa da Apple acionado por voz — Siri — fazer sucesso.

Mais uma vez, um dia atrasado, um dólar mais pobre.

Ou, nesse caso, alguns bilhões.

Em uma situação assim, quem não ia querer matar um bando de gente?

Ele só matou oito pessoas no City Center (sem contar os feridos, alguns bem sérios), mas poderia ter matado *milhares* naquele show de rock. Ele seria lembrado para sempre. Mas, antes que pudesse apertar o botão que dispararia as bilhas em uma explosão mortal, mutilando e decapitando centenas de pré-adolescentes escandalosas (sem mencionar as mães gordas e indulgentes), alguém apagou as luzes na cabeça dele.

Essa memória tinha sumido de forma permanente, ao que parecia, mas ele não *precisava* lembrar. Só havia uma pessoa que podia ter feito aquilo: Kermit William Hodges. O ex-detetive deveria ter cometido suicídio, como a sra. Trelawney, esse era o plano, mas ele conseguiu evitar isso e também os explosivos que Brady colocou no carro dele. O velho aposentado apareceu no show e o impediu poucos segundos antes de Brady conquistar a imortalidade.

Bum, bum, as luzes se apagam.

Anjo, anjo, para baixo nós vamos.

A coincidência é uma vaca traiçoeira, então acontece que Brady foi levado para o Kiner Memorial pela unidade 23 do Quartel do Corpo de Bombeiros nº 3. Rob Martin não estava em cena, pois na época passeava pelo Afeganistão, com todas as despesas pagas pelo governo dos Estados Unidos, mas Jason Rapsis era o paramédico encarregado, tentando manter Brady vivo enquanto a ambulância disparava para o hospital. Se tivesse que apostar nas chances dele, Rapsis teria apostado contra. O jovem estava tendo convulsões violentas. Os batimentos estavam em cento e setenta e cinco, a pressão sanguínea alterava entre alta e baixa. Mas ele ainda estava respirando quando a unidade 23 chegou ao Kiner.

Lá, ele foi examinado pelo dr. Emory Winston, um veterano na ala de feridos do hospital que alguns dos médicos mais antigos chamavam de Clube da Faca e da Arma de Sábado à Noite. Winston recrutou um estudante de medicina que por acaso estava no pronto-socorro, flertando com as enfermeiras, e o convidou a fazer uma avaliação rápida e superficial do novo paciente. O estudante relatou reflexos alterados, pupila esquerda dilatada e fixa e sinal de Babinski positivo.

— E o que isso significa? — perguntou Winston.

— Quer dizer que esse cara está com um dano cerebral irreparável — respondeu o aluno. — Ele é um vegetal.

— Muito bem, talvez um dia você se torne médico. Prognóstico?

— Morto até amanhã — disse o estudante.

— Você deve estar certo — afirmou Winston. — Espero que esteja, porque ele nunca vai se recuperar. Mas vamos fazer uma tomografia computadorizada.

— Por quê?

— Porque é o protocolo, filho. E porque estou curioso para ver quanto dano há enquanto ele ainda está vivo.

Brady ainda estava vivo sete horas mais tarde, quando o dr. Annu Singh, habilmente assistido pelo dr. Felix Babineau, executou uma craniotomia para retirar o coágulo enorme que comprimia o cérebro de Brady e aumentava o dano a cada minuto, matando células divinamente especializadas aos milhões. Quando a operação terminou, Babineau se virou para Singh e ofereceu a mão ainda envolta na luva suja de sangue.

— Isso foi incrível.

Singh apertou a mão do outro médico, mas fez isso com um sorriso depreciativo.

— Isso foi *rotina* — disse ele. — Já fiz mil vezes. Bem... algumas centenas. O que é incrível é a resiliência desse paciente. Não consigo acreditar que ele sobreviveu à operação. O dano a esse pobre coitado... — Singh balançou a cabeça. — Ai, ai, ai.

— Você sabe o que ele estava tentando fazer, não sabe?

— Sim, eu fui informado. Terrorismo em grande escala. Ele pode viver por um tempo, mas nunca vai ser julgado por esse crime, e não será nenhuma grande perda para o mundo quando se for.

Foi com esse pensamento que o dr. Babineau começou a dar a Brady — não oficialmente com morte cerebral, mas quase — uma droga experimental que ele chamou de Cerebellin (mas só em pensamento, já que tecnicamente era só um número de seis dígitos), isso em adição aos protocolos estabelecidos de aumento de oxigenação, diuréticos, anticonvulsivos e esteroides. A droga experimental 649 558 tinha demonstrado resultados promissores quando testada em animais, mas graças à confusão de burocracias regulatórias, os testes em humanos demorariam anos para acontecer. Ela foi desenvolvida em um laboratório de neurologia na Bolívia, o que só dava mais trabalho. Quando os testes em humanos começassem (se começassem), Babineau estaria morando em um condomínio na Flórida, se a esposa o convencesse a fazer o que ela queria. E estaria morrendo de tédio.

Essa era a oportunidade de ver alguns resultados enquanto ainda estava ativamente envolvido em pesquisa neurológica. Se fizesse uma grande descoberta, não era impossível imaginar um prêmio Nobel de Medicina no horizonte. E não havia lado ruim, desde que ele guardasse os resultados para si até os testes em humanos serem autorizados. O homem era um assassino degenerado que nunca acordaria, de qualquer forma. Se por algum milagre acordasse, a consciência seria no máximo do tipo enevoado que os pacientes com mal de Alzheimer avançado vivenciavam. Mas mesmo isso seria um resultado incrível.

— Você pode ajudar alguém no futuro, sr. Hartsfield — disse ele para o paciente em coma. — Fazendo um pouquinho de bem em vez de um montão de mal. E se sofrer alguma reação adversa? Se tiver uma parada cardíaca (não que você tenha muitos anos pela frente) ou até morrer? E se isso acontecer, em vez de você exibir um pouco de aumento no funcionamento cerebral?

"Nenhuma grande perda. Não para você e certamente não para a sua família, porque você não tem ninguém.

"Muito menos para o mundo; o mundo ficaria satisfeito de ver você partir."

O médico abriu um documento no computador intitulado EXPERIMENTOS COM CEREBELLIN EM HARTSFIELD. Havia nove experimentos no total, espalhados em um período de catorze meses em 2010 e 2011. Babineau não viu nenhuma mudança. Era a mesma coisa que estar dando água destilada à sua cobaia humana.

Ele desistiu.

A cobaia humana em questão passou quinze meses no escuro, um espírito perdido que, em algum momento do décimo sexto mês, lembrou o próprio nome. Ele era Brady Wilson Hartsfield. Não havia mais nada, no começo. Nem passado, nem presente, nem *ele* além do nome. E então, pouco antes de ele desistir e sair flutuando por aí, outra palavra veio. Era *ordem*. Ela já tinha tido um significado importante, mas ele não conseguia lembrar qual era.

No quarto do hospital, deitado na cama, seus lábios hidratados por glicerina se moveram e ele falou a palavra em voz alta. Ele estava sozinho; isso foi três semanas antes de uma enfermeira chamada Sadie MacDonald observar Brady abrir os olhos e perguntar pela mãe.

— Or... dem.

E as luzes se acenderam. Assim como acontecia na sua sala de comando estilo *Star Trek* no porão quando ele ativava os computadores do alto da escada com a voz.

Era lá que ele estava: no porão na Elm Street, do jeito que estava no dia que saiu de lá pela última vez. Havia outra palavra que executava outra função, e agora que ele estava ali, lembrou-se dela também. Porque era uma palavra boa.

— Caos!

Na sua mente, ele falou alto como Moisés no Monte Sinai. Na cama do hospital, pareceu mais um grunhido sussurrado. Mas funcionou, porque sua fileira de laptops ganhou vida. Em cada tela havia o número vinte... depois dezenove... depois dezoito...

O que é isso? O que, em nome de Deus, é isso?

Por um momento cheio de pânico, ele não conseguiu lembrar. Ele só sabia que, se a contagem regressiva que ele via nas sete telas chegasse ao zero, os computadores congelariam. Ele os perderia, perderia a sala e o fiapo de consciência que de alguma forma tinha conseguido encontrar. Seria enterrado vivo no breu em sua própria cabe...

E essa era a palavra! Exatamente essa!

— Breu!

Ele gritou com todo o fôlego, ao menos por dentro. Do lado de fora foi o mesmo grunhido sussurrado de cordas vocais há muito sem uso. A pulsação, a respiração e a pressão arterial dele começaram a subir. Em pouco tempo, a enfermeira-chefe Becky Helmington repararia e iria checar o paciente, apressada, mas não correndo.

Na sala de controle no porão de Brady, a contagem regressiva nos computadores parou no catorze, e uma imagem apareceu em cada tela. Antigamente, as telas daqueles computadores (agora guardados em uma sala de provas da polícia e com etiquetas que diziam Prova A até G) se ligavam e mostravam imagens de um filme chamado *Meu ódio será sua herança*. Mas, no momento, mostravam fotos da vida de Brady.

Na Tela 1 estava seu irmão Frankie, que se engasgou com uma maçã, sofreu o próprio dano cerebral e mais tarde caiu da escada do porão (ajudado pelo pé de Deborah Hartsfield).

Na Tela 2 estava a própria Deborah. Ela usava um roupão branco justo do qual Brady lembrou na mesma hora. *Ela me chamava de docinho*, pensou ele, *e, quando me beijava, os lábios sempre estavam meio úmidos e eu ficava duro. Quando eu era pequeno, ela chamava aquilo de "firmeza". Às vezes, quando eu estava na banheira, ela massageava meu pau com uma toalhinha molhada e me perguntava se a sensação era boa.*

Na Tela 3 estavam a Coisa Um e a Coisa Dois, invenções que realmente funcionaram.

Na Tela 4 estava o Mercedes cinza da sra. Trelawney, com o capô amassado e a grade pingando sangue.

Na Tela 5 estava uma cadeira de rodas. Por um momento, Brady não entendeu a relevância daquela imagem, mas de repente teve um estalo. Foi como ele entrou no auditório Mingo na noite do show do 'Round Here. Ninguém se preocupou com um pobre aleijado de cadeira de rodas.

Na Tela 6 estava um jovem bonito e sorridente. Brady não conseguia se lembrar do nome dele, ao menos ainda não, mas sabia quem o jovem era: o negro que cortava a grama do velho Det. Apos.

E na Tela 7 estava o próprio Hodges, usando um chapéu fedora inclinado sobre um olho e sorrindo. *Peguei você, Brady*, o sorriso dizia. *Porrei você com meu porrete, e aí você está, em uma cama de hospital, e quando vai se levantar daí? Aposto que nunca.*

Maldito Hodges, que estragou tudo.

Essas sete imagens foram a base ao redor da qual Brady começou a reconstruir sua identidade. Enquanto fazia isso, as paredes da sala no porão, sempre seu esconderijo, seu reduto contra um mundo idiota e displicente, começaram a afinar. Ele ouvia outras vozes atravessando as paredes e percebeu que algumas eram de enfermeiros, outras de médicos e algumas, talvez, fossem de agentes da polícia, dando uma olhada nele para ter certeza de que não estava fingindo. Ele estava e não estava ao mesmo tempo. A verdade, assim como a relacionada à morte de Frankie, era complexa.

Primeiro, ele abria os olhos só quando tinha certeza de que estava sozinho, e não o fazia com frequência. Não havia muita coisa no quarto para olhar. Mais cedo ou mais tarde, ele teria que despertar de vez, mas mesmo quando fizesse, eles não podiam descobrir que conseguia pensar muito, e que na verdade estava pensando mais claramente a cada dia. Se soubessem disso, o levariam a julgamento.

Brady não queria ir a julgamento.

Não com tantas coisas que ainda poderia fazer.

Uma semana antes de Brady falar com a enfermeira MacDonald, ele abriu os olhos no meio da noite e olhou para a bolsa de soro suspensa no suporte ao lado da cama. Entediado, levantou a mão para empurrá-lo, talvez até derrubá-lo no chão. Ele não conseguiu fazer isso, mas a bolsa estava se balançando no gancho antes mesmo de ele perceber que as mãos ainda estavam pousadas na colcha, os dedos retorcidos de leve devido à atrofia muscular que a fisioterapia podia desacelerar, mas não impedir — não, ao menos, com o paciente dormindo o sono longo da baixa atividade cerebral.

Eu fiz isso?

Brady esticou as mãos de novo, e elas não se mexeram muito (embora a esquerda, sua mão dominante, tenha tremido um pouco), mas ele sentiu a palma da mão tocar na bolsa de soro e colocá-la novamente em movimento.

Ele pensou: *Que interessante*. E dormiu. Foi o primeiro sono honesto depois que Hodges (ou talvez tenha sido o negrinho) o colocou naquela porcaria de cama de hospital.

Nas noites seguintes, bem tarde, quando tinha certeza de que ninguém iria entrar e pegá-lo no flagra, Brady fez experiências com a mão fantasma. Muitas vezes, enquanto fazia isso, ele pensava em um colega do ensino médio chamado Harold "Gancho" Crosby. Harold tinha perdido a mão direita em um acidente de carro. Ele tinha uma prótese, evidentemente falsa, então usava uma luva por cima, mas às vezes colocava um gancho de aço inoxidável para ir à escola. Ele alegava que era mais fácil pegar as coisas com o gancho, e, como bônus, deixava as garotas apavoradas quando se aproximava por trás e acariciava uma panturrilha ou um braço com ele. Uma vez o amigo disse para Brady que, apesar de ter perdido a mão sete anos antes, ele às vezes sentia coceira ou formigamento, como se tivesse ficado dormente e estivesse despertando. Ele mostrou a Brady o cotoco, liso e rosado.

— Quando fica formigando assim, eu poderia jurar que conseguiria coçar a cabeça com essa mão — disse ele.

Brady sabia exatamente como Gancho Crosby se sentia... só que ele, Brady, *conseguia* coçar a cabeça com a mão fantasma. Ele tentou. Também descobriu que conseguia balançar a persiana que as enfermeiras baixavam à noite. Aquela janela ficava longe demais da cama, mas, com a mão fantasma, ele conseguia alcançar mesmo assim. Alguém tinha colocado um vaso de flores de plástico na mesa ao lado da cama (mais tarde ele descobriu que foi a enfermeira-chefe Becky Helmington, a única na equipe a tratá-lo com algum grau de gentileza), e ele conseguia empurrá-lo para a frente e para trás com facilidade.

Depois de se esforçar, pois sua memória estava cheia de buracos, ele lembrou o nome desse tipo de fenômeno: telecinesia. A capacidade de mover objetos com a mente. Só que qualquer tentativa de verdade fazia sua cabeça doer intensamente, e sua mente não parecia ter muito a ver com isso. Era a *mão*, a mão esquerda dominante, apesar de a verdadeira, aberta sobre a colcha, não se mover nunca.

Incrível. Ele tinha certeza de que Babineau, o médico que ia vê-lo com mais frequência (mas que ultimamente parecia estar perdendo interesse), ficaria louco de empolgação, mas esse era um talento que pretendia guardar para si.

Poderia ser útil em algum momento, porém ele duvidava. Balançar as orelhas também era um talento, mas não tinha nenhum valor. Sim, ele conseguia mover bolsas de soro no suporte e sacudir as persianas e derrubar um porta-retratos; conseguia fazer o cobertor ondular, como se um peixe grande estivesse nadando embaixo. Às vezes, fazia uma dessas coisas quando um enfermeiro estava no quarto, porque os sustos eram divertidos. Mas essa parecia ser a extensão de sua nova habilidade. Ele tentou e não conseguiu ligar a televisão suspensa acima da cama, tentou e não conseguiu fechar a porta do banheiro. Conseguia segurar a maçaneta cromada — sentia a dureza fria quando os dedos se fechavam ao redor dela —, mas a porta era pesada demais, e sua mão fantasma, fraca demais. Ao menos, por enquanto. Ele achava que, se continuasse a exercitá-la, a mão poderia ficar mais forte.

Eu preciso acordar, pensou ele, *para poder tomar uma aspirina para essa porra de dor de cabeça infinita e comer comida de verdade. Até comida de hospital seria uma maravilha. Vou fazer isso em breve. Talvez amanhã.*

Mas ele não fez. Porque, no dia seguinte, Brady descobriu que telecinesia não era a única habilidade que ele trouxe do lugar onde esteve, fosse lá onde fosse.

A enfermeira que verificava os sinais vitais dele na maioria das tardes e o preparava para dormir na maioria das noites (não se podia dizer preparar para ir para cama se ele estava sempre *na* cama) era uma jovem chamada Sadie MacDonald. Ela tinha cabelo escuro e uma beleza simples, sem maquiagem. Brady a observou por olhos entreabertos, como observava todos que entravam no quarto desde que atravessou a parede da sala do porão, onde recuperou a consciência.

Ela parecia ter medo dele, mas Brady acabou percebendo que isso não o tornava especial, porque a enfermeira MacDonald tinha medo de todo mundo.

Ela era o tipo de mulher que se deslocava com passinhos curtos e rápidos. Se alguém entrava no quarto 217 quando ela estava prestes a iniciar suas tarefas — a enfermeira-chefe Becky Helmington, por exemplo —, Sadie tinha a tendência de se encolher em um canto. E morria de medo do dr. Babineau. Quando tinha que estar no quarto junto com o médico, Brady quase sentia o gosto do medo que ela exalava.

Mais tarde acabou percebendo que talvez não estivesse exagerando.

Um dia depois de Brady dormir pensando em comida de hospital, Sadie MacDonald entrou no quarto 217 às 15h15, verificou o monitor acima da cabeceira e escreveu alguns números na prancheta pendurada ao pé da cama. Em seguida, verificaria a bolsa de soro e pegaria travesseiros novos no armário. Ela o levantaria com uma das mãos (ela era pequena, mas tinha braços fortes) e substituiria os travesseiros velhos pelos novos. Isso talvez fosse trabalho para os auxiliares de enfermagem, mas Brady achava que MacDonald estava no fim da cadeia hierárquica do hospital. Uma enfermeira na base da pirâmide hospitalar, de certa forma.

Tinha decidido que abriria os olhos e falaria com ela assim que a mulher terminasse de trocar os travesseiros, quando seus rostos estivessem próximos. Isso a assustaria, e Brady gostava de assustar pessoas. Muita coisa na vida dele tinha mudado, mas não isso. Talvez ela até gritasse, como uma enfermeira fez quando ele criou as ondulações na colcha.

Só que MacDonald se desviou para a janela quando estava se aproximando do armário. Não havia nada para ver lá fora além do prédio da garagem, mas ela ficou ali um minuto... dois... três. Por quê? O que havia de tão fascinante em uma maldita parede de tijolos?

Mas não era *só* de tijolos, Brady percebeu quando olhou para fora junto com ela. Havia espaços abertos em cada andar, e, conforme os carros subiam pela rampa, o sol se refletia rapidamente nos para-brisas.

Um brilho. Outro brilho. E mais outro.

Jesus Cristo, pensou Brady, *em teoria sou* eu *quem está em coma, não sou? Parece que ela está tendo algum tipo de convul...*

Espere aí. *Espere um minutinho.*

Olhando para fora junto *com ela? Como posso estar olhando pela janela se estou deitado aqui na cama?*

Uma picape enferrujada subiu a rampa. Atrás dela, um sedã Jaguar, provavelmente de um médico rico, e Brady percebeu que não estava olhando *junto* com ela, estava olhando *por* ela. Era como ver a vista da janela do carona enquanto outra pessoa dirigia o carro.

E sim, Sadie MacDonald *estava* tendo uma convulsão, tão leve que ela nem devia estar percebendo. As luzes provocaram isso. As luzes nos para-brisas dos carros que passavam. Assim que houvesse uma interrupção no tráfego na rampa, ou assim que o ângulo da luz do sol mudasse um pouco, ela sairia daquele transe e continuaria a cumprir suas tarefas. Ela sairia daquele estado e nem saberia que entrou nele.

Mas Brady sabia.

Ele sabia porque estava dentro dela.

Brady foi um pouco mais fundo e percebeu que conseguia captar seus pensamentos. Era incrível. Ele conseguia assisti-los disparando para a frente e para trás, de um lado para outro, para o alto e para baixo, às vezes atravessando caminhos por um cerne verde-escuro que era (ele não tinha certeza, teria que pensar sobre isso com cuidado antes) sua consciência. Tudo o que significava ser Sadie. Ele tentou ir além, identificar alguns dos pensamentos-peixes, mas, Cristo, eles passavam tão rápido! Ainda assim...

Alguma coisa sobre os bolinhos que ela tinha em casa.

Alguma coisa sobre um gato que ela viu em uma vitrine de uma loja de animais: preto com o peito branco, encantador.

Alguma coisa sobre... pedras? Eram pedras?

Alguma coisa sobre o pai dela, e esse peixe era vermelho, a cor da raiva. Ou da vergonha. Ou as duas coisas.

Quando ela saiu da frente da janela e rumou para o armário, Brady sentiu vertigem. Quando a sensação de queda passou, ele se viu dentro de si mesmo, olhando pelos próprios olhos. Ela o ejetou sem nem saber que ele estava lá.

Quando ela o levantou para colocar dois travesseiros de espuma com fronhas recém-lavadas atrás da cabeça dele, Brady manteve os olhos fixos à frente e parcialmente abertos. Ele não falou, no fim das contas.

Precisava muito pensar sobre aquilo.

Durante os quatro dias seguintes, Brady tentou várias vezes entrar na cabeça das pessoas que iam ao seu quarto. Teve certo sucesso só uma vez, com um jovem auxiliar que ia limpar o chão. O jovem não era um mongoloide (o termo que a mãe usava para quem tinha síndrome de Down), mas também não era candidato à sociedade Mensa. Ele estava olhando para as listras molhadas que o esfregão deixava no linóleo, observando o brilho delas sumirem, e isso abriu a mente dele o bastante. A visita de Brady foi curta e desinteressante. O garoto estava se perguntando se a lanchonete serviria tacos à noite, nada mais.

E então a vertigem, a sensação de queda. O garoto o cuspiu como uma semente de melancia, sem nem uma vez diminuir a velocidade do movimento do esfregão.

Com os outros que entravam no quarto de tempos em tempos, ele não teve tanta sorte, e esse fracasso foi bem mais frustrante do que não conseguir coçar o rosto. Brady fez um inventário de si mesmo, e o que descobriu foi consternador. A cabeça sempre dolorida estava ligada a um corpo esquelético. Ele conseguia se mexer — não estava paralisado —, mas seus músculos tinham atrofiado, e até mover a perna alguns centímetros para um lado ou para o outro exigia um esforço hercúleo. Estar dentro da enfermeira MacDonald, por outro lado, foi como andar em um tapete voador.

Mas ele só entrou porque MacDonald teve alguma forma de epilepsia. Branda, mas o bastante para abrir uma porta. Os outros pareciam ter uma defesa natural. Ele não conseguiu ficar na mente do auxiliar por mais de alguns segundos, e se *aquele* infeliz fosse anão, o nome dele seria Dunga.

O que o fez se lembrar de uma piada antiga. Um turista em Nova York pergunta a um beatnik: "Como se chega ao Carnegie Hall?". E o beatnik responde: "Treine, cara, treine muito".

É isso que eu preciso fazer, Brady pensou. *Treinar e ficar mais forte. Porque Kermit William Hodges está por aí, e o ex-detetive acha que venceu. Não posso permitir isso. Não vou permitir isso.*

E assim, naquela noite chuvosa no meio de novembro de 2011, Brady abriu os olhos, disse que a cabeça estava doendo e perguntou pela mãe. Não houve grito. Era a noite de folga de Sadie MacDonald, e Norma Wilmer, a enfermeira de plantão, era mais durona. Mesmo assim, ela deu um gritinho de surpresa e correu para ver se o dr. Babineau ainda estava na sala dos médicos.

Brady pensou: *Agora começa o resto da minha vida.*

Brady pensou: *Treine, cara, treine muito.*

NEGUINHA

1

Apesar de Hodges ter transformado Holly oficialmente em sócia da Achados e Perdidos e de haver uma sala extra (pequena, mas com vista para a rua), ela escolheu ficar na área da recepção. Ela está sentada ali, olhando a tela do computador, quando Hodges entra às quinze para as onze. E apesar de ser rápida ao enfiar alguma coisa na gaveta larga da escrivaninha, o olfato de Hodges ainda está funcionando bem (ao contrário de algumas partes do corpo mais para o sul), e ele capta o aroma inconfundível de um bolinho Twinkie parcialmente comido.

— Qual é a ocasião, Hollyberry?

— Você pegou essa mania do Jerome e sabe que eu odeio. Se me chamar de Hollyberry de novo, vou passar uma semana na casa da minha mãe. Ela vive me pedindo para fazer uma visita.

Até parece, Hodges pensa. *Você não a suporta, e, além do mais, está seguindo uma pista, minha querida. Está grudada como uma viciada em heroína.*

— Desculpe, desculpe. — Ele olha por cima do ombro dela e vê um artigo da *Bloomberg Business* de abril de 2014. A manchete diz ZAPPIT ZAPEADA. — É, a empresa fez merda e pulou fora. Achei que tivesse dito isso ontem.

— Disse. O interessante, ao menos para mim, é o inventário.

— O que você quer dizer?

— Milhares de Zappits não vendidos, talvez dezenas de milhares. Queria saber o que aconteceu com eles.

— E descobriu?

— Ainda não.

— Devem ter sido enviados para as crianças pobres na China, junto com todos os legumes e verduras que me recusei a comer quando era criança.

— Crianças passando fome não têm graça — diz ela, severa.

— Não, claro que não.

Hodges se empertiga. Ele comprou os analgésicos receitados pelo médico quando saiu do consultório de Stamos — coisa pesada, mas não tão pesada como o que ele pode precisar tomar em breve — e se sente quase bem. Sente até um pouco de fome, o que é uma mudança boa.

— Devem ter sido destruídos. É o que fazem com livros encalhados, eu acho.

— É coisa demais para destruir considerando que os aparelhos estão carregados com jogos e ainda funcionam. Os mais caros, como o Commander, até tinham wi-fi. Agora me conte sobre os exames.

Hodges força um sorriso que espera que pareça modesto e feliz.

— Tenho boas notícias, na verdade. É uma úlcera, mas pequena. Vou ter que tomar uns remédios e controlar a dieta. O dr. Stamos diz que, se eu fizer isso, deve se curar sozinha.

Ela dá um sorriso radiante que faz Hodges se sentir bem com essa mentira absurda. Claro que também o faz se sentir o cocô do cavalo do bandido.

— Graças a Deus! Você vai fazer o que ele mandou, não vai?

— Pode apostar.

Mais mentiras; nem toda a comida sem gosto do mundo vai curar o que o aflige. Hodges não é do tipo que desiste, e em outras circunstâncias estaria no consultório do gastroenterologista Henry Yip agora mesmo, por mais que suas chances de vencer o câncer de pâncreas sejam ruins. Mas a mensagem que ele recebeu no site do Blue Umbrella mudou tudo.

— Que bom. Porque não sei o que eu faria sem você, Bill. Não sei.

— Holly...

— Na verdade, eu sei. Eu voltaria para casa. E isso seria ruim para mim.

Não me diga, Hodges pensa. *Quando eu te conheci, você estava na cidade para o enterro da sua tia Elizabeth, sua mãe praticamente te arrastava por aí como um vira-lata na coleira. Faça isso, Holly, faça aquilo, Holly, e, pelo amor de Deus, não faça nada constrangedor.*

— Agora, me conte — continua ela. — Me conte a novidade. Conte, conte, conte!

— Conto tudo daqui a quinze minutos. Enquanto isso, veja se consegue descobrir o que aconteceu com todos aqueles aparelhos Commander. Não deve ser importante, mas quem sabe?

— Tudo bem. Que notícia maravilhosa sobre seus exames, Bill.
— É.

Ele vai para o escritório. Holly vira a cadeira para olhar para ele por um momento, porque Hodges raramente fecha a porta quando está lá dentro. Mas não é totalmente inédito. Ela volta a olhar o computador.

2

— Ele ainda não acabou com você.

Holly repete em voz baixa. Coloca o hambúrguer vegetariano parcialmente comido no prato de papel. Hodges já acabou com o dele; contou tudo entre mordidas. Ele não fala que acordou porque estava sentindo dor; nessa versão, ele descobriu a mensagem porque não conseguia dormir e resolveu navegar pela internet.

— Era o que dizia.
— De Z-Boy.
— É. Parece o nome de algum ajudante de super-herói, não é? "Acompanhe as aventuras de Z-Man e Z-Boy enquanto eles livram as ruas de Gotham City dos crimes!"
— Isso é Batman e Robin. São eles que patrulham Gotham City.
— Eu sei, já lia revistinhas do Batman antes de você nascer. Foi só um jeito de falar.

Ela pega o hambúrguer vegetariano, tira uma folha de alface e o coloca no prato de novo.

— Quando foi a última vez que você visitou Brady Hartsfield?

Sempre direto ao assunto, pensa Hodges com admiração. *Essa é minha Holly.*

— Fui vê-lo logo depois de toda aquela história com a família Saubers, e mais uma vez depois, no verão. Aí, você e Jerome me encurralaram e me mandaram parar. Então eu parei.
— Fizemos isso pelo seu bem.
— Eu sei, Holly. Agora coma seu sanduíche.

Ela dá uma mordida, limpa maionese do canto da boca e pergunta como Hartsfield parecia estar na última visita.

— O mesmo... de um modo geral. Só sentado ali, olhando para a garagem. Eu falo, faço perguntas, mas ele não responde. Ele leva o Oscar de Dano Cerebral, sem dúvida nenhuma. Mas ouvi algumas histórias sobre ele.

— Que tipo de histórias?

— Que ele tem algum tipo de poder mental. Que consegue abrir e fechar a torneira no banheiro do quarto e às vezes faz isso para assustar os funcionários. Eu diria que é baboseira, mas quando Becky Helmington era a enfermeira-chefe, ela disse que viu algumas coisas estranhas, persianas sacudindo, a tv se ligando sozinha, bolsas de soro balançando. E ela é o que eu chamaria de testemunha confiável. Eu sei que é difícil de acreditar...

— Nem tanto. A telecinesia, às vezes chamada de psicocinesia, é um fenômeno documentado. Você nunca viu nada assim durante as suas visitas?

— Bem... — Ele faz uma pausa e lembra. — Uma coisa aconteceu na penúltima visita. Havia um porta-retratos na mesa ao lado da cama, uma foto dele com a mãe, abraçados e com as bochechas encostadas. De férias em algum lugar. Havia uma igual na casa da Sycamore Street. Você deve lembrar.

— Claro que lembro. Eu me lembro de tudo que vimos naquela casa, inclusive as fotos picantes que Hartsfield tinha da mãe no computador. — Ela cruza os braços sobre os seios pequenos e faz uma careta. — Aquele era um relacionamento *pouquíssimo* natural.

— Nem me fale. Não sei se ele alguma vez transou com ela...

— Eca!

— ... mas acho que queria, e no mínimo ela estimulava suas fantasias. Enfim, eu peguei a foto e falei umas besteiras sobre ela, para tentar forçar uma reação, fazer com que respondesse. Porque ele está *lá*, Holly, e quero dizer totalmente presente. Eu tive certeza naquela hora e tenho ainda mais certeza agora. Ele só fica ali sentado, mas por dentro é o mesmo monstro que matou aquelas pessoas no City Center e tentou matar muitas mais no auditório Mingo.

— E usou o Debbie's Blue Umbrella para falar com você, não se esqueça disso.

— Depois da noite de ontem, não vou esquecer.

— Continue a contar o que aconteceu.

— Por um segundo, ele parou de olhar para a garagem do outro lado. Os olhos... se reviraram nas órbitas e ele olhou para mim. Cada fio de cabelo da minha nuca se eriçou, e o ar pareceu ficar... sei lá... *elétrico*. — Hodges se obriga a dizer o resto. É como empurrar uma pedra grande colina acima. — Eu prendi gente má quando estava na polícia, gente *muito* má. Uma delas era uma mãe que matou o filho de três anos por causa do seguro, que nem era lá essas coisas, mas nunca senti a presença do mal em nenhuma dessas pessoas depois que elas foram pegas. É como se o mal fosse algum tipo de abutre que sai voando quando os bandidos são presos. Mas eu senti naquele dia, Holly. Senti mesmo. Senti em Brady Hartsfield.

— Eu acredito em você — diz ela, com a voz tão baixa que mal chega a um sussurro.

— E ele estava com um Zappit. Era essa a conexão que eu estava tentando fazer. Se é que é uma conexão, e não só uma coincidência. Tinha um cara, não sei o sobrenome dele, todo mundo o chamava de Al da Biblioteca, que os distribuía junto com Kindles e livros no hospital. Não sei se Al era auxiliar de enfermagem ou apenas um voluntário. Ele podia até ser um zelador fazendo uma gentileza. Acho que o único motivo de eu não ter lembrado logo foi porque o Zappit que você encontrou na casa da Ellerton era rosa, e o do quarto de Brady, azul.

— Como pode o que aconteceu com Janice Ellerton e a filha ter alguma coisa a ver com Brady Hartsfield? A não ser que... alguém relatou alguma atividade telecinética fora do quarto dele? Você ouviu boatos sobre isso?

— Não, mas na época em que o caso dos Saubers terminou, uma enfermeira cometeu suicídio na Clínica de Traumatismo Cerebral. Cortou os pulsos em um banheiro no mesmo corredor do quarto de Hartsfield. O nome dela era Sadie MacDonald.

— Você está querendo dizer que...

Holly está mexendo no sanduíche de novo, cortando a alface e largando os pedaços no prato. Esperando que ele continue.

— Desembucha, Holly. Não vou dizer por você.

— Então você está. Acha que Brady a convenceu de alguma forma. Não vejo como isso seria possível.

— Nem eu, mas nós sabemos que Brady tem certa fascinação por suicídios.

— Essa Sadie MacDonald... ela tinha um Zappit?

— Só Deus sabe.

— Como... como foi...

Desta vez, ele a ajuda.

— Com um bisturi que pegou em uma das salas de cirurgia. Eu soube disso pelo assistente do médico. Ofereci a ele um vale-presente do DeMasio, o restaurante italiano.

Holly pica mais alface. O prato está começando a parecer uma festa de aniversário de um gnomo, cheia de confete. Está deixando Hodges nervoso, mas ele não a impede. Ela está se preparando para dizer alguma coisa. E finalmente diz.

— Você vai visitar Hartsfield.

— Vou.

— Acha mesmo que vai arrancar alguma coisa dele? Você nunca conseguiu.

— Sei um pouco mais agora.

Mas o que Hodges realmente *sabe*? Ele nem tem certeza do que desconfia. Mas talvez Hartsfield não seja um monstro, afinal. Talvez ele seja apenas uma aranha, e o quarto 217 no Balde seja o centro de sua teia, onde ele fica sentado, tecendo.

Ou talvez tudo não passe de uma grande coincidência. Talvez o câncer já esteja comendo o cérebro de Hodges, fazendo-o ter ideias paranoicas. É o que Pete pensaria, e o que sua parceira (é difícil parar de pensar nela como srta. Belos Olhos Cinzentos agora que está na cabeça dele) diria em voz alta.

Ele se levanta.

— Não há momento melhor do que o presente.

Ela larga o sanduíche em cima da pilha de alface picada para poder segurar o braço dele.

— Tome cuidado.

— Pode deixar.

— Proteja seus pensamentos. Sei o quanto isso parece maluquice, mas eu *sou* maluca, pelo menos em parte do tempo, então posso dizer. Se você tiver alguma ideia sobre... bem, fazer mal a si mesmo... me ligue. Me ligue *na mesma hora*.

— Tudo bem.

Ela cruza os braços e segura os ombros, aquele velho gesto de ansiedade que ele vê com menos frequência agora.

— Eu queria que Jerome estivesse aqui.

Jerome Robinson está no Arizona, tirando um semestre de folga da faculdade para construir casas como trabalho voluntário. Uma vez, quando Hodges usou a expressão *ornamentar o currículo* em relação a essa atividade, Holly chamou sua atenção e disse que Jerome estava fazendo aquilo porque era uma boa pessoa. Com isso, Hodges tem que concordar. Jerome é mesmo uma boa pessoa.

— Vou ficar bem. E isso não deve ser nada. Somos como crianças com medo de a casa abandonada da esquina ser assombrada. Se disséssemos qualquer coisa para Pete, ele nos internaria na hora.

Holly, que já foi internada (duas vezes), acredita que algumas casas abandonadas podem mesmo ser assombradas. Ela tira a mão magra e sem anéis do ombro por tempo suficiente para segurar o braço dele de novo, dessa vez pela manga do sobretudo.

— Me ligue quando chegar lá, e ligue de novo quando for embora. Não esqueça, porque vou ficar preocupada, e não posso ligar para você porque...

— Celulares não são permitidos no Balde. É, eu sei. Vou ligar, Holly. Enquanto isso, tenho algumas tarefas para você. — Ele vê a mão dela voar para o bloco e balança a cabeça. — Não, você não precisa anotar. É simples. Primeiro, entre no eBay ou onde quer que se compre coisas que não estão mais disponíveis no mercado e compre um Zappit Commander. Você pode fazer isso?

— Claro. Qual é a outra tarefa?

— A Sunrise Solutions comprou a Zappit e pediu falência. Alguém deve estar servindo como administrador judicial da falência. Esse administrador contrata advogados, contadores e liquidantes para ajudar a espremer cada centavo da empresa. Consiga o nome dele, e faço uma ligação ainda hoje ou amanhã. Quero saber o que aconteceu com todos aqueles aparelhos Zappit que não foram vendidos, porque alguém deu um para Janice Ellerton um bom tempo depois que as duas empresas saíram do mercado.

Ela se anima.

— Isso é brilhante!

Não é brilhante, só trabalho de polícia, pensa ele. *Eu posso ter câncer terminal, mas ainda lembro como se faz o trabalho, e isso já é alguma coisa.*

É uma coisa boa.

3

Quando sai do Turner Building e segue para o ponto de ônibus (o ônibus número 5 é um meio mais rápido e fácil de atravessar a cidade do que pegar seu Prius), Hodges é um homem muito preocupado. Ele está pensando em como abordar Brady, como fazê-lo se revelar. Ele foi um ás da sala de interrogatório quando ainda estava na ativa, então tem que haver um jeito. Antes, ele só ia até o Balde para provocar Brady e provar sua crença de que ele estava fingindo estar em um estado semicatatônico. Agora, tem perguntas de verdade, e deve haver *algum* jeito de conseguir fazer Brady respondê-las.

Tenho que provocar a aranha, ele pensa.

Interferindo com os esforços para planejar o confronto iminente estão pensamentos sobre o diagnóstico que acabou de receber e os medos inevitáveis que o acompanham. Pela própria vida, sim. Mas também há perguntas do quanto pode sofrer mais para a frente e como vai dar a notícia para as pessoas que precisam saber. Corinne e Allie vão ficar abaladas, mas vão ficar bem. O mesmo vai acontecer com a família Robinson, apesar de ele saber que Jerome e Barbara, sua irmã mais nova (não tão nova assim agora; ela vai fazer dezesseis anos em alguns meses) vão receber a notícia com dificuldade. Mas é com Holly que ele mais se preocupa. Ela não é maluca, apesar do que disse no escritório, mas é frágil. E muito. Ela teve dois colapsos nervosos no passado, um no ensino médio e um com vinte e poucos anos. Está mais forte agora, mas suas maiores fontes de apoio nos últimos anos foram ele e a pequena empresa que têm juntos. Se os dois se forem, ela vai estar em risco. Ele não pode mentir para si mesmo sobre isso.

Não vou deixar que ela desmorone, Hodges pensa. Ele anda com a cabeça baixa e as mãos enfiadas nos bolsos, a respiração saindo em nuvens brancas. *Não posso deixar que isso aconteça.*

Mergulhado em pensamentos, ele não vê o Chevrolet Malibu com manchas de primer pela terceira vez em dois dias. Está estacionado na rua, do outro lado do prédio onde Holly está agora caçando o administrador judicial da Sunrise Solutions. Na calçada, ao lado do carro, está um senhor idoso com um casaco velho camuflado que foi remendado com fita adesiva. Ele vê Hodges pegar o ônibus, tira um celular do bolso e faz uma ligação.

4

Holly vê o chefe, que por acaso é a pessoa que ela mais ama no mundo, andar até o ponto de ônibus na esquina. Ele está tão *magro* agora, quase uma sombra do homem corpulento que ela conheceu seis anos atrás. E está pressionando a lateral do corpo enquanto anda. Ele faz muito isso ultimamente, e ela acha que nem percebe.

Nada além de uma pequena úlcera, ele disse. Ela gostaria de acreditar nisso, gostaria de acreditar *nele*, mas não tem certeza se consegue.

O ônibus chega e Bill entra. Holly fica observando-o se afastar pela janela, roendo as unhas, desejando fumar um cigarro. Ela tem chiclete Nicorette, um monte deles, mas às vezes só um cigarro funciona.

Pare de perder tempo, ela diz para si mesma. *Se você quer mesmo ser uma xereta horrível e trapaceira, não tem hora melhor do que essa.*

Então, Holly entra no escritório dele.

A tela do computador está apagada, mas ele nunca o desliga até a hora de ir embora para casa; ela só precisa mexer o mouse. Porém, antes que possa, sua atenção é captada pelo bloco amarelo ao lado do teclado. Ele sempre tem um por perto, normalmente coberto de anotações e rabiscos. É assim que ele pensa.

Escrito no topo daquele há uma frase que conhece bem, uma que ecoa nela desde que ouviu a música no rádio pela primeira vez: *All the lonely people*. Todas as pessoas solitárias. Ele a sublinhou. Embaixo, há nomes que ela conhece.

Olivia Trelawney (viúva)
Martine Stover (solteira, empregada a chamou de "solteirona")
Janice Ellerton (viúva)
Nancy Alderson (viúva)

E vários outros. O dela, claro; ela também é uma solteirona. De Pete Huntley, que é divorciado. E do próprio Hodges, também divorciado.

Os solteiros têm o dobro de chance de cometer suicídio. Os divorciados, o quádruplo.

— Brady Hartsfield gostava de suicídio — murmura ela. — Era seu hobby.

Embaixo dos nomes, circulada, há uma anotação que ela não entende. *Lista de visitantes? Que visitantes?*

Ela aperta uma tecla qualquer, e o computador de Bill se acende, mostrando a tela e todos os arquivos espalhados ali. Ela chamou a atenção dele por causa daquilo várias vezes, falou que é como deixar a porta da casa destrancada e os bens de valor todos espalhados na mesa da sala de jantar com um cartaz dizendo ME ROUBEM, e Hodges sempre diz que vai arrumar aquilo, mas nunca faz nada. Não que fosse mudar as coisas no caso de Holly, porque ela também tem a senha dele. Ele deu para ela. *Para o caso de alguma coisa acontecer comigo*, ele disse. Agora, ela está com medo de que alguma coisa tenha acontecido.

Uma olhada na tela basta para dizer que o que quer que seja não é uma úlcera. Tem uma pasta nova ali, com um título assustador. Holly clica nela. As letras góticas terríveis no alto bastam para confirmar que o documento é mesmo o testamento de Kermit William Hodges. Ela o fecha na mesma hora. Não tem desejo nenhum de xeretar a herança dele. Saber que esse documento existe e que ele o abriu hoje mesmo basta. Mais do que basta, na verdade.

Holly fica ali, segurando os ombros e mordendo o lábio. O próximo passo seria pior do que xeretar. Seria invadir. Roubar.

Você chegou até esse ponto, vá em frente.

— É, eu tenho que ir em frente — sussurra Holly, e clica no ícone de selo postal que abre o e-mail dele, dizendo para si mesma que não deve ter nada lá. Só que tem. O e-mail mais recente deve ter chegado quando eles estavam conversando sobre a mensagem que Hodges encontrou hoje de manhã no Debbie's Blue Umbrella. É do médico com quem ele foi se consultar. Stamos é o nome dele. Ela abre o e-mail e lê: *Aqui está uma cópia dos resultados do seu exame mais recente, para você poder guardar.*

Holly insere a senha do e-mail para abrir o anexo, senta-se na cadeira de Bill e se inclina para a frente, com as mãos apertadas no colo. Quando desce para a segunda das oito páginas, já está chorando.

5

Hodges mal se acomodou no assento nos fundos do ônibus da linha 5 quando ouve o som de vidro se quebrando no bolso do casaco junto com os garotos gritando o *home run* que acabou de quebrar a janela da sala da sra. O'Leary. Um homem de terno baixa o *Wall Street Journal* e olha para ele com reprovação.

— Desculpe — pede Hodges. — Sempre me esqueço de mudar.

— Devia ser prioridade — diz o homem, e levanta o jornal de novo.

A mensagem de texto é de seu antigo parceiro. De novo. Com uma sensação forte de déjà-vu, Hodges liga para ele.

— Pete, para que tantas mensagens? Você tem meu número na discagem rápida.

— Achei que Holly devia ter programado seu celular para você e colocado um toque maluco — revela Pete. — Ela acharia isso engraçado. Também achei que você teria colocado no volume máximo, seu filho da puta surdo.

— O alerta de mensagens é que está no máximo — diz Hodges. — Quando recebo uma ligação, o celular só tem um miniorgasmo contra a minha perna.

— Mude o alerta, então.

Horas atrás, ele descobriu que tem apenas alguns meses de vida. Agora, está discutindo o volume do celular com Pete. A vida era mesmo engraçada.

— Vou fazer isso. Agora, conte por que ligou.

— Um cara da perícia digital caiu em cima daquele aparelho cheio de joguinhos como mosca em cima de merda. Ele adorou, chamou de retrô. Dá para acreditar? O troço deve ter sido fabricado uns cinco anos atrás e agora já é retrô.

— O mundo está acelerado.

— Está mesmo diferente. De qualquer modo, o Zappit já era. Quando nosso cara colocou pilhas novas, umas luzes azuis piscaram na tela e ele morreu.

— Qual era o problema?

— Talvez seja algum tipo de vírus, o aparelho supostamente tem wi-fi e é assim que esses troços são baixados, mas o cara disse que é mais provável que houvesse um chip ruim ou tenha sofrido um curto-circuito. A questão é: não quer dizer nada. Ellerton não poderia ter usado.

— Então por que ela deixava o fio do carregador ligado na tomada do banheiro da filha?

Isso silencia Pete por um momento.

— Tá, então pode ter funcionado por um tempo e depois o chip morreu. Ou sei lá o que eles fazem.

Funcionou sim, pensa Hodges. *Ela jogou paciência à mesa da cozinha. Vários tipos diferentes, Klondike e Pyramid e Picture. Coisa que você saberia, querido Pete, se tivesse conversado com Nancy Alderson. Isso ainda deve estar no fim da sua lista.*

— Tudo bem — diz Hodges. — Obrigado pela informação.

— É sua última informação, Kermit. Tenho uma parceira com quem trabalho bem desde que você se aposentou, e gostaria que ela estivesse na minha festa de aposentadoria em vez de sentada à mesa na delegacia pensando em como eu preferia você a ela até o amargo fim.

Hodges poderia insistir no assunto, mas o hospital está a duas paradas agora. Além do mais, ele percebe que quer se separar de Pete e Izzy e seguir o próprio caminho. Pete é lento, e Izzy literalmente arrasta os pés. Hodges quer desvendar aquele caso, com pâncreas ruim e tudo.

— Está certo — diz ele. — Obrigado mesmo assim.

— Caso encerrado?

— Finito.

Ele revira os olhos para cima e para a esquerda.

6

A dezenove quarteirões de onde Hodges está guardando o iPhone no bolso do sobretudo, existe um mundo diferente. Não é um mundo muito gentil. A irmã de Jerome Robinson está nele e está encrencada.

Bonita e recatada com o uniforme da escola Chapel Ridge (casaco cinza de lã, saia cinza, meias brancas até os joelhos e um cachecol vermelho ao redor do pescoço), Barbara anda pela Martin Luther King Avenue com um Zappit Commander amarelo nas mãos enluvadas. Nele, os peixes do jogo Pescaria nadam de um lado para outro, embora estejam quase invisíveis na luz fria e intensa do meio-dia.

A avenida é uma das duas vias principais naquela parte da cidade conhecida como Lowtown. Apesar de a população ser predominantemente negra e de Barbara ser negra (está mais para café com leite), ela nunca foi até lá, e esse fato a faz se sentir burra e inútil. Aquele é o povo dela, seus ancestrais coletivos podem ter carregado sacas e levantado fardos na mesma fazenda no passado, até onde ela sabe, mas Barbara nunca pisou ali *uma única vez*. E foi avisada para não ir não só pelos pais, mas também pelo irmão.

— Lowtown é onde as pessoas bebem cerveja e depois comem a garrafa — disse ele para ela certa vez. — Não é lugar para uma garota como você.

Uma garota como eu, ela pensa. *Uma garota boazinha de classe média alta como eu, que estuda em uma escola particular legal, tem amigas brancas legais e muitas roupas caras e recebe mesada. Ah, eu até tenho um cartão de débito! Posso tirar sessenta dólares em um caixa eletrônico a hora que quiser! Incrível!*

Barbara caminha distraída, e parece um sonho, porque tudo é tão estranho e ela está a menos de três quilômetros de casa, que por acaso é uma casa aconchegante no estilo Cape Cod com uma garagem contígua para dois carros. A hipoteca está paga e tudo. Ela passa por espeluncas onde se pode trocar cheques e lojas de penhores cheias de violões, rádios e navalhas reluzentes com cabos perolados. Passa por bares fedendo a cerveja mesmo com as portas fechadas no frio do inverno. Passa por restaurantes pequenos e baratos com cheiro de gordura. Alguns vendem fatias de pizza, e outros, comida chinesa. Na janela suja de um deles há um cartaz que diz BOLINHOS DE CHUVA E VERDURAS EM RAMOS COMO SUA MÃE FAZIA.

Não a minha mãe, Barbara pensa. *Nem sei o que é uma verdura em ramo. Espinafre? Couve?*

Nas esquinas (*todas* as esquinas, ao que parece), garotos de bermudas compridas e calças jeans frouxas se reúnem, às vezes perto de barris enferrujados com fogo aceso dentro para se aquecer, às vezes jogando uma bola de meia, às vezes só exibindo os tênis gigantescos, com as jaquetas abertas apesar do frio. Eles cumprimentam os amigos com gestos e gritam para os carros que passam, e quando um para, entregam pequenos envelopes de papel vegetal pela janela aberta. Ela anda por quarteirões e mais quarteirões da Martin Luther King Avenue (nove, dez, talvez doze, já perdeu a conta), e toda esquina é como um drive-thru de drogas em vez de hambúrgueres ou tacos.

Ela passa por mulheres trêmulas usando calças apertadas, jaquetas de pele falsa e botas brilhantes; na cabeça usam perucas muito coloridas. Passa por prédios vazios com janelas cobertas por tábuas. Passa por um carro depenado e coberto de símbolos de gangue. Passa por uma mulher com um curativo sujo em um olho. Ela está arrastando pelo braço uma criança pequena aos berros. Passa por um homem sentado em um cobertor, que bebe direto de uma garrafa de vinho e mostra a língua cinza para ela. É pobre e desesperador e estava *bem ali o tempo todo*, e Barbara nunca fez nada a respeito. Nunca *fez* nada? Nunca nem *pensou* em fazer. O que ela fazia era o dever de casa. O que fazia era falar ao celular e mandar mensagens de texto para as amigas à noite. O que fazia era atualizar o status do Facebook e se preocupar com a pele. Ela é uma adolescente parasita típica: janta em bons restaurantes com os pais enquanto seus irmãos e irmãs, *bem ali o tempo todo, a menos de três quilômetros de sua bela casa no subúrbio*, bebem vinho e usam drogas para esquecer a vida horrível que têm. Ela tem vergonha do cabelo, caindo suavemente pelos ombros. Tem vergonha das meias brancas limpas que vão até os joelhos. Tem vergonha da cor da pele, porque é a mesma da deles.

— Ei, neguinha! — O grito vem do outro lado da rua. — O que você tá fazendo aqui? Não tem nada pra você aqui!

Neguinha.

É o nome de um programa de TV, eles assistem em casa e riem, mas também é o que ela é. Não negra, mas neguinha. Vivendo uma vida branca em um bairro branco. Ela pode fazer isso porque os pais ganham muito dinheiro e são donos de uma casa em um quarteirão em que as pessoas são tão politicamente corretas que se encolhem se ouvem os filhos chamarem outra criança de retardada. Ela pode viver essa maravilhosa vida branca porque não é ameaça para ninguém, não causa problemas ao status quo. Ela segue seu caminho, conversa com as amigas sobre garotos e músicas e garotos e roupas e garotos e os programas de TV de que elas gostam e que garota elas viram andando com qual garoto no Birch Hill Mall.

Ela é neguinha, uma palavra que significa inútil, e não merece viver.

— Talvez você devesse dar um basta nisso. Que essa seja sua declaração.

A ideia é uma voz, e ela vem a Barbara com uma lógica reveladora. Emily Dickinson disse que sua poesia era sua carta para um mundo que nunca escreveu para ela, eles leram isso na escola, mas Barbara nunca escreveu uma carta. Um monte de redações, trabalhos sobre livros e e-mails idiotas, mas nada realmente importante.

— Talvez seja hora de fazer isso.

Não é a voz dela, mas a voz de um amigo.

Ela para em frente a uma loja esotérica onde se lê o futuro e cartas de tarô. Na vitrine suja, ela acredita ver o reflexo de alguém de pé ao seu lado, um homem branco com rosto sorridente de menino e mechas louras caindo na testa. Ela olha ao redor, mas não tem ninguém ali. Foi só sua imaginação. Ela olha novamente para a tela do aparelho. Na sombra do toldo da loja, os peixes ficam intensos e claros de novo. Para um lado e para outro eles nadam, de vez em quando obliterados por um brilho azul. Barbara olha para trás e vê um caminhão preto brilhante seguindo na direção dela pela rua, costurando de uma pista para a outra em alta velocidade. Tem pneus enormes, o tipo que os garotos da escola chamam de Pé Grande ou Coisa de Gângster.

— Se você vai fazer, é melhor se apressar.

É como se alguém realmente estivesse de pé do lado dela. Alguém que a entende. E a voz está certa. Barbara nunca pensou em suicídio, mas no momento a ideia parece perfeitamente racional.

— Você nem precisa deixar um bilhete — diz o amigo.

Ela vê o reflexo dele na vitrine de novo. Fantasmagórico.

— O fato de você fazer isso aqui vai ser seu atestado para o mundo. Verdade.

— Você sabe muito sobre si mesma agora para continuar vivendo — observa o amigo quando ela volta o olhar os peixes. — Você sabe demais, e tudo é ruim. — Ele se apressa em acrescentar: — O que não quer dizer que você seja uma pessoa ruim.

Ela pensa: *Não, não ruim, só inútil.*

Neguinha.

O caminhão está se aproximando. O Coisa de Gângster. Quando a irmã de Jerome Robinson anda até o meio-fio, pronta para entrar no caminho do veículo, seu rosto se ilumina com um sorriso ansioso.

7

O dr. Felix Babineau está usando um terno de mil dólares por baixo do jaleco branco que voa atrás dele conforme avança pelo corredor do Balde, mas ele agora está com a barba por fazer e o cabelo branco normalmente elegante está desgrenhado. Ele ignora um amontoado de enfermeiros perto da recepção falando em tom baixo e agitado.

A enfermeira Wilmer se aproxima dele.

— Dr. Babineau, o senhor soube...

Ele nem olha para ela, e Norma tem que dar um passo para o lado rapidamente para não ser atropelada. Ela o encara com surpresa.

Babineau pega a plaquinha de NÃO PERTURBE que sempre carrega no bolso do jaleco, pendura na maçaneta do quarto 217 e entra. Brady Hartsfield não levanta o rosto. Toda a sua atenção está no aparelho que ele tem no colo, onde os peixes nadam de um lado para outro. Não há música; ele tirou o som.

Muitas vezes, quando entra no quarto, Felix Babineau desaparece e o dr. Z toma o lugar dele. Mas não hoje. O dr. Z é só mais uma versão de Brady, afinal, uma projeção, e hoje Brady está ocupado demais para se projetar.

Suas lembranças de tentar explodir o auditório Mingo durante o show do 'Round Here ainda são confusas, mas uma coisa ficou clara desde que ele acordou: o rosto da última pessoa que viu antes de as luzes se apagarem. Foi Barbara Robinson, irmã do negrinho de Hodges. Ela estava sentada próxima a Brady, apenas algumas fileiras à frente. Agora, está aqui, nadando com os peixes que os dois compartilham nas telas. Brady pegou Scapelli, a vaca sádica que torceu seu mamilo. Agora, vai cuidar da putinha Robinson. A morte dela vai atingir o irmão, mas essa não é a melhor parte. Vai enfiar uma faca no coração do velho detetive. *Essa* é a melhor parte.

A mais prazerosa.

Ele a consola, diz que ela não é uma pessoa ruim. Ajuda a fazê-la agir. Algum veículo está vindo pela Martin Luther King Avenue, ele não sabe o que é porque o subconsciente de Barbara ainda está lutando contra ele, mas é grande. Grande o bastante para fazer o serviço.

— Brady, escute. Z-boy ligou. — O verdadeiro nome de Z-boy é Brooks, mas Brady se recusa a chamá-lo assim. — Ele está observando, como você instruiu. Aquele policial... ex-policial ou seja lá o que for...

— Cala a boca — ordena Brady sem levantar a cabeça, com o cabelo caído na testa. Na luz forte, ele parece estar mais perto dos vinte do que dos trinta anos.

Babineau, que está acostumado a ser ouvido e ainda não captou totalmente seu estado de subordinado, ignora.

— Hodges estava em Hilltop Court ontem, primeiro na casa de Ellerton e depois xeretando a casa do outro lado da rua, onde...

— *Eu mandei calar a boca!*

— Brooks o viu entrar no ônibus da linha 5, o que deve querer dizer que ele está vindo para cá! E, se estiver vindo para cá, isso significa que ele *sabe*!

Brady olha com raiva para Babineau por um momento e volta a atenção para a tela. Se esse idiota estudado desviar sua concentração...

Mas ele não vai. Ele quer machucar Hodges, quer machucar o negrinho, deve isso a eles, e esse é o melhor jeito de fazê-lo. Não é só uma questão de vingança. Ela é a primeira cobaia que estava no show, e não é como os outros, que eram mais suscetíveis. Mas Brady a *está* controlando, só precisa de mais dez segundos, e agora ele vê o que está se aproximando. É um caminhão. Grande e preto.

Ei, querida, pensa Brady Hartsfield. *Sua carona chegou.*

8

Barbara está de pé no meio-fio, vendo o caminhão se aproximar, calculando o tempo, mas, quando flexiona os joelhos, mãos a seguram por trás.

— Ei, garota, o que tá rolando?

Ela luta, mas o aperto em seus ombros é forte, e o caminhão passa em um vislumbre de Ghostface Killah. Ela se vira e encara um garoto magrelo da idade dela, usando uma jaqueta da Todhunter High. Ele é alto, com talvez um metro e noventa, então Barbara tem que olhar para cima. Tem cabelo castanho cacheado cortado curto e cavanhaque. Ao redor do pescoço há uma corrente de ouro fina. Ele está sorrindo. Os olhos são verdes e risonhos.

— Você é bonita, e isso é um fato, não um elogio, mas não é daqui, né? Não vestida assim. Sua mãe nunca te falou para não atravessar fora da faixa?

— Me deixa em paz!

Ela não está com medo. Está furiosa.

Ele ri.

— Ela é durona! Gosto de garotas duronas. Que tal uma fatia de pizza e uma coca?

— Não quero nada de você!

O amigo dela foi embora, provavelmente com nojo. *Não é minha culpa*, ela pensa. É culpa desse garoto vulgar.

Vulgar! Uma palavra de neguinha! Ela sente o rosto ficar vermelho e baixa o olhar para os peixes na tela do Zappit. Eles vão consolá-la, sempre consolam. E pensar que ela quase jogou o aparelho fora quando aquele homem o deu para ela! Antes de encontrar os peixes! Os peixes sempre a levam para longe, e às vezes trazem o amigo. Mas ela só tem um vislumbre momentâneo antes de o aparelho sumir. Puf! Desapareceu! O vulgar está segurando o Zappit nos dedos longos e olhando para a tela, fascinado.

— Nossa, isso é antigo pra caramba!

— É meu! — grita Barbara. — Devolve!

Do outro lado da rua, uma mulher ri e grita com a voz rouca:

— Mostra quem é que manda, irmã! Faz ele baixar essa crista!

Barbara tenta pegar o Zappit. O garoto alto segura o aparelho acima da cabeça, sorrindo para ela.

— Eu mandei você devolver! Pare de ser babaca!

Mais pessoas estão observando agora, e o garoto alto atua para a plateia. Ele desvia para a esquerda, depois dá um passo ligeiro para a direita, um movimento que deve usar o tempo todo na quadra de basquete, sem nunca perder o sorriso indulgente. Os olhos verdes brilham e dançam. Todas as garotas da Todhunter devem amar esses olhos, e Barbara não está mais pensando em suicídio, ou em ser neguinha, ou na merdinha socialmente inconsciente que ela é. Agora, só está com raiva, e o fato de ele ser bonito só a deixa com mais raiva. Barbara joga futebol em Chapel Ridge e dá seu melhor chute digno de pênalti na canela do garoto.

Ele grita de dor (mas de alguma forma é uma dor *divertida*, o que a enfurece ainda mais, porque foi mesmo um chute forte) e se inclina para olhar o machucado. Isso o deixa da altura dela, e Barbara pega seu precioso retângulo de plástico amarelo. Ela se vira, a saia rodopiando com o movimento, e corre para a rua.

— *Querida, cuidado!* — grita a mulher de voz rouca.

Barbara ouve o guincho de freios e sente cheiro de borracha queimada. Olha para a esquerda e vê uma caminhonete indo para cima dela, com a frente virando para a esquerda na hora em que o motorista enfia o pé no freio. Atrás do para-brisa sujo, vê apenas olhos consternados e uma boca aberta. Ela levanta as mãos e larga o Zappit. Naquele momento, a última coisa no mundo que Barbara Robinson quer é morrer, mas ali está ela, na rua, afinal, e é tarde demais.

Ela pensa: *Minha carona chegou.*

9

Brady desliga o Zappit e olha para Babineau com um sorriso largo.

— Peguei ela. — As palavras saem claras, nem um pouco emboladas. — Vamos ver como Hodges e seu amiguinho de Harvard vão reagir a isso.

Babineau tem uma boa ideia de quem *ela* é e acha que deveria se importar, mas não se importa. Ele só quer salvar a própria pele. Como permitiu que Brady o metesse nisso? Quando deixou de ter escolha?

— É por causa de Hodges que estou aqui. Tenho quase certeza de que ele está vindo agora. Ver você.

— Hodges já veio aqui muitas vezes — diz Brady, apesar de ser verdade que o velho Det. Apos. não aparece há um tempo. — Ele nunca desconfia da atuação de catatonia.

— Ele está começando a notar. Não é burro, você mesmo disse. Ele conhecia Z-Boy quando ele era apenas Brooks? Deve tê-lo visto por aqui quando vinha visitar você.

— Não faço ideia. — Brady está exausto, saciado. O que realmente deseja agora é saborear a morte da garota Robinson e tirar um cochilo. Ainda tem muita coisa a ser feita, coisas grandiosas estão a caminho, mas no momento ele precisa descansar.

— Ele não pode ver você assim — afirma Babineau. — Sua pele está corada e você está coberto de suor. Parece uma pessoa que acabou de correr uma maratona.

— Então não o deixe entrar. Você pode fazer isso. É médico, e ele é só mais um abutre que vive de seguro social. Atualmente, não tem autoridade nem para multar um carro em um parquímetro expirado. — Brady está se perguntando como o negrinho vai receber a notícia. *Jerome*. Será que vai chorar? Vai cair de joelhos? Vai arrancar a blusa e bater no peito?

Vai culpar Hodges? Improvável, mas isso seria maravilhoso. Isso seria perfeito.

— Tudo bem — diz Babineau. — É, você tem razão, eu posso fazer isso. — Ele está falando consigo mesmo tanto quanto com o homem que devia ser sua cobaia. Que piada, não é? — Por enquanto, pelo menos. Mas ele ainda deve ter amigos na polícia, sabe. Deve ter um monte deles.

— Não tenho medo dos amigos e não tenho medo dele. Só não quero vê-lo. Ao menos, não agora. — Brady sorri. — Depois que ele descobrir sobre a garota, *aí sim* eu vou querer vê-lo. Agora, vá embora.

Babineau, que está finalmente começando a entender quem é o chefe ali, sai do quarto de Brady. Como sempre, é um alívio fazer isso como ele mesmo. Porque, toda vez que ele volta a ser Babineau depois de ser o dr. Z, tem um pouco menos de Babineau para quem voltar.

10

Tanya Robinson liga para o celular da filha pela quarta vez nos últimos vinte minutos, e pela quarta vez não consegue nada além de ouvir a mensagem alegre da caixa postal de Barbara.

— Esqueça minhas outras mensagens — diz Tanya depois do bipe. — Ainda estou zangada, mas agora também estou morrendo de preocupação. Me ligue. Preciso saber que você está bem.

Ela larga o celular na mesa e começa a andar pela pequena área do escritório. Pensa em ligar para o marido, mas decide não fazer isso. Ainda não. Ele ficaria enlouquecido com a ideia de Barbara matar aula e vai achar que isso é o que ela está fazendo. A princípio, Tanya fez a mesma suposição quando a sra. Rossi, a secretária da Chapel Ridge, ligou para perguntar se Barbara estava doente. Barbara nunca matou aula, mas sempre há uma primeira vez para esse tipo de comportamento, principalmente no caso de adolescentes. Só que ela não mataria aula sozinha, e depois de conversar um pouco mais com a sra. Rossi, Tanya confirmou que as amigas mais próximas da filha foram à escola hoje.

Desde então, pensamentos mais sombrios adentraram sua mente, e uma imagem passou a assombrá-la: o painel acima da via expressa que a polícia usa para ajudar na busca a crianças desaparecidas. Ela fica vendo o nome BARBARA ROBINSON naquele painel, piscando como o letreiro de um cinema dos infernos.

O telefone toca as primeiras notas do "Hino à Alegria" e ela corre até ele, pensando: *Graças a Deus, ah, graças a Deus, vou te deixar de castigo pelo resto do inv...*

Só que não é o rosto sorridente da filha que Tanya vê na tela. A identificação é: DELEGACIA MUNICIPAL. O estômago dela é tomado de pavor e a bexiga afrouxa. Por um momento, ela não consegue nem atender a ligação, porque o polegar não se mexe. Por fim, aperta o botão verde de atender e a música se silencia. Tudo no escritório dela, principalmente a foto da família na mesa, parece intenso demais. O celular parece flutuar até o ouvido dela.

— Alô?

Ela escuta.

— Sim, sou eu.

Ela escuta, a mão livre se erguendo para cobrir a boca e sufocar qualquer som que deseje sair. Ela se ouve perguntar:

— Você tem certeza de que é minha filha? Barbara Rosellen Robinson?

119

O policial que ligou diz que sim. Ele tem certeza. Eles encontraram a identidade dela na rua. O que ele não diz é que tiveram que limpar o sangue para ver o nome.

11

Hodges sabe que tem alguma coisa errada assim que sai da passarela que liga o Kiner Memorial à Clínica de Traumatismo Cerebral de Lakes Region, onde as paredes são pintadas de um tom de rosa calmante e música suave toca dia e noite. A rotina de sempre foi alterada, e pouco trabalho parece estar sendo feito. Carrinhos de comida foram abandonados, cheios de refeições frias de algo parecido com macarrão que pode ter sido a ideia do refeitório de algum prato chinês. Enfermeiras se juntaram em pequenos grupos, murmurando em voz baixa. Uma parece estar chorando. Dois residentes estão cochichando entre si perto do bebedouro. Um auxiliar está falando ao celular, o que é tecnicamente motivo de suspensão, mas Hodges acha que ele vai se safar. Ninguém está prestando atenção.

Pelo menos Ruth Scapelli não está por perto, o que pode aumentar suas chances de ver Hartsfield. É Norma Wilmer quem está na recepção, e, junto com Becky Helmington, Norma era sua fonte para todas as coisas relacionadas a Brady antes de Hodges parar de visitar o quarto 217. A má notícia é que o médico de Hartsfield também está ali. Hodges nunca conseguiu cair nas graças dele, embora Deus saiba o quanto tentou.

Hodges vai até o bebedouro, torcendo para Babineau não tê-lo visto e para que saia logo para olhar tomografias ou qualquer outra coisa, deixando Wilmer sozinha e abordável. Ele bebe um pouco de água (fazendo careta e colocando a mão na lateral do corpo quando se empertiga) e fala com os residentes.

— Tem alguma coisa acontecendo? O dia parece estar meio agitado hoje.

Eles hesitam e se entreolham.

— Não podemos falar — diz o Residente Um. Ele ainda tem resquícios da acne da adolescência e parece ter uns dezessete anos. Hodges estremece ao imaginá-lo auxiliando em uma cirurgia mais difícil do que a remoção de uma farpa no polegar.

— Alguma coisa com algum paciente? Com Hartsfield? Só pergunto porque eu era policial, e sou meio que o responsável por colocá-lo aqui.

— Hodges — diz o Residente Dois. — É esse o seu nome?

— É, sou eu.

— Você o pegou, não é?

Hodges concorda na mesma hora, embora, se tivesse dependido dele, Brady teria feito bem mais vítimas no auditório Mingo do que conseguiu no City Center. Não, foram Holly e Jerome que impediram Brady antes que ele pudesse detonar uma quantidade absurda de explosivo plástico.

Os residentes trocam outro olhar, e um deles diz:

— Hartsfield está o mesmo de sempre, vegetando. É a enfermeira Ratched.

O Residente Dois dá uma cotovelada nele.

— Não fale mal dos mortos, babaca. Principalmente se a pessoa ouvindo puder ter a língua solta.

Hodges passa o polegar na boca na mesma hora, como se selando seus perigosos lábios.

O Residente Um parece ansioso.

— A enfermeira-chefe Scapelli, quero dizer. Ela cometeu suicídio ontem à noite.

Todas as luzes na cabeça de Hodges se acendem, e pela primeira vez desde o dia anterior ele esquece que provavelmente vai morrer.

— Tem certeza?

— Cortou os braços e os pulsos e sangrou até morrer — diz o Dois. — Foi o que ouvi, ao menos.

— Ela deixou algum bilhete?

Eles não têm ideia.

Hodges segue para a recepção. Babineau ainda está lá, olhando prontuários com Wilmer (que parece nervosa com a promoção de última hora), mas ele não pode esperar. Isso é coisa de Hartsfield. Ele não sabe como, mas Brady deixou sua marca nessa história toda. O maldito príncipe do suicídio.

Ele quase chama a enfermeira Wilmer pelo primeiro nome, mas seu instinto o impede de fazer isso no último segundo.

— Enfermeira Wilmer, sou Bill Hodges. — Uma coisa que ela sabe muito bem. — Trabalhei no caso do City Center e no do auditório Mingo. Preciso ver o sr. Hartsfield.

Ela abre a boca, mas Babineau a interrompe.

— Fora de questão. Mesmo se o sr. Hartsfield pudesse receber visitas, o que não pode por ordem da Promotoria Pública Estadual, não teria permissão para ver você. Ele precisa descansar. Cada uma de suas visitas anteriores não autorizadas puseram tudo a perder.

— Isso é novidade para mim — responde Hodges com tranquilidade. — Cada vez que fui vê-lo, ele só ficou sentado, parado. Sem graça, como uma tigela de aveia.

A cabeça de Norma Wilmer se vira de um para o outro. Ela parece uma mulher assistindo a uma partida de tênis.

— Você não vê o estado em que ele fica depois que você sai.

As bochechas cobertas de barba por fazer de Babineau começam a ficar vermelhas. Há olheiras escuras sob os olhos dele. Hodges se lembra de um desenho do livro de exercícios *Vivendo com Jesus* das aulas dominicais, ainda na era pré-histórica em que carros tinham barbatanas e as garotas usavam meias soquete. O médico de Brady está com a mesma expressão do cara do desenho, mas Hodges duvida que ele seja um masturbador crônico. Por outro lado, ele se lembra de Becky dizendo que os neurologistas muitas vezes são mais malucos que os pacientes.

— Como o quê? — pergunta Hodges. — Pequenos chiliques psíquicos? As coisas começam a cair depois que eu saio? A descarga do banheiro funciona sozinha, por acaso?

— Ridículo. O que você deixa é *destruição* psíquica, sr. Hodges. O dano cerebral dele não é tão grave a ponto de não saber que você é obcecado por ele. De forma malevolente. Quero que vá embora. Tivemos uma tragédia, e isso deixou muitos dos pacientes nervosos.

Hodges vê os olhos de Wilmer se arregalarem um pouco e sabe que os pacientes capazes de entender — e poucos no Balde são — não fazem ideia de que a enfermeira-chefe tirou a própria vida.

— Só tenho algumas perguntas para ele e depois vou embora.

Babineau se inclina para a frente. Os olhos por trás dos óculos de armação dourada estão injetados.

— Escute com atenção, sr. Hodges. Em primeiro lugar, o sr. Hartsfield não é capaz de responder às suas perguntas. Se ele pudesse responder a perguntas, já teria sido levado a julgamento pelos seus crimes. Segundo, você não representa mais a polícia. Terceiro, se não for embora agora, vou chamar a segurança e mandar escoltarem você para fora.

— Desculpe a pergunta, mas você está bem?

Babineau recua como se Hodges tivesse lhe ameaçado com o punho.

— *Saia daqui!*

Os pequenos grupos de funcionários param de falar e olham para eles.

— Entendi — diz Hodges. — Estou indo. Tudo bem.

Há uma alcova de máquinas de lanches perto da entrada da passarela. O Residente Dois está encostado ali, com as mãos nos bolsos.

— Ah, rapaz — diz ele. — Você levou uma bronca daquelas.

— É o que parece.

Hodges observa o que tem na máquina Nibble-A-Bit. Não vê nada que não vá deixar sua barriga pegando fogo, mas tudo bem. Ele não está com fome.

— Meu jovem — diz sem se virar —, se quiser ganhar cinquenta dólares para fazer uma tarefa simples que não vai causar mal a ninguém, venha aqui.

O Residente Dois, um sujeito que parece prestes a chegar à idade adulta em algum momento no futuro não muito distante, se junta a ele em frente à máquina Nibble-A-Bit.

— Qual é a tarefa?

Hodges está sempre com o bloco no bolso de trás, como fazia quando era detetive. Ele rabisca duas palavras — *Me ligue* — e acrescenta o número do celular.

— Entregue isso para Norma Wilmer assim que Smaug abrir as asas e sair voando.

O Residente Dois pega o bilhete, dobra e coloca no bolso do peito do uniforme. E fica ali parado, cheio de expectativa. Hodges pega a carteira. Cinquenta pratas é muito dinheiro só para entregar um bilhete, mas ele descobriu pelo menos uma coisa boa sobre câncer terminal: você pode jogar o orçamento pela janela.

12

Jerome Robinson está equilibrando tábuas no ombro debaixo do sol quente do Arizona quando o celular toca. Eles estão construindo as casas — as primeiras duas já estão na estrutura — em um bairro de baixa renda, mas respeitável, nos arredores do sul de Phoenix. Ele coloca as tábuas em cima de um carrinho de mão e puxa o celular do cinto, pensando que deve ser Hector Alonzo, o mestre de obras. Naquela manhã, um dos trabalhadores (uma trabalhadora, na verdade) tropeçou e caiu em uma pilha de vergalhões. Ela quebrou a clavícula e sofreu uma laceração feia no rosto. Alonzo a levou para a emergência do St. Luke e designou Jerome como mestre de obras temporário na ausência dele.

Não é o nome de Alonzo que ele vê na telinha, mas o rosto de Holly Gibney. É uma foto que ele mesmo tirou, pegando-a em um de seus raros sorrisos.

— Oi, Holly, tudo bem? Vou ter que ligar de volta em alguns minutos, a manhã aqui está uma loucura, mas...

— Você precisa voltar para casa — diz Holly.

Ela parece calma, mas Jerome a conhece há muito tempo, e naquelas cinco palavras ele sente que Holly está controlando emoções fortes. O medo sendo a principal delas. Holly ainda é uma pessoa muito medrosa. A mãe de Jerome, que a ama muito, uma vez disse que o medo é o estado permanente de Holly.

— Para casa? Por quê? O que aconteceu? — Seu próprio medo toma conta. — Aconteceu alguma coisa com meu pai? Minha mãe? Barbara?

— É o Bill — responde ela. — Ele está com câncer. Um câncer muito ruim. No pâncreas. Se não fizer tratamento, vai morrer. Provavelmente vai morrer *de qualquer jeito*, mas ele poderia ganhar tempo, e Bill me disse que era só uma úlcera por causa... por causa... — Ela respira com dificuldade e Jerome faz uma careta. — *Por causa da porra do Brady Hartsfield!*

Jerome não faz ideia de qual ligação Brady Hartsfield pode ter com o diagnóstico horrível de Bill, mas sabe o que está vendo agora: problemas. Do outro lado da área de construção, dois jovens de capacete, universitários voluntários do Habitat para a Humanidade, como Jerome, estão dando instruções conflitantes para uma betoneira dando ré e apitando. Um desastre iminente.

— Holly, ligo para você daqui a cinco minutos.

— Mas você vem, não vem? Diga que vem. Porque acho que não consigo falar com ele sobre isso sozinha, e *ele tem que começar o tratamento agora!*

— Cinco minutos — pede ele, e encerra a ligação.

Seus pensamentos estão girando tão rápido que ele fica com medo de a fricção botar fogo no cérebro, e o sol intenso não está ajudando. Bill? Com câncer? Por um lado, parece impossível, mas por outro parece *completamente* possível. Ele estava no auge da boa forma durante o caso de Peter Saubers, quando Jerome e Holly se juntaram a ele, mas vai fazer setenta anos em breve, e na última vez em que Jerome o viu, antes de viajar para o Arizona em outubro, Bill não parecia muito bem. Estava magro demais. Pálido demais. Mas Jerome não pode ir a lugar nenhum enquanto Hector não voltar, seria como deixar os malucos cuidando do manicômio. E, conhecendo os hospitais de Phoenix, onde as emergências estão sempre sobrecarregadas, talvez ele fique preso ali até o fim do dia.

Jerome corre até a betoneira, gritando a plenos pulmões:

— *Espere! ESPERE, pelo amor de Deus!*

Ele faz os estudantes sem noção pararem a betoneira antes que ela caia em uma vala de escoação recém-cavada a menos de um metro dali. Quando está inclinado para a frente para recuperar o fôlego, o celular toca de novo.

Holly, eu te amo, pensa Jerome, tirando o celular do cinto de novo, *mas às vezes você me deixa louco.*

Só que dessa vez não é a foto de Holly que ele vê. É da mãe.

Tanya está chorando.

— Você tem que vir para casa — diz ela, e Jerome só tem tempo suficiente para pensar em um velho ditado do avô: *a má sorte anda com más companhias.*

É Barbie, no fim das contas.

13

Hodges está no saguão, indo para a saída, quando o celular vibra. É Norma Wilmer.

— Ele já foi? — pergunta Hodges.

Norma não precisa perguntar de quem ele está falando.

— Foi. Agora que viu seu paciente de ouro, pode relaxar e fazer o resto das visitas.

— Sinto muito pelo que aconteceu com a enfermeira Scapelli.

É verdade. Ele não gostava dela, mas é verdade mesmo assim.

— Eu também sinto. Ela comandava a equipe de enfermeiros como o capitão Bligh comandava o *Bounty*, mas odeio pensar em qualquer pessoa fazendo… aquilo. Você recebe a notícia e sua primeira reação é dizer "ah, não, não ela, nunca". É o choque. A segunda reação é "ah, sim, faz sentido". Nunca se casou, não tinha amigos próximos, ao menos que eu soubesse, e vivia em função do trabalho. Onde todo mundo meio que a odiava.

— Existem muitas pessoas solitárias — diz Hodges, saindo para o ar frio e seguindo para o ponto de ônibus. Ele abotoa o casaco com uma das mãos e começa a massagear a lateral da barriga.

— É. Muitas. O que posso fazer por você, sr. Hodges?

— Tenho algumas perguntas. Você pode me encontrar para uma bebida?

Há uma longa pausa. Hodges acha que ela vai negar. Mas Norma diz:

— Suas perguntas podem me deixar encrencada com o dr. Babineau?

— Tudo é possível, Norma.

— Não seria bom, mas acho que devo uma a você, mesmo assim. Por não deixar que ele soubesse que nos conhecemos da época de Becky Helmington. Tem um bar na Revere Avenue. Tem um nome engraçado, Bar Bar Black Sheep, e a maior parte dos funcionários bebe mais perto do hospital. Você consegue encontrar?

— Consigo.

— Eu saio às cinco. Me encontre lá às cinco e meia. Gosto de martíni com vodca gelada.

— Vou estar esperando.

— Mas não espere que eu consiga fazer você ir ver Hartsfield. Estaria arriscando meu emprego. Babineau sempre foi exagerado, mas atualmente está esquisito demais. Tentei contar a ele sobre Ruth, mas ele passou direto. Não que ele vá se importar quando descobrir.

— Você não é muito fã dele, não é?

Ela ri.

— Por esse comentário agora você me deve dois drinques.

— Dois, então.

Hodges está colocando o celular no bolso do casaco quando ele vibra de novo. Ele vê que a ligação é de Tanya Robinson, e seus pensamentos voam na mesma hora para Jerome, construindo casas no Arizona. Muitas coisas podem dar errado em locais de construção.

Ele atende. Tanya está chorando, no começo até demais para ele conseguir entender o que ela está dizendo, só que Jim está em Pittsburgh e ela não quer ligar para ele enquanto não souber mais detalhes. Hodges fica de pé no meio-fio, com a palma da mão encostada no outro ouvido para abafar os ruídos do trânsito.

— Devagar. Tanya, devagar. É Jerome? Aconteceu alguma coisa com Jerome?

— Não, Jerome está bem. Eu *liguei* para ele. É *Barbara*. Ela estava em Lowtown...

— O que ela estava fazendo em Lowtown, em nome de Deus, e em um dia de aula?

— Não sei! Só sei que um garoto a empurrou e uma caminhonete a atropelou! Estão levando-a para o Kiner Memorial. Estou indo para lá agora!

— Você está dirigindo?

— Estou, o que isso tem a ver com...

— Desligue o celular, Tanya. E vá devagar. Estou no Kiner agora. Encontro você na emergência.

Ele desliga e dá meia-volta, dando uma corridinha desajeitada até o hospital. Ele pensa: *Este lugar é que nem a máfia. Cada vez que penso que saí, ele me puxa de volta.*

14

Uma ambulância com as luzes piscando está se aproximando de ré de uma das entradas do pronto-socorro. Hodges vai até lá e pega a identificação da polícia que ainda deixa na carteira. Quando os paramédicos tiram a maca da parte de trás, ele mostra a identidade com o polegar em cima do carimbo de APOSENTADO. Tecnicamente, fingir que é policial é um crime qualificado, e consequentemente é um truque que ele usa pouco, mas dessa vez parece totalmente apropriado.

Barbara está medicada, mas consciente. Quando vê Hodges, ela segura a mão dele com força.

— Bill? Como você chegou aqui tão rápido? Mamãe ligou para você?

— Ligou. Como você está?

— Estou bem. Me deram uma coisa para a dor. Disseram... Disseram que eu quebrei a perna. Vou perder a temporada de basquete, mas acho que não importa, porque minha mãe vai me deixar de castigo até eu fazer uns vinte e cinco anos.

Lágrimas começam a escorrer dos olhos dela.

Ele não tem muito tempo, então as perguntas sobre o que estava fazendo na Martin Luther King Avenue, onde às vezes há quatro tiroteios por semana, vão ter que esperar. Há uma coisa mais importante.

— Barb, você sabe o nome do garoto que empurrou você na frente da caminhonete?

Ela arregala os olhos.

— Ou deu uma boa olhada nele? Poderia descrevê-lo?

— Empurrou...? Ah, não, Bill! Não foi isso que aconteceu!

— Policial, nós temos que ir — diz o paramédico. — Você pode interrogá-la depois.

— Espere! — grita Barbara, e tenta se sentar. O paramédico a empurra delicadamente de volta para a maca, e ela está fazendo uma careta de dor, mas Hodges fica animado com o grito. Foi alto e forte.

— O que foi, Barb?

— Ele só me empurrou *depois* que eu corri para a rua! Ele me empurrou para fora do caminho! Acho que ele salvou minha vida, e fico feliz por isso. — Ela está chorando muito agora, mas Hodges não acredita nem por um minuto que é por causa da perna quebrada. — Não quero morrer. Não sei o que tinha de *errado* comigo!

— Temos que levá-la para fazer alguns exames — afirma o paramédico. — Ela precisa de um raio X.

— Não deixe que façam nada com aquele garoto! — grita Barbara enquanto os caras da ambulância a levam pela porta dupla. — Ele é alto! Tem olhos verdes e cavanhaque! Estuda na Todhunter...

Barbara se foi, e as portas ficam balançando para a frente e para trás depois que ela passa.

Hodges sai do hospital para poder usar o celular sem levar uma bronca e liga para Tanya.

— Não sei onde você está, mas vá devagar e não ultrapasse sinais vermelhos para chegar aqui. Acabaram de levar Barbara e ela está consciente. Ela quebrou a perna.

— Só isso? Graças a Deus! E ferimentos internos?

— Isso só os médicos podem dizer, mas ela parecia saudável. Acho que a caminhonete deve ter passado de raspão.

— Preciso ligar para Jerome. Tenho certeza de que o deixei apavorado. E Jim precisa saber.

— Ligue para eles quando chegar aqui. Agora, desligue o celular.

— *Você* pode ligar para eles, Bill?

— Não, Tanya, não posso. Preciso ligar para outra pessoa.

Ele fica ali, com a respiração condensando e as pontas das orelhas ficando dormentes. Ele não quer que a outra pessoa seja Pete, porque Pete está meio puto com ele agora, e Izzy Jaynes está puta em dobro. Ele pensa nas outras escolhas, mas só há uma: Cassandra Sheen. Ele foi parceiro dela várias vezes quando Pete estava de férias, e em uma ocasião quando Pete tirou seis semanas de licença por motivos pessoais. Isso foi logo depois do divórcio, e Hodges concluiu que Pete estava em um centro de reabilitação para alcoólatras, mas nunca perguntou e Pete nunca tocou no assunto.

Ele não tem o número do celular de Cassie, então liga para a Divisão de Detetives e pede para ser transferido, torcendo para ela não estar em campo. Ele tem sorte. Depois de menos de dez segundos de McGruff, o Cão do Crime, a voz dela soa em seu ouvido.

— É Cassie Sheen, a rainha do botox?

— Billy Hodges, sua puta velha! Achei que você estivesse morto!

Ainda não, Cassie, pensa ele.

— Eu adoraria jogar conversa fora, querida, mas preciso de um favor. Ainda não fecharam a delegacia da Strike Avenue, fecharam?

— Não. Mas está nos planos para o ano que vem. O que faz total sentido. Onda de crimes em Lowtown? Que onda de crimes, não é?

— É a parte mais segura da cidade. Eles talvez estejam com um garoto lá para ser fichado, e se minha informação estiver correta, o que ele merece é uma medalha.

— Tem o nome?

— Não, mas tenho a descrição. Alto, olhos verdes, cavanhaque. — Ele repassa o que Barbara disse e acrescenta: — Ele pode estar usando uma jaqueta da Todhunter High. Os policiais responsáveis devem tê-lo levado em custódia por empurrar uma garota na frente de uma caminhonete. Na verdade, ele a empurrou para fora do caminho, então a caminhonete pegou de raspão em vez de esmagá-la.

— Você tem certeza?

— Tenho. — Isso não é verdade, mas ele acredita em Barbara. — Descubra o nome dele e peça aos policiais para o segurarem aí, está bem? Eu quero falar com ele.

— Acho que posso fazer isso.

— Obrigado, Cassie. Fico te devendo uma.

Ele encerra a ligação e olha para o relógio. Se quer falar com o garoto da Todhunter e honrar seu compromisso com Norma, não vai poder contar com o serviço de ônibus da cidade, que é no mínimo enrolado.

Uma coisa que Barbara disse fica se repetindo na mente dele: *Não quero morrer. Não sei o que tinha de* errado *comigo!*

Ele liga para Holly.

15

Ela está de pé em frente a uma loja de conveniência perto do escritório, segurando um maço de cigarros em uma das mãos e puxando o lacre de celofane com a outra. Ela não fuma há quase cinco meses, um novo recorde, e não quer começar de novo agora, mas o que viu no computador de Bill abriu um buraco no meio de uma vida que ela passou os últimos cinco anos consertando. Bill Hodges é seu parâmetro, a forma como ela mede sua capacidade de interagir com o mundo. O que é só outra forma de dizer que ele é o jeito como ela mede sua sanidade. Tentar imaginar a vida sem ele é como ficar de pé no alto de um arranha-céu e olhar para a calçada sessenta andares abaixo.

Quando ela começa a puxar a tira do lacre, o celular toca. Ela larga o maço na bolsa e pega o aparelho. É ele.

Holly não diz oi. Ela disse a Jerome que achava que não conseguiria falar sozinha com ele sobre o que descobriu, mas agora, de pé na calçada, com o vento soprando e ela tremendo dentro do casaco grosso, Holly não tem escolha. Sai tudo de repente.

— Eu mexi no seu computador, e sei que xeretar é uma coisa horrível, mas não lamento. Eu tive que olhar, porque você estava mentindo sobre ser só uma úlcera, e pode me despedir se quiser, eu não ligo, desde que você deixe que consertem o seu problema.

Silêncio do outro lado da linha. Ela quer perguntar se ele ainda está lá, mas a boca parece congelada e o coração está batendo com tanta força que ela o sente no corpo inteiro.

Finalmente, Hodges diz:

— Hols, acho que não *dá* para consertar.

— Pelo menos deixe que *tentem*!

— Eu amo você — diz ele. Ela ouve o peso em sua voz. A resignação. — Você sabe disso, não sabe?

— Não seja burro, é claro que eu sei — responde ela, e começa a chorar.

— Vou tentar os tratamentos, claro. Mas preciso de alguns dias antes de me internar no hospital. E agora, eu preciso de *você*. Pode vir me buscar?

— Posso. — Chorando mais do que nunca, porque ela sabe que ele está falando a verdade sobre precisar dela. E é ótimo que precisem de você. Talvez a *melhor* coisa. — Onde você está?

Ele conta e depois diz:

— E outra coisa.

— O quê?

— Não posso despedir você, Holly. Você não é funcionária, é minha sócia. Tente se lembrar disso.

— Bill.

— O quê?

— Eu larguei o cigarro.

— Que bom, Holly. Agora venha me buscar. Vou estar esperando no saguão. Está frio lá fora.

— Vou o mais rápido que conseguir sem deixar de obedecer ao limite de velocidade.

Ela corre até o estacionamento da esquina, onde deixa o carro. No caminho, joga o maço de cigarros fechado no lixo.

16

Hodges resume sua visita ao Balde no caminho até a delegacia de polícia da Strike Avenue, começando com a notícia do suicídio de Ruth Scapelli e terminando com o que Barbara disse antes de a levarem para dentro.

— Sei o que você está pensando — diz Holly. — Porque também estou pensando isso. Que tudo leva a Brady Hartsfield.

— O príncipe do suicídio. — Hodges tomou mais dois analgésicos enquanto esperava Holly e está se sentindo bem. — É o apelido que eu inventei. Soa bem, você não acha?

— Acho que sim. Mas você me disse uma coisa certa vez. — Ela está sentada ereta atrás do volante do Prius, com os olhos indo de um lado para outro enquanto eles adentram em Lowtown. Ela desvia para evitar um carrinho de compras que alguém abandonou no meio da rua. — Você disse que coincidências não são a mesma coisa que conspiração. Você se lembra de ter dito isso?

— Lembro. — É uma das frases favoritas dele. Hodges tem várias.

— Você disse que pode investigar uma conspiração para sempre e não chegar a lugar algum se for só um bando de coincidências amontoadas. Se você não conseguir descobrir nada de concreto nos próximos dois dias, se *nós* não conseguirmos, você tem que desistir e começar o tratamento. Prometa.

— Pode demorar um pouco mais para...

Ela o interrompe.

— Jerome vai voltar e vai ajudar. Vai ser como antigamente.

Hodges se lembra do título de um velho livro de mistério, *O último caso de Trent*, e sorri um pouco. Ela percebe com o canto do olho, encara isso como uma concordância e sorri para ele, aliviada.

— Quatro dias — diz Hodges.

— Três. Não mais do que isso. Porque cada dia que você ignora o que está acontecendo dentro de você, suas chances diminuem. E já são pequenas. Então não me venha com essa barganha de bosta. Você é melhor do que isso.

— Tudo bem — diz ele. — Três dias. Se Jerome quiser ajudar.

Holly diz:

— Ele vai ajudar. E vamos tentar resolver tudo em dois dias.

17

A delegacia da Strike Avenue parece um castelo medieval em um país em que o rei foi deposto e a anarquia tomou conta. As janelas têm grades grossas; o estacionamento é protegido por uma cerca de arame e barreiras de concreto. Câmeras apontam para várias direções, cobrindo todos os ângulos, e ainda assim o prédio de pedras cinza foi pichado com símbolos de gangue e um dos globos pendurados acima da porta principal está quebrado.

Hodges e Holly esvaziam os bolsos e a bolsa dela em cestos de plástico e passam por um detector de metais que apita em reprovação para o relógio de pulso de Hodges. Holly se senta em um banco no saguão principal (que também está sendo vigiado por múltiplas câmeras) e abre o iPad. Hodges vai até a recepção, declara o que foi fazer ali e depois de alguns minutos é recebido por um detetive magro de cabelo grisalho que parece um pouco Lester Freamon de *The Wire*, o único programa policial que Hodges consegue assistir sem ter vontade de vomitar.

— Jack Higgins — diz o detetive, oferecendo a mão. — Como o escritor, só que negro.

Hodges aperta a mão dele e apresenta Holly, que acena e o cumprimenta baixinho antes de voltar a atenção para o iPad.

— Acho que me lembro de você — diz Hodges. — Você ficava na delegacia da Marlborough Street, não ficava? Quando ainda usava uniforme?

— Muito tempo atrás, quando era jovem e insolente. Também me lembro de você. Você pegou o cara que matou aquelas duas mulheres no parque McCarron.

— Foi um esforço conjunto, detetive Higgins.

— Pode me chamar de Jack. Cassie Sheen ligou. Estamos com o garoto em questão em uma sala de interrogatório. O nome dele é Dereece Neville.

— Higgins soletra o primeiro nome. — Nós íamos soltá-lo, de qualquer jeito. Várias pessoas que presenciaram o acidente corroboram a história dele, que estava conversando com a garota, ela se ofendeu e correu para a rua. Neville viu a caminhonete e correu atrás da menina, tentou empurrá-la para fora do caminho, conseguiu mais ou menos. Além do mais, praticamente todo mundo aqui conhece o garoto. Ele é a estrela do time de basquete da Todhunter, deve conseguir uma bolsa de estudos em uma faculdade da primeira divisão. Ótimas notas, um bom aluno.

— O que o sr. Ótimas Notas estava fazendo fora da escola em um dia de aula?

— Ah, estavam todos na rua. O sistema de aquecimento da escola deu pau de novo. É a terceira vez só neste inverno, e ainda estamos em janeiro. O prefeito diz que tudo está bem em Lowtown, que o bairro tem muitas ofertas de emprego, muita prosperidade, muita gente alegre e feliz. Vamos ver quando ele concorrer à reeleição. Andando naquele utilitário blindado.

— O garoto Neville se machucou?

— Ralou as mãos, mais nada. De acordo com uma senhora do outro lado da rua, a pessoa mais próxima da cena, ele empurrou a garota e, citando as palavras dela, "saiu voando por cima dela como um pássaro enorme".

— Ele sabe que pode ir embora quando quiser?

— Sabe, mas concordou em ficar. Quer saber se a garota está bem. Venha. Converse com ele e depois vamos liberá-lo. A não ser que você veja algum motivo para não fazermos isso.

Hodges sorri.

— Só estou aqui por causa da srta. Robinson. Vou fazer umas perguntas e você estará livre de nós dois.

18

A sala de interrogatórios é pequena e sufocante, com os canos do sistema de aquecimento estalando no teto. Mas deve ser a melhor que a delegacia tem, porque há um sofazinho, e não a mesa com aro para a algema se destacando como um punho de aço. O sofá foi remendado com fita adesiva em alguns lugares e faz Hodges pensar no homem que Nancy Alderson disse ter visto em Hilltop Court, com o casaco remendado.

Dereece Neville está sentado no sofá. De calça cargo e camisa branca de botão, ele parece arrumado e bem cuidado. O cavanhaque e a corrente de ouro são os únicos toques de estilo. A jaqueta da escola está dobrada em um dos braços do sofá. Ele se levanta quando Hodges e Higgins entram e oferece a mão com dedos longos feitos expressamente para trabalhar com uma bola de basquete. A base da palma da mão está laranja devido ao antisséptico nos machucados.

Hodges aperta a mão dele com cuidado, prestando atenção nos arranhões, e se apresenta.

— Você não está encrencado, sr. Neville. Na verdade, Barbara Robinson me mandou aqui para te agradecer e ter certeza de que você está bem. Ela e a família são velhos amigos meus.

— *Ela* está bem?

— Quebrou a perna — responde Hodges, puxando uma cadeira. Ele leva a mão à lateral do corpo e pressiona. — Poderia ter sido bem pior. Aposto que ela estará de volta ao campo de futebol ano que vem. Sente-se, sente-se.

Quando Neville se senta, os joelhos dele parecem chegar quase à altura do queixo.

— Foi minha culpa, de certa forma. Eu não devia estar brincando com ela, mas ela é tão bonita e tal. Mas... eu num sou cego. — Ele faz uma pausa e se corrige. — Eu não sou cego. O que ela tinha usado? Você sabe?

Hodges franze a testa. Ele nunca cogitou a ideia de Barbara estar drogada, embora devesse; ela é uma adolescente, afinal, e esses são os Anos da Experimentação. Mas ele janta com os Robinson três ou quatro vezes por mês e nunca viu nenhum sinal de que ela pudesse estar envolvida com drogas. Talvez ele esteja próximo demais. Ou velho demais.

— O que fez você pensar que ela tinha usado alguma coisa?

— O fato de ela estar lá, pra começar. E usando o uniforme da Chapel Ridge; eu conheço porque jogamos com eles duas vezes por ano. Sempre ganhamos. E ela parecia meio tonta. De pé no meio-fio perto do Mamma Stars, aquele lugar que prevê o futuro, parecendo que ia sair andando no meio do trânsito. — Ele dá de ombros. — Então eu comecei a falar com ela, a implicar sobre atravessar fora da faixa. Ela ficou com raiva e quis bancar a Lince Negra comigo, e eu achei fofo, então... — Ele olha para Higgins e depois para Hodges. — Essa é a parte da culpa, e estou falando a verdade, o.k.?

— O.k. — diz Hodges.

— Então, olha... eu peguei o jogo dela. Só de brincadeira. Levantei o aparelho acima da cabeça. Eu não ia ficar com ele. E ela me chutou, um chute forte, e pegou ele de volta. Ela não parecia drogada nessa hora.

— Como ela parecia estar, Dereece? — A mudança para o primeiro nome do garoto é automática.

— Ah, cara, *furiosa*! Mas também assustada. Como se tivesse acabado de se dar conta de onde estava, em uma rua onde garotas como ela, garotas usando uniformes de escolas particulares, nunca vão, principalmente sozinhas. A Martin Luther King Avenue? Caramba, pelo amor de Deus. — Ele se inclina para a frente, com as mãos de dedos longos presas entre os joelhos, a expressão sincera. — Ela não sabia que eu só estava brincando, tá ligado? Entrou em pânico, sacou?

— Sim — diz Hodges, e apesar de parecer concentrado (ao menos é o que ele espera), entrou no piloto automático por um momento, avaliando uma coisa que Neville acabou de dizer: *Eu peguei o jogo dela.* Parte dele pensa que não pode haver ligação entre esse caso e o de Ellerton e Stover. A outra parte, a maior, pensa que deve haver, o encaixe é perfeito. — Isso deve ter feito você se sentir mal.

Neville levanta as palmas das mãos arranhadas em um gesto filosófico que diz *O que se pode fazer?*

— É este lugar, cara. É Lowtown. Ela saiu das nuvens e percebeu onde estava, só isso. Eu vou sair daqui assim que puder. *Enquanto* puder. Vou jogar na primeira divisão, tirar notas altas para poder conseguir um emprego se eu num for... não for bom o bastante para ser profissional. Aí, vou tirar minha família daqui. Somos só eu, minha mãe e meus dois irmãos. Minha mãe é o único motivo de eu ter chegado onde cheguei. Ela nunca deixou nós se meter com sujeira. — Ele pensa no que acabou de dizer e ri. — Se ela me ouvisse dizer "deixou nós", ia dar na minha cara.

Hodges pensa: *O garoto é bom demais para ser verdade. Mas ele é.* Hodges tem certeza, e não gosta de pensar no que poderia ter acontecido com a irmã de Jerome se Dereece Neville estivesse na escola hoje.

— Você errou em provocar a garota, mas tenho que dizer que consertou depois — fala Higgins. — Você vai pensar no que quase aconteceu se tiver vontade de fazer uma coisa igual de novo?

— Sim, senhor, vou.

Higgins levanta a mão. Em vez de dar um tapa, Neville toca nela com delicadeza, com um sorriso levemente sarcástico. Ele é um bom garoto, mas eles ainda estão em Lowtown, e Higgins ainda é da polícia.

Higgins se levanta.

— Tudo certo aqui, detetive Hodges?

Hodges assente com apreciação pelo uso do antigo título, mas não terminou ainda.

— Quase. Que tipo de jogo era, Dereece?

— Antigo. — Sem hesitação. — Tipo um Game Boy, mas meu irmãozinho teve um desses, nossa mãe comprou em um brechó, ou sei lá como se diz, e o que a garota tinha não era igual. Era amarelo. Não é bem a cor favorita das garotas. Não das que eu conheço, pelo menos.

— Você viu a tela?

— Só de relance. Tinha um bando de peixes nadando.

— Obrigado, Dereece. O quanto você tem certeza de que ela estava drogada? Em uma escala de um a dez, sendo dez cem por cento de certeza.

— Ah, eu diria cinco. Eu teria dito dez quando falei com ela, porque ela agiu como se fosse atravessar a rua, e tinha um caminhão enorme vindo, bem maior do que a caminhonete que bateu de raspão nela. Não achei que fosse coca ou metanfetamina ou miau-miau, mas uma coisa mais leve, como ecstasy ou maconha.

— Mas quando você começou a brincar com ela? Quando tirou o jogo dela?

Dereece Neville revira os olhos.

— Cara, ela acordou *na hora*.

— Tudo bem — diz Hodges. — Terminamos. Obrigado.

Higgins também agradece, e Hodges e ele vão na direção da porta.

— Detetive Hodges. — Neville está de pé de novo, e Hodges praticamente precisa inclinar o pescoço para olhar para ele. — Se eu anotar o número do meu telefone, será que você pode entregar para ela?

Hodges pensa um pouco, pega a caneta no bolso da camisa e entrega para o garoto alto que provavelmente salvou a vida de Barbara Robinson.

19

Holly segue com o Prius para a Lower Marlborough Street. No caminho, Hodges conta para ela a conversa que teve com Dereece Neville.

— Em um filme, eles se apaixonariam — diz Holly quando ele termina. Sua voz soa melancólica.

— A vida não é um filme, Hol… Holly. — Ele se controla para não dizer *Hollyberry* no último segundo. Não é um dia para frivolidades.

— Eu sei — diz ela. — É por isso que eu gosto deles.

— Você sabe se existiam Zappits amarelos?

Como costuma acontecer, Holly tem a resposta na ponta da língua.

— Eles existiam em dez cores, e, sim, amarelo era uma delas.

— Você está pensando o mesmo que eu? Que tem uma conexão entre o que aconteceu com Barbara e o que aconteceu com aquelas mulheres em Hilltop Court?

— Não sei *o que* eu estou pensando. Eu queria que pudéssemos nos sentar com Jerome como fizemos quando Peter Saubers se meteu em confusão. Só sentar e conversar.

— Se Jerome chegar hoje e Barbara estiver mesmo fora de perigo, talvez a gente possa fazer isso amanhã.

— Amanhã é seu segundo dia — diz Holly na hora em que para o carro em frente ao estacionamento de sempre. — O segundo de três.

— Holly...

— Não! — diz ela com ferocidade. — Nem comece! Você prometeu! — Ela empurra o câmbio para a posição de estacionar e se vira para olhar para ele. — Você acha que Hartsfield está fingindo, não é?

— É. Talvez não desde a primeira vez que abriu os olhos e perguntou pela mamãezinha querida, mas acho que ele melhorou muito depois disso. Talvez completamente. Ele está fingindo estar semicatatônico para não ir a julgamento. Se bem que era de se pensar que Babineau descobriria. Eles devem ter exames, encefalogramas e coisas...

— Isso não importa. Se Hartsfield estiver consciente e se descobrisse que você atrasou seu tratamento e morreu por causa dele, como você acha que ele se sentiria?

Hodges não responde, então Holly responde por ele.

— Ele ficaria feliz, feliz, feliz! Ele ficaria *extasiado*!

— Tudo bem — diz Hodges. — Entendi. O resto de hoje e mais dois dias. Mas esqueça minha situação por um minuto. Se ele tem alguma influência além daquele quarto de hospital... isso é assustador.

— Eu sei. E ninguém acreditaria em nós. Isso também é assustador. Mas nada me assusta tanto quanto a ideia de você morrer.

Ele tem vontade de abraçá-la por isso, mas Holly está com uma das muitas expressões repelentes de abraço, então ele olha para o relógio.

— Tenho um compromisso e não quero deixar a moça esperando.

— Vou para o hospital. Mesmo se não me deixarem ver Barbara, Tanya vai estar lá, e acho que vai gostar de ver um rosto amigo.

— Boa ideia. Mas, antes de ir, queria que você tentasse encontrar o nome do administrador judicial da falência da Sunrise Solutions.

— Ele se chama Todd Schneider. É de uma firma de direito com seis nomes. O escritório fica em Nova York. Eu o encontrei enquanto você estava conversando com o sr. Neville.

— Você fez isso no iPad?

— Fiz.

— Você é um gênio, Holly.

— Não, é só pesquisa. Você que foi inteligente e pensou nisso. Posso ligar para ele se você quiser.

O rosto dela mostra o quanto ela teme a perspectiva.

— Não precisa. Só ligue para o escritório dele e veja se consegue marcar um encontro para mim. O mais cedo possível amanhã.

Ela sorri.

— Tudo bem. — Mas o sorriso some. Ela aponta para a barriga dele. — Dói muito?

— Só um pouco. — Por enquanto, é verdade. — O ataque cardíaco foi pior. — Também é verdade, mas pode não continuar sendo por muito tempo. — Se você conseguir ver Barbara, diga oi por mim.

— Pode deixar.

Holly o vê seguir até o estacionamento e repara no jeito como a mão esquerda vai para a lateral do corpo depois que ele levanta a gola do casaco. Essa cena a deixa com vontade de chorar. Ou talvez de gritar de fúria. A vida é muito injusta. Ela sabe disso desde o ensino médio, quando era alvo de piadas, mas às vezes se surpreende. Não devia, mas se surpreende.

20

Hodges dirige pela cidade, mexendo no rádio, procurando rock'n'roll das antigas. Ele encontra The Knack na BAM-100, cantando "My Sharona", e aumenta o volume. Quando a música termina, o DJ começa a falar sobre uma tempestade se aproximando do leste, vinda das Montanhas Rochosas.

Hodges não presta atenção. Ele está pensando em Brady e na primeira vez que viu um daqueles Zappit. O Al da Biblioteca os distribuía junto com jornais, livros e Kindles. Qual era mesmo o sobrenome dele? Hodges não consegue lembrar. Se é que já soube.

Quando ele chega ao bar de nome engraçado, encontra Norma Wilmer sentada a uma mesa nos fundos, longe do grupo agitado de executivos gritando e dando tapas nas costas uns dos outros enquanto tentam comprar bebidas no balcão. Norma trocou o uniforme de enfermeira por um terninho verde-escuro e saltos baixos. Já tem uma bebida na frente dela.

— Eu é que ia comprar isso — diz Hodges, se sentando à mesa.

— Não se preocupe — diz ela. — Eu abri uma conta e você vai pagar.

— Vou mesmo.

— Babineau não pode me despedir nem mandar me transferir se alguém me vir conversando com você aqui, mas poderia dificultar minha vida. Claro, eu também poderia dificultar a dele.

— É mesmo?

— É. Acho que ele anda fazendo experimentos com seu velho amigo Brady Hartsfield. Dando comprimidos com Deus sabe o quê. Injeções também. Vitaminas, diz ele.

Hodges olha para ela, surpreso.

— Há quanto tempo isso acontece?

— Anos. Foi um dos motivos para Becky Helmington ter pedido transferência. Ela não queria estar no centro da confusão se Babineau desse a ele a vitamina errada e o matasse.

A garçonete se aproxima. Hodges pede uma coca-cola.

Norma ri.

— Coca-cola? É sério? Não vai honrar as calças que veste?

— Quando se trata de álcool, já bebi mais do que você conseguiria beber durante toda a vida, querida — responde Hodges. — O que Babineau está tramando?

Ela deu de ombros.

— Não faço ideia. Mas ele não seria o primeiro médico a fazer experiências com alguém com quem o mundo não se importa. Já ouviu falar no Estudo da Sífilis Não Tratada de Tuskegee? O governo americano usou quatrocentos homens negros como cobaias. O estudo durou quarenta anos, e, até onde sei, nenhum *deles* atropelou um bando de pessoas indefesas. — Ela dá um sorriso torto para Hodges. — Investigue Babineau. Arrume problemas para ele. Eu te desafio.

— É em Hartsfield que estou interessado, mas, baseado no que você está dizendo, eu não ficaria surpreso se Babineau acabasse sendo um dano colateral.

— Então um viva para o dano colateral. — Ela fala *dan clateral*, e Hodges deduz que Norma não está no primeiro drinque. Afinal, ele é um investigador experiente.

Quando a garçonete traz a coca-cola, Norma toma o resto do drinque e levanta o copo.

— Quero outro, e como o cavalheiro está pagando, pode fazer um duplo. — A garçonete pega o copo e sai. Norma volta a atenção para Hodges. — Você disse que tem perguntas. Vá em frente e faça enquanto ainda posso responder. Minha boca está meio dormente e isso só vai piorar.

— Quem está na lista de visitantes de Brady Hartsfield?

Norma franze a testa.

— Lista de *visitantes*? Você está de sacanagem? Quem disse que ele tinha uma lista de visitantes?

— A falecida Ruth Scapelli. Isso foi logo depois que ela substituiu Becky como enfermeira-chefe. Ofereci cinquenta pratas por qualquer boato que ouvisse sobre ele, que era o que eu pagava para Becky na época, e ela agiu como se eu tivesse mijado nos sapatos dela. E então, disse: "Você não está nem na lista de visitantes dele".

— Ah.

— E então, hoje mesmo, Babineau disse...

— Alguma merda qualquer sobre a promotoria. Eu ouvi, Bill. Estava lá.

A garçonete coloca a nova bebida de Norma na frente dela, e Hodges sabe que é melhor terminar aquela reunião bem rápido, antes que Norma comece a encher os ouvidos dele sobre tudo, desde não ser apreciada no trabalho à vida amorosa triste e sem amor. Quando as enfermeiras bebem, elas vão com tudo. São como policiais nesse sentido.

— Você está trabalhando no Balde desde que comecei a ir lá...

— Há bem mais tempo. Doze anos. — *Anoshh*. Ela levanta o copo em um brinde e toma metade da bebida. — E agora, fui promovida a enfermeira-chefe, ao menos temporariamente. O dobro da responsabilidade com o mesmo salário de sempre, sem dúvida.

— Viu alguém da promotoria ultimamente?

— Não. Tinha uma brigada de advogados no começo, junto com médicos se coçando para declarar o filho da puta capaz, mas eles foram embora, decepcionados, assim que o viram babando e tentando pegar uma colher. Voltaram algumas vezes para verificar, cada vez com menos advogados, mas não ultimamente. Para eles, Hartsfield é um vegetal. Fim de papo.

— Então, eles não ligam.

E por que ligariam? Exceto por alguma retrospectiva ocasional no noticiário lento de ultimamente, o interesse em Brady Hartsfield morreu. Tem sempre carniça nova por aí.

— Você sabe que não ligam. — Uma mecha de cabelo cai sobre os olhos dela. Ela a sopra para cima. — Alguém tentou impedir você, todas as vezes que foi visitá-lo?

Não, Hodges pensa, *mas faz um ano e meio que não vou lá*.

— Se *houvesse* uma lista de visitantes...

— Seria de Babineau, não da promotoria. Quando se trata do Assassino do Mercedes, a promotoria é como um ratel, Bill. Está cagando.

— Há?

— Deixa pra lá.

— Você poderia verificar se essa lista existe? Agora que foi promovida a enfermeira-chefe?

Ela pensa.

— Não deve estar no computador, seria fácil demais, mas Scapelli tinha algumas pastas de arquivo trancadas em uma gaveta na mesa dela. Ela era ótima em descobrir quem é bonzinho e quem é mau. Se eu descobrir alguma coisa, a informação valeria vinte pratas para você?

— Cinquenta se você ligar amanhã. — Hodges não tem nem certeza se ela vai se lembrar da conversa amanhã. — O tempo urge.

— Se essa lista existir, deve ser só arrogância, sabe? Babineau gosta de guardar Hartsfield só para si.

— Mas você vai dar uma olhada?

— Vou, por que não? Sei onde ela esconde a chave da gaveta. Merda, a maioria das enfermeiras do andar sabe. É difícil me acostumar com a ideia de que a velha enfermeira Ratched está morta.

Hodges assente.

— Você sabia que ele consegue mover coisas? Sem tocar nelas? — Norma não está olhando para ele; está fazendo anéis na mesa com o fundo do copo. Parece que está tentando reproduzir o logotipo dos Jogos Olímpicos.

— Hartsfield?

— De quem mais estamos falando? Ele faz isso para assustar as enfermeiras. — Ela levanta a cabeça. — Estou bêbada, então vou dizer uma coisa que jamais diria sóbria. Eu queria que Babineau o *matasse*. Que desse uma dose de alguma coisa muito tóxica e Hartsfield batesse as botas. Porque ele me assusta. — Ela faz uma pausa e acrescenta: — Ele assusta todos nós.

21

Holly consegue falar com o assistente pessoal de Todd Schneider quando ele está se preparando para fechar o escritório e ir para casa. O assistente pergunta se o assunto não pode esperar até o dia seguinte. Reunindo toda a sua determinação (lembrar-se das fotos de Martine Stover e Janice Ellerton ajuda), Holly diz que não. Ele resmunga, mas diz que o sr. Schneider deve estar disponível entre oito e meia e nove horas do dia seguinte. Depois disso, ele tem reuniões o dia todo.

Holly desliga, lava o rosto suado no pequeno lavabo, passa desodorante, tranca o escritório e vai para o Kiner Memorial a tempo de pegar o pior da hora do rush do fim do dia. Ela chega às seis da tarde, e o céu já está completamente escuro. A mulher da recepção verifica no computador e diz que Barbara Robinson está no quarto 528 da ala B.

— Isso fica no Tratamento Intensivo? — pergunta Holly.

— Não, senhora.

— Que bom — diz Holly, e segue pelo corredor, os sapatos sóbrios de salto baixo estalando.

As portas do elevador se abrem no quinto andar e ali, esperando para entrar, estão os pais de Barbara. Tanya está segurando o celular e olha para Holly como se ela fosse um fantasma. Jim Robinson resmunga algo baixinho.

Holly se encolhe um pouco.

— O que foi? Por que estão me olhando assim? Qual é o problema?

— Nenhum — diz Tanya. — É só que eu ia ligar para você...

As portas do elevador começam a fechar. Jim estica o braço, e elas se abrem novamente. Holly sai.

— ... assim que chegasse no saguão — conclui Tanya, e aponta para uma placa na parede. Tem a imagem de um celular com uma linha vermelha em cima, na diagonal.

— Para mim? Por quê? Achei que ela só tivesse quebrado a perna, quer dizer, sei que quebrar a perna é sério, claro, mas...

— Ela está acordada e está bem — diz Jim, mas ele e Tanya trocam um olhar que sugere que isso não é bem verdade. — Foi uma fratura simples, na verdade, mas encontraram um galo feio na parte de trás da cabeça e decidiram que ela devia passar a noite internada por segurança. O médico que cuidou da perna dela disse que tem noventa e nove por cento de certeza de que ela vai estar pronta para ir para casa amanhã de manhã.

— Fizeram uma avaliação toxicológica — diz Tanya. — Não havia drogas no sangue dela. Não fiquei surpresa, mas foi um alívio mesmo assim.

— Então qual é o problema?

— Tudo. — Tanya parece dez anos mais velha do que quando Holly a viu pela última vez. — A mãe de Hilda Carver levou Barb e Hilda para a escola de carro. É a vez dela, e ela disse que Barbara estava bem no carro. Um pouco mais quieta do que de costume, mas, fora isso, normal. Barbara disse para Hilda que tinha que ir ao banheiro, e foi a última vez que Hilda a viu. Ela disse que Barb deve ter saído por uma das portas laterais do ginásio. Os alunos chamam de Portas de Matar Aula.

— O que Barbara disse?

— Ela não quis nos contar *nada*. — A voz de Tanya treme, e Jim passa o braço pela cintura dela. — Mas disse que vai contar para você. Era por isso que eu ia ligar. Ela disse que você é a única que vai entender.

22

Holly anda lentamente pelo corredor até o quarto 528, que fica bem no final. A cabeça está baixa, e ela está pensando intensamente, por isso quase esbarra no homem empurrando o carrinho de livros bastante manuseados e Kindles com etiquetas de PROPRIEDADE DO KINER HOSP coladas embaixo das telas.

— Desculpe — diz Holly. — Eu estava distraída.

— Tudo bem — responde Al da Biblioteca, e segue caminho.

Holly não o vê parar e olhar para trás. Ela está reunindo toda a sua coragem para a conversa a caminho. É capaz de se tornar emocional, e cenas emocionais sempre a apavoraram. O fato de ela amar Barbara ajuda.

Além do mais, está curiosa.

Ela bate à porta, que está entreaberta, e espia quando ninguém responde.

— Barbara. É Holly. Posso entrar?

Barbara dá um sorriso fraco e coloca o exemplar surrado de *Jogos Vorazes: A esperança* que está lendo sobre a cama. *Deve ter pegado o exemplar com o homem com o carrinho*, pensa Holly. Ela está sentada na cama, usando um pijama rosa em vez da camisola do hospital. Holly acha que a mãe deve ter levado o pijama junto com o laptop que vê na mesa de cabeceira de Barbara. A blusa rosa dá um pouco de vivacidade a Barbara, mas ela ainda parece atordoada. Não tem nenhum curativo na cabeça, então o galo não deve ser *tão* ruim. Holly se pergunta se estão deixando Barbara lá mais uma noite por algum outro motivo. Só consegue pensar em um e gostaria de acreditar que é ridículo, mas não consegue.

— Holly! Como chegou tão rápido?

— Eu estava vindo ver você. — Holly entra e fecha a porta. — As pessoas visitam os amigos quando eles estão no hospital, e nós somos amigas. Encontrei seus pais no elevador. Eles disseram que você queria falar comigo.

— É.

— Como posso ajudar, Barbara?

— Ah... posso perguntar uma coisa? É bem pessoal.

— Tudo bem. — Holly se senta na cadeira ao lado da cama. Com cuidado, como se a cadeira pudesse estar eletrificada.

— Sei que você teve épocas ruins. Quando era mais nova. Antes de trabalhar para o Bill.

— Sim — responde Holly. A luz do teto não está acesa, apenas o abajur na mesa de cabeceira. O brilho as envolve e cria uma atmosfera agradável. — Bem ruins.

— Você já tentou se matar? — Barbara dá uma gargalhada curta e nervosa. — Eu falei que era pessoal.

— Duas vezes. — Holly fala sem hesitar. Ela está surpreendentemente calma. — Na primeira vez, eu tinha mais ou menos a sua idade. As crianças da escola eram más comigo e me chamavam de nomes feios. Eu não aguentei. Mas não me esforcei muito. Tomei um monte de aspirinas e descongestionantes.

— Você tentou com mais dedicação da segunda vez?

É uma pergunta difícil, e Holly pensa com cuidado.

— Sim e não. Foi logo depois que tive problemas com meu chefe, o que hoje em dia chamam de assédio sexual. Na época, não chamavam de nada. Eu tinha uns vinte anos. Tomei comprimidos mais fortes, mas ainda não o bastante, e parte de mim sabia disso. Eu estava muito instável na época, mas não era burra, e a parte de mim que não era burra queria viver. Também porque eu sabia que Martin Scorsese faria mais filmes, e eu queria vê-los. Martin Scorsese é o melhor diretor vivo. Ele faz filmes compridos como livros. A maioria dos filmes parece contos.

— Seu chefe, tipo, *atacou* você?

— Não quero falar sobre isso e não importa. — Holly também não quer levantar o rosto, mas lembra a si mesma que está falando com Barbara e se obriga a fazer isso. Porque Barbara é sua amiga apesar de todos os tiques e problemas de Holly. E agora está em uma situação difícil. — Os motivos nunca importam, porque o suicídio vai contra todos os instintos humanos, e isso o torna insano.

Exceto em alguns casos, pensa ela. *Certos casos* terminais. *Mas Bill não está em estado terminal.*

Não vou deixar chegar a esse ponto.

— Sei o que você quer dizer. — Barbara vira a cabeça de um lado para outro no travesseiro. À luz do abajur, lágrimas cintilam nas bochechas dela. — Eu sei.

— Era por isso que você estava em Lowtown? Para se matar?

Barbara fecha os olhos, mas as lágrimas atravessam os cílios.

— Acho que não. Pelo menos, não a princípio. Fui lá porque a voz me mandou. Meu amigo. — Ela faz uma pausa e pensa. — Mas ele não era meu amigo, no fim das contas. Um amigo não ia querer que eu me matasse, não é?

Holly segura a mão de Barbara. Tocar em alguém é difícil para ela, mas não hoje. Talvez seja por sentir que as duas estão protegidas no cantinho delas. Talvez seja porque é Barbara. Talvez as duas coisas.

— Que amigo é esse?

— O dos peixes — responde Barbara. — O que fica dentro do jogo.

23

É Al Brooks quem empurra o carrinho cheio de livros pelo saguão do hospital (passando pelo sr. e pela sra. Robinson, que estão esperando Holly), e é Al quem pega outro elevador até a passarela que liga o prédio principal do hospital à Clínica de Traumatismo Cerebral. É Al quem cumprimenta a enfermeira Rainier na recepção, uma funcionária antiga que retribui o cumprimento sem tirar os olhos da tela do computador. Ainda é Al quem empurra o carrinho pelo corredor, mas quando ele o deixa lá e entra no quarto 217, Al Brooks desaparece e Z-Boy toma o lugar dele.

Brady está na cadeira com o Zappit no colo. Ele não tira os olhos da tela. Z-Boy pega o próprio Zappit no bolso esquerdo da túnica cinza frouxa e o liga. Ele pressiona o ícone do Pescaria e, na tela de inicialização, peixes começam a nadar: vermelhos, amarelos, dourados, de vez em quando um cor-de-rosa, veloz. A música toca. E, de vez em quando, o aparelho solta uma luz intensa que ilumina as bochechas e os olhos dele com um brilho azulado.

Eles ficam assim por quase cinco minutos, um sentado e um de pé, os dois olhando para os peixes nadando e ouvindo a melodia aguda. A persiana da janela balança com agitação. A colcha na cama desce e sobe. Uma ou duas vezes, Z-Boy assente, indicando compreensão. E então, a mão de Brady afrouxa e solta o aparelho. Ele desliza pelo colo, depois pelas pernas inúteis e cai no chão. A boca se abre. As pálpebras se semicerram. O movimento do peito dentro da camisa xadrez fica imperceptível.

Os ombros de Z-Boy se empertigam. Ele se sacode um pouco, desliga o Zappit e coloca o aparelho de volta no bolso de trás. No bolso direito ele pega um iPhone. Uma pessoa com conhecimento considerável sobre computadores o alterou com vários aplicativos de segurança de primeira, e o GPS interno foi desabilitado. Não há nomes na pasta de contatos, só iniciais. Z-Boy clica em FL.

O telefone toca duas vezes, e FL atende com um sotaque russo falso.

— Aqui é a Agente Zippity-Doo-Dah, camarada. Aguarrrrdo instrrrruções.

— Você não foi paga para fazer piadas ruins.

Silêncio. E então:

— Tudo bem. Nada de piadas.

— Vamos seguir com o plano.

— Vamos seguir com o plano quando eu receber o resto do meu dinheiro.

— Você vai receber esta noite e vai começar a trabalhar imediatamente.

— Entendido — diz FL. — Me dê uma tarefa difícil na próxima vez.

Não vai haver uma próxima vez, pensa Z-Boy.

— Não faça besteira.

— Não vou. Mas não trabalho enquanto não receber as verdinhas.

— Você vai receber.

Z-Boy interrompe a ligação, guarda o celular no bolso e sai do quarto de Brady. Passa pela recepção e pela enfermeira Rainier, que ainda está absorta no computador. Deixa o carrinho perto das máquinas de lanche e atravessa a passarela. Anda com determinação, como um homem bem mais jovem.

Em uma hora ou duas, Rainier ou uma das outras enfermeiras vai encontrar Brady Hartsfield caído na cadeira ou no chão, em cima do Zappit. Ninguém vai ficar muito preocupado; ele caiu inconsciente muitas vezes antes e sempre sai desse estado.

O dr. Babineau diz que é parte do processo de reinicialização, que cada vez que Hartsfield volta, está um pouco melhor. *Nosso garoto está ficando bom*, diz Babineau. *Vocês podem não acreditar quando olham para ele, mas está ficando mesmo bom.*

Você não sabe nem a metade, pensa a mente que agora ocupa o corpo do Al da Biblioteca. *Você não sabe nem a porra da metade. Mas está começando a perceber, dr. B. Não está?*

Antes tarde do que nunca.

24

— O homem que gritou comigo na rua estava errado — diz Barbara. — Eu acreditei nele porque a voz me mandou acreditar, mas ele estava errado.

Holly quer saber sobre a voz do jogo, mas Barbara pode ainda não estar pronta para falar sobre isso. Então, pergunta que homem era esse e o que ele gritou.

— Ele me chamou de neguinha, como naquele programa de TV. O programa é engraçado, mas o homem falou como uma ofensa. É...

— Eu conheço o programa e sei como algumas pessoas usam a palavra.

— Mas eu *não* sou neguinha. Nenhum negro é, na verdade. Nem mesmo se mora em uma casa bonita em uma rua boa como a Teaberry Lane. Somos negros o tempo todo. Você acha que não sei como me olham na escola? O que falam de mim pelas costas?

— Claro que sabe — diz Holly, que já foi olhada e assunto de fofoca muitas vezes na época dela; seu apelido no ensino médio era Taga-Taga.

— Os professores falam sobre igualdade de gênero e igualdade racial. A escola tem uma política de tolerância zero, e eles estão falando sério, ao menos a maioria, eu acho, mas qualquer pessoa pode andar pelos corredores nos intervalos das aulas e identificar os alunos negros e os alunos chineses transferidos, porque somos minoria. Somos como alguns grãos de pimenta que caíram dentro do saleiro sem querer.

Ela está ficando animada agora, a voz ultrajada e indignada, mas também cansada.

— Sou convidada para festas, mas tem muitas festas que não sou convidada, e só fui chamada para sair duas vezes. Um dos garotos que me convidou era branco, e todo mundo ficou olhando quando fomos ao cinema, e alguém jogou pipoca na nossa cabeça. Acho que, no cinema, a igualdade racial acaba quando as luzes se apagam. E uma vez, quando eu estava jogando futebol? Eu estava lá driblando a bola perto da linha lateral, com abertura para tentar chutar, quando um pai branco de camisa polo grita para a filha "Marque a crioula!". Eu fingi que não ouvi. A garota deu um sorrisinho debochado. Tive vontade de dar uma porrada nela, bem ali, com o pai dela vendo, mas não fiz nada. Engoli tudo. E uma vez, quando eu era caloura, deixei meu livro de literatura na arquibancada no almoço e, quando voltei para pegar, alguém tinha colocado um bilhete nele dizendo NAMORADA DO BUCKWHEAT. Também engoli isso. Durante dias, as coisas vão bem, semanas, até, e aí acontece uma coisa que tenho que engolir. É a mesma coisa com mamãe e papai, eu sei. Talvez seja diferente para Jerome em Harvard, mas aposto que às vezes até ele tem que engolir certas coisas.

Holly aperta a mão dela, mas não diz nada.

— Não sou *neguinha*, mas a voz disse que eu era só porque não cresci em um conjunto habitacional com um pai abusivo e uma mãe viciada em drogas. Porque nunca comi verduras em ramos nem sabia exatamente o que era isso. Porque digo mortadela em vez de *mortandela*. Porque as pessoas são pobres em Lowtown e nós estamos vivendo bem na Teaberry Lane. Tenho cartão de débito e minha escola é boa e meu irmão estuda em Harvard, mas... mas, você não vê... Holly, você não *vê* que eu nunca...

— Você nunca teve escolha sobre essas coisas — diz Holly. — Você nasceu onde nasceu e como nasceu, assim como eu. Assim como todos nós, na verdade. E, aos dezesseis anos, nunca pediram para você mudar nada além das suas roupas.

— *É!* Eu sei que não deveria sentir vergonha, mas a voz me *fez* sentir vergonha, me fez me sentir uma parasita inútil, *e ela ainda está aqui*. Parece que deixou um rastro de gosma dentro da minha cabeça. Porque eu nunca tinha *estado* em Lowtown antes, e é *horrível*, e, em comparação àquelas pessoas, eu *sou* mesmo uma neguinha, e tenho medo de a voz nunca ir embora e minha vida ficar *estragada*.

— Você tem que sufocá-la. — Holly fala com uma certeza seca e distante.

Barbara olha para ela, surpresa.

Holly assente.

— Sim. Você tem que sufocar a voz até ela morrer. É a primeira coisa. Se você não se cuidar, não vai conseguir melhorar. E, se não conseguir melhorar, não pode ajudar ninguém.

— Não posso voltar para a escola e fingir que Lowtown não existe — afirma Barbara. — Se vou viver, tenho que fazer alguma coisa. Jovem ou não, eu tenho que fazer alguma coisa.

— Você está pensando em fazer trabalho voluntário?

— Não sei *o que* estou pensando. Não sei o que uma garota como eu pode fazer. Mas vou descobrir. Porém se precisar voltar lá, meus pais não vão gostar. Você tem que me ajudar, Holly. Sei que é difícil para você, mas *por favor*. Você tem que dizer a eles que eu preciso calar aquela voz. Mesmo que eu não consiga sufocá-la, talvez possa ao menos silenciar.

— Tudo bem — cede Holly, apesar do receio. — Vou ajudar. — Uma ideia ocorre a ela, e Holly se anima. — Você devia falar com o garoto que te salvou.

— Não sei como encontrá-lo.

— Bill vai ajudar — diz Holly. — Agora, me conte sobre o jogo.

— Está quebrado. A caminhonete passou por cima, eu vi os pedaços, e estou feliz. Cada vez que fecho os olhos, vejo aqueles peixes, principalmente o peixe rosa com número, e ouço a música.

Ela cantarola a melodia, mas Holly não a reconhece.

Uma enfermeira entra com um carrinho com remédios. Ela pergunta a Barbara qual é seu nível de dor. Holly fica com vergonha de não ter pensado em perguntar isso logo que entrou. De certa forma, sente-se uma pessoa ruim e egoísta.

— Não sei — diz Barbara. — Cinco, talvez?

A enfermeira abre um potinho plástico e entrega um copinho de papel para Barbara. Tem dois comprimidos brancos nele.

— As doses são feitas sob medida. Você vai dormir como um bebê. Ao menos até eu voltar para verificar suas pupilas.

Barbara engole os comprimidos com um pouco de água. A enfermeira diz para Holly que ela deve ir embora logo para deixar "nossa garota" descansar um pouco.

— Daqui a pouco — diz Holly, e quando a enfermeira sai, ela se inclina para a frente, com o rosto atento e os olhos brilhando. — O jogo. Onde você conseguiu o jogo, Barb?

— Um homem me deu. Eu estava no Birch Street Mall com a Hilda Carver.

— Quando foi isso?

— Antes do Natal, mas não muito antes. Eu lembro porque ainda não tinha encontrado um presente para Jerome e estava começando a ficar preocupada. Vi um blazer bonito na Banana Republic, mas era caro *demais*; além disso, ele vai ficar construindo casas até maio. Não tem muita chance para se usar um blazer fazendo isso, não é?

— Acho que não.

— Então um homem se aproximou quando Hilda e eu estávamos almoçando. A gente sabe que não deve falar com estranhos, mas não somos mais criancinhas, e, além do mais, era na praça de alimentação, com várias pessoas ao redor. E ele parecia legal.

Os piores normalmente parecem, pensa Holly.

— Ele estava usando um terno lindo que deve ter custado *um caminhão* de dinheiro e carregava uma pasta. Disse que seu nome era Myron Zakim e que trabalhava para uma empresa chamada Sunrise Solutions. Ele nos ofereceu o cartão dele. Nos mostrou uns Zappits, a pasta estava cheia deles, e disse que cada uma podia ficar com um de graça se preenchêssemos um questionário e o enviássemos para a empresa. O endereço estava no questionário. Também estava no cartão.

— Você por acaso lembra o endereço?

— Não, joguei o cartão dele no lixo. Além do mais, era só o número de uma caixa postal.

— Em Nova York?

Barbara pensa um pouco.

— Não. Aqui na cidade.

— Então vocês levaram os Zappits.

— Sim. Não contei para a minha mãe porque ela me daria uma bronca enorme por ter falado com aquele cara. Preenchi o questionário e enviei. Hilda não, porque o Zappit dela não estava funcionando. Só piscou com uma luz azul e morreu. Então ela jogou fora. Eu me lembro dela dizendo que era o que se podia esperar quando alguém dizia que uma coisa era de graça. — Barbara ri. — Parecia até a mãe dela.

— Mas o seu estava funcionando.

— É. Era antiquado, mas meio... sabe, meio divertido, de um jeito bobo. No começo. Eu queria que o meu tivesse vindo quebrado, aí não teria escutado a *voz*. — As pálpebras dela se fecham, depois se abrem lentamente. Ela sorri. — Opa! Acho que estou flutuando.

— Não saia flutuando ainda. Você consegue descrever o homem?

— Era um cara branco com cabelo branco. Ele era velho.

— Muito velho ou só um pouco velho?

Os olhos de Barbara estão ficando vidrados.

— Mais velho do que o papai, não tão velho quanto o vovô.

— Uns sessenta?

— É, acho que sim. Da idade de Bill, mais ou menos. — Os olhos dela se arregalam de repente. — Ah! Eu me lembrei de uma coisa. Achei meio estranho e Hilda também.

— O que foi?

— Ele disse que o nome dele era Myron Zakim, e o cartão dizia Myron Zakim, mas as iniciais na pasta eram diferentes.

— Você consegue lembrar quais eram?

— Não... desculpe... — Ela está flutuando para longe mesmo.

— Você pode pensar nisso assim que acordar, Barb? Sua mente vai estar fresca, e pode ser importante.

— Tudo bem...

— Eu queria que Hilda não tivesse jogado o dela fora — comenta Holly.

Ela não obtém resposta, nem espera uma; está acostumada a falar sozinha. A respiração de Barbara está profunda e lenta. Holly começa a abotoar o casaco.

— Dinah tem um — diz Barbara com a voz distante e sonhadora. — O *dela* está funcionando. Ela joga Crossy Roads nele... e Plants vs. Zombies... e também fez o download de toda a trilogia Divergente, mas disse que veio tudo embaralhado.

Holly para de abotoar o casaco. Ela conhece Dinah Scott, já a viu na casa dos Robinson muitas vezes, jogando jogos de tabuleiro ou assistindo à tv, e muitas vezes ficando para o jantar. E babando por Jerome, como todas as amigas de Barbara.

— O mesmo homem deu o jogo para ela?

Barbara não responde. Mordendo o lábio, pois não quer pressionar a menina, mas precisa, Holly sacode o ombro dela e pergunta de novo.

— Não — responde ela com a mesma voz distante. — Ela conseguiu no site.

— Que site, Barbara?

A única resposta é um ronco. Barbara está dormindo.

25

Holly sabe que os Robinson vão estar esperando por ela no saguão, então corre para a lojinha, entra atrás de um display de ursos de pelúcia (Holly é ótima em se esconder) e liga para Bill. Ela pergunta se ele conhece a amiga de Barbara, Dinah Scott.

— Claro — responde ele. — Conheço a maioria das amigas dela. As que visitam a casa dela, pelo menos. Você também.

— Acho que você devia ir falar com ela.

— Você quer dizer hoje?

— Quero dizer agora. Ela tem um Zappit. — Holly respira fundo. — Eles são perigosos.

Ela não consegue dizer em que está começando a acreditar: que são máquinas de suicídio.

26

No quarto 217, Norm Richard e Kelly Pelham levantam Brady e o levam até a cama enquanto Mavis Rainier supervisiona. Norm pega o Zappit no chão e olha para os peixes nadando na tela.

— Por que ele não pega pneumonia e morre, como o resto dos vegetais? — pergunta Kelly.

— Este é desprezível demais para morrer — responde Mavis, depois repara em Norm olhando os peixes nadando. Os olhos dele estão arregalados, e a boca, aberta.

— Acorde, dorminhoco — diz ela, e pega o aparelho. Mavis aperta o botão de desligar e o joga na gaveta de cima da mesa de cabeceira de Brady. — Temos um monte de coisas para fazer antes de dormir.

151

— O quê? — Norm olha para as mãos, como se esperasse ainda estar segurando o Zappit.

Kelly pergunta à enfermeira Rainier se ela quer tirar a pressão de Hartsfield.

— O nível de oxigênio está meio baixo — diz.

Mavis pensa um pouco.

— Foda-se.

Os três saem.

27

Em Sugar Heights, o bairro mais chique da cidade, um Chevy Malibu velho com manchas de primer segue até um portão fechado na Lilac Drive. Desenhadas de forma artística no ferro forjado estão as iniciais que Barbara Robinson não conseguiu lembrar: FB. Z-Boy sai de detrás do volante, com o casaco velho (com um rasgo nas costas e outro na manga esquerda remendados com fita adesiva) balançando ao redor do corpo. Ele digita o código no teclado, e os portões começam a se abrir. Ele volta para o carro, enfia a mão debaixo do banco e pega duas coisas. Uma é uma garrafa de refrigerante com o gargalo cortado. O interior foi preenchido com palha de aço. A outra é um revólver calibre .32. Z-Boy coloca o cano da arma dentro do silenciador caseiro, outra invenção de Brady Hartsfield, e a segura no colo. Com a mão livre, ele dirige o Malibu até a entrada de garagem lisa e curva.

À frente, as luzes acionadas por movimento se acendem na varanda.

Atrás, os portões de ferro se fecham silenciosamente.

AL DA BIBLIOTECA

Brady não demorou a perceber que seus dias como ser físico estavam contados. Ele nasceu ignorante, mas não continuou assim, como dizem por aí.

Sim, houve fisioterapia — o dr. Babineau decretou, e Brady não estava em posição de protestar —, mas havia um limite para até onde ele conseguiria chegar com fisioterapia. Acabou conseguindo se arrastar por uns dez metros no corredor que alguns pacientes chamavam de "Estrada da Tortura", mas só com a ajuda da coordenadora de reabilitação, Ursula Haber, a nazista sapatão que mandava no departamento.

— Só mais um passo, sr. Hartsfield — dizia Haber, e quando ele conseguia dar mais um passo, a vaca pedia mais um e depois outro. Quando Brady finalmente tinha permissão de desabar na cadeira de rodas, tremendo e encharcado de suor, ele gostava de se imaginar colocando trapos encharcados de óleo na racha da mulher e ateando fogo.

— Bom trabalho! — gritava ela. — *Bom* trabalho, sr. Hartsfield!

E se ele conseguisse gargarejar alguma coisa que se assemelhasse ligeiramente com *obrigado*, ela olhava ao redor para quem estivesse perto, com um sorriso de orgulho. Olhem! Meu macaquinho de estimação consegue falar!

Ele *conseguia* falar (mais e com mais clareza do que eles imaginavam) e conseguia se arrastar por dez metros na Estrada da Tortura. Nos melhores dias, conseguia comer mingau sem sujar muito a camisa. Mas não conseguia se vestir, não conseguia amarrar os sapatos, não conseguia se limpar depois de cagar, não conseguia nem usar o controle remoto (uma lembrança da Coisa Um e da Coisa Dois dos bons e velhos tempos) para ver televisão. Ele conseguia segurar, mas seu controle motor não chegava nem perto de ser bom o bastante para ele manipular os pequenos botões. Se conseguisse apertar o botão de ligar, era obrigado a olhar para nada além de uma tela vazia e uma mensagem de PROCURANDO SINAL. Isso o deixava louco de raiva; nos primeiros dias de 2012, *tudo* o deixava com raiva, mas ele tomava cuidado de não mostrar. Pessoas zangadas eram zangadas por um motivo, e vegetais não deviam ter motivo para fazer nada.

Às vezes, advogados da promotoria o visitavam. Babineau protestou contra essas visitas, disse aos advogados que eles estavam atrapalhando o tratamento, o que ia contra os interesses deles mesmos, mas não adiantou nada.

Às vezes, policiais iam junto com os advogados da promotoria, e uma vez um policial foi sozinho. Era um veado gordo com cabelo curto e sorriso fácil. Brady estava na cadeira, então o veado gordo se sentou na cama. Ele falou para Brady que sua sobrinha estava no show do 'Round Here.

— Ela tem treze anos e é doida pela banda — disse ele, rindo.

Ainda rindo, ele se inclinou para a frente por cima da barriga enorme e deu um soco nas bolas de Brady.

— Uma lembrancinha da minha sobrinha — disse o policial. — Você sentiu? Cara, espero que sim.

Brady sentiu, mas não tanto quanto o veado gordo devia querer, porque tudo ficou meio vago entre a cintura e os joelhos dele. Algum circuito no cérebro que devia estar controlando essa área tinha queimado, ele achava. Isso normalmente seria uma coisa ruim, mas era bom quando você tinha que aguentar um gancho de direita nas joias da família. Ele ficou sentado ali, inexpressivo. Porém guardou o nome do veado gordo. Moretti. O policial iria para a lista dele.

A lista de Brady era longa.

Ele manteve um controle leve sobre Sadie MacDonald em virtude daquela primeira excursão totalmente acidental ao cérebro dela. (Ele manteve um controle maior ainda no cérebro do auxiliar idiota, mas ir até lá era como tirar férias em Lowtown.) Em várias ocasiões, Brady conseguiu levá-la até a janela, o local da primeira convulsão. Normalmente, ela só olhava para fora e continuava trabalhando, o que era frustrante, mas um dia em junho de 2012 ela teve outra miniconvulsão. Brady se viu olhando pelos olhos dela novamente, mas dessa vez não ficou satisfeito em ficar no banco do carona, só olhando o cenário. Dessa vez ele queria dirigir.

Sadie levantou as mãos e acariciou os próprios seios. Apertou. Brady sentiu um formigar leve entre as pernas da enfermeira. Ele a estava deixando excitada. Interessante, mas nem um pouco útil.

Ele pensou em virá-la e levá-la para fora do quarto. Em seguir pelo corredor. Beber água no bebedouro. Sua própria cadeira de rodas orgânica. Mas e se alguém falasse com ele? O que diria? E se Sadie assumisse novamente quando estivesse longe dos flashes de luz e começasse a gritar que Hartsfield estava dentro dela? Achariam que ela tinha ficado maluca. Talvez a colocassem de licença. Se fizessem isso, Brady perderia o acesso a ela.

Então ele se aprofundou na mente dela, vendo os pensamentos-peixes passarem piscando de um lado para outro. Estavam mais claros agora, mas quase todos eram desinteressantes.

Mas um... um vermelho...

O pensamento surgiu assim que Brady pensou nele, porque ele estava fazendo com que *ela* pensasse nele.

Um peixe grande e vermelho.

Um peixe-pai.

Brady esticou a mão e o pegou. Foi fácil. Seu corpo físico estava quase imprestável, mas dentro da mente de Sadie ele era tão ágil quanto um bailarino. O peixe vermelho era o pai de Sadie, que a molestou regularmente desde que ela tinha seis anos. Aos onze, ele cruzou a linha e a estuprou. Sadie contou para uma professora da escola, e o pai foi preso. Ele se matou após pagar a fiança.

Mais para se divertir, Brady começou a colocar os próprios peixes no aquário da mente de Sadie MacDonald: pequenos baiacus venenosos que não passavam de exageros dos pensamentos que ela própria elaborou na área sombria que existe entre a mente consciente e a subconsciente.

Que ela encorajou o pai.

Que *gostou* de receber a atenção dele.

Que era responsável pela morte dele.

Que, pensando bem, não foi suicídio. Na verdade, ela o assassinou.

Sadie tremeu violentamente, as mãos voando para as laterais da cabeça, e se virou para longe da janela. Brady sentiu a vertigem nauseante e agitada quando foi ejetado da mente dela. Ela olhou para ele com o rosto pálido e consternado.

— Acho que apaguei por um segundo ou dois — disse ela, e deu uma risada trêmula. — Mas você não vai contar, vai, Brady?

Claro que não, e depois disso ele teve cada vez mais facilidade para entrar na cabeça dela. Ela não precisava mais olhar para a luz do sol refletindo nos para-brisas na rua; só precisava entrar no quarto. Ela estava perdendo peso. Sua beleza comum estava desaparecendo. Às vezes, o uniforme estava sujo e às vezes as meias estavam rasgadas. Brady continuou a plantar as acusações no subconsciente dela: você o encorajou, você gostou, foi culpa sua, você não merece viver.

Bem ou mal, ajudava a passar o tempo.

Às vezes, o hospital ganhava doações, e em setembro de 2012 recebeu uma dezena de aparelhos Zappit, da empresa que os fabricou ou de alguma outra organização de caridade. A administração os enviou para a pequena biblioteca ao lado da capela ecumênica do hospital. Lá, um auxiliar os desembrulhou, deu uma olhada, concluiu que eram idiotas e ultrapassados e os enfiou em uma prateleira nos fundos. Foi lá que Al Brooks, o Al da Biblioteca, os encontrou em novembro e pegou um para si.

Al gostou de alguns dos jogos, como aquele no qual tinha que levar Pitfall Harry em segurança por buracos e cobras venenosas, mas o que ele mais gostava era do Pescaria. Não do jogo em si, que era bem idiota, mas da tela de demonstração. Ele achava que as pessoas ririam, mas não era piada para Al. Quando estava chateado com alguma coisa (como o irmão ter gritado com ele por Al não ter colocado o lixo na rua para a coleta de quinta de manhã ou uma ligação mal-humorada da filha em Oklahoma City), os peixes deslizando lentamente e a música sempre o faziam relaxar. Às vezes, ele perdia a noção do tempo. Era incrível.

Certa noite não muito antes de 2012 virar 2013, Al teve uma ideia. Hartsfield do quarto 217 era incapaz de ler e não demonstrou interesse em livros nem em músicas. Se alguém lhe colocasse fones de ouvido, ele batia neles até tirá-los, como se os achasse confinadores. Ele também era incapaz de manipular os pequenos botões embaixo da tela do Zappit, mas podia olhar a demonstração do Pescaria. Talvez gostasse dele ou de alguns dos outros. Se gostasse, talvez outros pacientes (para seu crédito, Al nunca pensava neles como vegetais) também podiam gostar, e seria uma coisa boa, porque alguns dos pacientes com danos cerebrais no Balde às vezes tinham surtos violentos. Se as telas de demonstração os acalmassem, os médicos, as enfermeiras, os auxiliares e até os zeladores teriam mais tranquilidade no trabalho.

Quem sabe ele receberia um bônus. Provavelmente não, mas sonhar não custava nada.

Al entrou no quarto 217 uma tarde no começo de dezembro de 2012, pouco depois de o único visitante regular de Hartsfield sair. Era um ex-detetive chamado Hodges, que foi fundamental na captura de Hartsfield, embora não tivesse sido a pessoa que bateu na cabeça dele e provocou o dano cerebral.

As visitas de Hodges perturbavam Hartsfield. Depois que ele ia embora, as coisas caíam no 217, a torneira do chuveiro era aberta e fechada e às vezes a porta do banheiro batia. Os enfermeiros viam essas coisas e tinham certeza de que Hartsfield as estava causando, mas o dr. Babineau ridicularizava a ideia. Ele alegava que era exatamente o tipo de ideia histérica que tomava conta de certas mulheres (embora vários dos enfermeiros do Balde fossem homens). Al sabia que as histórias eram verdadeiras porque viu manifestações em várias ocasiões e não se achava uma pessoa histérica. Pelo contrário.

Em uma ocasião memorável, ele ouviu uma coisa no quarto de Hartsfield quando estava passando pelo corredor, abriu a porta e viu as persianas fazendo uma dança maluca. Isso foi logo depois de uma das visitas de Hodges. Continuou por quase trinta segundos, então as persianas pararam de chacoalhar.

Embora tentasse ser simpático (ele tentava ser simpático com todo mundo), Al não aprovava as motivações de Bill Hodges. O homem parecia estar tripudiando sobre a condição de Hartsfield. Deleitando-se com ela. Al sabia que Hartsfield era um homem mau que assassinou pessoas inocentes, mas que importância tinha isso quando o homem que fez essas coisas não existia mais? O que restava não passava de uma casca. E daí se ele conseguia sacudir as persianas ou abrir e fechar a torneira? Essas coisas não machucavam ninguém.

— Oi, sr. Hartsfield — disse Al naquela noite de dezembro. — Eu trouxe uma coisa para você. Espero que goste.

Ele ligou o Zappit e clicou na tela para abrir a demonstração do Pescaria. Os peixes começaram a nadar, e a música, a tocar. Como sempre, Al ficou mais calmo e aproveitou o momento para curtir a sensação. Antes que pudesse virar o aparelho para Hartsfield poder ver a tela, ele se viu empurrando o carrinho da biblioteca na Ala A, do outro lado do hospital.

O Zappit tinha sumido.

Aquilo deveria tê-lo deixado nervoso, porém não deixou. Sentia-se perfeitamente normal. Ele estava meio cansado e parecia estar tendo dificuldade para organizar os pensamentos embaralhados, mas, fora isso, estava bem. Feliz.

Ele olhou para a mão esquerda e viu que tinha desenhado um grande Z nas costas com a caneta que sempre deixava no bolso da túnica.

Z de Z-Boy, pensou ele, e riu.

Brady não tomou a decisão consciente de pular para dentro do Al da Biblioteca; segundos depois de o coroa olhar para o aparelho nas mãos, Brady estava dentro. E não sentiu estar invadindo a mente do cara da biblioteca. Agora, era o corpo de Brady, assim como um sedá da Hertz seria seu carro pelo tempo que decidisse dirigi-lo.

A essência da consciência do cara da biblioteca ainda estava lá em algum lugar, mas era só um zumbido tranquilizador, como o som de uma fornalha no porão em um dia frio. Porém ele tinha acesso a todas as lembranças de Alvin Brooks e a todo o conhecimento armazenado em seu cérebro. Havia uma quantidade extensa disso, porque antes de se aposentar do emprego aos cinquenta e oito anos, o sujeito era eletricista, conhecido como Fagulha Brooks em vez de Al da Biblioteca. Se Brady quisesse refazer a fiação de um circuito, poderia fazer isso com facilidade, embora compreendesse que podia não ter mais essa habilidade quando voltasse para o próprio corpo.

Pensar no próprio corpo o alarmou, e ele se aproximou do homem caído na cadeira. Os olhos estavam semiabertos, só mostrando a parte branca. A língua pendia de um canto da boca. Brady colocou a mão retorcida no peito de Brady e sentiu um movimento leve. Então estava tudo bem com seu *corpo*, mas, Deus, ele estava *horrível*. Um esqueleto envolto em pele. Hodges fizera isso com ele.

Ele saiu do quarto e passeou pelo hospital, sentindo uma espécie de euforia louca. Sorriu para todo mundo. Não conseguiu controlar. Com Sadie Mac-Donald, teve medo de fazer merda. Ainda estava com medo, mas nem tanto. Isso era melhor. Ele estava usando o Al da Biblioteca como uma luva apertada. Quando passou por Anna Corey, a zeladora-chefe da Ala A, ele perguntou como estava sendo o tratamento de radioterapia do marido dela. Ela respondeu que Ellis estava indo bem, apesar de tudo, e agradeceu por ele ter perguntado.

No saguão, ele parou o carrinho em frente ao banheiro masculino, entrou, se sentou na privada e examinou o Zappit. Assim que viu os peixes nadando, entendeu o que devia ter acontecido. Os idiotas que criaram aquele jogo em particular também criaram, certamente sem querer, um efeito hipnótico. Nem todo mundo seria suscetível, mas Brady achava que muita gente seria, e não só as pessoas com tendência a convulsões amenas, como Sadie MacDonald.

Ele sabia pelas leituras que fez na sala de controle do porão que vários aparelhos eletrônicos e jogos eram capazes de desencadear convulsões ou estados hipnóticos leves em pessoas perfeitamente normais, o que fez os fabricantes imprimirem um aviso (com letras muito pequenas) em muitos manuais de instruções: não jogar por períodos prolongados, não se sentar a menos de noventa centímetros da tela, não jogar se houver histórico de epilepsia.

E o efeito não era restrito a video games. Pelo menos um episódio do desenho *Pokémon* foi banido quando milhares de crianças reclamaram de dores de cabeça, visão embaçada, náusea e convulsões. Acreditava-se que o culpado era uma cena do episódio em que uma série de mísseis era disparada, provocando um efeito estroboscópico. Uma combinação dos peixes nadando com a música funcionava da mesma forma. Brady ficou surpreso de a empresa fabricante do Zappit não ter recebido uma enxurrada de reclamações. Ele descobriu depois que *houve* reclamações, mas não muitas. E chegou à conclusão que houve dois motivos para isso. Primeiro, o maldito jogo Pescaria não tinha o mesmo efeito. Segundo, quase ninguém comprou os joguinhos Zappit. No jargão do comércio, flopou.

Ainda empurrando o carrinho, o homem usando o corpo de Al da Biblioteca voltou para o quarto 217 e colocou o Zappit na mesa de cabeceira, pois o aparelho merecia mais estudo e reflexão. Então (não sem sofrimento), Brady deixou Al Brooks da Biblioteca. Houve aquele momento de vertigem, depois ele estava olhando para cima em vez de para baixo. Estava curioso para saber o que aconteceria em seguida.

Primeiro, Al da Biblioteca só ficou ali parado, uma peça de mobília que parecia um ser humano. Brady esticou a mão invisível até ele e deu um tapinha na bochecha do homem. Em seguida, procurou a mente de Al com a sua, esperando encontrá-la fechada, como a da enfermeira MacDonald ficava depois que ela saía do estado de fuga dissociativa.

Mas a porta estava escancarada.

A consciência de Al tinha voltado, porém havia um pouco menos agora. Brady desconfiava de que parte dela tinha sido sufocada pela presença dele. E daí? As pessoas matavam neurônios quando bebiam demais, mas tinham muitos outros. O mesmo era verdade em relação a Al. Pelo menos por enquanto.

Brady viu o Z que desenhara nas costas da mão do homem, sem motivo nenhum, só porque podia, e falou sem abrir a boca.

— Oi, Z-Boy. Saia agora. Saia. Vá para a Ala A. Mas você não vai falar sobre isso para ninguém, vai?

— Falar sobre o quê? — perguntou Al, parecendo intrigado.

Brady assentiu da forma que podia e sorriu da forma como podia. Já estava desejando estar em Al de novo. O corpo de Al era velho, mas pelo menos *funcionava*.

— Isso é verdade — disse ele para Z-Boy. — Falar sobre o quê.

O ano de 2012 virou 2013. Brady perdeu interesse em tentar fortalecer seus músculos telecinéticos. Não fazia sentido agora que tinha Al. Cada vez que entrava na mente do homem, seu domínio ficava mais forte, e o controle, melhor. Controlar Al era como controlar um daqueles drones que os militares usavam para vigiar os maometanos no Afeganistão... e depois para jogar bombas nos chefes deles.

Lindo, de verdade.

Uma vez, ele fez Z-Boy mostrar um dos Zappits para o Det. Apos., na esperança de Hodges ficar fascinado pela demonstração do Pescaria. Estar dentro de Hodges seria maravilhoso. A primeira prioridade de Brady seria pegar um lápis e enfiar nos olhos do ex-detetive. Mas Hodges só espiou a tela e devolveu o aparelho para Al da Biblioteca.

Brady tentou de novo alguns dias depois, dessa vez com Denise Woods, a auxiliar de fisioterapia que ia ao quarto dele duas vezes por semana para exercitar seus braços e pernas. Ela segurou o aparelho quando Z-Boy o entregou a ela e olhou para os peixes nadando por bem mais tempo do que Hodges. *Alguma coisa* aconteceu, mas não foi o bastante. Tentar entrar nela foi como empurrar um diafragma firme de borracha: cedia um pouco, o bastante para ele espiá-la dando ovos mexidos para o filho no cadeirão, mas depois o empurrava de volta.

Ela devolveu o Zappit para Z-Boy.

— Você está certo, são peixes bonitos — disse Denise. — Agora por que você não vai distribuir os livros, Al, e me deixa trabalhar com Brady nesses joelhos incômodos?

Então era isso. Ele não tinha o mesmo acesso instantâneo aos outros que tinha com Al, e Brady só precisou pensar um pouco para entender por quê. Al teve um pré-condicionamento à demonstração do Pescaria, viu aquilo dezenas de vezes antes de levar o Zappit para Brady. Essa era uma diferença crucial e uma decepção arrasadora. Brady imaginou que teria dezenas de drones entre os quais escolher, mas isso não ia acontecer a não ser que houvesse um jeito de alterar o aparelho e incrementar o efeito hipnótico. Era possível?

Como alguém que tinha modificado todo tipo de aparelho no passado, a Coisa Um e a Coisa Dois eram um exemplo, Brady acreditava que sim. O

Zappit era equipado com wi-fi, afinal, e o wi-fi era o melhor amigo do hacker. Imagine, por exemplo, que ele programasse uma luz intermitente? Uma espécie de estroboscópio, como o que zoou o cérebro das crianças expostas à sequência de mísseis no episódio de *Pokémon*?

O estroboscópio poderia ter outros propósitos também. Enquanto fazia um curso da faculdade comunitária chamado Computando o Futuro (isso foi pouco antes de ele largar a faculdade de vez), a turma de Brady teve que ler um relatório longo da CIA, publicado em 1955 e tornado público logo depois do Onze de Setembro. Era chamado "O potencial operacional da percepção subliminar" e explicava como os computadores podiam ser programados para transmitir mensagens tão rápidas que o cérebro não as reconhecia como mensagens, mas sim como pensamentos originais. Imagine que ele conseguisse incorporar uma mensagem dessas dentro da luz estroboscópica? DURMA AGORA, ESTÁ TUDO BEM, por exemplo, ou talvez só RELAXE. Brady achava que uma coisa assim, combinada com o efeito hipnótico da tela da demonstração, seria bem eficiente. Claro que ele podia estar errado, mas daria a mão direita praticamente inútil para descobrir.

Ele duvidava que um dia conseguisse, pois havia dois problemas insuperáveis de cara. Um era fazer as pessoas olharem para a tela do Zappit por tempo suficiente para o efeito hipnótico agir. O outro era ainda mais básico: como ele ia modificar *qualquer coisa*? Não tinha acesso a computadores e, mesmo que tivesse, que bem faria? Não conseguia nem amarrar a porra do sapato! Ele considerou usar Z-Boy e rejeitou a ideia quase na mesma hora. Al Brooks morava com o irmão e a família do irmão, e se ele de repente começasse a demonstrar conhecimento e capacidade avançados de computação, haveria perguntas. Principalmente quando as pessoas já tinham perguntas sobre Al, que passou a ser distraído e um tanto peculiar. Brady achava que estavam pensando que Al estava sofrendo de senilidade, o que não estava muito longe da verdade.

Parecia que Z-Boy estava perdendo alguns neurônios, afinal.

Brady ficou deprimido. Tinha chegado como sempre ao ponto em que suas ideias brilhantes colidiam de frente com a realidade sombria. Aconteceu com o aspirador Rolla; aconteceu com câmera de ré; aconteceu com o monitor de TV programável, que teoricamente revolucionaria a segurança doméstica. Ele tinha inspirações maravilhosas, só para descobrir que ficara para trás ou que não tinha as habilidades práticas para transformá-las em realidade.

Ainda assim, ele tinha um drone humano para lidar, e depois de uma visita particularmente enfurecedora de Hodges, Brady decidiu que se alegraria ao brincar com seu novo drone. Assim, Z-Boy visitou um cibercafé a uma ou duas quadras do hospital e, depois de cinco minutos em um computador (Brady ficou eufórico de se sentar em frente a uma tela de novo), descobriu onde Anthony Moretti, também conhecido como o policial gordo socador de testículos, morava. Após sair do cibercafé, Brady levou Z-Boy até uma loja de equipamentos militares excedentes e comprou uma faca de caça.

No dia seguinte, quando saiu de casa, Moretti encontrou um cachorro morto sobre o capacho. A garganta fora cortada. Escrito com o sangue do animal no para-brisa do carro havia: SUA MULHER & FILHOS SÃO OS PRÓXIMOS.

Fazer isso, *poder* fazer isso, alegrou Brady. *A vingança é um prato que se come frio*, pensou ele, *e eu sou muito paciente.*

Às vezes ele fantasiava em mandar Z-Boy atrás de Hodges para dar um tiro na barriga dele. Como seria bom ficar de pé na frente do Det. Apos., vendo-o tremer e gemer enquanto a vida escorria por entre seus dedos!

Seria ótimo, mas Brady perderia seu drone, e, depois de preso, Al poderia dar com a língua nos dentes. Havia outra coisa também, algo ainda maior: *não seria o bastante*. Hodges merecia mais do que uma bala na barriga seguida de dez ou quinze minutos de sofrimento. Bem mais. Hodges precisava viver, respirando ar tóxico dentro de um saco de culpa do qual não haveria escapatória. Até que não conseguisse mais suportar e se matasse.

Esse era o plano original, nos bons e velhos tempos.

Não tem como, pensou Brady. *Não tem como fazer nada disso. Eu tenho Z-Boy, que vai estar em um asilo se continuar seguindo por esse caminho, e posso sacudir persianas com minha mão fantasma. É isso. É tudo que eu tenho.*

Mas então, no verão de 2013, o buraco negro em que ele vinha vivendo foi perfurado por um raio de luz. Ele recebeu um visitante. Um visitante de verdade, não Hodges nem um cara usando terno da promotoria, que foi ver se ele tinha melhorado magicamente o bastante para encarar o julgamento por mais de dez crimes qualificados diferentes, com a lista encabeçada pelas oito mortes intencionais no City Center.

Houve uma batida rápida à porta, e Becky Helmington colocou a cabeça para dentro do quarto.

— Brady? Tem uma jovem aqui que veio visitar você. Ela disse que trabalhava com você e trouxe uma coisa. Você quer vê-la?

Brady só conseguia pensar em uma jovem que pudesse estar ali. Pensou em dizer não, mas sua curiosidade voltou junto com sua maldade (talvez fossem até a mesma coisa). Ele assentiu de forma desajeitada e tentou tirar a franja dos olhos.

A visitante entrou timidamente, como se pudesse haver minas escondidas no chão do quarto. Ela estava usando um vestido. Brady nunca a tinha visto de vestido nem podia imaginar que ela tinha um. Mas o cabelo ainda estava cortado curto em estilo militar, como era quando eles trabalharam juntos na Ciberpatrulha da Discount Electronix, e ela ainda era lisa como uma tábua na parte da frente. Ele se lembrou de uma piada: se não ter peitos conta para alguma coisa, Cameron Diaz vai fazer sucesso por muito tempo. Mas ela tinha passado um pouco de pó para cobrir as marcas de acne (incrível) e até um pouco de batom (ainda mais incrível). Em uma das mãos segurava um pacote embrulhado.

— Oi, cara — disse Freddi Linklatter com uma timidez incomum. — Como você está?

Aquilo abriu as portas para muitas possibilidades.

Brady fez o melhor que pôde para sorrir.

SHOWRUIM.COM

1

Cora Babineau seca a nuca com a toalha monogramada e franze a testa para o monitor na sala de exercícios no porão. Ela fez apenas cinco quilômetros dos dez que costuma fazer na esteira, odeia ser interrompida, e aquele esquisito voltou.

Ding-dong, soa a campainha. Ela presta atenção para ver se ouve os passos do marido no andar de cima, mas não ouve. No monitor, o velho de casaco maltrapilho (ele parece um daqueles mendigos velhos que ficam nos cruzamentos com cartazes que dizem coisas como COM FOME, SEM EMPREGO, VETERANO DO EXÉRCITO, AJUDE, POR FAVOR) só fica ali parado.

— Droga — murmura ela, e faz uma pausa na esteira. Ela sobe a escada, abre a porta para o corredor de trás e grita: — *Felix! É aquele seu amigo esquisito! O Al!*

Não há resposta. Ele está no escritório de novo, possivelmente olhando para aquele aparelhinho de jogos pelo qual parece ter se apaixonado. Nas primeiras vezes que ela mencionou a nova e estranha obsessão do marido para as amigas do country club, foi como uma piada. Agora, não é mais tão engraçado. Ele tem sessenta e três anos, está velho demais para joguinhos eletrônicos infantis e novo demais para ter ficado tão esquecido. Cora começou a se perguntar se não está sofrendo de mal de Alzheimer precoce. Também passou pela cabeça dela que o amigo esquisito de Felix pode ser algum tipo de traficante de drogas, mas o cara não está velho demais para isso? E se ele quiser drogas, é capaz de arrumar o próprio suprimento; de acordo com Felix, boa parte dos médicos do Kiner passam pelo menos metade do tempo doidões.

Ding-dong, soa a campainha.

— Meu Deus do céu — diz ela, e vai até a porta, ficando mais irritada a cada passo. Ela é uma mulher alta e magra cuja forma foi exercitada quase que demais. O bronzeado das partidas de golfe continua presente mesmo no meio do inverno, mas se transformou em um tom pálido de amarelo, que faz parecer que ela tem uma doença crônica no fígado.

Ela abre a porta. O clima de janeiro entra com tudo e resfria o rosto e os braços suados.

— Gostaria de saber quem você é — diz ela — e o que você e meu marido fazem juntos. Posso saber?

— Claro que sim, sra. Babineau — responde ele. — Às vezes, sou Al. Às vezes, sou Z-Boy. Esta noite, sou Brady, e, caramba, é bom sair mesmo em uma noite fria como esta.

Ela olha para a mão dele.

— O que tem nesse pote?

— O fim de todos os seus problemas — diz o homem com casaco remendado, e ela ouve um estrondo abafado. O fundo da garrafa de refrigerante explode em estilhaços, junto com os fiapos queimados da palha de aço. Eles flutuam no ar como dentes-de-leão.

Cora sente alguma coisa acertá-la logo abaixo do seio esquerdo subdesenvolvido. *Esse filho da puta esquisito me deu um soco*, pensa. Ela tenta respirar e não consegue. O peito parece estranhamente morto; um calor se espalha acima do elástico da calça de moletom. Ela olha para baixo, ainda tentando fazer aquela coisa tão essencial que é respirar, e vê uma mancha se formando no náilon azul.

Ela ergue o rosto para encarar o homem estranho à porta. Ele está segurando os restos da garrafa como se fossem um presente, uma lembrancinha para compensar o fato de ter aparecido na casa dela sem avisar às oito da noite. Os restos da palha de aço se acomodam no fundo como uma flor de lapela queimada. Ela finalmente consegue respirar, mas parece que inspirou líquido em vez de ar. Cora tosse sangue.

O homem de casaco entra na casa dela e fecha a porta. Larga a garrafa. Depois, a empurra. Ela cambaleia para trás e derruba o vaso decorativo que fica na mesinha ao lado do cabideiro, depois cai. O vaso se estilhaça no piso de madeira como uma bomba. Ela inspira o líquido de novo (*Estou me afogando*, ela pensa, *me afogando bem aqui no saguão de entrada*) e tosse outro borrifo vermelho.

— Cora — chama Babineau de algum lugar dentro da casa. Ele parece ter acabado de acordar. — Cora, você está bem?

Brady levanta o pé de Al da Biblioteca e coloca com cuidado a bota preta pesada nos tendões repuxados do pescoço magro de Cora Babineau. Mais sangue jorra da boca dela; as bochechas bronzeadas agora estão manchadas de vermelho. Ele pisa com força. Há um estalo quando alguma coisa se quebra lá dentro. Os olhos dela saltam... saltam mais... e ficam vidrados.

— Você foi difícil — comenta Brady, quase de forma carinhosa.

Uma porta se abre. Pés em chinelos vêm correndo, e logo Babineau aparece. Está usando um roupão por cima de um pijama de seda ridículo no estilo de Hugh Hefner. O cabelo branco, que costuma ser motivo de orgulho, está desgrenhado. A barba por fazer virou uma barba rala. Na mão está um Zappit verde, no qual soa a musiquinha do jogo Pescaria: *Vou nadar, pelo mar, pelo tão lindo mar.* Ele olha para a esposa, caída no chão do saguão de entrada.

— Ela não vai mais precisar malhar — diz Brady com aquele mesmo tom de afeto.

— *O que você FEZ?* — grita Babineau, como se não estivesse óbvio. Ele corre até Cora e se ajoelha ao lado dela, mas Brady enfia a mão debaixo da axila do médico e o força a se levantar. O Al da Biblioteca não é nenhum Charles Atlas, mas é bem mais forte do que o corpo destruído no quarto 217.

— Não temos tempo para isso — diz Brady. — A garota Robinson está viva, o que exige uma mudança de planos.

Babineau olha para ele, tenta organizar os pensamentos, mas não consegue. Sua mente, antes tão lúcida, está confusa. E é culpa daquele homem.

— Olhe para os peixes — diz Brady. — Você olha para os seus e eu olho para os meus. Nós dois vamos nos sentir melhor.

— Não.

Babineau quer olhar para os peixes, sempre quer olhar para eles agora (é como uma droga), mas está com medo. Brady quer derramar sua mente na cabeça de Babineau como uma água estranha, e cada vez que isso acontece, menos do seu eu original permanece lá depois.

— Sim — diz Brady. — Hoje, você precisa ser o dr. Z.

— Eu... eu me recuso!

— Você não está em posição de recusar nada. A situação está fugindo do controle. Em pouco tempo, a polícia vai bater à sua porta. Ou Hodges, e isso seria ainda pior. Ele não vai ler seus direitos, mas sim bater em você com aquele troço feito em casa que ele carrega por aí para dar porrada. Porque ele é um filho da puta malvado. E porque você estava certo. Ele *sabe*.

— Eu não quero... não posso... — Babineau olha para a esposa. *Ah, Deus, os olhos dela. Os olhos saltados.* — A polícia nunca acreditaria... Sou um médico respeitável! Estamos casados há trinta e cinco anos!

— Hodges vai acreditar. E quando Hodges tem uma pista, ele vira a porra do Wyatt Earp. Ele vai mostrar sua foto para a garota Robinson. Ela vai olhar e dizer: "Uau, sim, esse é o homem que me deu o Zappit no shopping". E se você deu um Zappit para ela, também deve ter dado a Janice Ellerton. Ops! E não podemos nos esquecer de Scapelli.

Babineau fica olhando para Brady, tentando entender.

— Isso sem falar nas drogas que você me deu. Hodges talvez já saiba sobre isso, porque ele é rápido com os subornos, e a maioria das enfermeiras do Balde sabe. É um segredo que você nunca tentou esconder. — Brady balança a cabeça de Al da Biblioteca com tristeza. — Por arrogância.

— Vitaminas! — Isso é tudo que Babineau consegue dizer.

— Nem a polícia vai acreditar nisso se arrumarem um mandado para investigar seus arquivos e seu computador. — Brady olha para o corpo caído de Cora Babineau. — E tem sua esposa, é claro. Como você vai explicar isso?

— Eu queria que você tivesse morrido antes de te levarem para o hospital — fala Babineau. A voz dele está se elevando, virando um choramingo. — Ou na mesa de operação. Você é um *Frankenstein*!

— Não confunda o monstro com o criador — diz Brady, embora não dê muito crédito a Babineau no departamento de criação. A droga experimental do dr. B. pode ter alguma coisa a ver com suas novas habilidades, mas teve pouco ou nada a ver com sua recuperação. Ele tem certeza de que foi ele mesmo o responsável por isso. Um ato de pura força de vontade. — Enquanto isso, temos que visitar uma pessoa, e não queremos deixá-la esperando.

— A mulher-homem. — Existe uma palavra para isso, Babineau sabia qual era, mas agora ela sumiu. Como o nome que a acompanha. Ou o que ele comeu no jantar. Toda vez que Brady entra em sua cabeça, carrega um pouco de si com ele quando vai embora. Sua memória. Seus conhecimentos. O que o faz ser *Babineau*.

— Isso mesmo, a mulher-homem. Ou, usando o nome científico para a preferência sexual dela, *velcrus coladorus*.

— Não. — O choramingo virou um sussurro. — Vou ficar bem aqui.

Brady aponta a arma, com o cano agora visível dentro dos restos explodidos do silenciador improvisado.

— Se você acha que preciso de você de verdade, está cometendo o pior erro da sua vida. E o último.

Babineau não responde. Isso é um pesadelo, e logo ele vai acordar.

— Decida logo, senão amanhã a empregada vai encontrar você caído morto ao lado do corpo da sua esposa, as vítimas infelizes de uma invasão domiciliar. Eu preferiria terminar minha tarefa como o dr. Z, seu corpo é dez anos mais novo que o de Brooks e não está em má forma, mas vou fazer o que tiver que fazer. Além do mais, te deixar encarar Kermit Hodges sozinho seria maldade. Ele é um homem cruel, Felix. Você nem faz ideia.

Babineau olha para o sujeito idoso de casaco remendado e vê Hartsfield olhando pelos olhos azuis lacrimosos de Al da Biblioteca. Os lábios de Babineau estão tremendo e úmidos de saliva. Os olhos estão úmidos de lágrimas. Brady acha que, com o cabelo branco todo bagunçado como está agora, o médico parece Albert Einstein naquela foto em que o famoso físico está de língua de fora.

— Como fui me meter nisso? — geme ele.

— Do jeito como todo mundo se mete em tudo — diz Brady, com gentileza. — Um passo de cada vez.

— Por que você tinha que ir atrás da garota? — pergunta Babineau de supetão.

— Foi um erro — responde Brady. Era mais fácil admitir isso do que a verdade completa: ele não queria esperar. Queria que a irmã do negrinho cortador de grama se fosse antes que a morte dos outros encobrisse a importância dela. — Agora pare de embromar e olhe para os peixes. Você sabe que quer.

E Babineau quer. Essa é a pior parte. Apesar de tudo que sabe agora, ele quer.

Ele olha para os peixes.

Ele escuta a música.

Depois de um tempo, entra no quarto para trocar de roupa e pegar dinheiro no cofre. Ele faz outra parada antes de sair. O armário de remédios do banheiro é bem abastecido, tanto do lado dela quanto do dele.

Ele pega a BMW de Babineau e deixa o Malibu velho onde está por enquanto. Ele também deixa o Al da Biblioteca dormindo no sofá.

2

Por volta da hora em que Cora Babineau está abrindo a porta da frente pela última vez na vida, Hodges está sentado na sala da casa da família Scott em Allgood Place, a um quarteirão de Teaberry Lane, onde os Robinson moram.

Ele tomou alguns analgésicos antes de sair do carro e não está se sentindo tão mal, considerando tudo.

Dinah Scott está no sofá, ladeada pelos pais. Parece ter mais do que quinze anos esta noite, porque acabou de voltar de um ensaio na North Side High School, onde o clube de teatro vai montar a peça *The Fantasticks*. Ela vai interpretar Luisa, contou Angie Scott, o que é um feito e tanto. (Isso faz Dinah revirar os olhos.) Hodges está sentado de frente para eles em uma poltrona bem parecida com a que tem na própria sala. Por conta do assento afundado, ele conclui que ali é o local preferido de Carl Scott.

Na mesa de centro entre eles há um Zappit verde. Dinah foi buscá-lo no quarto na mesma hora, o que faz com que Hodges deduza que não estava enterrado embaixo de equipamentos esportivos no armário dela nem largado embaixo da cama com as bolotas de poeira. Ou esquecido no armário da escola. Não, estava em um local onde ela pudesse pegar rapidamente. O que quer dizer que ela anda usando, antiquado ou não.

— Estou aqui a pedido de Barbara Robinson — diz ele. — Ela foi atropelada por um caminhão hoje...

— Ah, meu Deus! — exclama Dinah, e leva a mão à boca.

— Ela está bem — diz Hodges. — Só quebrou a perna. Vai passar a noite no hospital em observação, mas vai estar em casa amanhã e deve estar de volta à escola na semana que vem. Você pode assinar o gesso dela, se é que os jovens ainda fazem isso.

Angie passa o braço pelos ombros da filha.

— O que isso tem a ver com o jogo de Dinah?

— Bom, Barbara tinha um e acabou levando um choque. — Baseado no que Holly lhe contou enquanto Hodges estava a caminho dali, isso não é mentira. — Ela estava atravessando a rua na hora, ficou desorientada por um momento e *bum*. Um garoto a empurrou para fora do caminho, senão o acidente teria sido bem pior.

— Jesus — diz Carl.

Hodges se inclina para a frente e olha para Dinah.

— Não sei quantos desses aparelhos estão com defeito, mas está claro pelo que aconteceu com Barbara, e por alguns outros incidentes dos quais temos conhecimento, que ao menos alguns estão.

— Que sirva de lição para você — diz Carl para a filha. — Na próxima vez que alguém disser que uma coisa é de graça, tenha cautela.

Isso gera outra revirada de olhos tipicamente adolescente.

— O que me deixou curioso — continua Hodges — é como você conseguiu o seu. É uma espécie de mistério, porque a empresa Zappit não vendeu muitos. Eles foram comprados por outra empresa quando não obtiveram sucesso, e essa empresa faliu em abril, dois anos atrás. Era de se pensar que os aparelhos Zappit seriam vendidos para ajudar a pagar as contas...

— Ou destruídos — interrompe Carl. — É o que fazem com os livros que não são vendidos, sabia?

— Estou ciente — diz Hodges. — Então me diga, Dinah, como você conseguiu o aparelho?

— Em um site — responde ela. — Não estou encrencada, estou? Eu não sabia, mas papai sempre diz que não conhecer a lei não é desculpa.

— Você não está encrencada — afirma Hodges, tranquilizando-a. — Que site foi esse?

— Se chamava showruim.com. Tentei entrar nele no celular quando mamãe me ligou durante o ensaio e disse que você ia vir aqui, mas ele sumiu. Acho que os aparelhos que tinham em estoque acabaram.

— Ou descobriram que eles eram perigosos e largaram tudo sem avisar ninguém — sugere Angie Scott, de cara feia.

— Mas qual poderia ser a intensidade do choque? — pergunta Carl. — Eu abri a tampa quando Dee o pegou no quarto. Não tem nada ali além de quatro pilhas AA recarregáveis.

— Eu não entendo dessas coisas. — O estômago de Hodges está começando a doer de novo, apesar dos remédios. Não que o estômago seja o verdadeiro problema; é o órgão adjacente, que tem apenas quinze centímetros de comprimento. Ele decidiu verificar a taxa de sobrevivência de pacientes com câncer do pâncreas depois do encontro com Norma Wilmer. Só seis por cento conseguem viver por mais cinco anos após o diagnóstico. Não é o que se pode chamar de notícia animadora. — Até agora, eu não consegui nem reprogramar o toque de mensagens do meu iPhone para não assustar pessoas próximas inocentes.

— Posso fazer isso para você — diz Dinah. — É moleza. O meu faz barulho de pipoca estourando.

— Conte sobre o site primeiro.

— Tudo começou com um tuíte. Alguém da escola me contou. Depois foi se espalhando para outras mídias sociais. Facebook... Pinterest... Google Plus... Você sabe.

Hodges não sabe, mas assente.

— Não me lembro das palavras exatas, mas lembro bem do tuíte. Porque só pode ter cento e quarenta caracteres. Você sabe disso, né?

— Claro — diz Hodges, embora não faça ideia do que é um tuíte.

Sua mão esquerda está tentando ir até a dor na lateral do corpo. Ele a obriga a ficar parada.

— Esse dizia alguma coisa tipo... — Dinah fecha os olhos. É bem teatral, mas, é claro, ela acabou de chegar de um ensaio do clube de teatro. — "Má notícia: um maluco fez o show do 'Round Here ser cancelado. Querem uma notícia boa? Talvez até um brinde? Visitem showruim.com." — Ela abre os olhos. — Não deve ser exatamente isso, mas dá para ter uma ideia.

— Dá, sim. — Ele anota o nome do site no bloco. — E você entrou lá...

— Claro. Um monte de gente entrou. Era meio engraçado. Tinha um vídeo do 'Round Here cantando o single de uns anos atrás, "Kisses on the Midway". E depois de uns vinte segundos tinha o som de explosão e uma voz de pato dizendo "Ah, caramba, show cancelado".

— Não acho isso engraçado — diz Angie. — Vocês todas podiam ter morrido.

— Devia ter mais do que isso — afirma Hodges.

— Claro. Dizia que tinha uns dois mil adolescentes lá, muitos deles em seu primeiro show, e aquilo ferrou toda a experiência. Se bem que, hum, *ferrou* não foi bem a palavra que eles usaram.

— Acho que conseguimos entender qual foi, querida.

— E aí dizia que o patrocinador corporativo do 'Round Here recebeu um monte de aparelhos Zappit e queria distribuí-los. Para meio que compensar pelo show.

— Apesar de isso ter sido quase seis anos atrás? — Angie parece incrédula.

— É. É meio estranho, se a gente parar para pensar.

— Mas você não fez isso — diz Carl. — Não parou para pensar.

Dinah dá de ombros com expressão petulante.

— Eu pensei, mas não achei que tinha problema.

— As famosas últimas palavras — retruca o pai.

— Então você fez o quê? — pergunta Hodges. — Mandou seu nome e endereço por e-mail e recebeu isso — ele aponta para o Zappit — pelo correio?

— Não era só isso — explica Dinah. — A gente tinha que provar que estava no show. Então, fui falar com a mãe de Barb. Você sabe, Tanya.

— Por quê?

— Para pegar as fotos. Acho que guardei as minhas em algum lugar, mas não consegui encontrar.

— Você precisa ver o estado do quarto dela — diz Angie, e dessa vez é ela quem revira os olhos.

A lateral de Hodges começou a latejar de forma lenta e regular.

— Que fotos, Dinah?

— Então, Tanya, e ela não liga de ser chamada assim, nos levou para o show. Fomos eu, Barb, Hilda Carver e Betsy.

— Betsy...

— Betsy DeWitt — responde Angie. — O acordo era que as mães sorteariam quem levaria as garotas. Tanya foi a escolhida. Ela levou a van de Ginny Carver porque era o maior carro.

Hodges assente.

— Então, quando chegamos lá — continua Dinah —, Tanya tirou fotos de todas nós. A gente *tinha* que ter fotos. Parece bobeira, eu acho, mas éramos crianças. Gosto de Mendoza Line e Raveonettes agora, mas na época o 'Round Here era muito importante para nós. Principalmente Cam, o vocalista. Tanya usou nossos celulares. Ou talvez tenha sido o dela, não lembro direito. Mas ela fez cópias para todas nós, só que não consegui encontrar as minhas.

— Você tinha que mandar uma foto para o site para provar que foi ao show.

— Isso, por e-mail. Fiquei com medo de as fotos só mostrarem a gente de pé na frente da van da sra. Carver e de que isso não bastasse, mas tinha duas em que aparecia o auditório Mingo ao fundo, com todas as pessoas na fila. Achei que mesmo isso poderia não bastar, porque não mostrava o letreiro com o nome da banda, mas bastou, e recebi o Zappit pelo correio uma semana depois. Veio em um envelope grande acolchoado.

— Havia remetente?

— Sim. Mas não consigo me lembrar do número da caixa postal, porém o nome era Sunrise Solutions. Deviam ser os patrocinadores da turnê.

É possível, pensa Hodges, *a empresa não estava falida na época*. Mas ele duvida.

— Foi enviado aqui da cidade mesmo?

— Eu não lembro.

— Tenho quase certeza de que foi — diz Angie. — Eu peguei o envelope no chão e joguei no lixo. Eu sou a empregada aqui, sabe?

Ela lança um olhar para a filha.

— Claaaaro — diz Dinah.

No bloco, Hodges escreve: *Sunrise Solutions fica em NY, mas o pacote foi enviado daqui.*

— Quando isso tudo aconteceu, Dinah?

— Eu soube do tuíte e entrei no site ano passado. Não consigo me lembrar da data exata, mas sei que foi antes do Dia de Ação de Graças. E, como falei, chegou rapidinho. Fiquei bem surpresa.

— Então você tem o aparelho há uns dois meses.

— É.

— E não levou nenhum choque?

— Não, nada do tipo.

— Você já teve alguma experiência enquanto estava jogando, o jogo da Pescaria, por exemplo, e perdeu a noção do tempo?

O sr. e a sra. Scott parecem alarmados, mas Dinah abre um sorriso indulgente.

— Você quer dizer tipo uma hipnose? "Você está ficando com sono?"

— Não sei *o que* quero dizer exatamente, mas tudo bem, digamos que sim.

— Não — afirma Dinah, animada. — Além do mais, Pescaria é um jogo idiota. É para criancinhas. Você usa a coisinha que parece um joystick ao lado do teclado para guiar a rede do Pescador Joe, sabe? E ganha pontos pelos peixes que pega. Mas é fácil demais. Eu só dou uma olhada nele de vez em quando para ver se os peixes rosa já estão mostrando os números.

— Números?

— É. A carta que veio com o jogo explicava isso. Prendi no meu quadro de avisos porque eu queria ganhar a scooter. Quer ver?

— Com certeza.

Quando ela sobe a escada para pegar a carta, Hodges pergunta se pode usar o banheiro. Quando entra, ele desabotoa a camisa e olha para a lateral latejante do corpo. Parece meio inchada e quente ao toque, mas ele acha que pode estar imaginando coisas. Ele dá descarga e toma mais dois comprimidos brancos. *Tudo bem?*, pergunta ele à lateral latejante. *Você pode calar a boca um pouquinho e me deixar terminar aqui?*

Dinah tirou boa parte da maquiagem de teatro, e agora é fácil para Hodges imaginá-la com as outras três garotas aos nove ou dez anos, indo ao primeiro show, saltitantes como pipoca no micro-ondas. Ela lhe entrega a carta que veio com o jogo.

No alto da folha há um sol e as palavras SUNRISE SOLUTIONS formando um arco sobre a imagem. Bem o que era de esperar, só que não se parece com nenhum logotipo corporativo que Hodges já tenha visto. É estranhamente amador, como se o original tivesse sido desenhado à mão. A carta se dirigia a

Dinah para dar uma sensação mais pessoal. *Não que alguém fosse se deixar enganar por isso hoje em dia*, pensa Hodges, *quando até a mala direta das companhias de seguro e dos advogados de porta de cadeia vem personalizada.*

Prezada Dinah Scott!
    Parabéns! Esperamos que você goste do seu Zappit, que vem de fábrica com 65 jogos divertidos e desafiadores. Também é equipado com wi-fi, para você poder visitar seus sites favoritos e fazer o download de livros como integrante do Clube do Livro Sunrise! Você está recebendo esse BRINDE para compensar o show que perdeu, mas é claro que esperamos que conte para todos os seus amigos sobre sua maravilhosa experiência com o Zappit. E tem mais! Fique de olho na tela de demonstração do jogo Pescaria e clique sempre que um peixe rosa aparecer, porque um dia, e você não vai saber quando até que aconteça, você vai clicar neles e eles vão virar números! Se os peixes em que você clicar somarem um dos números abaixo, você vai ganhar um PRÊMIO! Mas os números só vão ficar visíveis por um curto espaço de tempo, então FIQUE DE OLHO! Aumente a diversão mantendo contato com outras pessoas da "Família Zappit", entrando em zeetheend. com, onde você também pode pedir seu prêmio se for um dos sortudos! Obrigado, de todos nós na Sunrise Solutions e de toda a equipe Zappit!

Havia uma assinatura ilegível, na verdade quase um rabisco. Abaixo disso:

Números da sorte para Dinah Scott:
1034 = vale-presente de $25 na Deb
1781 = vale-presente de $40 na Atom Arcade
1946 = vale-presente de $50 nos Cinemas Carmike
7459 = Scooter Wave de 50cc (Grande Prêmio)

— Você acreditou nessa baboseira? — pergunta Carl Scott.
Apesar de a pergunta ser feita com um sorriso, Dinah fica com lágrimas nos olhos.
— Tudo bem, então sou burra, e daí?
Carl abraça a filha e beija sua testa.
— Quer saber? Eu também teria acreditado, na sua idade.
— Você ficou de olho nos peixes rosa, Dinah? — pergunta Hodges.
— Sim, checo uma ou duas vezes por dia. É mais difícil do que o jogo porque os peixes rosa são rápidos. Você tem que se concentrar.

Claro que tem, pensa Hodges. Ele está gostando cada vez menos dessa história.

— Mas nada de números, não é?

— Até agora, não.

— Posso levar isso comigo? — pergunta ele, apontando para o Zappit. Ele pensa em dizer que vai devolver depois, mas muda de ideia. Duvida que vá devolver. — E a carta?

— Com uma condição — responde ela.

Hodges, com a dor diminuindo agora, consegue sorrir.

— Pode dizer, garota.

— Fique de olho nos peixes rosa, e se um dos números aparecer *eu* fico com o prêmio.

— Combinado — diz Hodges, pensando: *Alguém quer te dar um prêmio, Dinah, mas duvido que seja uma scooter ou um vale-presente para o cinema.* Ele pega o Zappit e a carta e se levanta. — Quero agradecer a todos pelo seu tempo.

— De nada — diz Carl. — Quando você descobrir que diabos está acontecendo, vai nos contar?

— Pode deixar — afirma Hodges. — Uma última pergunta, Dinah, e se eu parecer idiota lembre-se de que tenho quase setenta anos.

Ela sorri.

— Na escola, o sr. Morton diz que a única pergunta idiota…

— É a que você não faz, eu sei. Sempre pensei igual, então aí vai. Todo mundo na North Side High sabe sobre isso, certo? Sobre os Zappit de graça, os peixes com números e os prêmios?

— Não só na nossa escola, todas as outras também. Twitter, Facebook, Pinterest, Yik Yak… é assim que eles *funcionam*.

— E quem foi ao show e puder provar, pode ganhar um desses.

— Isso.

— E Betsy DeWitt? Ela recebeu um?

Dinah franze a testa.

— Não, e isso é meio esquisito, porque ela ainda tinha as fotos daquela noite e mandou para o site. Mas não foi tão rápida quanto eu, ela vive adiando as coisas, então o estoque deve ter acabado. Se você cochila, perde esse tipo de coisa.

Hodges agradece novamente à família Scott pelo tempo, deseja boa sorte a Dinah com a peça e volta pela calçada até o carro. Quando se senta atrás do volante, está frio o bastante para ver sua respiração. A dor surge de novo: quatro latejares intensos. Ele espera com os dentes trincados, tentando dizer para si mesmo que essas dores novas e intensas são psicossomáticas, porque agora ele sabe qual é o problema, mas a ideia não cola. Dois dias de repente parece um longo tempo para esperar pelo tratamento, mas ele vai esperar. Tem que esperar, porque uma ideia horrível está se formando na mente dele. Pete Huntley não acreditaria, e Izzy Jaynes acharia que ele precisa de uma carona urgente até o hospício mais próximo. Hodges ainda não acredita muito nela, mas as peças estão se juntando, e apesar de a imagem revelada aos poucos ser meio maluca, ela também tem uma lógica terrível.

Ele liga o Prius e vai para casa, onde vai telefonar para Holly e pedir que ela tente descobrir se a Sunrise Solutions patrocinou uma turnê do 'Round Here. Depois disso, vai assistir à TV. Quando não puder mais fingir que se interessa pelo que está passando, vai deitar na cama e ficar acordado até o amanhecer.

Só que ele está curioso em relação ao Zappit verde.

Curioso demais, no fim das contas, para esperar. No caminho entre Allgood Place e a Harper Road, ele entra no estacionamento de um shopping a céu aberto, para na frente de uma tinturaria fechada e liga o aparelho. Ele emite um clarão branco e o Z vermelho aparece, ficando maior até preencher a tela toda de vermelho. Um momento depois, há o clarão branco de novo, e uma mensagem aparece: BEM-VINDO AO ZAPPIT! ADORAMOS JOGAR! APERTE QUALQUER TECLA OU PASSE O DEDO PELA TELA PARA COMEÇAR!

Hodges passa o dedo pela tela, e os ícones dos jogos aparecem em fileiras organizadas. Alguns são versões dos jogos que ele via Allie jogar no shopping quando era garotinha: Space Invaders, Donkey Kong, Pac-Man e a esposa daquele diabinho amarelo, Ms. Pac-Man. Tem também os vários jogos de paciência nos quais Janice Ellerton era viciada e muitas outras coisas das quais Hodges nunca ouviu falar. Ele passa o dedo pela tela de novo e ali está, entre o SpellTower e o Desfile de Moda da Barbie: Pescaria. Ele respira fundo e clica no ícone.

CARREGANDO PESCARIA, a tela avisa. Um pequeno círculo gira por uns dez segundos mais ou menos (parece mais) e a tela de demonstração aparece. Peixes nadam de um lado para outro, ou fazem rodopios, ou sobem e descem na diagonal. Bolhas sobem das bocas e dos rabos em movimento. A água é esverdeada no topo e vai ficando azul mais para o fundo. Uma música toca, mas Hodges não a reconhece. Ele vê e espera sentir alguma coisa. Sono parece a mais provável.

Os peixes são vermelhos, verdes, azuis, dourados e amarelos. Provavelmente, era para serem peixes tropicais, mas eles não têm nada do hiper-realismo que Hodges viu nos comerciais do Xbox e do PlayStation na TV. Esses peixes são basicamente de desenho animado, e bem primitivos, na verdade. *Não é surpresa o Zappit não ter feito sucesso*, pensa ele, mas é verdade que tem alguma coisa meio hipnótica no jeito como os peixes do Pescaria se movem, às vezes sozinhos, às vezes em duplas, de vez em quando em um cardume de arco-íris.

Bingo, lá vem o rosa. Ele clica no peixe, mas está se movendo rápido demais, e ele erra. Hodges murmura "Merda!" baixinho. Olha para a vitrine escura da tinturaria por um momento, pois está se sentindo meio sonolento. Bate de leve na bochecha esquerda e depois na direita com a mão que não está segurando o jogo e olha para baixo. Tem mais peixes agora, indo de um lado para outro em movimentos complicados.

Lá vem outro rosa, e dessa vez ele consegue clicar no peixe antes de ele desaparecer na lateral esquerda da tela. O peixe pisca (quase como quem diz *Tudo bem, Bill, você me pegou desta vez*), mas nenhum número aparece. Ele espera, olha e, quando outro rosa aparece, clica nele. De novo, nenhum número, só um peixe rosa que não existe no mundo real.

A música parece mais alta agora e mais devagar o mesmo tempo. Hodges pensa: *Está mesmo tendo algum tipo de efeito. É leve e provavelmente acidental, mas existe, sim.*

Ele aperta o botão de desligar. A tela pisca uma mensagem, OBRIGADO POR JOGAR, VOLTE LOGO, e fica escura. Ele checa o relógio do painel e fica atônito de ver que está sentado ali olhando para o Zappit há mais de dez minutos. Pareceram dois ou três. Cinco, no máximo. Dinah não falou sobre perder a noção do tempo enquanto olhava para a tela de demonstração do Pescaria, mas ele não perguntou exatamente isso, não foi? Por outro lado, ele tomou dois analgésicos pesados na casa dos Scott, e isso deve ter colaborado com o que acabou de acontecer. Se é que alguma coisa colaborou.

Mas não houve nenhum número.

Os peixes rosa eram só peixes rosa.

Hodges enfia o Zappit no bolso do casaco, junto do celular, e dirige para casa.

3

Freddi Linklatter (ex-colega de Brady no conserto de computadores antes de o mundo descobrir que Brady Hartsfield era um monstro) está sentada à mesa da cozinha, girando um cantil prateado com um dedo enquanto espera o homem com a pasta cara.

Dr. Z é como ele chama a si mesmo, mas Freddi não é boba. Ela sabe o nome que acompanha as iniciais na pasta: Felix Babineau, chefe do departamento de neurologia do Kiner Memorial.

Ele sabe que *ela* sabe? Ela acha que sim e não liga. Mas é estranho. *Muito*. Ele tem sessenta e poucos anos, é das antigas, mas age como uma pessoa bem mais jovem. Uma pessoa que, na verdade, é o paciente mais famoso (mais infame, na verdade) do dr. Babineau.

O cantil gira e gira. Tem *GH & FL p/ sempre* gravado na lateral. Bem, o p/ sempre durou uns dois anos, e Gloria Hollis já foi embora tem um tempinho. Babineau (ou dr. Z, como ele chama a si mesmo, como o vilão de uma história em quadrinhos) foi parte do motivo.

— Ele é sinistro — disse Gloria. — O cara mais velho também. E o dinheiro. É muito dinheiro. Não sei em que eles te meteram, Fred, mas mais cedo ou mais tarde isso vai explodir na sua cara, e não quero ser parte dos danos colaterais.

Claro que Gloria também conheceu outra pessoa, uma pessoa mais bonita que Freddi, que tem o corpo anguloso, queixo quadrado e cicatrizes de acne nas bochechas, mas ela não quer falar dessa parte da história, não mesmo.

O cantil gira e gira.

Tudo pareceu tão simples no começo, e como ela podia recusar o dinheiro? Ela nunca economizou muito quando trabalhava na Ciberpatrulha da Discount Electronix, e o trabalho que conseguiu encontrar como técnica em informática independente quando a loja fechou mal dava para pagar o aluguel. Poderia ter sido diferente se ela tivesse o que Anthony Frobisher, seu antigo chefe, gostava de chamar de "habilidade com as pessoas", mas isso nunca foi o forte dela. Quando o coroa que se apresentava como Z-Boy fez sua proposta (e, meu bom Deus, aquele era *mesmo* um nome de quadrinhos), foi como um presente divino. Ela morava em um apartamento de merda no South Side, na parte da cidade conhecida como Paraíso dos Caipiras, e estava com o aluguel atrasado um mês apesar do dinheiro que o cara já tinha dado para ela. O que ela devia fazer? Recusar cinco mil dólares? Fala sério.

O cantil gira e gira.

O cara está atrasado, talvez nem vá, e isso pode ser o melhor.

Ela se lembra do coroa analisando o apartamento de dois cômodos, com a maioria das coisas dela em sacos plásticos (era fácil demais imaginar aqueles sacos amontoados ao seu redor enquanto ela tentava dormir debaixo de alguma ponte da via expressa).

— Você vai precisar de um apartamento maior — disse ele.

— É, e os fazendeiros da Califórnia precisam de chuva.

Ela se lembra de espiar no envelope que ele lhe entregou. Lembra-se de mexer nas notas de cinquenta, do som reconfortante que faziam.

— Isso é bom, mas quando eu acertar as contas com todas as pessoas a quem devo dinheiro, não vai sobrar muito.

Ela podia se livrar da maioria das pessoas, mas o coroa não precisava saber disso.

— Vai ter mais, e meu chefe vai procurar um apartamento novo para você, onde poderá ter que receber certas entregas.

Isso disparou alguns alarmes.

— Se você está falando em drogas, vamos esquecer esse papo todo.

Ela esticou a mão com o envelope cheio de dinheiro para ele, por mais que doesse. Ele o devolveu com uma careta de desprezo.

— Nada de drogas. Você não vai precisar assinar o recebimento de nada que seja remotamente ilegal.

E ali está ela, em um apartamento de condomínio, perto do lago. Não que ela tenha vista para o lago, do sexto andar, e nem que o lugar seja um palácio. Longe disso, principalmente no inverno. Só dá para ver um brilhinho do lago entre os arranha-céus mais novos e elegantes, mas o vento passa no meio deles muito bem, obrigado, e em janeiro esse vento é *frio*. Ela tem que colocar o termostato em vinte e sete graus e mesmo assim está usando três camisas e ceroula embaixo da calça jeans. Porém o Paraíso dos Caipiras tinha ficado para trás, isso é um feito e tanto, mas a pergunta permanece: é o bastante?

O cantil prateado gira e gira. *GH & FL p/ sempre*. Só que nada é para sempre.

O interfone toca e a faz pular. Ela pega o cantil, a única lembrança dos gloriosos dias de Gloria, e vai até o aparelho. Sufoca a vontade de fazer o sotaque de agente russa de novo. Quer ele se apresente como dr. Babineau ou como dr. Z, o cara é meio assustador. Não assustador como os traficantes de metanfetamina do Paraíso dos Caipiras, mas de um jeito diferente. É melhor fazer tudo direitinho, acabar logo com isso e torcer para não estar muito encrencada se a merda explodir na cara dela.

— É o famoso dr. Z?

— Claro que é.

— Você está atrasado.

— Por acaso estou atrapalhando alguma coisa importante, Freddi?

Não, nada importante. Nada que ela faça é importante atualmente.

— Trouxe o dinheiro?

— Claro. — A voz soa impaciente. O coroa com quem ela começou essa negociação maluca tinha o mesmo jeito impaciente de falar. Ele e o dr. Z não se pareciam nem um pouco, mas *falavam* parecido, o bastante para fazê--la questionar se não eram irmãos. Só que eles também falavam como aquela outra pessoa, seu antigo colega de trabalho. O que acabou se revelando um monstro.

Freddi não quer pensar naquilo tanto quanto não quer pensar nas várias invasões on-line que fez para o dr. Z. Ela aperta o botão ao lado do interfone.

Freddi vai até a porta para esperá-lo e toma um gole de uísque para se preparar. Coloca o cantil no bolso da camisa do meio e enfia a mão no bolso da que tem por baixo, onde ficam as balinhas de menta. Ela acha que o dr. Z não daria a menor bola se sentisse cheiro de álcool no hálito dela, mas sempre chupava uma balinha depois de um gole quando trabalhava na Discount Electronix, e velhos hábitos são difíceis de mudar. Ela tira os cigarros Marlboro do bolso da camisa de cima e acende um. Vai mascarar mais o cheiro da bebida e vai acalmá-la, e se ele não gostar de vê-la fumando, azar o dele.

— Esse cara botou você em um apartamento legal e pagou quase trinta mil dólares em um ano e meio — disse Gloria. — Muita grana para uma coisa que qualquer hacker poderia fazer de olhos fechados, ao menos de acordo com você. Então, *por que* você? E por que tanto?

Mais coisas nas quais Freddi não queria pensar.

Tudo começou com a foto de Brady com a mãe. Ela a encontrou no lixo da Discount Electronix logo depois que a equipe recebeu a notícia de que a loja do Birch Hill Mall ia fechar. O chefe deles, Anthony "Tones" Frobisher, devia tê-la tirado do cubículo de Brady e jogado lá depois que o mundo descobriu quem era o famoso Assassino do Mercedes. Freddi não tinha nenhuma grande simpatia por Brady (embora eles tivessem tido algumas conversas significativas sobre identidade de gênero no passado). Embrulhar a foto e levá-la para o hospital foi puro impulso. E as poucas vezes que ela o visitou depois foram mera curiosidade, além de um pouco de orgulho pela reação dele. Brady *sorriu*.

— Ele reage a você — disse a nova enfermeira-chefe, Scapelli, depois de uma das visitas de Freddi. — Isso é muito incomum.

Quando Scapelli substituiu Becky Helmington, Freddi soube que o misterioso dr. Z, que passou a lhe entregar dinheiro, era na verdade o dr. Felix Babineau. Ela também não pensou nisso. Nem sobre as caixas que começaram a chegar de Terre Haute por caminhão. Nem nos serviços de hacker. Ela se tornou especialista em não pensar, porque quanto mais ela pensava, mais certas conexões ficavam óbvias. E tudo por causa da porcaria da foto. Freddi desejava ter resistido ao impulso, mas a mãe tinha um ditado: O tarde demais sempre chega cedo demais.

Ela ouve os passos dele no corredor. Abre a porta antes que o homem possa tocar a campainha, e a pergunta sai antes que ela saiba que vai perguntar.

— Conte a verdade, dr. Z. Você é o Brady?

4

Hodges mal passa pela porta e ainda está tirando o casaco quando o celular toca. Ele o pega e atende a ligação.

— Oi, Holly.

— Você está bem?

Ele consegue ver muitas ligações dela começando com essa mesma frase. Bem, é melhor do que *Morra, filho da puta*.

— Estou, sim.

— Mais um dia e você começa o tratamento. E quando começar, não vai parar. O que os médicos disserem, você vai fazer.

— Não precisa se preocupar. O que foi combinado está combinado.

— Vou parar de me preocupar quando você estiver livre do câncer.

Não, Holly, ele pensa, e fecha os olhos por causa do ardor inesperado das lágrimas. *Não faça isso*.

— Jerome chega esta noite. Ligou do avião para perguntar sobre Barbara, e contei para ele tudo que ela me contou. Ele vai chegar às onze. Que bom que saiu na hora que saiu, porque há uma tempestade a caminho. Estão dizendo que vai ser bem ruim. Eu me ofereci para alugar um carro para ele como faço com você quando sai da cidade. É mais fácil agora que temos a conta corporativa...

— Que você exigiu até eu ceder. Acredite, eu sei.

— Mas ele não precisa de carro. O pai vai buscá-lo. Eles vão ver Barbara às oito da manhã e levá-la para casa se o médico liberar. Jerome disse que pode estar no nosso escritório às dez se estiver tudo bem.

— Parece ótimo — diz Hodges, secando os olhos. Ele não sabe o quanto Jerome pode ajudar, mas sabe que vai ser bom vê-lo. Muito bom. — Qualquer coisa a mais que ele possa descobrir com ela sobre aquele maldito aparelho...

— Eu pedi para ele fazer isso. Você pegou o de Dinah?

— Peguei. E experimentei. Tem alguma coisa na demonstração do Pescaria. Deixa a pessoa sonolenta se olhar demais. Puramente acidental, acho, e não vejo como a maioria das crianças seria afetada, porque elas iam querer ir direto para o jogo.

Ele conta o resto do que descobriu com Dinah.

— Então Dinah não ganhou o Zappit do mesmo jeito que Barbara e a sra. Ellerton — diz Holly.

— Não.

— E não se esqueça de Hilda Carver. O homem que se apresentou como Myron Zakim deu um para ela também. Só que o dela não funcionava. Barb disse que só emitiu um brilho azul e morreu. Você viu algum brilho azul?

— Não. — Hodges está espiando o pouco que tem na geladeira em busca de alguma coisa que o estômago possa aceitar e escolhe um pote de iogurte de banana. — E havia os peixes rosa, mas quando consegui clicar em dois, o que não é fácil, por sinal, nenhum número apareceu.

— Aposto que apareceu no da sra. Ellerton.

Hodges também acha. É cedo para generalizar, mas ele está começando a pensar que os peixes-número só aparecem nos Zappit que foram entregues pelo homem com a pasta elegante, Myron Zakim. Hodges também acha que alguém está fazendo um joguinho com a letra Z, e junto com um interesse mórbido por suicídio, jogos eram parte do modus operandi de Brady Hartsfield. Só que Brady está entrevado no quarto do Kiner Memorial, caramba. Hodges fica se deparando com esse fato irrefutável. Se Brady Hartsfield tivesse capangas para fazer seu trabalho sujo, e está começando a parecer que tem, como os está comandando? E por que as pessoas fariam qualquer coisa por ele?

— Holly, preciso que você ligue o computador e verifique uma coisa. Não é nada de mais, só um pingo faltando em um *i*.

— Diga.

— Quero saber se a Sunrise Solutions patrocinou a turnê do 'Round Here de 2010, quando Hartsfield tentou explodir o auditório Mingo. Ou *qualquer* turnê do 'Round Here.

— Posso fazer isso. Você já jantou?

— Estou cuidando disso agora.

— Que bom. Vai comer o quê?

— Bife, batata palha e salada — diz Hodges, olhando para o pote de iogurte com uma mistura de repulsa e resignação. — Tenho um pouco de torta de maçã para a sobremesa.

— Esquente no micro-ondas e coloque uma bola de sorvete de creme em cima. Fica uma delícia!

— Vou levar isso em consideração.

Ele não deveria ficar impressionado quando ela liga cinco minutos depois com a informação que ele pediu, é só Holly sendo Holly, mas fica mesmo assim.

— Meu Deus, Holly, já?

Sem ideia de que está citando Freddi Linklatter quase palavra por palavra, Holly diz:

— Peça algo difícil da próxima vez. Você talvez não saiba, mas o 'Round Here se desfez em 2013. Essas boy bands parecem não durar muito.

— Não — diz Hodges. — Quando eles começam a precisar fazer a barba, as garotas perdem o interesse.

— Eu não teria como saber — comenta Holly. — Sempre fui fã do Billy Joel. E do Michael Bolton.

Ah, Holly, pensa Hodges com tristeza. E não pela primeira vez.

— Entre 2007 e 2012, o grupo fez seis turnês no país. As primeiras quatro foram patrocinadas pelo Sharp Cereals, que distribuía amostras grátis nos shows. As duas últimas, inclusive a do Mingo, foram patrocinadas pela PepsiCo.

— Nenhuma Sunrise Solutions.

— Não.

— Obrigado, Holly. Vejo você amanhã.

— Sim. Você já está jantando?

— Me sentando para jantar agora.

— Tudo bem. E tente ver Barbara antes de começar o tratamento. Ela precisa de rostos amigos, porque o problema dela ainda não passou totalmente. Ela disse que parecia que tinha deixado um rastro de gosma dentro da cabeça dela.

— Vou fazer isso, com certeza — diz Hodges, mas é uma promessa que ele não pode cumprir.

5

Você é Brady?

Felix Babineau, que às vezes se apresenta como Myron Zakim e às vezes como dr. Z, sorri com a pergunta. Franze as bochechas não barbeadas de uma forma bem sinistra. Essa noite ele está usando um *ushanka* de pele em vez do chapéu Trilby, e o cabelo branco fica aparecendo sob a aba. Freddi queria não ter feito a pergunta, queria não ter que deixá-lo entrar, queria nunca ter ouvido falar dele. Se ele *for* Brady, é uma casa mal-assombrada ambulante.

— Não faça perguntas que não queira saber a resposta — diz ele.

Ela quer deixar pra lá e não consegue.

— Porque você fala como ele. E aquela alteração de programação que o outro cara trouxe para mim depois que as caixas chegaram... era coisa de Brady. Era tão a cara dele que nem precisava de assinatura.

— Brady Hartsfield é um semicatatônico que mal consegue andar, muito menos escrever uma alteração de programação para ser usada em um bando de aparelhos de jogos eletrônicos obsoletos. Eu não recebi o dinheiro prometido daqueles merdas da Sunrise Solutions e isso me deixa puto da vida.

Me deixa puto da vida. Uma expressão que Brady usava o tempo todo nos dias da Ciberpatrulha, normalmente para se referir ao chefe ou a um cliente idiota que tinha derramado café com leite na CPU.

— Você está sendo muito bem paga, Freddi, e está quase terminando. Por que não deixamos assim?

Ele passa por ela sem esperar resposta, coloca a pasta na mesa e abre. Tira um envelope com as iniciais dela, FL, escritas na frente. As letras são inclinadas para trás. Durante os anos que passou na Ciberpatrulha da Discount Electronix, ela viu uma caligrafia similar, também inclinada para a esquerda, em centenas de ordens de serviço. Eram todas de Brady.

— Dez mil — diz o dr. Z. — O pagamento final. Agora, vá trabalhar.

Freddi estica a mão para o envelope.

— Não precisa esperar, se não quiser. O resto é basicamente automático. É como programar um despertador.

E, se você for mesmo Brady, pensa ela, *poderia fazer sozinho. Sou boa nisso, mas você era melhor.*

Ele deixa os dedos dela tocarem o envelope, porém depois o afasta.

— Eu vou ficar. Não que não confie em você.

Certo, pensa Freddi. *Até parece.*

As bochechas dele se franzem novamente naquele sorriso perturbador.

— E, quem sabe? Talvez a gente tenha sorte e veja a primeira conexão.

— Aposto que a maior parte das pessoas que receberam aqueles Zappits já jogou o aparelho fora. É um maldito *brinquedo*, e alguns nem funcionam. Como você mesmo falou.

— Deixe que eu me preocupo com isso — afirma o dr. Z.

Mais uma vez, as bochechas se franzem e se repuxam. Os olhos dele estão vermelhos, como se tivesse fumado maconha. Ela pensa em perguntar o que exatamente eles estão fazendo e o que ele espera conseguir com isso... mas já tem uma ideia, e será que quer ter certeza? Além do mais, se ele *for* Brady, que mal pode fazer? Ele tinha centenas de ideias, todas impossíveis.

Bem.

A maioria.

Ela segue para o que era para ser um quarto de hóspedes e agora se tornou seu escritório, o tipo de refúgio eletrônico com o qual sempre sonhou e para o qual nunca teve dinheiro. Um esconderijo que Gloria, com sua beleza, gargalhada contagiosa e "habilidade em lidar com pessoas" nunca conseguiu entender. Lá dentro, os aquecedores não funcionam direito e é cinco graus mais frio do que o resto do apartamento. Os computadores não se importam. Eles até gostam.

— Vá em frente — diz ele. — Trabalhe.

Ela se senta em frente ao desktop MAC de última geração, com a tela de vinte e sete polegadas, dá um clique para sair do modo de suspensão e digita a senha, uma sequência aleatória de números. Tem uma pasta marcada com a letra Z, que ela abre com outra senha. As subpastas são intituladas Z-1 e Z-2. Ela usa uma terceira senha para abrir a Z-2, depois começa a digitar rapidamente no teclado. Dr. Z fica olhando por cima de seu ombro esquerdo. Ele é uma presença perturbadoramente negativa no começo, mas ela logo se distrai com o que está fazendo, como sempre acontece.

Não que demore; o dr. Z já lhe entregou o programa pronto, e executá-lo é brincadeira de criança. À direita do computador, em uma prateleira alta, há um repetidor de sinal da Motorola. Quando ela termina, apertando simultaneamente a tecla COMMAND e a tecla Z, o repetidor ganha vida. Uma única palavra aparece em pontinhos amarelos: PROCURANDO. Ela pisca como um sinal de trânsito em um cruzamento deserto.

Eles esperam, e Freddi percebe que está prendendo a respiração. Ela a solta de repente, estufando por um momento as bochechas magras. Começa a se levantar, mas o dr. Z coloca a mão em seu ombro.

— Vamos esperar um pouco mais.

Eles esperam cinco minutos, sendo o único som o zumbido do equipamento dela e o sopro do vento vindo do lago congelado. PROCURANDO pisca sem parar.

— Tudo bem — diz ele, por fim. — Eu sabia que era ter esperanças demais. Tudo em seu tempo, Freddi. Vamos voltar para a sala. Vou dar a você seu pagamento final e vou seguir meu cami…

PROCURANDO em luzes amarelas de repente vira um ENCONTRADO em verde.

— É isso! — grita ele, fazendo-a pular. — É isso, Freddi! Ali está o primeiro!

Qualquer dúvida que restava é eliminada, e ela tem certeza. Aquele grito de triunfo bastou. É Brady, sim. Ele se tornou uma matriosca viva, o que combina perfeitamente com o chapéu russo de pele. Se olhar dentro de Babineau, há o dr. Z. Se olhar dentro do dr. Z, lá dentro, manipulando todas as alavancas, há Brady Hartsfield. Só Deus sabe como pode ser, mas é.

ENCONTRADO em verde é substituído por CARREGANDO em vermelho. Depois de poucos segundos, CARREGANDO é substituído por CONCLUÍDO. Então, o repetidor começa a procurar de novo.

— Tudo bem — diz ele. — Estou satisfeito. Está na hora de ir embora. A noite foi agitada, e ainda não acabei.

Ela o segue até a sala e fecha a porta do esconderijo eletrônico ao passar. Tomou uma decisão que provavelmente deveria ter tomado bem antes. Assim que ele for embora, ela vai desligar o repetidor e apagar o programa. Quando isso estiver feito, vai arrumar as malas e partir para um motel. Amanhã, ela vai sair da cidade e seguir para o sul da Flórida. Não quer mais nada com o dr. Z nem com seu braço direito, Z-Boy, nem com o inverno do Meio-Oeste.

O dr. Z coloca o casaco, mas vai até a janela em vez de ir para a porta.

— A vista não é grande coisa. Tem arranha-céus demais no caminho.

— É, é uma droga mesmo.

— Mas é melhor do que a minha — diz ele, sem se virar. — A única coisa que tive para olhar nos últimos cinco anos e meio foi um estacionamento.

De repente, ela chega ao limite. Se ele ainda estiver na mesma sala que ela nos próximos sessenta segundos, vai ficar histérica.

— Me dê a porra do meu dinheiro. Me entregue e saia daqui. Nossa negociação acabou.

Ele se vira. Na mão está a pistola de cano curto que ele usou na esposa de Babineau.

— Você está certa, Freddi. Acabou mesmo.

Ela reage imediatamente. Derruba a pistola da mão dele, chuta sua virilha, o acerta com golpes de caratê estilo Lucy Liu quando ele se dobra para a frente e sai correndo pela porta gritando como uma louca. Esse clipe mental é exibido em cores e som Dolby Digital enquanto ela fica parada, imóvel. A arma dispara. Ela cambaleia dois passos para trás, bate na poltrona onde se senta para ver TV, desaba por cima e rola para o chão de cabeça. O mundo começa a escurecer e desaparecer. Sua última sensação é calor — acima quando ela começa a sangrar e embaixo quando a bexiga fica frouxa.

— O pagamento final, como prometido. — As palavras parecem vir de muito longe.

A escuridão engole o mundo. Freddi afunda nela e se esvai.

6

Brady fica totalmente imóvel, vendo uma poça de sangue se formar embaixo dela. Ele está prestando atenção para ver se alguém vai bater à porta, querendo saber se está tudo bem. Não espera que isso aconteça, mas é melhor prevenir do que remediar.

Depois de uns noventa segundos, ele coloca a arma de volta no bolso do sobretudo, ao lado do Zappit de Babineau. Ele não consegue resistir a dar mais uma olhada no escritório antes de ir embora. O repetidor continua sua busca infinita e automatizada. De forma imprevisível, ele concluiu uma jornada incrível. Quais vão ser os resultados finais é impossível prever, mas de que vai haver *algum* resultado ele tem certeza. E vai corroer o velho Det. Apos. como ácido. A vingança é mesmo melhor servida fria.

Ele tem o elevador só para si quando desce. O saguão também está vazio. Ele sai do prédio, dobra a esquina, levantando a gola do sobretudo caro de Babineau para se proteger do vento, e destranca a BMW do médico. Entra no carro e o liga, mas só por causa do aquecimento. Uma coisa precisa ser feita antes de ele ir para o destino seguinte. Ele não *quer* fazer isso, porque, por mais falho que seja como ser humano, Babineau tem uma mente absurdamente inteligente, e boa parte dela ainda está intacta. Destruir essa mente é bem parecido com quando aqueles caras burros e supersticiosos do ISIS explodem tesouros insubstituíveis da arte e da cultura. Mas precisa ser feito. Brady não quer correr nenhum risco, porque o corpo também é um tesouro. Sim, Babineau tem a pressão um pouco alta e a audição anda piorando nos últimos anos, mas as partidas de tênis e as idas à academia do hospital duas vezes por semana mantiveram os músculos em boa forma. O coração bate a setenta batimentos por minuto, sem falhar. Ele não sofre de ciática, de gota, de catarata e nem de nenhuma outra abominação que afeta muitos homens da idade dele.

Além do mais, o bom médico é tudo que ele tem, ao menos por enquanto.

Com isso em mente, Brady se volta para dentro e encontra o que resta da consciência de Felix Babineau, o cérebro dentro do cérebro. Está maltratado, massacrado e fraco por causa das ocupações repetidas de Brady, mas ainda está lá, ainda Babineau, ainda capaz (teoricamente, ao menos) de retomar o controle. Mas está indefeso, como uma criatura desprovida da casca. Não é exatamente carne; o cerne de Babineau é formado mais de fios densamente reunidos, feitos de luz.

Não sem lamentar, Brady os agarra com a mão fantasma e os destrói.

7

Hodges passa a noite comendo lentamente o iogurte e vendo The Weather Channel. A tempestade de inverno, ridiculamente batizada de Eugenie pelos sabichões do canal, ainda está se aproximando e deve chegar à cidade no fim do dia seguinte.

— É difícil ser mais preciso agora — diz o sabichão careca de óculos para a sabichona loura estonteante de vestido vermelho. — Essa dá um novo significado ao termo "trânsito arrastado".

A sabichona estonteante ri como se seu parceiro de meteorologia tivesse dito uma coisa absurdamente inteligente, e Hodges usa o controle remoto para se livrar deles.

Zapeador, pensa ele, olhando para o controle remoto. É assim que chamam essas coisas. Uma invenção e tanto se pararmos para pensar. Dá para acessar centenas de *canais diferentes pelo controle remoto. Não precisa nem se levantar. Como se você estivesse dentro da televisão em vez de na sua cadeira. Ou nos dois lugares ao mesmo tempo. É meio que um milagre, na verdade.*

Quando ele vai para o banheiro escovar os dentes, o celular vibra. Ele olha para a tela e tem que rir, apesar de doer. Agora que está na privacidade do seu lar, sem ninguém para ser incomodado pelo alerta de mensagem do *home run*, seu antigo parceiro decide ligar.

— Oi, Pete, legal saber que você ainda se lembra do meu número.

Pete não tem tempo para amenidades.

— Vou lhe dizer uma coisa, Kermit, e se você decidir seguir por conta própria, sou como o sargento Schultz em *Guerra, sombra e água fresca*. Lembra dele?

— Claro. — O que Hodges sente nas entranhas agora não é uma câimbra de dor, mas de empolgação. É estranho o quanto são parecidas. — Não sei de nada.

— Certo. Tem que ser assim, porque no que diz respeito a esse departamento, o assassinato de Martine Stover e o suicídio da mãe dela são oficialmente um caso encerrado. Nós não vamos reabri-los por causa de uma coincidência, e isso vem de cima. Ficou claro?

— Como água — diz Hodges. — Qual é a coincidência?

— A enfermeira-chefe da Clínica de Traumatismo do Kiner Memorial cometeu suicídio ontem à noite. Ruth Scapelli.

— Eu soube.

— Enquanto estava em uma de suas peregrinações para visitar o maravilhoso sr. Hartsfield, eu presumo.

— É.

Não era necessário dizer a Pete que ele não chegou a ver o maravilhoso sr. Hartsfield.

— Scapelli tinha um daqueles joguinhos eletrônicos. Um Zappit. Aparentemente o jogou no lixo antes de sangrar até a morte. Um dos caras da perícia encontrou.

— Ah. — Hodges volta para a sala e se senta, fazendo uma careta quando o corpo se contrai de dor. — E isso é sua ideia de coincidência?

— Não necessariamente minha — diz Pete, com um suspiro.

— Mas?

— Mas eu quero me aposentar em paz, caramba! Se houver alguma coisa a ser investigada aqui, Izzy pode fazer isso.

— Mas Izzy não quer fazer porra nenhuma.

— Não. Nem o capitão, nem o comissário.

Ao ouvir isso, Hodges é obrigado a revisar levemente sua opinião, quando taxou o antigo parceiro como um caso perdido.

— Você falou com eles? Tentou seguir com o caso?

— Com o capitão. Mesmo com as objeções de Izzy Jaynes, devo acrescentar. Objeções *bem fortes*. O capitão falou com o comissário. Esta noite, recebi ordem de deixar isso pra lá, e você sabe por quê.

— Sei. Porque Brady Hartsfield está ligado aos dois casos. Martine Stover foi uma das vítimas dele no City Center. Ruth Scapelli era sua enfermeira. Um repórter moderadamente inteligente levaria uns seis minutos para juntar tudo e criar uma boa matéria apavorante. Foi isso que você ouviu do capitão Pedersen?

— Foi. Ninguém na administração da polícia quer que os holofotes se voltem para Hartsfield, não com ele ainda sendo avaliado como incompetente e incapaz de ajudar na própria defesa e, por isso, de ir a julgamento. Droga, ninguém no governo da cidade quer.

Hodges fica em silêncio, pensando profundamente, talvez mais profundamente do que em qualquer outra ocasião da vida. Ele aprendeu a expressão "atravessar o Rubicão" quando ainda estava no ensino médio e compreendeu o significado sem precisar da explicação da sra. Bradley: tomar uma decisão irrevogável. O que ele descobriu depois, às vezes para o próprio azar, foi que normalmente as pessoas chegam aos Rubicões despreparadas. Se ele disser para Pete que Barbara Robinson também tinha um Zappit e também podia estar pensando em suicídio quando matou aula e foi para Lowtown, Pete vai ter que voltar a conversar com Pedersen. Dois suicídios relacionados a Zappits podem ser enquadrados como coincidência, mas três? E, tudo bem, Barbara não conseguiu, graças a Deus, mas ela é mais uma pessoa com ligação com Brady. Estava no show do 'Round Here, afinal. Junto com Hilda Carver e Dinah Scott, que *também* receberam Zappits. Mas há policiais capazes de acreditar no que ele próprio está começando a acreditar? É uma pergunta importante, porque Hodges ama Barbara Robinson e não quer ver a privacidade dela violada sem a garantia de resultados concretos.

— Kermit? Você está aí?

— Estou pensando. Scapelli recebeu algum visitante ontem à noite?

— Não sei dizer, porque os vizinhos não foram entrevistados. Foi suicídio, não assassinato.

— Olivia Trelawney também cometeu suicídio — fala Hodges. — Lembra?

É a vez de Pete ficar em silêncio. Claro que ele lembra, e também lembra que foi um suicídio *assistido*. Hartsfield plantou um malware horrível no computador dela, fazendo com que ela pensasse estar sendo assombrada pelo fantasma de uma jovem mãe morta no City Center. Ajudou o fato de que boa parte da cidade passou a acreditar que o descuido de Olivia Trelawney em ter deixado a chave na ignição foi parcialmente responsável pelo massacre.

— Brady sempre gostou…

— Eu sei do que ele sempre gostou — interrompe Pete. — Não precisa elaborar. Tenho outra coisa para você, se quiser.

— Manda.

— Conversei com Nancy Alderson hoje, às cinco da tarde.

Que bom, Pete, pensa Hodges. *Está fazendo mais do que só bater o ponto nas suas últimas semanas, que bom.*

— Ela disse que a sra. Ellerton tinha comprado um computador novo para a filha. Para o curso on-line. Disse que está debaixo da escada do porão, ainda na caixa. Ellerton ia presentear Martine no seu aniversário, que era no mês seguinte.

— Ela estava fazendo planos futuros, em outras palavras. Não soa como uma mulher pensando em se suicidar, não é?

— Não, eu diria que não. Tenho que ir, Kerm. A peteca está com você. Pode deixar ela cair ou não. Você decide.

— Obrigado, Pete. Agradeço as dicas.

— Eu queria que fosse como antigamente — comenta Pete. — A gente teria ido atrás dessa história até chegarmos ao fundo dela.

— Mas não é.

Hodges está massageando a lateral do corpo de novo.

— Não. Não é. Cuide-se. Ganhe um pouco de peso.

— Vou me esforçar — diz Hodges, mas está falando sozinho. Pete já desligou.

Ele escova os dentes, toma um analgésico e coloca o pijama devagar. Depois, vai para cama e olha para a escuridão, esperando o sono ou o amanhecer, o que vier primeiro.

8

Brady tomou o cuidado de pegar o crachá de Babineau em cima da cômoda depois de vestir as roupas do médico, porque a tarja magnética na parte de trás o transforma em um passe com total acesso. Às dez e meia daquela noite, por volta do momento em que Hodges está enchendo a cara de Weather Channel, ele o usa pela primeira vez para entrar no estacionamento dos funcionários atrás do prédio principal do hospital. O estacionamento fica lotado durante o dia, mas a essa hora há várias vagas para escolher. Ele escolhe a vaga mais distante possível que consegue do brilho penetrante das lâmpadas de vapor de sódio. Reclina o assento do carro luxuoso do dr. B e desliga o motor.

Ele adormece e se vê atravessando uma névoa leve de lembranças desconectadas, tudo que resta de Felix Babineau. Sente o gosto do batom de menta da primeira garota que ele beijou, Marjorie Patterson, na East Junior High, em Joplin, Missouri. Vê uma bola de basquete com a palavra VOIT impressa em letras pretas quase apagadas. Sente calor na fralda quando faz xixi enquanto colore, atrás do sofá da avó, um dinossauro enorme coberto de veludo verde desbotado.

Parece que as lembranças da infância são as últimas a desaparecer.

Pouco depois das duas da manhã, ele se encolhe ao ter uma lembrança vívida do pai batendo nele por brincar com fósforos no sótão de casa e acorda assustado, ofegando no banco da BMW. Por um momento, o detalhe mais claro da lembrança permanece presente: uma veia pulsando no pescoço vermelho do pai, logo acima da gola da camisa polo azul.

Mas agora ele é Brady de novo, vestindo a pele de Babineau.

9

Enquanto ficou praticamente confinado no quarto 217 e em um corpo que não funciona mais, Brady teve meses para planejar, revisar os planos e revisar as revisões. Cometeu erros no caminho (ele gostaria de nunca ter usado Z-Boy para mandar uma mensagem para Hodges pelo Blue Umbrella, por exemplo, e devia ter esperado mais tempo antes de ir atrás de Barbara Robinson), mas perseverou, e ali está ele, à beira do sucesso.

Ele ensaiou mentalmente essa parte da operação dezenas de vezes, e agora segue com confiança. O crachá de Babineau o permite entrar pela porta sinalizada como MANUTENÇÃO A. Nos pisos acima, os geradores do hospital são ouvidos como um zumbido baixo, se é que são ouvidos. Ali embaixo são um retumbar permanente, e o corredor está sufocante e quente. Mas está deserto, como era esperado. Um hospital grande como aquele nunca cai em sono profundo, porém, durante a madrugada, fecha os olhos e tira um cochilo.

A sala de descanso da equipe de manutenção também está vazia, assim como o chuveiro e o vestiário. Cadeados protegem alguns dos armários, mas a maioria está aberta. Ele experimenta um após o outro, verificando os tamanhos até encontrar uma camisa cinza e uma calça de brim do tamanho aproximado de Babineau. Ele tira as roupas do médico e as coloca no meio das coisas do funcionário da manutenção, sem deixar de transferir o vidro de comprimidos que pegou no banheiro de Babineau. É uma mistura potente dos remédios de Babineau e os da esposa. Em um dos ganchos junto aos chuveiros ele vê o toque final: um boné vermelho e azul dos Groundhogs. Ele pega, ajeita a tira de plástico atrás e o afunda sobre a testa, tomando cuidado para cobrir todo o cabelo branco de Babineau.

Ele atravessa a Manutenção A e vira à direita na lavanderia do hospital, que está úmida, além de quente. Duas faxineiras estão sentadas em cadeiras de plástico entre duas fileiras de secadoras Foshan gigantescas. As duas estão dormindo pesado, uma com uma caixa virada de biscoitos se espalhando no colo da saia de náilon verde. Um pouco depois, passando as máquinas de lavar, há dois carrinhos de roupas parados junto à parede de concreto. Um está cheio de camisolas de hospital, e o outro, cheio de lençóis limpos. Brady pega algumas camisolas, coloca em cima dos lençóis bem dobrados e empurra o carrinho pelo corredor.

É preciso fazer uma troca de elevadores e atravessar a passarela para chegar ao Balde, e ele vê exatamente quatro pessoas no caminho. Duas são enfermeiras cochichando em frente a um armário de suprimentos médicos; duas são residentes na sala dos médicos, rindo baixinho por causa de alguma coisa em um laptop. Nenhum deles repara no cara da manutenção do turno da madrugada, com a cabeça baixa, enquanto empurra um carrinho cheio de roupas.

O ponto em que tem mais chance de ser notado (e talvez reconhecido) é a recepção no meio do Balde. Mas uma das enfermeiras está jogando paciência no computador, e a outra está fazendo anotações, apoiando a cabeça na mão livre. Esta percebe movimento pelo canto do olho e, sem levantar a cabeça, pergunta como ele está.

— Estou bem — responde Brady. — Mas está frio hoje.

— É, ouvi que tem neve a caminho.

Ela boceja e volta às anotações.

Brady empurra o carrinho pelo corredor, parando um pouco antes do quarto 217. Um dos segredinhos do Balde é que aqui os quartos dos pacientes têm duas portas, uma sinalizada, e a outra, não. As não sinalizadas dão para os armários, o que torna possível repor o estoque de lençóis ou outras necessidades à noite sem incomodar o descanso dos pacientes... ou suas mentes perturbadas. Brady pega um punhado de camisolas, dá uma olhada rápida ao redor para ter certeza de que não está sendo observado e entra pela porta não sinalizada. Um momento depois, está olhando para si mesmo. Durante anos ele fez todos acreditarem que Brady Hartsfield é o que os funcionários do Balde chamam (mas apenas entre si) de vegetal, lesado ou LASNEC: luzes acesas sem ninguém em casa. Agora, ele é isso mesmo.

Ele se inclina e toca uma bochecha com a barba por fazer. Passa o polegar pela pálpebra fechada, sentindo a curva do globo ocular abaixo. Levanta a mão e a coloca delicadamente na colcha com a palma virada para cima. Do bolso da calça cinza emprestada, ele pega o vidro de comprimidos e coloca meia dúzia deles na palma virada. *Tome, engula*, pensa ele. *Esse é meu corpo, inutilizado para você.*

Ele entra no corpo inútil uma última vez. Nem precisa usar o Zappit para fazer isso agora, ou ter medo de Babineau tomar o controle e fugir como na história do Homem Biscoito. Com a mente de Brady fora do corpo, Babineau é o vegetal. Não tem nada lá além da lembrança da camisa polo do pai.

Brady olha ao redor dentro da própria cabeça, como um homem dando uma última verificada em um quarto de hotel depois de uma longa estadia. Alguma coisa esquecida no armário? Um tubo de pasta de dente largado no banheiro? Quem sabe uma abotoadura embaixo da cama?

Não. Tudo está guardado, e o quarto está vazio. Ele fecha a mão, odiando o jeito arrastado como os dedos se movem, como se as juntas estivessem cheias de areia. Abre a boca, aproxima os comprimidos e os coloca lá dentro. Mastiga. O gosto é amargo. Enquanto isso, Babineau desabou no chão. Brady engole uma vez. E mais outra. Pronto. Está feito. Ele fecha os olhos e, quando os abre de novo, está olhando para baixo da cama, para um par de chinelos que Brady Hartsfield nunca mais vai usar.

Ele fica de pé com o corpo de Babineau, limpa a roupa e dá mais uma olhada no corpo que o carregou por aí durante quase trinta anos. O que parou de ser útil para ele quando acertaram sua cabeça pela segunda vez no auditório Mingo, pouco antes de ele poder detonar os explosivos plásticos presos na lateral da cadeira de rodas. Houve uma época em que ele poderia achar que esse passo drástico teria um efeito nele, achar que sua consciência e todos os seus planos grandiosos morreriam junto com aquele corpo. Não mais. O cordão umbilical foi cortado. Ele atravessou o Rubicão.

Tchau, Brady, pensa ele, *foi bom conhecer você.*

Dessa vez, quando empurra o carrinho pela recepção, a enfermeira que estava jogando paciência sumiu, provavelmente foi ao banheiro. A outra está dormindo em cima das anotações.

10

São quinze para as quatro agora, e há muito para fazer.

Depois de vestir as roupas de Babineau, Brady sai do hospital do mesmo jeito que entrou e dirige para Sugar Heights. Como o silenciador caseiro de Z-Boy já era, e um tiro não silenciado provavelmente vai chamar atenção em um bairro chique como aquele (onde os seguranças da Serviços de Segurança Vigilante nunca estão a mais de um ou dois quarteirões de distância), ele para no Valley Plaza, que fica no caminho. Verifica se tem viaturas da polícia no estacionamento, não vê nenhuma e dirige até os fundos, até a área de carga e descarga do Discount Home Furnishings.

Deus, é tão bom estar na rua! *Maravilhoso pra caralho!*

Ele respira o ar frio do inverno enquanto anda até a frente da BMW, enrolando a manga do sobretudo caro de Babineau ao redor do cano curto da .32 no caminho. Não vai ser tão eficiente quanto o silenciador de Z-Boy, e ele sabe que é um risco, mas não muito grande. Só um tiro. Ele olha para cima primeiro, querendo ver as estrelas, mas nuvens obstruíram o céu. Ah, bem, vão existir outras noites. Muitas delas. Possivelmente, milhares. Ele não está limitado ao corpo de Babineau, afinal.

Ele mira e dispara. Um buraquinho aparece no para-brisa da BMW. Agora vem outro risco: dirigir os quase dois quilômetros até Sugar Heights com um buraco de bala no vidro logo acima do volante, mas é a hora da noite em que as ruas do subúrbio estão vazias e os policiais estão cochilando, principalmente nos melhores bairros.

Faróis se aproximam dele duas vezes, e Brady prende a respiração, mas nas duas vezes os carros passam sem diminuir a velocidade. O ar de janeiro entra pelo buraco de bala e faz um barulho agudo. Ele consegue chegar à McMansão de Babineau sem incidentes. Não há necessidade de digitar a senha dessa vez; ele só aciona o controle remoto do portão preso no quebra-sol. Quando chega no fim do caminho de entrada, sobe no gramado coberto de neve, passa por cima de um trecho de neve dura, acerta um arbusto e para.

Lar, doce lar, lá-lá-lá.

O único problema é que ele se esqueceu de levar uma faca. Poderia pegar uma na casa, pois tem mais uma coisa que precisa ser feita, mas não quer fazer duas viagens. Ele tem quilômetros a percorrer antes de dormir e está ansioso para começar a agir. Então, abre o painel central e começa a mexer lá dentro. Era de esperar que um dândi como Babineau tivesse acessórios de cuidados pessoais, talvez um cortador de unha... mas não encontra nada. Ele olha no porta-luvas, e na pasta com os documentos do carro (de couro, claro) encontra um cartão da seguradora Allstate plastificado. Vai servir. Afinal, a seguradora afirma que seu público está em boas mãos.

Brady puxa a manga do sobretudo de casimira junto com a camisa embaixo, depois passa um canto do cartão plastificado no antebraço. Não produz nada além de uma linha vermelha fina. Ele repete o gesto com bem mais força, os lábios repuxados em uma careta de dor. Dessa vez, a pele se abre e o sangue escorre. Ele sai do carro com o braço levantado e se inclina para dentro. Derrama gotas primeiro no banco e depois no volante. Não tem muito, mas não é preciso haver muito. Não quando for somado ao buraco de bala no para-brisa.

Ele sobe os degraus da varanda, e cada passo é um pequeno orgasmo. Cora está deitada embaixo do cabideiro no saguão, tão morta quanto antes. Al da Biblioteca ainda está dormindo no sofá. Brady o sacode, e quando o outro homem só resmunga, segura Al com as duas mãos e o empurra para o chão. Al abre os olhos.

— Hã? O que houve?

O olhar é atordoado, mas não completamente vazio. Não deve ter sobrado nada de Al Brooks dentro daquela cabeça revirada, mas ainda tem um pouco do alter ego que Brady criou. Isso já basta.

— Oi, Z-Boy — diz Brady ao se agachar.

— Oi — grunhe Z-Boy, lutando para se sentar. — Oi, dr. Z. Estou vigiando a casa como você pediu. A mulher, a que ainda consegue andar, usa aquele Zappit o tempo todo. Eu a vejo da garagem grande do outro lado da rua.

— Você não precisa mais fazer isso.

— Não? Onde é que nós estamos?

— Na minha casa — diz Brady. — Você matou minha esposa.

Z-Boy olha, com a boca escancarada, para o homem de cabelo branco usando sobretudo. O bafo dele está horrível, mas Brady não se afasta. Aos poucos, o rosto de Z-Boy começa a desmoronar. É como ver um acidente de carro em câmera lenta.

— Matei?... Impossível!

— Matou.

— Não! Eu nunca faria isso!

— Mas fez. Só porque eu mandei.

— Tem certeza? Eu não lembro.

Brady o segura pelo ombro.

— Não foi culpa sua. Você foi hipnotizado.

O rosto de Z-Boy se ilumina.

— Pela Pescaria!

— Sim, pela Pescaria. E enquanto você estava hipnotizado, eu mandei você matar a sra. Babineau.

Z-Boy olha para ele com dúvida e preocupação.

— Se eu matei, não foi culpa minha. Eu estava hipnotizado e nem consigo lembrar.

— Tome isto.

Brady entrega a arma a Z-Boy. Ele a levanta com a testa franzida, como se fosse um artefato exótico.

— Coloque no bolso e me dê a chave do carro.

Z-Boy enfia a arma no bolso da calça com ar distraído, e Brady faz uma careta, esperando que a arma dispare e faça um buraco na perna do pobre coitado. Finalmente, Z-Boy entrega o chaveiro. Brady o guarda no bolso, se levanta e atravessa a sala.

— Aonde você vai, dr. Z?

— Não vou demorar. Por que você não fica sentado no sofá até eu voltar?

— Vou ficar sentado no sofá até você voltar — diz Z-Boy.

— Ótima ideia.

Brady vai até o escritório do dr. Babineau. Tem uma parede dedicada ao ego, cheia de fotos emolduradas, inclusive uma de um Felix Babineau mais jovem apertando a mão do presidente Bush, o filho, os dois sorrindo como idiotas. Brady ignora as fotos; já as viu muitas vezes antes, durante os meses em que estava aprendendo como estar no corpo de outra pessoa, o que ele agora chama de "temporada na autoescola". Ele também não está interessado no computador. O que quer é o Macbook Air em cima da cômoda. Ele o abre, liga e digita a senha de Babineau, que por acaso é CEREBELLIN.

— Seu remédio é inútil — diz Brady quando a tela principal entra.

Ele não tem certeza disso, mas é no que quer acreditar.

Os dedos voam pelo teclado em uma velocidade de quem tem prática e da qual Babineau seria incapaz, e um programa escondido, que Brady instalou em uma de suas visitas anteriores à cabeça do bom doutor, surge na tela. O título é PESCARIA. Ele digita de novo, e o programa chega ao repetidor no apartamento escondido de Freddi Linklatter.

CARREGANDO, diz a tela do laptop, e logo embaixo: 3 ENCONTRADOS.

Três encontrados! Três, já!

Brady está satisfeito, mas não exatamente surpreso, apesar de ser madrugada. Pessoas com insônia estão em todos os lugares, e isso inclui o grupo que recebeu Zappits de graça de showruim.com. Que jeito melhor de gastar as horas insones antes do amanhecer do que com um joguinho eletrônico? E, antes de jogar paciência ou Angry Birds, por que não dar uma olhada nos peixes rosa na tela de demonstração do Pescaria e ver se eles finalmente foram programados para virarem números quando clicados? Uma combinação dos números certos vai garantir prêmios, mas às quatro da manhã, essa pode não ser a motivação principal. Quatro da manhã costuma ser uma hora infeliz para se estar acordado. É quando os pensamentos desagradáveis e as ideias pessimistas surgem, e a tela de demonstração é calmante. E também viciante. Al Brooks sabia disso antes de virar Z-Boy; Brady soube no momento que viu. Foi uma questão de sorte, mas o que Brady fez desde então, o que *preparou*, não é sorte. É o resultado de um planejamento longo e cuidadoso na prisão que era seu quarto de hospital e seu corpo inútil.

Ele desliga o laptop, coloca embaixo do braço e começa a sair do escritório. Na porta, tem uma ideia e volta até a escrivaninha de Babineau. Abre a gaveta do centro e encontra exatamente o que quer, não precisa nem procurar. Quando se está em uma maré de sorte, tudo funciona.

Brady volta para a sala. Z-Boy está sentado no sofá com a cabeça baixa, os ombros caídos e as mãos penduradas entre as coxas. Ele parece exausto.

— Tenho que ir agora — diz Brady.

— Para onde?

— Não é da sua conta.

— Não é da minha conta.

— Exatamente. Que tal você voltar a dormir?

— Aqui no sofá?

— Ou no quarto lá em cima. Mas precisa fazer uma tarefa primeiro. — Ele entrega para Z-Boy o marcador preto que encontrou na escrivaninha de Babineau. — Faça sua marca, Z-Boy, assim como fez quando esteve na casa da sra. Ellerton.

— Elas estavam vivas quando eu estava observando da garagem, disso eu sei, mas talvez estejam mortas agora.

— Devem estar.

— Eu não matei elas também, matei? Porque parece que eu estive no banheiro, pelo menos. E desenhei um Z lá.

— Não, não, nada ass...

— Eu procurei o Zappit como você me pediu, tenho certeza. Procurei muito, mas não encontrei em lugar nenhum. Acho que ela deve ter jogado fora.

— Isso não importa mais. Só faça sua marca nesta casa, está bem? Faça em pelo menos dez lugares. — Um pensamento lhe ocorre. — Você ainda sabe contar até dez?

— Um... dois... três...

Brady olha para o Rolex de Babineau. Quatro e quinze da manhã. As visitas matinais no Balde começam às cinco. O tempo está voando.

— Ótimo. Deixe sua marca em pelo menos dez lugares. Depois, pode voltar a dormir.

— Tudo bem. Vou deixar minha marca em pelo menos dez lugares e depois vou dormir, depois vou até aquela casa que você quer que eu vigie. Ou devo parar de fazer isso agora que elas estão mortas?

— Acho que você pode parar agora. Vamos revisar tudo, o.k.? Quem matou minha esposa?

— Eu, mas não foi minha culpa. Eu estava hipnotizado e nem consigo lembrar. — Z-Boy começa a chorar, coisa que Brady acha bem repugnante. — Você vai voltar, dr. Z?

Brady sorri, exibindo o tratamento dentário caro do dr. Babineau.

— Claro.

Seus olhos se movem para cima e para a esquerda quando ele fala. Ele vê o coroa ir até a televisão gigante de gente rica na parede e desenhar um Z enorme na tela. Zs em toda a cena do crime não são necessários, mas Brady acha que vai ser um belo toque, principalmente quando a polícia perguntar ao antigo Al da Biblioteca o nome dele e o homem responder Z-Boy. É a cereja do bolo.

Brady vai até a porta da frente e passa por cima do corpo de Cora no caminho. Desce a escada da varanda e faz uma dancinha no último degrau, estalando os dedos de Babineau. Isso dói um pouco, só um toque de princípio de artrite, mas e daí? Brady sabe como é dor de verdade, e algumas fisgadas nas falanges velhas não chegam nem perto disso.

Ele dá uma corridinha até o Malibu de Al. Não é grande coisa se comparado a BMW do falecido dr. Babineau, mas vai levá-lo para onde ele precisa ir. Ele dá a partida e franze a testa quando música clássica sai pelos alto-falantes do painel. Muda para a BAM-100 e encontra uma música do Black Sabbath da época em que Ozzy ainda era maneiro. Dá uma olhada final na BMW estacionada de qualquer jeito no gramado e acelera.

Ainda precisa percorrer alguns quilômetros antes de dormir, depois o toque final. Não vai precisar de Freddi Linklatter para isso, só do Macbook do dr. B. Ele arrebentou a coleira.

Está livre.

11

Por volta da hora em que Z-Boy está provando que ainda sabe contar até dez, os cílios grudados de sangue de Freddi Linklatter se descolam do rosto também ensanguentado. Ela se vê encarando um olho castanho. Demora um tempão para concluir que não é um olho de verdade, só um nó na madeira que *parece* um olho. Ela está deitada no chão, sofrendo da pior ressaca de sua vida, pior até do que a vez em que misturou metanfetamina com rum RonRico na cataclísmica festa de comemoração de seus vinte e um anos. Ela achou depois que teve sorte de sobreviver àquele pequeno experimento. Agora, quase deseja não ter sobrevivido, porque isso é pior. Não é só a cabeça; o peito dói tanto que parece que Marshawn Lynch a usou como saco de pancadas.

Ela manda as mãos se moverem, e elas atendem com relutância. Empurra o chão e tenta se levantar. Seu corpo sobe, mas a camisa de cima fica no chão, grudada em uma poça do que parece ser sangue e tem um cheiro suspeito de uísque. Então era isso que ela estava bebendo quando tropeçou nos próprios pés e caiu. Bateu a cabeça. Mas, meu Deus, o quanto ela encheu a cara?

Não foi isso, ela pensa. *Uma pessoa veio, e você sabe quem foi.*

É um processo simples de dedução. Ultimamente, ela só recebeu dois visitantes, os Zs, e o cara que usa o casaco remendado não aparece há um tempo.

Ela tenta se levantar e não consegue. Também não consegue dar mais do que algumas inspirações superficiais. As mais profundas fazem doer acima do seio esquerdo. Parece que tem uma coisa grudada lá.

Meu cantil?

Eu estava girando o cantil enquanto esperava que ele aparecesse. Para pagar o que me devia e sair da minha vida de uma vez.

— Ele atirou em mim — geme ela. — A porra do dr. Z atirou em mim.

Ela cambaleia até o banheiro e mal acredita no desastre que vê no espelho. A lateral esquerda do rosto está coberta de sangue, e tem um galo roxo surgindo acima de um corte na têmpora esquerda, mas isso não é o pior. A camisa azul de cambraia também está cheia de sangue, a maior parte do ferimento na cabeça, ela espera, ferimentos na cabeça sangram pra caramba, mas tem um buraco preto e redondo no peito, na altura do bolso esquerdo. Ele atirou mesmo nela. Agora, Freddi se lembra do estrondo e do cheiro de pólvora logo antes de desmaiar.

Ela enfia os dedos trêmulos no bolso da camisa, ainda respirando superficialmente, e puxa o maço de Marlboro Light. Tem um buraco de bala bem no meio do M. Larga os cigarros na pia, abre os botões da camisa e a deixa cair no chão. O cheiro de uísque fica mais forte. A camisa embaixo é cáqui, com bolsos amplos com abas em cima. Quando ela tenta tirar o cantil do bolso esquerdo, solta um gemido baixo de dor, a única coisa que consegue fazer sem ter que respirar fundo, mas, quando o puxa, a dor no peito diminui um pouco. A bala também atravessou o cantil, e o lado que estava virado para a pele dela está brilhando com o sangue. Ela larga o cantil destruído em cima dos cigarros e começa a trabalhar nos botões da camisa cáqui. Isso demora mais, mas a camisa por fim cai no chão. Embaixo dela está uma camiseta da American Giant, do tipo que também tem bolso. Ela enfia a mão lá dentro e puxa uma latinha de metal das balinhas de menta. Tem um buraco nela também. A camiseta não tem botões, então ela enfia o dedo mindinho no buraco de bala no bolso e puxa. O tecido se rasga, e ela finalmente olha para a própria pele, salpicada de sangue.

Tem um buraco logo abaixo do seio, e nele ela consegue ver uma coisa preta. Parece um inseto morto. Ela rasga mais a camiseta, usando três dedos agora, depois enfia a mão no buraco e segura o inseto. Ela o puxa como se fosse um dente mole.

— Aaaai... aaaah... aaaai, PORRA...

A coisa se solta, não um inseto, mas uma bala de revólver. Ela a olha e a larga na pia com as outras coisas. Apesar da dor de cabeça e do latejar no peito, Freddi percebe que teve uma sorte absurda. Era só uma arma pequena, mas à queima-roupa, até mesmo uma arma pequena devia ter feito o serviço. E teria mesmo, se não fosse um golpe de sorte gigantesco. Primeiro pelos cigarros, depois pelo cantil — que foi o que realmente diminuiu o impacto —, depois pela latinha de metal e, por último, ela. O quanto chegou perto do coração? Dois centímetros? Menos?

Seu estômago se contrai. Ela sente ânsia de vômito, mas não vai se permitir, não pode. O buraco no peito vai começar a sangrar de novo, porém isso não é o principal. Sua cabeça vai explodir. *Isso* é o principal.

A respiração está um pouco melhor agora que ela tirou o cantil com as pontas horríveis (mas salvadoras) de metal. Ela volta para a sala e olha para a poça de sangue e uísque no chão. Se ele tivesse se inclinado e colocado o cano da arma na nuca dela... só para garantir...

Freddi fecha os olhos e luta para recuperar a consciência quando ondas de escuridão e náusea ameaçam fazê-la desmaiar. Quando se sente um pouco melhor, ela vai até a cadeira e se senta bem devagar. *Como uma velhinha com a coluna ferrada*, ela pensa. Olha para o teto. *E agora?*

O primeiro pensamento é ligar para a emergência, pedir uma ambulância e ir para o hospital, mas o que vai dizer? Que um homem alegando ser mórmon ou testemunha de Jeová bateu à sua porta e, quando ela abriu, atirou nela? Atirou por quê? Por que motivo? E por que ela, uma mulher morando sozinha, abriria a porta para um estranho às dez e meia da noite?

Isso não é o pior. A polícia vai querer entrar. No quarto dela tem trinta gramas de maconha e três de cocaína. Ela poderia se livrar dessa merda toda, mas e as merdas no escritório? Ela tem alguns programas ilegais rodando, além de um monte de equipamentos caros que não têm exatamente nota fiscal. A polícia vai querer saber se apenas por acaso, sra. Linklatter, o homem que atirou em você tinha alguma coisa a ver com esses aparatos eletrônicos. Talvez você estivesse devendo dinheiro a ele? Talvez fosse seu cúmplice, roubando números de cartões de crédito e outras informações pessoais? E não dá para não reparar no repetidor, piscando como uma máquina de cassino de Las Vegas enquanto envia o sinal eterno por wi-fi, entregando um malware customizado cada vez que encontra um Zappit ligado.

O que é *isso*, sra. Linklatter? O que faz exatamente?

E o que ela vai responder?

Ela olha ao redor, torcendo para ver o envelope de dinheiro caído no chão ou no sofá, mas é claro que ele o levou. Se é que havia dinheiro lá, e não só pedaços cortados de jornal. Ela está aqui, levou um tiro, teve uma concussão (Deus, que não seja uma fratura) e está sem grana. O que fazer?

Desligar o repetidor, essa é a primeira coisa. O dr. Z está com Brady Hartsfield dentro, e Brady é podre. O que o repetidor está fazendo é alguma coisa ruim. Ela ia desligar mesmo, não ia? Está tudo meio vago, mas não era esse o plano? Desligar e sair pela tangente? Ela não tem o pagamento final para ajudar a financiar a fuga, mas apesar dos hábitos descuidados com dinheiro, ainda tem algum guardado no banco, e o Corn Trust abre às nove. Além do mais, tem o cartão magnético. Então ela vai desligar o repetidor, apagar aquele site zeetheend, lavar a sujeira do rosto e pular fora dali. Não de avião, a segurança dos aeroportos são como armadilhas hoje em dia, mas de ônibus ou trem, a caminho do oeste dourado. Esse não é o melhor plano?

Ela se levanta e está indo na direção da porta do escritório quando lhe ocorre o motivo óbvio para *não* ser o melhor plano. Brady foi embora, mas não iria embora se não tivesse como monitorar seus projetos de longe, principalmente o repetidor, e fazer isso é a coisa mais fácil do mundo. Ele entende de computadores, é brilhante, na verdade, apesar de admitir isso a deixar puta da vida, e é quase certo que deixou uma porta dos fundos para o código dela. Se for assim, ele pode verificar tudo quando quiser; só vai precisar ter um laptop. Se ela desligar aquela merda toda, ele vai saber, e vai saber que ela ainda está viva.

Ele vai voltar.

— Então, o que eu faço? — sussurra Freddi. Ela vai até a janela, tremendo (fica tão frio nessa porra de apartamento quando o inverno chega), e olha para a escuridão. — O que eu faço agora?

12

Hodges está sonhando com Bowser, o vira-lata que tinha quando era criança. Seu pai levou Bowser ao veterinário para ser sacrificado, mesmo com os protestos chorosos de Hodges, depois que o velho cachorro mordeu o jornaleiro com tanta força que ele teve que levar alguns pontos. No sonho, Bowser está mordendo a *ele*, mordendo a lateral de sua barriga. Não solta mesmo quando o jovem Billy Hodges oferece o melhor petisco do saco de petiscos, e a dor é excruciante. A campainha toca, e Hodges pensa: *É o jornaleiro, vá mordê-lo, você tem que morder a* ele.

Quando desperta do sonho e volta ao mundo real, ele percebe que não é a campainha, é o telefone ao lado da cama. O fixo. Ele tateia, derruba o aparelho, pega em cima do edredom e consegue dizer uma coisa parecida com alô.

— Achei que você tinha colocado o celular no silencioso — diz Pete Huntley. Ele parece bem desperto e estranhamente jovial. Hodges aperta os olhos para o relógio na mesa de cabeceira, mas não consegue checar as horas. O vidrinho de analgésicos, já pela metade, está escondendo o mostrador digital. Meu Deus, quantos comprimidos ele tomou ontem?

— Eu também não sei fazer isso. — Hodges se esforça para se sentar. Ele não consegue acreditar que a dor ficou mais forte tão rápido. Parece que estava esperando ser identificada para atacar com unhas e dentes.

— Você precisa viver a vida, Kerm.

Está meio tarde para isso, ele pensa, colocando os pés no chão.

— Por que você está ligando às... — Ele mexe o vidro de remédios. — Às vinte para as sete da manhã?

— Não podia esperar para dar a boa notícia — diz Pete. — Brady Hartsfield está morto. Uma enfermeira encontrou o corpo na visita matinal.

Hodges dá um salto, e se fazer isso produz uma pontada de dor, ele não sente.

— Como é que é? *Como?*

— Vai haver uma autópsia mais tarde, hoje mesmo, mas o médico que o examinou está achando que foi suicídio. Tem resíduo de *alguma coisa* na língua e nas gengivas dele. O médico de plantão colheu uma amostra, e um cara do consultório do legista está colhendo outra agorinha mesmo. Vão acelerar os resultados porque Hartsfield é famoso e tal.

— Suicídio — repete Hodges, passando a mão pelo cabelo já desgrenhado. A notícia é bem simples, mas ele parece ainda não conseguir digeri-la.

— *Suicídio?*

— Ele sempre foi fã — diz Pete. — Acredito que você mesmo disse isso, e mais de uma vez.

— É, mas... — Mas o quê? Pete está certo, Brady *era* fã de suicídio, e não só do de outras pessoas. Ele estava pronto para morrer na Feira de Empregos do City Center em 2009 se as coisas degringolassem, e um ano depois foi de cadeira de rodas para o auditório Mingo com um quilo e meio de explosivos plásticos grudados ao assento. O que colocava a bunda dele no centro da explosão. Só que isso foi em outra época, e as coisas mudaram. Não mudaram?

— Mas o quê?

— Não sei — diz Hodges.

— Eu sei. Ele finalmente encontrou um jeito de agir. É simples assim. De qualquer modo, se você achava que Hartsfield estava envolvido nas mortes de Ellerton, Stover e Scapelli, e tenho que dizer que meus próprios pensamentos estavam seguindo essa linha, pode parar de se preocupar. Ele já era, foi dessa para melhor, bateu as botas, e todos vamos comemorar.

— Pete, preciso pensar um pouco nisso.

— Sem dúvida — diz Pete. — Você teve uma história e tanto com ele. Enquanto isso, tenho que ligar para Izzy. Para fazer o dia dela começar com o pé direito.

— Você pode me ligar quando receber a análise do que ele tomou?

— Pode deixar. Enquanto isso, *sayonara*, Mr. Mercedes, certo?

— Certo, certo.

Hodges desliga o telefone, vai até a cozinha e prepara um café. Ele devia tomar chá, café vai queimar suas pobres entranhas doentes, mas agora ele não liga. E não vai tomar nenhum comprimido por um tempo. Sua cabeça precisa ficar o mais lúcida possível.

Ele solta o celular do carregador e liga para Holly. Ela atende rapidamente, e ele se pergunta a que horas ela acorda. Às cinco? Mais cedo, até? Talvez algumas perguntas não devam ser respondidas. Ele conta para ela o que Pete acabou de dizer, e, pela primeira vez na vida, Holly Gibney não segura os palavrões.

— Não fode!

— Não, a não ser que Pete estivesse de brincadeira, e não acho que estivesse. Ele só faz piadas depois do meio da tarde, e mesmo nessa hora não é muito bom nisso.

Silêncio por um momento.

— Você acredita? — pergunta Holly.

— Que ele está morto? Sim. Não tem como isso ser um caso de identidade trocada. Que cometeu suicídio? Para mim, isso parece... — Ele procura a palavra certa, não consegue encontrar e repete o que disse para o antigo parceiro cinco minutos atrás. — Não sei.

— Você acha que acabou?

— Não.

— É o que também acho. Temos que descobrir o que aconteceu com os Zappits que sobraram depois que a empresa decretou falência. Não entendo como Brady Hartsfield pode ter alguma coisa a ver com eles, mas há muitas conexões entre os casos de suicídio e ele. E ao show que tentou explodir.

— Eu sei. — Hodges está novamente imaginando uma teia com uma aranha enorme no centro, cheia de veneno. Só que a aranha está morta.

E todos vamos comemorar, ele pensa.

— Holly, você pode estar no hospital quando os Robinson forem buscar Barbara?

— Posso, claro. — Depois de uma pausa, ela acrescenta: — Gostaria mesmo de fazer isso. Vou ligar para Tanya para ver se não tem problema, mas acho que não vai ter. Por quê?

— Quero que você mostre seis fotos a ela. Cinco caras brancos idosos de terno e o dr. Felix Babineau.

— Você acha que Myron Zakim era o *médico* de Hartsfield? Que foi ele que deu aqueles Zappits para Barbara e Hilda?

— A essa altura, é só um palpite.

Mas ele está sendo modesto. Na verdade, é um pouco mais. Babineau lhe contou uma história pra boi dormir para impedir que Hodges entrasse no quarto de Brady, depois quase teve um chilique quando perguntou se ele estava bem. E Norma Wilmer alega que ele andou fazendo experimentos ilegais em Brady. "Investigue Babineau", disse ela no Bar Bar Black Sheep. "Arrume problemas para ele. Eu te desafio." Como um homem que provavelmente tem poucos meses de vida, isso não parece um grande desafio.

— Tudo bem, eu respeito seus palpites, Bill. Tenho certeza de que consigo achar uma foto do dr. Babineau em alguma matéria sobre os eventos de caridade que sempre fazem em prol do hospital.

— Que bom. Agora, qual era mesmo o nome do advogado de falência?

— Todd Schneider. Você tem que ligar para ele às oito e meia. Se eu for com os Robinson, vou demorar a voltar para o escritório. Vou trazer Jerome comigo.

— Ah, que bom. Você tem o telefone de Schneider?

— Mandei por e-mail. Você lembra como se acessa o e-mail, não lembra?

— Estou com câncer, Holly, não com Alzheimer.

— Hoje é seu último dia. Lembre-se disso.

Como ele podia esquecer? Vão colocá-lo no mesmo hospital onde Brady morreu, e aí vai ser o fim: o último caso de Hodges ficará sem conclusão. Ele odeia a ideia, mas não tem outro jeito. As coisas estão acontecendo bem rápido.

— Coma alguma coisa no café da manhã.

— Pode deixar.

Ele encerra a ligação e olha com desejo para a jarra de café fresco. O cheiro é maravilhoso. Ele despeja tudo na pia e se veste. E não come nada no café da manhã.

13

A Achados e Perdidos parece muito vazia sem Holly sentada à mesa da recepção, mas pelo menos o sétimo andar do Turner Building está silencioso; a equipe barulhenta da agência de turismo no mesmo corredor só vai começar a chegar em uma hora.

Hodges pensa melhor com um bloco amarelo à sua frente, anotando ideias conforme aparecem, tentando provocar conexões e formar uma imagem coerente. É o jeito como ele trabalhava quando estava na polícia, e era capaz de fazer essas conexões com frequência. Ele ganhou muitas condecorações ao longo dos anos, mas elas estão empilhadas de qualquer jeito em uma prateleira do armário em vez de penduradas na parede. As condecorações nunca importaram para ele. A recompensa era o raio de luz que acompanhava as conexões. Ele se via incapaz de desistir. Daí a Achados e Perdidos em vez da aposentadoria.

Esta manhã, não há anotações, só desenhos de bonequinhos palito subindo uma colina, ciclones e discos voadores. Hodges tem certeza de que a maioria das peças do quebra-cabeça está sobre a mesa e ele só precisa descobrir como juntá-las, mas a morte de Brady Hartsfield é como uma obstrução na sua estrada de informações pessoais, bloqueando todo o trânsito. Cada vez que ele olha para o relógio, mais cinco minutos se passaram. Em pouco tempo, ele vai ter que ligar para Schneider. Quando desligar o telefone, a equipe barulhenta da agência de viagens vai estar chegando. Depois deles, Barbara e Jerome. Qualquer chance de pensamento tranquilo vai desaparecer.

Conexões, disse Holly. *Há muitas conexões entre os casos de suicídio e ele. E ao show que tentou explodir.*

Sim; sim, elas existem. Porque os únicos que podiam receber Zappits de graça daquele site eram pessoas, garotinhas na época, em boa parte, adolescentes agora, que pudessem provar que estavam no show do 'Round Here, e o site agora já era. Assim como Brady, o showruim.com já era, foi dessa pra melhor, bateu as botas, e todos vamos comemorar.

Ele finalmente escreve duas palavras entre os desenhos e as circula. Uma é *Show*. A outra é *Resíduo*.

Ele liga para o Kiner Memorial e é transferido para o Balde. Sim, dizem para ele, Norma Wilmer está, mas está ocupada e não pode atendê-lo. Hodges imagina que ela esteja *muito* atarefada essa manhã e torce para que sua ressaca não seja das piores. Ele deixa uma mensagem pedindo para que ela ligue para ele o mais rápido possível e enfatiza que é urgente.

Hodges continua desenhando até as 8h25 (agora são Zappits que ele está desenhando, possivelmente porque está com o aparelho de Dinah Scott no bolso do casaco), depois liga para Todd Schneider, que atende ao telefone.

Hodges se identifica como um advogado de defesa do consumidor que trabalha para o Better Business Bureau como voluntário e diz que foi encarregado de investigar alguns aparelhos Zappit que apareceram na cidade. Ele mantém o tom leve, quase casual.

— Não é nada de mais, principalmente porque os Zappits foram distribuídos de graça, mas parece que algumas pessoas estão baixando livros de uma coisa chamada Clube do Livro Sunrise, e os livros estão vindo todos embaralhados.

— Clube do Livro Sunrise? — Schneider parece perplexo. Não dá sinal de estar se preparando para se esconder atrás de legalês, e é assim que Hodges quer que ele fique mesmo. — Igual a Sunrise Solutions?

— Bem, é, isso foi o que originou esta ligação. De acordo com as minhas fontes, a Sunrise Solutions comprou a Zappit, Inc. antes da falência.

— É verdade, mas tenho uma tonelada de papéis da Sunrise Solutions, e não me lembro de nada relacionado a um Clube do Livro Sunrise. E isso se destacaria como um dedo infeccionado. A Sunrise tratava basicamente de comprar empresas eletrônicas pequenas em busca de um grande sucesso. Coisa que nunca encontrou, infelizmente.

— E Zappit Club? Desperta alguma lembrança?

— Nunca ouvi falar.

— E um site chamado zeetheend.com? — Quando faz essa pergunta, Hodges bate na própria testa. Ele deveria ter verificado o site em vez de ficar desenhando.

— Não, também nunca ouvi falar. — Agora sobe um pouquinho do escudo jurídico. — Isso está relacionado à fraude? Porque as leis da falência são bem claras em relação a isso, e...

— Não, nada disso — interrompe Hodges, tranquilizador. — O único motivo de estarmos envolvidos é por causa dos downloads embaralhados. E pelo menos um dos Zappits chegou quebrado. A pessoa quer devolver, talvez receber um novo.

— Não estou surpreso de alguém ter recebido um aparelho quebrado se era do último lote — diz Schneider. — Houve muitos com defeito, talvez trinta por cento do lote final.

— Uma questão pessoal: quantos havia no lote final?

— Eu teria que pesquisar o número para ter certeza, mas acho que por volta de quarenta mil unidades. A Zappit processou o fabricante, apesar de que processar empresas chinesas é uma perda de tempo, mas eles já estavam desesperados tentando não falir de vez. Só estou dando essa informação porque a história toda já é passado.

— Entendido.

— Bem, o fabricante, a Yicheng Electronics, voltou com todas as armas em punho. Provavelmente não por causa do dinheiro em jogo, mas porque ficaram preocupados com sua reputação. Não dá para culpá-los, não é?

— Não. — Hodges não aguenta mais esperar para ter algum alívio para sua dor. Ele pega o vidro de comprimidos e tira dois, mas guarda um de volta com relutância. Coloca debaixo da língua para que derreta, torcendo para agir mais rápido dessa forma. — Acho que não dá mesmo.

— A Yicheng alegou que as unidades defeituosas se danificaram no transporte, provavelmente com água da chuva. Disse que, se fosse problema de software, *todos* os jogos teriam vindo com defeito. Faz sentido para mim, mas não sou gênio da eletrônica. No fim das contas, a Zappit afundou, e a Sunrise Solutions decidiu desistir do processo. Tinham problemas maiores na época. Credores nas costas. Investidores pulando do barco.

— O que aconteceu com o carregamento final?

— Ah, os aparelhos eram bens, claro, mas não muito valiosos devido à questão do defeito. Fiquei com eles por um tempo, depois anunciamos para empresas de varejo especializadas em itens com desconto. Cadeias como a Dollar Store e a Economy Wizard. Você conhece?

— Conheço. — Hodges comprou um par de mocassins com um pequeno defeito de fabricação na Dollar Store. Custou pouco mais do que um dólar, mas não eram ruins. Eram confortáveis.

— Claro que tivemos que deixar claro que até três em cada dez Zappit Commanders, o último lote era chamado assim, podiam estar com defeito, o que queria dizer que cada um teria que ser verificado. Isso destruiu qualquer chance de vender o carregamento inteiro. Verificar as unidades uma a uma teria sido muito trabalhoso.

— Certo.

— Então, como administrador judicial da falência, decidi mandar destruir e pedir abatimento de impostos, que teria chegado a... bem, bastante coisa. Nada nos padrões da General Motors, mas cifras intermediárias de seis dígitos. Daria um jeito nas contas, entende?

— Certo, faz sentido.

— Mas, antes que eu pudesse fazer isso, recebi uma ligação de um sujeito de uma empresa chamada Gamez Unlimited, aí da sua cidade. É "games" com z no final. Disse que era o CEO. Devia ser o CEO de um grupo de três pessoas, trabalhando em um escritório de dois cômodos ou em uma garagem. — Schneider dá uma gargalhada de um grande magnata de Nova York. — Desde que a revolução dos computadores começou de verdade, essas coisas aparecem como erva daninha, embora eu nunca tenha ouvido falar de elas *doarem* produtos. Tem cheiro de golpe, você não acha?

— É — responde Hodges. O comprimido dissolvido é extremamente amargo, mas o alívio é doce. Ele pensa que isso se aplica a muitas coisas na vida. É um insight digno do *Reader's Digest*, mas isso não o invalida. — Tem mesmo.

O escudo jurídico desapareceu. Schneider está animado agora, mergulhado na própria história.

— O cara queria comprar oitocentos Zappits por oitenta dólares cada, o que era uns cem dólares abaixo do preço sugerido de venda. Nós negociamos um pouco e chegamos a cem.

— Por unidade.

— É.

— São oitenta mil dólares — diz Hodges. Ele está pensando em Brady, que recebeu só Deus sabe quantos processos civis, cujos montantes chegam a dezenas de milhões de dólares. Brady, que tinha, se a memória de Hodges não estiver falhando, pouco mais de mil dólares no banco. — E você recebeu um cheque dessa quantia?

Ele não sabe se vai receber uma resposta para a pergunta, muitos advogados encerrariam a discussão nesse ponto, mas recebe. Provavelmente porque a falência da Sunrise Solutions já está toda amarradinha com um laço de fita jurídico. Para Schneider, isso é como uma entrevista pós-jogo.

— Correto. Retirado da conta da Gamez Unlimited.

— Tinha fundos?

Todd Schneider dá a gargalhada de grande magnata.

— Se não tivesse, aqueles oitocentos aparelhos Zappit teriam sido reciclados e virado peças de computador junto com o resto.

Hodges rabisca uma conta rápida no bloco decorado com desenhos. Se trinta por cento das oitocentas unidades estavam com defeito, isso deixa quinhentos e sessenta aparelhos funcionando. Ou talvez não tantos. Hilda Carver recebeu um que presumivelmente foi verificado, senão, para que entregá-lo a ela? Mas, de acordo com Barbara, emitiu um único brilho azul e morreu.

— Então eles foram despachados.

— Sim, via UPS de um armazém em Terre Haute. Um ressarcimento muito pequeno, mas ao menos alguma coisa. Fazemos o que podemos por nossos clientes, sr. Hodges.

— Tenho certeza de que fazem. — *E todos vamos comemorar*, pensa Hodges. — Você se lembra do endereço para o qual os oitocentos Zappits foram enviados?

— Não, mas está nos arquivos. Posso enviá-los para o seu e-mail se você prometer me ligar quando descobrir que tipo de golpe esse pessoal da Gamez andou dando.

— Vou ficar feliz em fazer isso, sr. Schneider. — *Vai ser um número de caixa postal*, Hodges pensa, *e o dono já vai ter desaparecido*. Ainda assim, é melhor verificar. Holly pode fazer isso enquanto ele estiver no hospital, recebendo tratamento para uma doença que ele tem quase certeza de que não pode ser curada. — Você foi de grande ajuda, sr. Schneider. Mais uma pergunta e o deixo em paz. Você por acaso se lembra do nome do CEO da Gamez Unlimited?

— Ah, lembro — diz Schneider. — Achei que era por isso que a empresa era Gamez com z em vez de s.

— Não entendo.

— O nome do CEO era Myron Zakim.

14

Hodges desliga o telefone e abre o Firefox. Digita zeetheend e se vê olhando para o desenho de um homem segurando uma picareta. Nuvens de poeira voam e formam a mesma mensagem repetidamente.

DESCULPE, AINDA ESTAMOS EM CONSTRUÇÃO
MAS FIQUE DE OLHO!
"Somos feitos para persistir, é assim que descobrimos quem somos."
Tobias Wolfe

Outra ideia digna do Reader's Digest, Hodges pensa, e vai até a janela do escritório. O tráfego matinal na Lower Marlborough flui bem. Ele percebe com surpresa e gratidão que a dor na lateral sumiu completamente pela primeira vez em dias. Quase consegue acreditar que não tem nada errado com ele, mas o gosto amargo em sua boca contradiz isso.

O gosto amargo, ele pensa. *O resíduo.*

Seu celular toca. É Norma Wilmer, com a voz tão baixa que ele precisa se esforçar para ouvir.

— Se quiser saber sobre a suposta lista de visitantes, eu ainda não tive a chance de procurar. Este lugar está cheio de policiais e advogados usando ternos baratos do escritório da promotoria. Parece até que Hartsfield fugiu em vez de morrer.

— Não é sobre a lista, apesar de eu ainda precisar dessa informação. Se você conseguir me mandar uma cópia ainda hoje, vai valer mais cinquenta dólares. Se me mandar antes do meio-dia, vou aumentar para cem.

— Jesus, por que isso é tão importante? Eu perguntei a Georgia Frederick, uma enfermeira que nos últimos dez anos ficou entre a Ortopedia e o Balde, e ela disse que a única pessoa que ela via visitando Hartsfield além de você era uma garota magrela cheia de tatuagens e corte estilo militar.

Isso não desperta nenhuma lembrança em Hodges, mas *há* uma vibração leve. Na qual ele não confia. Ele quer muito juntar essas peças, e isso quer dizer que precisa prosseguir com extremo cuidado.

— Afinal, o que você *quer*, Bill? Estou numa porra de armário de lençóis, está quente e estou com dor de cabeça.

— Meu antigo parceiro me ligou e disse que Brady Hartsfield engoliu alguma merda e se matou. Isso quer dizer que ele devia estar acumulando comprimidos por tempo suficiente para fazer isso. É possível?

— É. E também é possível eu pousar um Boeing 767 com sucesso se a tripulação toda morrer de intoxicação alimentar, mas as duas coisas são improváveis pra cacete. Vou dizer a você o que falei para a polícia e para os dois advogados mais irritantes da promotoria. Brady tomava Anaprox DS nos dias de fisioterapia, um comprimido antes do almoço e um no fim do dia se ele pedisse, coisa que raramente fazia. Anaprox não é muito mais forte do que o Advil, que dá para comprar sem receita. Ele também tinha Tylenol extraforte no prontuário, mas só pediu em poucas ocasiões, quando indicou que estava com dor de cabeça.

— Como o pessoal da promotoria reagiu?

— No momento a teoria é que ele engoliu uma tonelada de Anaprox.

— Mas você acha isso improvável.

— Claro que sim! Onde ele esconderia tantos comprimidos, no cu magro cheio de escaras? Tenho que ir. Volto a fazer contato sobre a lista de visitantes. Se é que existe uma.

— Obrigado, Norma. Experimente tomar Anaprox para essa sua dor de cabeça.

— Vá se foder, Bill.

Mas ela fala com uma gargalhada.

15

O primeiro pensamento que surge na mente de Hodges quando Jerome entra é: *Puta merda, garoto, você cresceu!*

Quando Jerome Robinson foi trabalhar para ele, primeiro cortando a grama, depois como faz-tudo e, finalmente, como o anjo da tecnologia que mantinha seu computador funcionando, ele era um adolescente magro, com mais ou menos um metro e setenta e uns setenta quilos. O jovem enorme à sua porta tem um metro e noventa ou mais e pelo menos noventa e cinco quilos. Ele sempre foi bonito, mas agora está lindo como um ator de cinema e cheio de músculos.

O Jerome em questão abre um sorriso, atravessa a sala rapidamente e abraça Hodges. Ele aperta, mas logo solta quando vê Hodges fazer uma careta.

— Caramba, desculpe.

— Você não me machucou, só estou feliz em te ver, meu rapaz. — A visão dele está meio embaçada, e ele seca os olhos com a base da mão. — Você é um alívio para os meus olhos.

— Você também. Como está se sentindo?

— No momento, estou bem. Estou tomando comprimidos para a dor, mas você é um remédio melhor.

Holly está de pé na porta, com o sóbrio casaco de inverno aberto e as mãos pequenas unidas na altura da cintura. Ela os observa com um sorriso triste. Hodges não teria acreditado que esse tipo de coisa existia, mas ao que parece, existe.

— Vem cá, Holly — diz ele. — Nada de abraço em grupo, prometo. Você contou toda a história para Jerome?

— Ele sabe sobre Barbara, mas achei melhor deixar você contar o resto.

Jerome coloca brevemente a mão grande e quente na nuca de Hodges.

— Holly disse que você vai para o hospital amanhã fazer mais alguns exames e um plano de tratamento, e se tentar discutir, devo te mandar calar a boca.

— Não falei "calar a boca" — diz Holly, olhando para Jerome com severidade. — Eu nunca usei essa expressão.

Jerome sorri.

— Você disse "ficar quieto" com os lábios, mas estava com "calar a boca" nos olhos.

— Bobo — diz ela, mas o sorriso volta.

Está feliz de estarmos juntos, Hodges pensa, *e triste por causa do motivo*. Ele interrompe essa estranha, mas agradável, rivalidade de irmãos perguntando como Barbara está.

— Bem. Fraturou a tíbia e a fíbula bem no meio. Poderia ter acontecido no campo de futebol ou esquiando. Deve cicatrizar sem grandes problemas. Ela colocou gesso e já está reclamando da coceira. Mamãe foi comprar um coçador para ela.

— Holly, você mostrou as fotos para ela?

— Mostrei, e ela identificou o dr. Babineau. Nem hesitou.

Tenho algumas perguntas para você, doutor, Hodges pensa, *e pretendo arrancar algumas respostas antes de dar meu último suspiro. Se tiver que forçar a barra para conseguir, fazer seus olhos se arregalarem um pouco, não vejo problema nenhum.*

Jerome se acomoda em um canto da mesa de Hodges.

— Conte tudo desde o começo. Pode ser que eu veja alguma coisa nova.

Hodges fala quase o tempo todo. Holly vai até a janela e olha para a Lower Marlborough com os braços cruzados, as mãos nos ombros. Ela acrescenta uma coisa ou outra de tempos em tempos, mas escuta durante boa parte da conversa.

Quando Hodges termina, Jerome pergunta:

— O quanto você tem certeza dessa coisa de mente agindo sobre a matéria?

Hodges pensa.

— Oitenta por cento. Talvez mais. É loucura, mas há histórias demais para simplesmente desconsiderarmos.

— Se ele conseguiu fazer isso, é minha culpa — interrompe Holly sem se virar da janela. — Quando o acertei com o Porrete Feliz, Bill, eu posso ter rearrumado o cérebro dele. Dado acesso aos noventa por cento de massa cinzenta que não usamos.

— Pode ser — diz Hodges —, mas, se não o tivesse acertado, você e Jerome estariam mortos.

— Nós e um monte de outras pessoas — acrescenta Jerome. — E o golpe pode não ter tido nada a ver com isso. O que Babineau estava dando para ele pode ter feito mais do que tirar Hartisfield do coma. Drogas experimentais às vezes têm efeitos colaterais, sabe?

— Ou pode ter sido a combinação das duas coisas — diz Hodges.

Ele não consegue acreditar que estão tendo essa conversa, mas não tê-la seria uma afronta à primeira regra dos detetives: não se pode ignorar os fatos.

— Ele odiava você, Bill — diz Jerome. — Em vez de cometer suicídio, que era o que ele queria, você foi atrás dele.

— E virou a própria arma contra ele — acrescenta Holly, ainda se abraçando e sem encará-los. — Você usou o Debbie's Blue Umbrella para que ele se revelasse. Foi ele quem mandou aquela mensagem duas noites atrás, eu sei que foi. Brady Hartsfield, usando o codinome de Z-Boy. — Agora, ela se vira. — Está tão claro quanto o nariz na sua cara. Você o deteve no Mingo...

— Não, eu estava tendo um ataque cardíaco na hora. Foram vocês que o detiveram, Holly.

Ela balança a cabeça com veemência.

— Mas ele não sabe disso porque não me viu. Você acha que eu conseguiria esquecer o que aconteceu naquela noite? Eu nunca vou esquecer. Barbara estava sentada do outro lado do corredor a algumas fileiras de distância, e era para ela que ele estava olhando, não para mim. Eu gritei qualquer coisa para ele e o acertei assim que ele começou a virar a cabeça. Depois, bati de novo. Ah, Deus, eu bati com tanta *força*.

Jerome começa a andar na direção dela, mas Holly faz sinal para pará-lo. O contato visual é difícil para ela, porém agora ela está olhando diretamente para Hodges, e os olhos estão em chamas.

— *Você* fez com que ele se revelasse, foi *você* quem descobriu a senha do computador para que a gente soubesse o que Brady estava planejando. Você foi quem ele sempre culpou. Eu *sei* disso. E você ficou indo visitá-lo para bater papo.

— E você acha que é por isso que ele fez isso, seja lá o que *isso* for?

— *Não!* — Holly quase grita. — *Ele fez isso porque é maluco pra caramba!* — Há uma pausa, e com tom dócil ela pede desculpas por ter levantado a voz.

— Não peça desculpas, Hollyberry — diz Jerome. — Gosto quando você é autoritária.

Ela faz uma careta para ele. Jerome solta uma gargalhada e pergunta a Hodges sobre o Zappit de Dinah Scott.

— Eu queria dar uma olhada nele.

— Está no bolso do meu casaco — diz Hodges. — Mas tome cuidado com a demonstração do Pescaria.

Jerome remexe no casaco de Hodges, descarta um pacote de Tums e o sempre presente bloco de detetive e pega o Zappit verde de Dinah.

— Caramba. Eu achava que essas coisas tinham sumido com os videocassetes e os modems discados.

— Praticamente — diz Holly —, e o preço não ajudou. Eu verifiquei. Cento e oitenta e nove dólares como preço sugerido em 2012. Ridículo.

Jerome joga o Zappit de uma mão para a outra. Seu rosto está sério, e ele parece cansado. *Ah, claro*, Hodges pensa. *Ele estava construindo casas no Arizona ontem. Teve que vir correndo para casa porque a irmã normalmente alegre tentou se matar.*

Talvez Jerome veja um pouco disso no rosto de Hodges.

— A perna de Barb vai ficar bem. É com a cabeça que estou um pouco preocupado. Ela fala sobre brilhos azuis e uma voz que vinham do jogo.

— Ela diz que a voz ainda está na cabeça dela — acrescenta Holly. — Como uma música chiclete. Provavelmente vai passar com o tempo agora que o jogo está quebrado, mas e as outras pessoas que ganharam os aparelhos?

— Com o site do showruim fora do ar, tem alguma forma de descobrir quantas pessoas receberam um Zappit?

Holly e Jerome se olham e balançam a cabeça de forma idêntica.

— Merda — diz Hodges. — Não estou tão surpreso, mas mesmo assim... merda.

— Este emite os brilhos azuis? — Jerome ainda não ligou o Zappit, só fica jogando de uma mão para a outra.

— Não, e os peixes rosa não viram números. Experimente você.

Em vez de fazer isso, Jerome vira o aparelho e abre o compartimento das pilhas.

— Pilhas AA comuns — diz ele. — Do tipo recarregável. Não tem magia nenhuma aqui. Mas a demonstração do Pescaria deixou você com sono?

— Sim. — Hodges não revela que estava medicado até o teto na ocasião. — Agora, estou mais interessado em Babineau. Ele está envolvido nisso. Não entendo como essa parceria aconteceu, mas, se ele ainda estiver vivo, vai nos contar. E tem mais uma pessoa envolvida também.

— O homem que a empregada viu — diz Holly. — O que dirige um carro velho com manchas de primer. Quer saber o que eu acho?

— O quê?

— Um deles, o dr. Babineau ou o homem do carro velho, fez uma visita à enfermeira Ruth Scapelli. Hartsfield devia ter alguma coisa contra ela.

— Como ele poderia mandar alguém a algum lugar? — pergunta Jerome, colocando a tampa do compartimento de pilhas no lugar com um clique. — Controle da mente? De acordo com você, Bill, o máximo que ele conseguia fazer com os poderes telecinéticos ou sei lá o que era abrir a torneira do banheiro, e tenho dificuldade de aceitar até isso. Pode ser falação. Uma lenda hospitalar em vez de urbana.

— Só podem ser os jogos — reflete Hodges. — Ele modificou os jogos. Potencializou de alguma forma.

— Do quarto de hospital? — Jerome lança um olhar a ele que diz "Fala sério".

— Eu sei, não faz sentido, nem mesmo se você acrescentar a telecinesia. Mas só podem ser os jogos. *Só* podem ser.

— Babineau vai saber e vai ter que dizer — fala Holly.

— Uma poetisa nata — diz Jerome, mal-humorado. Ele ainda está jogando o aparelho de um lado para outro. Hodges tem a sensação de que está resistindo a um impulso de jogá-lo no chão e pisoteá-lo, o que é um tanto razoável. Afinal, um igual quase matou sua irmã.

Não, Hodges pensa. *Não igual. A demonstração do Pescaria no Zappit de Dinah Scott gera um efeito levemente hipnótico e mais nada. E provavelmente...*

Ele se empertiga de repente, provocando uma pontada de dor.

— Holly, você pesquisou informações sobre o jogo Pescaria?

— Não — diz ela. — Nunca pensei nisso.

— Pode fazer isso agora? Quero saber...

— Se há alguma discussão sobre a tela de demonstração. Eu devia ter pensado nisso. Vou pesquisar agora.

Ela vai correndo para a outra sala.

— O que eu não entendo — continua Hodges — é por que Brady se mataria antes de ver como tudo terminou.

— Você quer dizer antes de ver quantos adolescentes ele conseguiria levar ao suicídio — afirma Jerome. — Adolescentes que estavam naquele maldito show. Porque é disso que estamos falando, não é?

— É — diz Hodges. — Há lacunas demais, Jerome. Muitas mesmo. Eu nem sei *como* ele se matou. Se é que se matou.

Jerome aperta as têmporas, como se para impedir que o cérebro inche.

— Por favor, não me diga que você acha que ele ainda está vivo.

— Não, ele está morto. Pete não cometeria um erro desses. O que estou dizendo é que talvez outra pessoa o tenha matado. Baseado no que sabemos, isso tornaria Babineau o principal suspeito.

— Mas que cocô! — grita Holly da outra sala.

Hodges e Jerome por acaso estão se olhando quando ela fala isso, e há um momento de divina harmonia em que os dois lutam para não gargalhar.

— O quê? — pergunta Hodges. É a única coisa que ele consegue dizer sem cair na gargalhada, o que faria sua lateral doer e magoaria Holly.

— Encontrei um site chamado Hipnose do Pescaria! A página inicial avisa aos pais para não deixarem as crianças olharem para as telas de demonstração por muito tempo! Foi notado pela primeira vez na versão de fliperama em 2005! O GameBoy consertou, mas o Zappit... espere um segundo... eles *disseram* que consertaram, mas não consertaram! Tem um tópico enorme!

Hodges olha para Jerome.

— Ela quer dizer uma conversa on-line — explica Jerome.

— Um garoto em Des Moines desmaiou, bateu com a cabeça na beirada da mesa e fraturou o crânio! — Ela parece quase alegre quando se levanta e corre até eles. As bochechas estão vermelhas e quentes. — Deve ter havido processos! Aposto que foi um dos motivos para a empresa Zappit ter saído do mercado! Pode até ter sido um dos motivos para a Sunrise Solutions...

O telefone na mesa dela começa a tocar.

— Ah, droga — diz ela, virando-se para atender.

— Diga para quem quer que seja que estamos fechados hoje.

Mas depois de dizer "Alô, Achados e Perdidos", Holly só escuta. Em seguida se vira, segurando o aparelho.

— É Pete Huntley. Ele disse que precisa falar com você agora mesmo e a voz dele está... esquisita. Como se estivesse triste ou com raiva ou algo assim.

Hodges vai para a outra sala para descobrir o que fez Pete parecer triste ou com raiva ou algo assim.

Atrás dele, Jerome finalmente liga o Zappit de Dinah Scott.

No escritório de Freddi Linklatter (Freddi tomou quatro analgésicos e foi dormir no quarto), a mensagem de 44 ENCONTRADOS muda para 45 ENCONTRADOS. O repetidor muda para CARREGANDO.

Em seguida, pisca: CONCLUÍDO.

16

Pete não diz oi. O que ele diz é:

— Toma essa, Kerm. Toma e bate até a verdade aparecer. A vaca entrou na casa com alguns SKIDS e eu estou no quintal em uma sei-lá-o-quê. Uma estufa, eu acho, e está frio pra caramba.

Hodges fica surpreso demais para responder, e não porque dois SKIDS, o acrônimo usado pelos policiais da cidade para os detetives da Divisão de Investigação Criminal do Estado, estarem na cena do crime em que Pete está trabalhando. Ele está surpreso (na verdade, quase estupefato) porque, em todos os anos em que trabalharam juntos, ele só ouviu Pete usar a palavra "vaca" para se referir a uma mulher uma única vez. Isso foi quando estava falando da sogra, que insistiu para que a esposa de Pete saísse de casa e a acolheu, junto com as crianças, quando ela finalmente saiu. A vaca de quem ele está falando desta vez só pode ser sua parceira, ou seja, a srta. Belos Olhos Cinzentos.

— Kermit, você está aí?

— Estou — diz Hodges. — Onde você está?

— Em Sugar Heights. Na casa do dr. Felix Babineau, na bela Lilac Drive. Caramba, isso é uma porra de uma *mansão*. Você sabe quem Babineau é, sei que sabe. Ninguém ficava mais de olho em Brady Hartsfield do que você. Por um tempo, ele foi seu maldito hobby.

— Eu sei *de quem* você está falando. Só não sei *por quê*.

— Essa coisa toda vai explodir, parceiro, e Izzy não quer ser acertada pelos estilhaços quando acontecer. Ela tem ambições, sabe? Chefe dos Detetives em dez anos, talvez Chefe de Polícia em quinze. Eu entendo, mas isso não quer dizer que gosto. Ela chamou o chefe Horgan pelas minhas costas, e Horgan chamou os SKIDS. Se ainda não é oficialmente caso deles agora, vai ser até o meio-dia. Eles pegaram o bandido, mas essa merda não está certa. Eu sei e Izzy também sabe. Mas ela não está nem aí.

— Você precisa ir mais devagar, Pete. Conte o que está acontecendo.

Holly está se movendo ao redor dele, ansiosa. Hodges dá de ombros e levanta o dedo: espere.

— A empregada chega às sete e meia, certo? Nora Everly é o nome dela. Ela nota a BMW de Babineau no gramado, com um buraco de bala no para-brisa. Olha lá dentro, vê sangue no volante e no banco, liga para a emergência. Tem uma viatura da polícia a cinco minutos de distância, em Heights *sempre* tem uma viatura a cinco minutos de distância. Quando ela chega, Everly está sentada no carro dela com todas as portas trancadas, tremendo como vara verde. Os policiais mandam que ela fique ali e vão até a porta. A casa está destrancada. A sra. Babineau, Cora, está caída morta no saguão, e tenho certeza de que a bala que o legista vai tirar dela vai bater com a que a perícia tirou da BMW. Na testa dela... Você está pronto para isto?... tem uma letra Z desenhada. Tem mais por todo o primeiro andar, inclusive uma na tela da TV. Assim como tinha na casa de Ellerton, e acho que foi nessa hora que minha parceira decidiu que não queria fazer parte dessa merda toda.

— É, provavelmente não.

Mas Hodges fala só para fazer com que Pete continue a história. Ele pega o bloco ao lado do computador de Holly e escreve ESPOSA DE BABINEAU ASSASSINADA em letras garrafais, como uma manchete de jornal. A mão dela voa até a boca.

— Enquanto um dos policiais está ligando para a Divisão, o outro ouve roncos vindos do andar de cima. "Parecia uma serra elétrica", ele disse. Eles sobem com as armas em punho e em um dos três quartos de hóspedes, conte aí, *três*, a casa é enorme, eles encontram um velho dormindo. Eles o acordam, e ele diz que o nome dele é Alvin Brooks.

— O Al da Biblioteca! — grita Hodges. — Do hospital! O primeiro Zappit que eu vi foi ele quem me mostrou!

— É, ele mesmo. Tinha um crachá do Kiner no bolso da camisa. E, sem que ninguém peça, ele confessa que matou a sra. Babineau. Alega que fez isso porque estava hipnotizado. Eles o algemam, levam para baixo e o sentam no sofá. É lá que Izzy e eu o encontramos quando entramos na cena meia hora depois, mais ou menos. Não sei qual é o problema do cara, se ele teve um colapso nervoso ou o que, mas está no mundo da lua. Ele fica saindo pela tangente, dizendo todo o tipo de merda esquisita.

Hodges relembra uma coisa que Al disse a ele em uma de suas últimas visitas ao quarto de Brady, por volta do fim de semana do Dia do Trabalho de 2014, mais ou menos.

— Nunca tão bem quanto o que não se vê.

— É. — Pete parece surpreso. — Tipo isso. E quando Izzy perguntou quem o hipnotizou, ele disse que foram os peixes. Os que nadam no lindo mar.

Para Hodges, aquilo faz sentido.

— Quando o interroguei, e fui eu que fiz isso, porque a essa altura Izzy já estava na cozinha, ocupada jogando a coisa toda para o alto sem perguntar minha opinião, ele disse que o dr. Z o mandou, abre aspas, "fazer a marca dele". "Dez vezes", ele disse, e realmente tem dez Zs, incluindo o da testa da falecida.

Eu perguntei a ele se o dr. Z era o dr. Babineau, e ele disse que não, que o dr. Z era Brady Hartsfield. Maluco, está vendo?

— É — diz Hodges.

— Eu perguntei se ele também atirou no dr. Babineau. Ele só balançou a cabeça e disse que queria voltar a dormir. Nessa hora, Izzy volta da cozinha e diz que o chefe Horgan chamou os SKIDS, porque o dr. B. é um cara famoso e o caso vai ser notório, e, além do mais, dois deles por acaso estavam na cidade, esperando para serem chamados para testemunhar em um caso, que coisa mais conveniente, não é mesmo? Ela nem me olha nos olhos, toda vermelha, e quando começo a apontar para todos os Zs e pergunto se eles não lhe parecem familiares, ela diz que não quer falar sobre o assunto.

Hodges nunca ouviu tanta raiva e frustração na voz do antigo parceiro.

— Então, meu celular toca e... você se lembra de quando liguei para você de manhã e falei que o médico de plantão colheu uma amostra do resíduo na boca de Hartsfield? Antes mesmo de o legista chegar?

— Lembro.

— Bem, a ligação era daquele médico. Simonson é o nome dele. A análise do legista só chega daqui a dois dias, com sorte, mas Simonson fez a dele na mesma hora. O que tinha na boca de Hartsfield era uma combinação de Vicodin com Ambien. Hartsfield não tomava nem um nem outro, e não é como se ele pudesse ir até o armário de remédios mais próximo e pegar uns comprimidos, certo?

Hodges, que já sabe o que Brady tomava para dor, concorda que seria improvável.

— Agora, Izzy está na casa, provavelmente olhando de longe e ficando de boca calada enquanto os SKIDS interrogam esse tal Brooks, que sinceramente não consegue lembrar nem o próprio nome a não ser que alguém dê uma dica. Ele chama a si mesmo de Z-Boy. Como algo saído de uma revistinha da Marvel.

Segurando a caneta com força quase suficiente para quebrá-la ao meio, Hodges escreve mais letras de manchete de jornal no bloco, com Holly inclinada por cima para ler: AL DA BIBLIOTECA DEIXOU A MENSAGEM NO DEBBIE'S BLUE UMBRELLA.

Holly fica olhando para ele com os olhos arregalados.

— Logo antes de os SKIDS chegarem, cara, eles nem demoraram, eu perguntei a Brooks se ele também matou Brady Hartsfield. E Izzy disse para ele: "Não responda!".

— Ela disse *o quê*? — exclama Hodges.

Ele não tem muito espaço na cabeça agora para se preocupar com o relacionamento deteriorado de Pete com a parceira, mas mesmo assim fica impressionado. Izzy é detetive de polícia, não advogada de defesa de Al da Biblioteca.

— Você me ouviu. Em seguida, ela olha para mim e diz: "Você não leu os direitos dele". Então me viro para um dos policiais uniformizados e pergunto: "Vocês leram os direitos deste cavalheiro?". E é claro que eles dizem que sim. Olho para Izzy, e ela está mais vermelha do que nunca, mas não recua. Ela diz: "Se a gente estragar isso, a culpa não vai cair em cima de você, você vai embora em duas semanas, a culpa vai cair em cima de mim, e com força".

— Aí o pessoal da estadual chegou...

— É, e agora estou aqui na estufa da falecida sra. Babineau, ou seja lá qual for o nome dessa porra, com a bunda congelando. A parte mais rica da cidade, Kerm, e eu estou em um abrigo mais gelado do que a geladeira de um esquimó. Aposto que Izzy sabe que estou ligando para você. Contando tudo para meu querido e velho amigo Kermit.

Pete provavelmente está certo sobre isso. Mas se a srta. Belos Olhos Cinzentos está tão determinada a subir a escada hierárquica quanto Pete acredita, ela deve estar pensando em uma palavra mais feia: delatando.

— Esse tal de Brooks perdeu o pouco de cabeça que tinha, o que o torna o bode expiatório perfeito para quando isso chegar à imprensa. Sabe como vão apresentar o caso?

Hodges sabe, mas deixa Pete dizer.

— Brooks enfiou na cabeça que era um vingador da justiça chamado Z-Boy. Ele veio até aqui, matou a sra. Babineau quando ela abriu a porta e depois matou o doutor quando ele tentou fugir na BMW. Então Brooks dirigiu até o hospital e deu um monte de comprimidos para Hartsfield, tirados do estoque particular de Babineau. Não duvido dessa parte, porque eles tinham uma farmácia inteira no armário de remédios. E, claro, ele poderia ter entrado na Clínica de Traumatismo Cerebral sem nenhum problema, ele tem crachá e trabalha no hospital há seis ou sete anos, mas *por quê*? E o que ele fez com o corpo de Babineau? Porque não está na casa.

— Boa pergunta.

Pete continua:

— Vão dizer que Brooks o colocou no carro e o largou em algum lugar, provavelmente um barranco ou uma vala, e provavelmente quando estava voltando para cá depois de dar os comprimidos para Hartsfield. Mas por que fazer isso se deixou o corpo da mulher caído no saguão? E por que voltar para cá?

— Vão dizer...

— Que ele é maluco! Claro que vão! É a resposta perfeita para tudo que não faz sentido! E se Ellerton e Stover surgirem na história, o que provavelmente não vai acontecer, vão dizer que ele as matou também!

Se disserem, Hodges pensa, *Nancy Alderson vai confirmar a história, ao menos até certo ponto. Porque sem dúvida foi o Al da Biblioteca que ela viu observando a casa em Hilltop Court.*

— Vão expor Brooks, encarar a cobertura da imprensa e encerrar tudo. Mas tem algo errado nessa história, Kerm. Sinto que tem. Se você souber de alguma coisa, se tiver uma única pista, siga. Prometa que vai fazer isso.

Tenho mais do que uma, Hodges pensa, mas Babineau é a chave, e ele desapareceu.

— Quanto sangue havia no carro, Pete?

— Não muito, mas a perícia já confirmou que é do tipo de Babineau. Isso não é conclusivo, mas... merda. Tenho que ir. Izzy e um dos SKIDS vieram até a porta dos fundos. Estão me procurando.

— Tudo bem.

— Ligue para mim. Se precisar de alguma coisa a que eu tenha acesso, me avise.

— Pode deixar.

Hodges encerra a ligação e levanta o rosto, querendo contar tudo para Holly, mas ela não está mais ao lado dele.

— Bill. — A voz dela soa baixa. — Venha aqui.

Intrigado, ele vai até a porta do escritório, onde para na mesma hora. Jerome está atrás da mesa, sentado na cadeira de rodinhas de Hodges. As pernas compridas estão esticadas, e ele está olhando para o Zappit de Dinah Scott. Os olhos estão arregalados e vazios. A boca está entreaberta. Há gotinhas de saliva no lábio inferior. Uma música toca na pequena caixa de som do aparelho, mas não a mesma da noite anterior, Hodges tem certeza.

— Jerome...

Ele dá um passo à frente, mas antes que possa dar outro, Holly o segura pelo cinto. A mão dela é surpreendentemente forte.

— Não — diz ela com a mesma voz baixa. — Você não deve assustá-lo. Não com ele nesse estado.

— O que faremos, então?

— Fiz um ano de hipnoterapia quando tinha trinta anos. Eu estava tendo dificuldades com... bem, não importa. Eu quero tentar.

— Tem certeza?

Ela olha para ele com o rosto pálido, os olhos temerosos.

— Não, mas não podemos deixá-lo assim. Não depois do que aconteceu com Barbara.

O Zappit na mão frouxa de Jerome emite um brilho azul. Jerome não reage, não pisca, só continua olhando para a tela enquanto a música toca.

Holly dá um passo à frente.

— Jerome.

Nenhuma resposta.

— Jerome, você está me ouvindo?

— Estou — responde ele, sem tirar os olhos da tela.

— Jerome, onde você está?

— No meu enterro. Todo mundo está lá. É lindo.

17

Brady ficou fascinado por suicídio aos doze anos, enquanto estava lendo *Raven*, um livro de não ficção sobre os suicídios em massa em Jonestown, Guiana. Lá, mais de novecentas pessoas, um terço delas crianças, morreram depois de beber suco batizado com cianeto. O que interessou a Brady, além da contagem de corpos altíssima, foi tudo que levou ao clímax final. Bem antes do dia em que famílias inteiras tomaram veneno juntas e enfermeiros (*enfermeiros de verdade!*) usaram seringas para injetar morte na garganta de bebês aos prantos, Jim Jones estava preparando seus seguidores para a apoteose deles com sermões inflamados e ensaios de suicídio que chamava de "Noites Brancas". Ele primeiro os encheu de paranoia e depois os hipnotizou com o glamour da morte.

Quando estava no último ano do ensino médio, Brady escreveu o único trabalho em que tirou nota dez para uma aula tosca de sociologia chamada Vida Americana. O título era "Caminhos da morte: um breve estudo do suicídio nos EUA". Nele, Brady citou as estatísticas de 1999, na época o ano mais recente da pesquisa. Mais de quarenta mil pessoas haviam se matado naquele ano, normalmente com armas (o método mais confiável), mas o suicídio através de comprimidos vinha logo depois, em segundo lugar. As pessoas também se enforcaram, se afogaram, sangraram até a morte, enfiaram a cabeça em fornos, atearam fogo a si mesmas e jogaram os carros de pontes. Um sujeito criativo (isso Brady não colocou no trabalho; mesmo naquela época, ele tomava o cuidado de não ser rotulado como esquisito) enfiou um fio de duzentos e vinte volts no reto e se eletrocutou. Em 1999, o suicídio era a décima causa de morte nos Estados Unidos, e se você acrescentasse as que eram registradas como acidente ou "causas naturais", sem dúvida estaria no mesmo patamar das mortes por doenças do coração, câncer e acidentes de carro. Provavelmente ainda atrás, mas não *muito*.

Brady citou Albert Camus, que disse: "Só existe um problema filosófico realmente sério: o suicídio".

Ele também citou um psiquiatra famoso chamado Raymond Katz, que declarou: "Todo ser humano nasce com o gene do suicídio". Brady só não se deu ao trabalho de acrescentar a segunda parte da declaração de Katz porque achava que tirava parte do drama: "Na maioria de nós, ele permanece adormecido".

Nos dez anos entre a formatura e o momento em que foi atingido no auditório Mingo, a fascinação de Brady por suicídio — inclusive o próprio, sempre visto como parte de um gesto grandioso e histórico — continuou se desenvolvendo.

Essa semente agora, contra todas as probabilidades, floresceu. O caminho foi longo e difícil, mas valeu cada passo árduo. Os golpes que ele sofreu naquela noite no Mingo não encerraram seu destino; só o garantiram.

Ele será o Jim Jones do século XXI.

18

Sessenta e cinco quilômetros ao norte da cidade, ele não consegue mais esperar. Brady para em uma área de descanso na rodovia I-47, desliga o motor barulhento do Malibu de Z-Boy e liga o laptop de Babineau. Não tem wi-fi ali, como disponibilizam em algumas áreas de descanso, mas graças à grande mãe Verizon, tem uma torre de celular a menos de sete quilômetros, ereta em frente às nuvens densas. Usando o MacBook Air de Babineau, ele pode ir aonde quiser sem ter que sair do estacionamento quase deserto. Ele pensa (e não pela primeira vez) que um toque de telecinesia não é nada em comparação ao poder da internet. Ele tem certeza de que milhares de suicídios foram incubados nos sites de mídias sociais, onde os trolls correm livremente e o bullying rola solto. Isso é a *verdadeira* mente sobre a matéria.

Ele não consegue digitar tão rápido quanto gostaria — o ar úmido da tempestade que se aproxima piorou a artrite nos dedos de Babineau —, mas o laptop acaba conectado ao equipamento de alta potência na sala do computador de Freddi Linklatter. E não vai ter que ficar conectado por muito tempo.

Ele clica em um arquivo escondido que colocou no laptop em uma das visitas anteriores à cabeça de Babineau.

INICIAR COMUNICAÇÃO COM ZEETHEEND? S N

Ele clica no S e espera. O círculo gira e gira e gira. Quando está começando a se perguntar se alguma coisa deu errado, o laptop pisca a mensagem que ele está esperando:

ZEETHEEND ESTÁ AGORA ATIVO

Bom. Zeetheend é só um pouco da cobertura do bolo. Ele conseguiu disseminar um número limitado de Zappits (e uma porção significante do carregamento estava com defeito), mas adolescentes são criaturas que agem em bando, e criaturas assim fazem tudo igual. É por isso que cardumes de peixes e abelhas se deslocam juntos. É por isso que as andorinhas voltam todos os anos para Capistrano. Em relação ao comportamento humano, é por isso que a "ola" acontece em estádios de futebol americano ou de beisebol e é por isso que indivíduos se perdem em uma multidão só porque a multidão está ali.

Garotos adolescentes tendem a usar os mesmos shorts largos e deixar a mesma barba rala crescer para não serem excluídos do grupo. Garotas adolescentes adotam os mesmos estilos de roupas e ficam loucas pelas mesmas bandas. É o We R Your Bruthas este ano; há pouco tempo, era o 'Round Here e o One Direction. Antigamente era o New Kids on the Block. As modas se espalham entre os adolescentes como epidemias de sarampo, e, de tempos em tempos, uma dessas modas é o suicídio. Em Gales do Sul, dezenas de adolescentes se enforcaram entre 2007 e 2009, com mensagens em redes sociais espalhando a mania. Até as despedidas que deixaram foram escritas na linguagem da internet: Eu tb e vlw.

Incêndios vastos o bastante para queimar milhões de hectares podem ser iniciados por um único fósforo jogado em um arbusto seco. Os Zappits que Brady distribuiu pelos drones humanos são centenas de fósforos. Nem todos vão se acender, e dos que vão, apenas alguns permanecerão acesos. Brady sabe disso, mas tem o zeetheend.com para servir ao mesmo tempo de apoio e acelerador. Vai funcionar? Ele está longe de ter certeza, porém o tempo é curto demais para testes longos.

E se funcionar?

Suicídios adolescentes por todo o estado, talvez por todo o Meio-Oeste. Centenas, talvez milhares. *O que você acharia disso, ex-detetive Hodges? Melhoraria sua aposentadoria, seu babaca velho e intrometido?*

Ele troca o laptop de Babineau pelo Zappit de Z-Boy. É adequado ele usar esse. Pensa nele como o "Zappit Zero", porque foi o primeiro que ele viu, no dia em que Al Brooks o levou para o quarto, pensando que Brady poderia gostar. E ele gostou. Ah, sim, gostou muito.

O programa adicional, com os peixes-número e as mensagens subliminares, não foi colocado nesse porque Brady não precisa dele. Essas coisas são estritamente para os alvos. Ele vê os peixes nadarem de um lado para outro, usa-os para se acalmar e concentrar, depois fecha os olhos. Primeiro, só há escuridão, mas depois de alguns momentos luzes vermelhas começam a aparecer, mais de cinquenta agora. São como pontos em um mapa, só que não ficam estacionárias. Elas nadam de um lado para outro, da esquerda para a direita, de cima para baixo, se entrecruzando. Ele escolhe uma aleatória e seus olhos reviram por trás das pálpebras fechadas enquanto Brady segue seu progresso. Começa a ficar devagar, devagar, devagar. Então para e aumenta. Abre-se como uma flor.

Ele está em um quarto. Tem uma garota olhando fixamente para o peixe no Zappit dela, que recebeu de graça do showruim.com. Ela está na cama porque não foi para a aula hoje. Talvez tenha dito que estava doente.

— Qual é seu nome? — pergunta Brady.

Às vezes, eles ouvem uma voz vinda do aparelho, mas as pessoas mais suscetíveis o veem mesmo, como uma espécie de avatar em um video game. Essa garota é desse tipo, um começo auspicioso. Mas eles sempre reagem melhor aos próprios nomes, então ele vai ficar repetindo. Ela olha sem surpresa para o jovem sentado ao seu lado na cama. O rosto está pálido, e os olhos, vidrados.

— Ellen — diz ela. — Estou procurando os números certos.

Claro que está, ele pensa, e entra nela. Ela está sessenta e cinco quilômetros ao sul de onde Brady está, mas quando a tela da demonstração os conecta, a distância não importa. Ele poderia controlá-la, transformá-la em um de seus drones, mas não quer fazer isso mais do que queria entrar na casa da sra. Trelawney à noite e cortar seu pescoço. Assassinato não é controle; assassinato é só assassinato.

Suicídio é controle.

— Você é feliz, Ellen?

— Eu era — diz ela. — Poderia ser de novo se encontrasse os números certos.

Brady dá um sorriso ao mesmo tempo triste e encantador.

— Sim, mas os números são como a vida — diz ele. — Não faz sentido, Ellen. Não é verdade?

— É.

— Conte para mim, Ellen. O que te preocupa?

Ele poderia descobrir sozinho, mas vai ser melhor se ela contar. Brady sabe que tem alguma coisa porque todo mundo se preocupa, e os adolescentes se preocupam mais do que todo mundo.

— Agora? Com as provas do vestibular.

Ahá, ele pensa, *o famoso teste em que o Departamento de Pecuária Acadêmica separa as ovelhas das cabras.*

— Sou muito ruim em matemática — diz ela. — Sou péssima.

— Ruim com números — afirma ele, assentindo com solidariedade.

— Se eu não tirar ao menos seiscentos e cinquenta pontos, não vou entrar em uma boa faculdade.

— E você vai ter sorte se marcar quatrocentos — diz ele. — Não é verdade, Ellen?

— É.

Lágrimas surgem nos olhos dela e começam a escorrer pelas bochechas.

— E aí, você também vai se sair mal em inglês. — Brady a está forçando a se abrir, e essa é a melhor parte. É como enfiar a mão em um animal aturdido, mas ainda vivo, e arrancar suas entranhas. — Você vai ter um branco.

— Talvez eu tenha um branco — diz Ellen. Ela está chorando alto agora.

Brady verifica a memória de curto prazo dela e descobre que os pais foram trabalhar e o irmãozinho está na escola. Ela está chorando bastante. Que a escrota faça todo o barulho que quiser.

— Nada de talvez. Você *vai* ter um branco, Ellen. Porque não aguenta a pressão.

Ela chora.

— Diga, Ellen.

— Não consigo aguentar a pressão. Vou ter um branco, e, se não entrar em uma faculdade boa, meu pai vai ficar decepcionado e minha mãe vai ficar furiosa.

— E se você não conseguir entrar em *nenhuma* faculdade? E se o único emprego que conseguir for fazendo faxina ou dobrando roupas em uma lavanderia?

— Minha mãe vai me odiar!

— Ela já odeia, não odeia, Ellen?

— Eu não... Eu acho que não...

— Odeia, sim, ela odeia você. Diga, Ellen. Diga: "Minha mãe me odeia".

— Minha mãe me odeia. Ai meu Deus, estou com tanto medo e minha vida é tão horrível!

Esse é o maior presente concedido pela combinação de hipnose induzida pelo Zappit com a capacidade de Brady de invadir mentes quando as pessoas estão naquele estado sugestionável. Medos comuns, com os quais adolescentes como Ellen convivem como uma espécie de desagradável ruído de fundo, podem ser transformados em monstros devastadores. Pequenos balões de paranoia podem ser inflados até estarem do tamanho dos balões da Macy's no desfile do Dia de Ação de Graças.

— Você pode parar de sentir medo — diz Brady. — E pode fazer sua mãe lamentar muito mesmo.

Ellen sorri em meio às lágrimas.

— Você pode deixar tudo isso para trás.

— Posso. Posso deixar tudo para trás.

— Pode ficar em paz.

— Paz — diz ela, e suspira.

Como isso é maravilhoso. Com a mãe de Martine Stover, que sempre saía da tela de demonstração para jogar a porcaria da paciência, ele demorou semanas. Alguns dias com Barbara Robinson. Mas com Ruth Scapelli e essa chorona espinhenta no quarto fofo cor-de-rosa? Poucos minutos. *Bem*, Brady pensa, *eu sempre tive facilidade para aprender coisas novas.*

— Você está com seu celular, Ellen?

— Aqui.

Ela enfia a mão debaixo de uma almofada. O celular também é cor-de-rosa.

— Você devia postar no Facebook e no Twitter. Para que todos os seus amigos possam ler.

— O que eu posto?

— Escreva: "Estou em paz agora. Você também pode ficar. Visite zeetheend.com".

Ela escreve, mas bem devagar. Quando eles estão nesse estado, é como se estivessem embaixo d'água. Brady lembra a si mesmo o quanto isso está progredindo bem e tenta não ficar impaciente. Quando ela termina e as mensagens são enviadas, mais fósforos jogados em madeira seca, ele sugere que ela vá até a janela.

— Acho que você precisa de ar fresco. Para clarear os pensamentos.

— Eu preciso de ar fresco — diz ela, afasta o edredom e tira os pés descalços da cama.

— Não esqueça o Zappit — avisa ele.

Ela o pega e vai até a janela.

— Antes de você abrir a janela, vá para a tela principal, onde ficam os ícones. Você consegue fazer isso, Ellen?

— Sim... — Uma longa pausa. A idiota é mais lenta do que uma tartaruga. — Tudo bem, estou vendo os ícones.

— Ótimo. Agora vá até o WipeWords. É o ícone com a imagem de um quadro-negro e um apagador.

— Estou vendo.

— Clique duas vezes, Ellen.

Ela clica, e o Zappit emite um brilho azul em reconhecimento. Se alguém tentar usar aquele aparelho de novo, vai emitir um brilho azul final e morrer.

— *Agora* você pode abrir a janela.

O ar frio entra e sopra o cabelo dela. Ellen oscila, parecendo querer despertar, e por um momento Brady sente a mente dela escapando. Ainda é difícil manter o controle de longe, mesmo quando as pessoas estão em estado hipnótico, mas ele tem certeza de que vai melhorar a técnica. A prática leva à perfeição.

— Pule — sussurra Brady. — Pule e você não vai mais precisar fazer o vestibular. Sua mãe não vai mais odiar você. Vai lamentar. Pule e todos os números serão os certos. Você vai receber o melhor prêmio. O prêmio é o sono.

— O prêmio é o sono — concorda Ellen.

— Pule agora — murmura Brady, sentado atrás do volante do carro velho de Al Brooks com os olhos fechados.

Sessenta e cinco quilômetros ao sul, Ellen pula da janela do quarto. Não é uma queda alta e há neve acumulada no chão. É velha e está dura, mas ainda acolchoa a queda até certo ponto, então, em vez de morrer, a garota quebra a clavícula e três costelas. Ela começa a gritar de dor, e Brady é expulso de sua cabeça como um piloto ejetado de um caça F-111.

— Merda! — grita ele, e bate no volante. A artrite de Babineau sobe até o braço, e isso o deixa com ainda mais raiva. — Merda, merda, *merda*!

19

No bairro de classe alta de Branson Park, Ellen Murphy se esforça para ficar de pé. A última coisa de que se lembra é de dizer para a mãe que estava doente e não podia ir à escola, uma mentira para que pudesse ficar clicando nos peixes rosa e caçando prêmios na demonstração agradavelmente viciante do Pescaria. O Zappit dela está ali perto, com a tela rachada. Não a interessa mais. Ela o deixa e sai cambaleando descalça na direção da porta da frente. A cada respiração, sente uma pontada de dor na lateral.

Mas estou viva, ela pensa. *Ao menos, estou viva. O que eu estava pensando? Que merda eu estava pensando?*

A voz de Brady ainda está na cabeça dela: o gosto grudento de um ser horrível que ela engoliu enquanto ainda estava vivo.

20

— Jerome — diz Holly. — Você ainda consegue me ouvir?

— Sim.

— Quero que você desligue o Zappit e o coloque na mesa. — E então, como sempre foi o tipo de garota que não dá ponto sem nó, ela acrescenta: — Com a tela virada para baixo.

Ele franze a testa.

— Eu preciso?

— Precisa. Agora. E pare de olhar para essa porcaria.

Antes que Jerome possa obedecer à ordem, Hodges dá uma espiada final nos peixes nadando e vê mais um brilho azul. Uma tontura momentânea, talvez causada pelos analgésicos, talvez não, toma conta dele. E então Jerome aperta o botão no alto do aparelho, e os peixes desaparecem.

O que Hodges sente não é alívio, mas decepção. Talvez seja loucura, porém considerando seu problema médico atual, talvez não seja. Ele já viu a hipnose ser usada de tempos em tempos para ajudar testemunhas a relembrarem algum evento, mas nunca compreendeu seu poder até agora. Ele acha, provavelmente uma ideia profana nessa situação, que os peixes do Zappit poderiam ser um remédio melhor para a dor do que os comprimidos que o dr. Stamos lhe prescreveu.

— Vou contar de dez até um, Jerome — diz Holly. — Cada vez que você ouvir um número, vai despertar um pouco mais. Certo?

Por vários segundos, Jerome não diz nada. Ele fica sentado calmamente, em paz, passeando em alguma outra realidade, talvez tentando decidir se gostaria de se mudar para lá de forma permanente. Holly, por outro lado, está tremendo como um diapasão, e Hodges consegue sentir as unhas afundando nas palmas das próprias mãos enquanto cerra os punhos.

Finalmente, Jerome diz:

— Tudo bem, acho. Só porque você pediu, Hollyberry.

— Aí vamos nós. Dez... nove... oito... você está voltando... sete... seis... cinco... acordando...

Jerome levanta a cabeça. Os olhos estão em Hodges, mas ele não tem certeza de que o rapaz está olhando para ele.

— Quatro... três... quase lá... dois... um... *acorde!* — exclama ela, batendo palmas.

Jerome toma um susto. Uma das mãos acerta o Zappit de Dinah e o derruba no chão. Jerome olha para Holly com uma expressão de surpresa tão exagerada que seria engraçada em outras circunstâncias.

— O que aconteceu? Eu dormi?

Holly desaba na cadeira normalmente reservada para os clientes. Respira fundo e limpa as bochechas, que estão molhadas de suor.

— De certa forma — diz Hodges. — O jogo hipnotizou você. Como hipnotizou sua irmã.

— Tem certeza? — pergunta Jerome, depois olha para o relógio. — Acho que tem. Eu acabei de perder quinze minutos.

— Quase vinte. Do que você se lembra?

— De clicar nos peixes rosa e transformá-los em números. É incrivelmente difícil de fazer. Você tem que prestar atenção, se concentrar muito, e os brilhos azuis não ajudam.

Hodges pega o Zappit no chão.

— Não ligue isso — diz Holly bruscamente.

— Não vou. Mas liguei ontem à noite, e posso dizer que não houve brilhos azuis e dava para clicar nos peixes rosa até os dedos ficarem dormentes sem encontrar número nenhum. Além disso, a música está diferente agora. Não muito, mas um pouco.

— "Vou nadar, pelo mar, pelo tão lindo mar. E, ah, seremos tão felizes juntos" — canta Holly com afinação perfeita. — Minha mãe cantava para mim quando eu era pequena.

Jerome está olhando para ela com mais intensidade do que Holly aguenta, e ela desvia o olhar, incomodada.

— O quê? O que foi?

— Havia uma letra — diz ele —, mas não era essa.

Hodges não ouviu letra nenhuma, só a melodia, porém não diz nada. Holly pergunta se ele consegue lembrar.

A voz de Jerome não é tão boa quanto a dela, mas chega perto o bastante para eles terem certeza de que sim, é a música que eles ouviram.

— "Vai dormir, vai dormir, você vai só dormir..." — Ele para. — Só consigo me lembrar disso. Se é que não estou inventando.

— Agora nós temos certeza — diz Holly. — Alguém alterou a demonstração do Pescaria.

— Encheu de esteroides — acrescenta Jerome.

— O que isso quer dizer? — pergunta Hodges.

Jerome assente para Holly, e ela responde:

— Alguém carregou um programa escondido na demonstração, que já é levemente hipnótica por si só. O programa não estava ativo quando Dinah estava com o Zappit nem quando você olhou o jogo da Pescaria ontem à noite, Bill, o que foi muita sorte, mas alguém o ativou depois disso.

— Babineau?

— Ele ou outra pessoa, se a polícia estiver certa e Babineau estiver morto.

— Pode ter sido pré-programado — sugere Jerome para Holly. Em seguida, para Hodges: — Como um despertador.

— Deixa ver se entendi — diz Hodges. — O programa estava lá o tempo todo, mas só ficou ativo quando o Zappit de Dinah foi ligado hoje?

— Isso — diz Holly. — Deve haver um repetidor envolvido, você não acha, Jerome?

— É. Um programa de computador que emite a atualização constantemente, esperando que algum pateta, eu, no caso, ligue um Zappit e ative o wi-fi.

— Isso pode acontecer com *todos* eles?

— Se o programa já estiver em todos, sim — diz Jerome.

— Brady armou isso. — Hodges começa a andar, levando a mão à lateral do corpo como se para segurar a dor lá dentro. — A porra do Brady Hartsfield.

— Como? — pergunta Holly.

— Não sei, mas é a única explicação. Ele tentou explodir o Mingo durante aquele show. A gente o impediu. A plateia, cheia de garotinhas, foi salva.

— Por você, Holly — diz Jerome.

— Fique quieto, Jerome. Deixe ele falar. — Os olhos dela sugerem que ela sabe onde Hodges quer chegar.

— Seis anos se passam. Aquelas garotas, a maioria no ensino fundamental em 2010, agora estão no ensino médio. Talvez na faculdade. O 'Round Here não existe mais, e as garotas amadureceram um pouco, passaram a gostar de outros tipos de música, mas aí recebem uma proposta que não podem recusar. Um aparelho de jogos de graça, e tudo que elas precisam fazer é provar que estavam no show do 'Round Here naquela noite. O aparelho deve parecer tão antiquado quanto uma tv em preto e branco, mas pelo menos é de graça.

— Sim! — diz Holly. — Brady ainda estava atrás delas. Isso é vingança, mas não só delas. Ele quer se vingar de *você*, Bill.

O que me torna responsável, Hodges pensa, deprimido. *Mas o que eu poderia ter feito? O que mais nós poderíamos ter feito? Ele ia explodir tudo.*

— Babineau, usando o nome Myron Zakim, comprou oitocentos Zappits. Só pode ter sido ele, porque é cheio da grana. Brady estava sem dinheiro e duvido que o Al da Biblioteca pudesse tirar vinte mil dólares da poupança. Os aparelhos estão por aí agora. E se todos receberem esse programa alterado quando forem ligados...

— Espere aí, volte um pouco — pede Jerome. — Você está mesmo dizendo que um neurocirurgião respeitável se envolveu nessa merda?

— É o que estou dizendo, sim. Sua irmã o identificou, e já sabemos que o neurocirurgião respeitável estava usando Brady Hartsfield como cobaia.

— Mas agora Hartsfield está morto — interrompe Holly. — Só resta Babineau, que também pode estar morto.

— Ou não — diz Hodges. — Havia sangue no carro, mas nenhum corpo. Não seria a primeira vez que algum bandido tentou fingir a própria morte.

— Tenho que verificar uma coisa no computador — diz Holly. — Se esses Zappits de graça estiverem recebendo uma atualização agora mesmo, então talvez...

Ela sai correndo.

— Não estou entendendo como essas coisas podem acontecer, mas... — começa Jerome.

— Babineau vai poder nos contar — diz Hodges —, se ainda estiver vivo.

— Sim, mas Barb falou sobre ouvir uma voz que dizia um monte de coisas horríveis para ela. Eu não ouvi voz nenhuma, e também não estou a fim de me matar.

— Talvez você seja imune.

— Não sou. Aquela tela me pegou, Bill, eu mergulhei *totalmente*. Ouvi a letra da música, e acho que havia palavras nos brilhos azuis também. Como uma mensagem subliminar. Mas... nenhuma voz.

Pode haver vários motivos para isso, Hodges pensa, *e não é porque Jerome não ouviu a voz que a maioria dos adolescentes que receberam o aparelho de graça não vai ouvir.*

— Vamos dizer que esse tal de repetidor só tenha sido ligado nas últimas catorze horas — diz Hodges. — Nós sabemos que não pode ter sido antes de quando experimentei o jogo de Dinah, porque senão eu teria visto os peixes-

-número e os brilhos azuis. Então, a pergunta é a seguinte: essas telas de demonstração podem ser alteradas com os aparelhos desligados?

— De jeito nenhum — diz Jerome. — Eles precisam estar ligados. Mas, quando são...

— *Está ativo!* — grita Holly. — *O maldito site zeetheend está ativo!*

Jerome corre até a mesa dela no escritório. Hodges segue logo atrás, mais devagar.

Holly aumenta o volume do computador, e uma música começa a tocar nos escritórios da Achados e Perdidos. Não "Pelo lindo mar" dessa vez, mas "Don't Fear the Reaper". Conforme a música avança (*forty thousand men and women every day, another forty thousand coming every day*), Hodges vê um velório à luz de velas e um caixão coberto de flores. Acima, jovens homens e mulheres sorridentes vêm e vão, de um lado para outro, passando uns pelos outros, sumindo e reaparecendo. Alguns acenam; alguns fazem o sinal da paz. Embaixo do caixão há uma série de frases em letras que inflam e se contraem como um coração batendo devagar.

UM FIM PARA A DOR
UM FIM PARA O MEDO
CHEGA DE RAIVA
CHEGA DE DÚVIDA
CHEGA DE LUTA
PAZ
PAZ
PAZ

Em seguida, uma série de flashes azuis. Inseridas neles estão palavras. *Ou chamemos do que realmente são*, pensa Hodges. *Gotas de veneno.*

— Desligue isso, Holly. — Hodges não gosta da forma como ela está olhando para a tela, com aquele olhar fixo e arregalado, tão parecida com Jerome alguns minutos atrás.

Ela está se movendo devagar demais para o gosto de Jerome. Ele estica a mão por cima do ombro dela e desliga o computador.

— Você não devia ter feito isso — reclama ela. — Eu posso ter perdido dados.

— É exatamente para isso que serve a porra desse site — diz Jerome. — Para fazer você perder dados. Para fazer você perder a *cabeça*. Eu consegui ler o último, Bill. No brilho azul. Dizia *faça agora*.

Holly assente.

— Tinha outro que dizia *conte para seus amigos*.

— O Zappit os direciona para essa... essa coisa? — pergunta Hodges.

— Não precisa — diz Jerome. — Porque as pessoas que encontrarem o site, e muita gente vai encontrar, inclusive adolescentes que nunca receberam um Zappit de graça, vão espalhar o boato no Facebook e nas outras mídias sociais.

— Ele queria uma epidemia de suicídio — completa Holly. — Deu início a isso de alguma forma e depois se matou.

— Provavelmente para chegar lá na frente deles — afirma Jerome. — Para poder encontrá-los na porta.

— Não consigo acreditar que uma música de rock e a foto de um enterro vão fazer adolescentes se matarem — diz Hodges. — Os Zappits eu consigo aceitar. Já vi como funcionam. Mas isso?

Holly e Jerome trocam um olhar, um que Hodges consegue ler com facilidade: Como explicamos isso para ele? Como se explica um sabiá para alguém que nunca viu um pássaro? Aquele olhar já quase basta para convencê-lo.

— Adolescentes são vulneráveis a coisas assim — diz Holly. — Não todos, é verdade, mas muitos. Eu era quando tinha dezessete anos.

— E é contagioso — diz Jerome. — Quando começa... *se* começa... — Ele termina dando de ombros.

— Temos que encontrar esse tal repetidor e desligá-lo — diz Hodges. — Para limitar os danos.

— Talvez esteja na casa de Babineau — diz Holly. — Ligue para Pete. Descubra se tem computadores por lá. Se tiver, peça para ele tirar tudo da tomada.

— Se ele estiver com Izzy, vai deixar cair na caixa postal — diz Hodges, mas faz a ligação, e Pete atende no primeiro toque.

Ele diz para Hodges que Izzy voltou para a delegacia com os SKIDS para esperar os primeiros relatórios da perícia. Al Brooks da Biblioteca foi levado em custódia pelos primeiros policiais a aparecer no local, que vão ganhar algum crédito pela prisão.

Pete parece cansado.

— Tivemos uma briga. Izzy e eu. Das grandes. Tentei dizer a ela o que você me disse quando começamos a trabalhar juntos, que o caso é quem manda, e a gente vai aonde ele nos leva. Sem desviar do caminho, sem passá-lo adiante, só seguindo as pistas até chegar ao fim. Ela ficou me ouvindo de braços cruzados, assentindo de vez em quando. Cheguei a achar que estava entendendo. Mas depois, sabe o que ela me perguntou? Se eu sabia qual tinha sido a última vez em que houve uma mulher no alto escalão da polícia. Eu disse que não sabia, e ela disse que era porque a resposta era nunca. Ela disse que seria a primeira. Cara, eu achava que a conhecia. — Pete dá o que talvez seja a gargalhada mais sem humor que Hodges já ouviu. — Eu achava que ela era uma *policial*.

Hodges vai se compadecer depois, se tiver oportunidade. Agora, não há tempo. Ele pergunta sobre os computadores.

— Não encontramos nada além de um iPad descarregado — diz Pete. — Everly, a empregada, diz que ele tinha um laptop no escritório, que era quase novo, mas sumiu.

— Como Babineau — diz Hodges. — Talvez esteja com ele.

— Talvez. Lembre que, se eu puder ajudar, Kermit...

— Vou ligar, pode deixar.

Agora, Hodges está aceitando toda ajuda que conseguir.

21

A experiência com a garota chamada Ellen é um fracasso, uma repetição do que aconteceu com a pentelha Robinson, mas finalmente Brady se acalma. Funcionou, é nisso que ele precisa focar. A queda baixa junto com a neve foi azar. Vai haver muitos outros. Ele tem muito trabalho pela frente, muitos fósforos a acender, mas quando o fogo pegar, ele poderá se recostar e assistir.

Vai queimar até chegar ao fim.

Ele dá a partida no carro de Z-Boy e sai da área de descanso. Quando entra no tráfego leve seguindo para o norte na rodovia I-47, os primeiros flocos de neve caem do céu cinzento e batem no para-brisa do Malibu. Brady dirige mais rápido. A lata-velha de Z-Boy não está equipada para uma tempestade de neve, e quando ele sair da rodovia, as estradas vão ficar cada vez piores. Ele precisa ser mais rápido do que o clima.

Ah, vou ser mais rápido sim, Brady pensa, e sorri quando uma ideia maravilhosa lhe ocorre. Talvez Ellen tenha ficado paralítica, uma cabeça em um palito, como a puta Stover.

Não é provável, mas também não é impossível. Uma fantasia agradável com a qual passar os quilômetros.

Ele liga o rádio, encontra uma música do Judas Priest e coloca o som no máximo.

O PRÍNCIPE DO SUICÍDIO

Brady teve muitas vitórias no quarto 217, mas teve que guardá-las para si. Voltar da morte-viva que era o coma; descobrir que podia (por causa da droga que Babineau administrou ou por causa de alguma alteração fundamental em suas ondas cerebrais, ou talvez até de uma combinação dos dois) mover pequenos objetos só de pensar neles; habitar o cérebro do Al da Biblioteca e criar dentro dele uma segunda personalidade, Z-Boy. E ele não podia se esquecer de quando se vingou do policial gordo que o acertou nas bolas quando ele não podia se defender. Mas o melhor, o melhor de tudo, foi levar Sadie MacDonald a cometer suicídio. Aquilo sim era poder.

Ele queria repetir a experiência.

A questão que aquele desejo levantava era simples: quem seria o próximo? Seria fácil fazer Al Brooks pular de um viaduto ou beber desentupidor de ralo, mas Z-Boy iria junto, e sem Z-Boy, Brady ficaria preso no quarto 217, que não passava de uma cela de prisão com vista para o estacionamento. Não, ele precisava de Brooks onde estava. E *como* estava.

Mais importante era a pergunta do que fazer com o filho da mãe responsável por colocá-lo lá. Ursula Haber, a nazista do departamento de fisioterapia, dizia que os pacientes em reabilitação precisavam de OPM: objetivos para melhorar. Bem, ele estava melhorando, óbvio, e a vingança contra Hodges era um objetivo válido, mas como conseguir? Induzir Hodges a cometer suicídio não era a resposta, mesmo que houvesse um jeito de tentar isso. Ele já tinha jogado o jogo do suicídio com Hodges. E perdido.

Quando Freddi Linklatter apareceu com a foto dele e da mãe, Brady ainda estava a um ano e meio de perceber como poderia encerrar sua questão com Hodges, mas ver Freddi lhe deu o estímulo necessário. Só que ele teria que ser cuidadoso. Muito cuidadoso.

Um passo de cada vez, ele disse para si mesmo enquanto ficava acordado de madrugada. *Um passo de cada vez. Tenho grandes obstáculos, mas também tenho armas extraordinárias.*

O primeiro passo era fazer Al Brooks retirar os Zappits restantes da biblioteca do hospital. Ele os levou para a casa do irmão, onde morava em um apartamento em cima da garagem. Isso foi fácil porque ninguém os queria mesmo. Brady os via como munição. Acabaria encontrando uma arma em que pudesse carregá-los.

Brooks levou os Zappits sozinho, embora operando sob comando, peixes-pensamento, que Brady implantou na personalidade rasa, mas útil, de Z--Boy. Ele tinha ficado com medo de entrar completamente em Brooks e tomar conta de tudo porque destruía o cérebro do coroa rápido demais. Ele tinha que racionar esses momentos de imersão total e usá-los com sabedoria. Era uma pena, ele gostava daquelas férias fora do hospital, mas as pessoas estavam começando a reparar que o Al da Biblioteca estava ficando com a cabeça meio confusa. Se ele ficasse confuso *demais*, seria obrigado a encerrar o trabalho voluntário. Pior, Hodges tinha reparado. Isso não era bom. Que o velho Det. Apos. ouvisse todos os boatos sobre telecinesia que quisesse, Brady não tinha problema com isso, mas não queria que o ex-detetive percebesse o que estava realmente acontecendo.

Apesar do risco de exaustão mental, Brady assumiu comando total de Brooks na primavera de 2013, porque precisava usar o computador da biblioteca. *Olhar* para o computador podia ser feito sem imersão total, mas *usá-lo* era outra coisa. E foi uma visita curta. Ele só queria colocar um alerta do Google usando as palavras *Zappit* e *Pescaria*.

A cada dois ou três dias, ele mandava Z-Boy verificar o alerta e se reportar a ele. A instrução era para mudar para o site da ESPN se alguém se aproximasse para ver o que ele estava lendo (raramente faziam isso; a biblioteca não era muito maior do que um armário, e os poucos visitantes costumavam estar procurando pela capela ao lado).

Os alertas eram interessantes e informativos. Parecia que muitas pessoas tinham vivenciado uma espécie de hipnose ou convulsão real depois de olhar por tempo demais para a tela de demonstração do Pescaria. Esse efeito era mais poderoso do que Brady imaginava. Havia até um artigo na seção de negócios do *New York Times*, e a empresa estava tendo problemas por causa disso.

Problemas dos quais não precisava, pois já andava mal das pernas. Não era preciso ser um gênio (coisa que Brady acreditava ser) para perceber que a Zappit, Inc. logo entraria em falência ou seria comprada por uma empresa maior. Brady estava apostando na falência. Quem seria burro o bastante para comprar uma empresa fabricante de aparelhos de jogos eletrônicos antiquados e ridiculamente caros, principalmente com um dos jogos tendo um defeito perigoso?

Enquanto isso, havia o problema de como alterar os que ele possuía (estavam guardados no armário do apartamento de Z-Boy, em cima da garagem, mas Brady os considerava propriedade sua) para que as pessoas ficassem olhando por mais tempo. Ele estava empacado nessa questão quando Freddi fez sua visita. Quando ela foi embora, com o dever de boa samaritana cumprido (não que Frederica Bimmel Linklatter fosse ou já tivesse sido uma boa samaritana), Brady ficou pensando por muito tempo.

Depois, no final de agosto de 2013, após uma visita particularmente irritante do Det. Apos., ele enviou Z-Boy até o apartamento dela.

Freddi contou o dinheiro, depois observou o coroa de calça verde com os ombros curvados parado no meio do que ela chamava de sala. O dinheiro veio da poupança de Al Brooks no banco Midwest Federal. A primeira retirada da poupança parca dele, mas não a última.

— Duzentos dólares por algumas respostas? É, posso fazer isso. Mas se você está aqui atrás de um boquete, vai ter que procurar em outro lugar, coroa. Sou sapatão.

— São só perguntas. — Z-Boy entregou um Zappit para Freddi e disse a ela para olhar a tela de demonstração do Pescaria. — Mas você não pode olhar mais do que trinta segundos, mais ou menos. É, há, estranho.

— Estranho, é?

Ela deu outro sorriso indulgente e voltou a atenção para os peixes nadando. Trinta segundos viraram quarenta. Isso ainda estava de acordo com as diretivas que Brady deu a ele antes de enviá-lo em sua missão (ele sempre as chamava de missões por ter descoberto que Brooks associava a palavra com heroísmo). Mas, depois de quarenta e cinco, ele tirou o aparelho dela.

Freddi olhou para a frente, piscando.

— Uau. Bagunça o cérebro, não é?

— É. Mais ou menos.

— Eu li na *Gamer Programming* que o jogo de fliperama Star Smash faz uma coisa parecida, mas você tem que jogar por, tipo, meia hora para ter esse efeito. Porém isso é rápido à beça. As pessoas sabem?

Z-Boy ignorou a pergunta.

— Meu chefe quer saber como você faria para que as pessoas olhassem para a tela de demonstração por mais tempo em vez de irem direto para o jogo, que não tem o mesmo efeito.

Freddi adotou o sotaque russo falso pela primeira vez.

— Quem serrr seu líder destemido, Z-Boy? Seja um bom camarrrada e conte para a Camarrrada X, *da*?

Z-Boy franziu a testa.

— Há?

Freddi suspirou.

— Quem é seu chefe, bonitão?

— O dr. Z.

Brady tinha previsto a pergunta, conhecia Freddi havia muito tempo, e essa era outra diretiva. Ele tinha planos para Felix Babineau, mas ainda eram vagos. Ele ainda estava testando as águas. Voando com auxílio de instrumentos.

— O dr. Z e seu ajudante, Z-Boy — disse ela, acendendo um cigarro. — A caminho da dominação mundial. Minha nossa. Isso me torna a Z-Girl?

Isso não fazia parte das diretivas, então ele ficou em silêncio.

— Não importa, entendi — disse ela, soprando fumaça. — Seu chefe quer uma armadilha. O jeito de fazer isso é transformando a tela de demonstração em um jogo. Mas tem que ser algo simples. Não pode ficar pesado por causa de um monte de programação complicada. — Ela levantou o Zappit, agora desligado. — Essa coisa é meio descerebrada.

— Que tipo de jogo?

— Sei lá, mano. Esse é o lado criativo. Nunca foi meu forte. Diz para o seu chefe pensar nisso. De qualquer modo, quando essa coisa estiver carregada e com um bom sinal de wi-fi, você precisa instalar um rootkit. Quer que eu escreva tudo isso?

— Não.

Brady havia alocado parte do espaço de armazenamento da memória decadente de Al Brooks para essa tarefa. Além do mais, quando o trabalho fosse ser feito, Freddi seria a responsável.

— Quando o rootkit estiver instalado, você pode baixar códigos-fonte de outro computador. — Ela adotou o sotaque russo de novo. — Da Base Zerrro secrrreta debaixo da calota polarrr.

— Devo dizer essa parte para ele?
— Não. Só fale sobre o rootkit e o código-fonte. Entendeu?
— Entendi.
— Mais alguma coisa?
— Brady Hartsfield quer que você vá visitá-lo de novo.

As sobrancelhas de Freddi subiram quase até a raiz do cabelo estilo militar.

— Ele *fala* com você?
— Fala. É difícil entender no começo, mas depois de um tempo, dá.

Freddi olhou ao redor da sala escura e amontoada, com cheiro da comida chinesa que ela pediu na noite anterior, como se o ambiente a interessasse. Ela estava achando aquela conversa cada vez mais esquisita e apavorante.

— Sei lá, cara. Já fiz minha boa ação indo até lá, e eu nunca fui escoteira.
— Ele vai pagar — disse Z-Boy. — Não muito, mas...
— Quanto?
— Cinquenta dólares por visita.
— Por quê?

Z-Boy não sabia, mas, em 2013, ainda havia uma boa quantidade de Al Brooks naquela mente, e aquela era a parte que entendia.

— Acho que... porque você foi parte da vida dele. Você sabe, quando vocês dois consertavam os computadores das pessoas. Nos velhos tempos.

Brady não odiava o dr. Babineau com a mesma intensidade que odiava K. William Hodges, mas isso não queria dizer que o dr. B não estava na sua lista negra. Babineau o usou como cobaia, o que era ruim. Perdeu o interesse em Brady quando sua droga experimental pareceu não estar funcionando, o que era péssimo. Mas o pior de tudo foi que as doses voltaram quando Brady recuperou a consciência, e quem sabia o que estavam provocando? Podiam matá-lo, mas como um homem que cortejou assiduamente a própria morte, não era isso que mantinha Brady acordado à noite. O que fazia isso era a possibilidade de as injeções interferirem nas suas novas habilidades. Babineau ridicularizava os supostos poderes mentais de Brady em público, mas acreditava de verdade que podiam existir, apesar de Brady ter tomado o cuidado de nunca exibi-los na frente do médico, mesmo com os pedidos repetidos de Babineau. Ele acreditava que qualquer habilidade telecinética também era resultado do que ele chamava de Cerebellin.

As tomografias e ressonâncias também voltaram.

— Você é a oitava maravilha do mundo — afirmou Babineau depois de uma dessas, no outono de 2013. Ele estava andando ao lado de Brady enquanto um enfermeiro empurrava a cadeira de rodas para levá-lo de volta ao quarto 217. Babineau estava com a expressão que Brady chamava de "cara metida".

— Os protocolos atuais fizeram mais do que parar a destruição dos seus neurônios; eles estimularam o crescimento de novos. Mais robustos. Você tem ideia do quanto isso é incrível?

Pode apostar, babaca, pensou Brady. *Então, guarde as tomografias só para você. Se a promotoria descobrir, estarei em apuros.*

Babineau dava tapinhas no ombro de Brady de forma possessiva. Brady odiava isso. Parecia que ele estava acariciando um cachorrinho.

— O cérebro humano é composto de aproximadamente cem bilhões de neurônios. Os da Área de Broca do seu foram gravemente danificados, mas se recuperaram. Na verdade, estão criando neurônios diferentes de qualquer outro que eu tenha visto. Um dia desses, você vai ficar famoso não como uma pessoa que tirou muitas vidas, mas como o responsável por salvá-las.

Se for assim, pensou Brady, *será um dia que você não vai estar presente para ver. Pode contar com isso, seu escroto.*

"O lado criativo nunca foi meu forte", disse Freddi para Z-Boy. Era verdade, mas *sempre* foi o de Brady, e enquanto 2013 virava 2014, ele teve bastante tempo para pensar em formas de a tela de demonstração do Pescaria poder ser incrementada e transformada no que Freddi chamava de armadilha visual. Mas nenhuma delas parecia a correta.

Eles não falavam sobre os efeitos do Zappit durante as visitas dela; o que eles mais faziam era relembrar (com Freddi necessariamente falando boa parte do tempo) os velhos dias na Ciberpatrulha. Todas as pessoas malucas que eles conheceram nas visitas. E Anthony "Tones" Frobisher, o chefe babaca. Freddi falava sobre ele constantemente, transformando coisas que devia ter dito em coisas que disse, e *bem na cara dele*! As visitas de Freddi eram monótonas, mas também reconfortantes. Equilibravam suas noites desesperadas, quando achava que passaria o resto da vida no quarto 217, à mercê do dr. Babineau e de suas "injeções de vitamina".

Eu tenho que impedi-lo, pensou Brady. *Eu tenho que* controlá-lo.

Para fazer isso, a versão potencializada da tela de demonstração tinha que estar perfeita. Se ele estragasse a primeira tentativa de entrar na cabeça de Babineau, talvez não houvesse outra.

A TV agora ficava ligada ao menos quatro horas por dia no quarto 217. Isso era devido a uma ordem de Babineau, que disse para a enfermeira-chefe Helmington que estava "expondo o sr. Hartsfield a estímulos externos. Reiniciando o cérebro dele, se você preferir".

Como se você tivesse alguma ideia do quanto meu cérebro já está reiniciado, pensou Brady. *Se tivesse, o seu explodiria.*

Ele não ligava de ver o jornal da tarde (sempre havia alguma explosão empolgante ou uma tragédia de grandes proporções em algum lugar do mundo), mas o resto da programação — como programas de culinária, talk shows, novelas e curandeiros charlatões — era insuportável. Mas, um dia, quando estava sentado na cadeira junto à janela vendo *Prize Surprise* (ou olhando naquela direção, pelo menos), ele teve uma revelação. A participante que sobreviveu até a rodada bônus conseguiu a chance de ganhar uma viagem para Aruba em um jatinho particular. Mostraram para ela uma tela enorme onde pontos grandes e coloridos ficavam se movimentando. O trabalho dela era tocar em cinco pontos vermelhos, que se transformariam em números. Se os números que ela tocasse somassem um total entre 95 e 105, ela venceria.

Brady observou a mulher com os olhos arregalados se movendo de um lado para outro, estudando a tela, e soube que tinha encontrado o que estava procurando. *Os peixes rosa*, ele pensou. *São os que se movem mais rápido e, além do mais, vermelho é uma cor raivosa. O rosa é... o quê? Qual era a palavra?* A palavra veio, e ele sorriu. Foi o sorriso radiante que o fazia parecer ter dezenove anos de novo.

Rosa era *tranquilizador*.

Às vezes, durante as visitas de Freddi, Z-Boy deixava o carrinho da biblioteca no corredor e se juntava a eles. Em uma dessas ocasiões, durante o verão de 2014, ele entregou a Freddi uma receita eletrônica. Foi escrita no computador da biblioteca, e durante uma das cada vez mais raras ocasiões em que Brady não só dava instruções, mas se sentava no banco do motorista e assumia completamente o controle. Ele teve que fazer isso porque tudo precisava ser perfeito. Não havia espaço para erro.

Freddi observou o papel, ficou interessada e o leu com mais atenção.

— Olha — disse ela —, isso é bem inteligente. E acrescentar a mensagem subliminar é legal. É maldade, mas é legal. O misterioso dr. Z inventou isso?

— Foi — respondeu Z-Boy.

Freddi voltou a atenção para Brady.

— Você sabe quem é esse dr. Z?

Brady balançou a cabeça de um lado para outro.

— Tem certeza de que não é você? Porque isso parece trabalho seu.

Brady só a observou com olhar vazio até ela desviar o rosto. Ele a tinha deixado ver mais dele do que Hodges ou qualquer outra pessoa da enfermagem ou da equipe de fisioterapia, mas não tinha intenção de deixá-la ver *dentro* dele. Não a essa altura, pelo menos. Havia a chance de ela dar com a língua nos dentes. Além do mais, ele ainda não sabia exatamente o que estava fazendo. Sempre ouviu dizer que o mundo colocaria um caminho na sua porta se você construísse a melhor ratoeira, mas como ele ainda não sabia se aquela pegaria algum rato, era melhor ficar quieto. Além do mais, o dr. Z ainda não existia.

Mas era uma questão de tempo.

Em uma tarde não muito depois de Freddi receber a receita eletrônica explicando como alterar a tela de demonstração do Pescaria, Z-Boy visitou Felix Babineau no escritório dele. O médico passava uma hora lá quase todos os dias em que visitava o hospital, tomando café e lendo o jornal. Havia um campinho de minigolfe ao lado da janela (nada de vista da garagem para Babineau), onde ele às vezes treinava suas tacadas. Era onde estava quando Z-Boy entrou sem bater.

Babineau olhou para ele com frieza.

— Posso ajudar? Você se perdeu?

Z-Boy levantou o Zappit Zero, no qual Freddi fizera um upgrade (depois de comprar várias peças novas de computador pagas com parte da poupança de Al Brooks, que estava diminuindo rapidamente).

— Olhe isto — disse ele. — Vai lhe dizer o que fazer.

— Saia — ordenou Babineau. — Não sei no que você estava pensando, mas aqui é meu espaço particular e estou no meu momento de lazer. Ou prefere que eu chame a segurança?

— Olhe para a tela ou vai aparecer no noticiário esta noite: "Médico conduz experimentos com medicamento sul-americano nunca testado no assassino em massa Brady Hartsfield".

Babineau o encarou, boquiaberto, naquele momento muito parecido com como ficaria depois que Brady começasse a destruir a essência de sua consciência.

— Não faço ideia do que você está falando.

— Estou falando sobre o Cerebellin, que não vai ser aprovado pela FDA tão cedo, se é que um dia será aprovado. Eu acessei seus arquivos e tirei mais de vinte fotos com meu celular. Também tirei fotos das tomografias cerebrais que você anda guardando. Você violou muitas leis, doutor. Olhe para a tela e isso ficará entre nós. Se você se recusar, sua carreira acaba. Você tem cinco segundos para decidir.

Babineau pegou o aparelho e olhou para os peixes nadando. A musiquinha tocou. De vez em quando, havia um brilho azul.

— Comece a clicar nos cor-de-rosa, doutor. Eles vão virar números. Faça a soma de cabeça.

— Por quanto tempo tenho que fazer isso?

— Você vai descobrir.

— Você é doido?

— Você tranca seu escritório quando não está, o que é bem inteligente, mas tem muitos cartões de segurança com acesso total espalhados por aí. E você deixou seu computador ligado, o que me pareceu loucura. Olhe para os peixes. Clique nos cor-de-rosa e some os números. Isso é tudo que você precisa fazer e vou te deixar em paz.

— Isso é chantagem.

— Não, chantagem é por dinheiro. Isso é só uma troca. Olhe para os peixes. Não vou pedir de novo.

Babineau olhou para os peixes. Clicou em um cor-de-rosa e errou. Era surpreendentemente difícil conseguir pegá-los. Ele clicou de novo, errou de novo. Murmurou um "Porra!" baixinho. Era bem mais difícil do que parecia, e ele começou a ficar interessado. Os brilhos azuis deveriam ser irritantes, mas não eram. Até pareciam ajudá-lo a se concentrar. A preocupação com tudo que esse sujeito sabia começou a desaparecer no fundo de sua mente.

Conseguiu clicar em um dos peixes antes de ele sair nadando pelo lado esquerdo da tela e obteve um nove. Isso era bom. Um bom começo. Ele esqueceu por que estava fazendo aquilo. Pegar os peixes cor-de-rosa era importante.

A música continuou tocando.

Um andar acima, no quarto 217, Brady estava olhando para o Zappit quando sentiu sua respiração desacelerar. Fechou os olhos e se concentrou em um único ponto vermelho. Era Z-Boy. Ele esperou... esperou... e então, quando estava começando a pensar que o alvo talvez fosse imune, um segundo ponto apareceu. Estava meio apagado no começo, mas foi ficando mais forte e mais claro com o tempo.

É como ver uma rosa desabrochar, pensou Brady.

Os dois pontos começaram a nadar, brincalhões, de um lado para outro. Ele se concentrou no que era Babineau. O ponto ficou mais lento até parar.

Peguei você, pensou Brady.

Mas ele tinha que tomar cuidado. Era uma missão furtiva.

Os olhos que ele abriu eram os de Babineau. O doutor estava olhando para os peixes, mas tinha parado de tocar neles. Ele tinha se tornado... qual era a palavra que usavam no hospital? Um vegetal. Ele havia se tornado um vegetal.

Brady não ficou muito tempo naquela primeira ocasião, mas não demorou para entender as maravilhas às quais conseguiu acesso. Al Brook era um cofrinho. Felix Babineau era uma fortuna. Brady tinha acesso às lembranças dele, ao conhecimento arquivado, às habilidades. Enquanto estava em Al, ele podia trocar os fios de um circuito elétrico. Em Babineau, poderia executar uma craniotomia e rearrumar um cérebro humano. Além disso, obteve prova de uma coisa sobre a qual só tinha teorias e esperanças: ele podia possuir os outros de longe. Só era preciso que a pessoa estivesse naquele estado de hipnose induzida pelo Zappit para abrir a mente dela. O Zappit que Freddi modificou era uma ótima armadilha visual, e, caramba, funcionava muito *rápido*.

Ele mal podia esperar para usá-lo em Hodges.

Antes de sair, Brady soltou alguns peixes-pensamentos no cérebro de Babineau, mas poucos. Ele pretendia agir com muita cautela com o médico. Babineau precisava estar totalmente habituado à tela — que se transformara no que os especialistas em hipnose chamavam de "dispositivo de indução" — antes de Brady se anunciar. Um desses peixes-pensamentos era a ideia de que as tomografias não estavam gerando resultados de real interesse e deveriam ser canceladas. As injeções de Cerebellin também seriam interrompidas.

Porque Brady não está fazendo progresso suficiente. Porque era um beco sem saída. Além do mais, ele poderia ser pego.

— Ser pego seria ruim — murmurou Babineau.

— Sim — disse Z-Boy. — Ser pego seria ruim para nós dois.

Babineau tinha deixado o taco de golfe cair. Z-Boy o pegou e colocou na mão dele.

Quando aquele verão abafado se transformou em um outono frio e chuvoso, Brady aumentou seu controle sobre Babineau. Foi soltando os peixes-pensamentos com cuidado, como um criador enchendo um lago de trutas. O médico começou a sentir uma vontade incrível de se aproximar de algumas das enfermeiras mais novas, correndo o risco de ser processado por assédio sexual. Ocasionalmente, roubava analgésicos da máquina Pyxis do Balde, usando a identificação de um médico fictício, um artifício que Brady conseguiu por meio de Freddi Linklatter. Babineau fazia isso apesar de poder ser pego e de ter meios mais seguros de conseguir comprimidos. Ele roubou um relógio Rolex da sala de neurologia um dia (apesar de ter o dele) e o guardou na última gaveta da escrivaninha, onde o esqueceu na mesma hora. Pouco a pouco, Brady Hartsfield, que mal conseguia andar, tomou posse do médico que presumira ter tomado posse dele e o colocou em uma armadilha. Se ele fizesse alguma tolice, como tentar contar para alguém o que estava acontecendo, a armadilha o pegaria.

Ao mesmo tempo, ele começou a esculpir a personalidade do dr. Z, tomando bem mais cuidado do que teve com Al da Biblioteca. Primeiro porque tinha mais habilidade agora. Além disso, a matéria-prima era de melhor qualidade. Em outubro daquele ano, com centenas de peixes-pensamentos nadando no cérebro de Babineau, ele começou a assumir o controle do corpo do médico, levando-o em passeios cada vez mais longos. Uma vez, dirigiu até a fronteira do estado de Ohio com a BMW de Babineau, só para ver se seu controle diminuiria com a distância. Não diminuiu. Parecia que, depois que você entrava, ficava dentro. E foi um passeio ótimo. Ele parou em um restaurante de beira de estrada e se fartou de anéis de cebola.

Que delícia!

Quando a época das festas de fim de ano de 2014 se aproximou, Brady notou que estava sentindo algo que não experimentava desde a infância. Era tão estranho para ele que só quando as decorações de Natal foram recolhidas e o Dia de São Valentim se aproximava ele identificou o que era.

Ele estava contente.

Parte dele lutou contra esse sentimento, chamando-o de uma pequena morte, mas outra parte queria aceitá-lo. Abraçá-lo, até. E por que não? Não era como se ele estivesse preso no quarto 217 ou até mesmo no próprio corpo. Ele podia sair quando quisesse, como passageiro ou motorista. Tinha que tomar cuidado para não ir muitas vezes para o banco do motorista nem ficar tempo demais, só isso. Ele torceu para que tudo que tirava dos cérebros deles quando estava no controle se regenerasse, assim como os músculos se regeneravam depois de exercícios, mas isso não aconteceu. O cerne da consciência, ao que parecia, era um recurso limitado. Quando desaparecia, era o fim.

Que pena.

Se Hodges tivesse continuado a visitá-lo, Brady teria tido um novo objetivo: fazer com que ele olhasse para o Zappit na gaveta, entrar nele e plantar peixes-pensamentos suicidas. Teria sido como usar o Debbie's Blue Umbrella de novo, só que dessa vez com sugestões bem mais poderosas. Não exatamente sugestões, mas ordens.

O único problema com o plano era que Hodges tinha parado de ir. Ele aparecera depois do Dia do Trabalho, jorrando toda aquela baboseira (*Sei que você está aí dentro, Brady, espero que esteja sofrendo, Brady, você consegue mesmo mover as coisas sem tocar nelas, Brady? Se puder, quero ver você fazer*), mas depois sumira. Brady conjecturava que o desaparecimento de Hodges era a verdadeira fonte da felicidade incomum e não totalmente bem-vinda. Hodges era uma pedra no sapato dele. Agora que a pedra havia sumido, ele estava livre para caminhar por onde quisesse.

Mais ou menos.

Com acesso à conta bancária e ao portfólio de investimentos do dr. Babineau, assim como à sua mente, Brady começou a comprar peças de computadores. O médico retirou o dinheiro e fez as compras; Z-Boy entregou o equipamento no chiqueiro que era o apartamento de Freddi Linklatter.

Ela merece algo melhor, pensou Brady. *Eu deveria fazer alguma coisa sobre isso.*

Z-Boy também levou para ela o resto dos Zappits que pegou na biblioteca, e Freddi alterou as telas de demonstração do Pescaria em todos eles... por um preço, claro. E apesar de o preço ser alto, Brady pagou sem hesitar. Era dinheiro do médico, afinal, grana de Babineau. Quanto ao que poderia fazer com os aparelhos alterados, ele não tinha ideia. Achava que poderia acabar querendo mais um ou dois drones, mas não via motivo para trocar no momento. Ele começou a entender o que era a felicidade: a versão emocional das regiões oceânicas de calmaria, onde todos os ventos desapareciam e a pessoa só flutuava.

Acontecia quando se acabavam os objetivos para melhorar.

Essa situação continuou até o dia 13 de fevereiro de 2015, quando a atenção de Brady foi captada por uma notícia do jornal da tarde. Os âncoras, que estavam rindo por causa das traquinagens de um casal de bebês panda, fizeram cara de

"Ah, merda" quando a tela atrás deles mudou dos pandas para o logotipo de um coração partido.

— Vai ser um dia de São Valentim triste no subúrbio de Sewickley — disse a mulher.

— É verdade, Betty — afirmou o homem. — Dois sobreviventes do Massacre do City Center, Krista Countryman, de vinte e seis anos, e Keith Frias, de vinte e quatro, cometeram suicídio na casa de Countryman.

— Ken — continuou Betty —, os pais, em choque, dizem que o casal queria se casar em maio deste ano, mas os dois foram muito feridos no ataque provocado por Brady Hartsfield, e a dor física e mental contínua parece ter sido demais para eles. Frank Denton tem mais informações.

Brady começou a prestar atenção, sentado o mais próximo de ereto na cadeira que ele conseguia, os olhos brilhando. Poderia alegar legitimamente agora que aqueles dois foram obra dele? Acreditava que sim, o que queria dizer que sua pontuação do City Center tinha aumentado de oito para dez. Ainda estava longe de doze, mas, ei! Nada mau!

O correspondente, Frank Denton, também com sua melhor expressão de "Ah, merda", ficou de falação por um tempo, depois a imagem mudou para o pobre papaizinho da puta da Countryman, que leu o bilhete de suicídio que o casal deixou. Ele balbuciou durante a maior parte, mas Brady entendeu a ideia. Eles tiveram uma bela visão da vida após a morte, onde os ferimentos seriam curados, o peso da dor sumiria e eles poderiam se casar em perfeita saúde pelo Seu Salvador Jesus Cristo.

— Como isso é triste — opinou o âncora no final da história. — Muito triste.

— Com certeza, Ken — afirmou Betty. A tela atrás deles mudou para uma foto de um bando de idiotas usando roupas de casamento em uma piscina, e o semblante triste sumiu. — Mas isso deve alegrar todo mundo: vinte casais decidiram se casar em uma piscina em Cleveland, onde está fazendo *cinco graus negativos!*

— Eu só espero que eles tenham um baita amor ardente — disse Ken, mostrando os dentes perfeitamente artificiais em um sorriso. — *Brrrr!* Agora Patty Newfield nos dará os detalhes.

Quantos mais eu consigo pegar?, Brady se perguntou. Ele estava animadíssimo. *Tenho nove Zappits incrementados, os dois que meus drones têm e o da minha gaveta. Quem disse que as coisas terminaram com os babacas desempregados?*

Quem disse que não posso aumentar a contagem?

* * *

Brady continuou acompanhando a Zappit Inc. durante seu período de inatividade, enviando Z-Boy para verificar o alerta do Google uma ou duas vezes por semana. A conversa sobre o efeito hipnótico da tela de demonstração do Pescaria (e os efeitos menores da demonstração de Passarinhos Assobiando) morreu e foi substituída por especulações sobre quando a empresa declararia falência; não era mais uma questão de "se". Quando a Sunrise Solutions comprou a Zappit, um blogueiro que se chamava de Redemoinho Elétrico escreveu: "Uau! É como dois pacientes com câncer terminal decidindo noivar".

A nova personalidade de Babineau estava agora bem estabelecida, e foi o dr. Z que começou a pesquisar os sobreviventes do Massacre do City Center para Brady, fazendo uma lista dos que ficaram mais feridos e que, assim, eram mais vulneráveis a pensamentos suicidas. Alguns deles, como Daniel Starr e Judith Loma, ainda estavam em cadeiras de rodas. Loma talvez saísse da dela; Starr nunca sairia. Tinha também Martine Stover, que estava paralisada do pescoço para baixo e morava com a mãe em Ridgedale.

Eu estaria fazendo um favor a elas, pensou Brady. *Estaria mesmo.*

Ele decidiu que a mãe de Stover seria um bom começo. Sua primeira ideia foi fazer Z-Boy mandar um Zappit para ela pelo correio ("Um presente para você!"), mas como poderia ter certeza de que ela não jogaria fora? Ele só tinha nove e não queria correr o risco de desperdiçar nenhum. Alterá-los custou-lhe (bem, a Babineau) muito dinheiro. Talvez fosse melhor mandar Babineau em uma missão pessoal. Usando um dos ternos bem cortados e uma gravata escura sóbria, ele aparentaria ser mais de confiança do que Z-Boy com a calça verde amarrotada, e era o tipo de coroa de quem as mulheres como a mãe de Stover tinham a tendência de gostar. Brady só precisava elaborar uma história crível. Alguma pesquisa de marketing, talvez? Ou um clube do livro? Uma competição com prêmios?

Ele ainda estava avaliando as possibilidades, pois não havia pressa, quando o alerta do Google anunciou uma morte inesperada: a Sunrise Solutions batera as botas. Isso foi no começo de abril. Um administrador judicial foi escolhido para vender os bens, e uma lista dos chamados Bens Arrecadados logo apareceria nos sites de venda habituais. Para quem não pudesse esperar, uma lista de todas as porcarias não utilizáveis da Sunrise Solutions podia ser encontrada no arquivo da falência. Brady achou isso interessante, mas não o bastante para pedir ao dr. Z para olhar a lista. Devia haver caixas de Zappits no meio, porém ele já tinha nove agora, e isso devia bastar para a brincadeira.

Um mês depois, ele mudou de ideia.

Um dos segmentos mais populares do jornal da tarde se chamava "Uma Palavrinha com Jack". Jack O'Malley era um dinossauro velho e gordo que devia ter começado no ramo quando a TV ainda era em preto e branco, e falava por uns cinco minutos ao final de cada transmissão sobre o que quer que estivesse passando no que restava da cabeça dele. Ele usava óculos enormes de armação preta e a papada tremia como gelatina quando ele falava. Normalmente, Brady o achava bem divertido, meio que um alívio cômico, mas não houve nada de divertido no segmento daquele dia. Abriu uma série de novos panoramas.

— As famílias de Krista Countryman e Keith Frias receberam uma enxurrada de condolências como resultado de uma história que esta estação transmitiu dois meses atrás — disse Jack com sua voz mal-humorada de Andy Rooney. — A decisão deles de acabar com a vida quando não conseguiam mais viver com a dor sem fim e sem melhora reacendeu o debate sobre a ética do suicídio. Também nos lembrou, infelizmente, do covarde que provocou tudo isso, um monstro chamado Brady Wilson Hartsfield.

Sou eu, pensou Brady com alegria. *Quando dizem até seu nome do meio, você sabe que é um bicho-papão de verdade.*

— Se houver uma vida depois desta — disse Jack (sobrancelhas descontroladas de Andy Rooney se unindo, papada tremendo) —, Brady Wilson Hartsfield vai pagar o preço pelos seus crimes quando chegar lá. Enquanto isso, vamos considerar o lado bom dessa nuvem de horror, porque realmente existe um.

"Um ano depois do surto de matança covarde no City Center, Brady Hartsfield tentou cometer um crime ainda mais hediondo. Ele levou uma quantidade enorme de explosivo plástico para um show no auditório Mingo, com a intenção de matar milhares de adolescentes que foram lá para se divertir. Ele foi detido pelo ex-detetive William Hodges e por uma mulher corajosa chamada Holly Gibney, que esmagou o crânio do otário homicida antes que ele pudesse detonar..."

Naquele momento, Brady parou de prestar atenção. Uma mulher chamada Holly Gibney foi quem acertou a cabeça dele e quase o matou? Quem era essa porra de Holly Gibney? E por que ninguém nunca contou isso a ele nos cinco anos desde que ela o fez ver estrelas e o colocou naquele quarto? Como era possível?

Fácil, ele concluiu. Quando a cobertura era recente, ele estava em coma. *Depois*, pensou Brady, *eu simplesmente supus que foi Hodges ou o negrinho cortador de grama.*

Ele pesquisaria Gibney na internet quando tivesse oportunidade, mas ela não era importante. Ela fazia parte do passado. O futuro era uma ideia esplêndida que ocorreu a ele assim como suas melhores invenções: inteira e completa, precisando só de alguns poucos ajustes para que ficasse perfeita.

Ele ligou o Zappit, encontrou Z-Boy (no momento distribuindo revistas para pacientes esperando na ginecologia e obstetrícia) e o mandou para o computador da biblioteca. Quando estava sentado na frente da tela, Brady o tirou do banco do motorista e assumiu o controle, encolhido e fazendo careta para o monitor com os olhos míopes de Al Brooks. Em um site chamado Bens de Falência 2015, ele encontrou a lista de tudo que a Sunrise Solutions deixou para trás. Havia lixo de uma dezena de empresas diferentes, listadas em ordem alfabética. A Zappit era a última, mas, no que dizia respeito a Brady, longe de ser a menos importante. No topo da lista dos bens estavam 45 872 Zappits Commanders, com preço de venda sugerido de 189,99 dólares. Estavam sendo vendidos em lotes de quatrocentos, oitocentos e mil. Embaixo, em vermelho, havia a advertência de que parte do lote estava com defeito, "mas a maioria está em perfeito estado de funcionamento".

A empolgação de Brady fez o velho coração do Al da Biblioteca trabalhar. As mãos saíram do teclado e se fecharam em punhos. Fazer mais sobreviventes do City Center cometerem suicídio era fichinha em comparação à grande ideia que agora tomava conta dele: terminar o que tentou fazer naquela noite no Mingo. Ele conseguia se ver escrevendo para Hodges pelo Blue Umbrella: *Você acha que me deteve? Pense de novo.*

O quanto seria maravilhoso?

Ele tinha certeza de que Babineau tinha mais do que dinheiro suficiente para comprar um Zappit para cada pessoa que esteve lá naquela noite, mas como Brady teria que abordar os alvos um por um, não adiantaria exagerar.

Ele fez Z-Boy levar Babineau até ele. Babineau não quis ir. Tinha medo de Brady agora, o que Brady achava esplêndido.

— Você vai comprar umas coisinhas para mim — disse Brady.

— Comprar umas coisinhas. — Dócil. Não mais com medo.

Babineau entrou no quarto 217, mas agora era o dr. Z quem estava de pé com os ombros curvados em frente à cadeira de Brady.

— É. Você vai precisar botar dinheiro em uma conta nova. Acho que vamos chamar de Gamez Unlimited. É Gamez com z no final.

— Com z. Como eu.

O chefe do departamento de neurologia do Kiner conseguiu dar um sorriso pequeno e vazio.

— Isso mesmo. Vamos transferir cento e cinquenta mil dólares para essa conta. Você também vai arrumar um apartamento novo e maior para Freddi Linklatter. Para ela poder receber a mercadoria que você vai comprar e então trabalhar nela. Ela vai ser uma garota ocupada.

— Vou arrumar um apartamento novo e maior para ela para...

— Cale a boca e preste atenção. Ela vai precisar de mais equipamentos também.

Brady se inclinou para a frente. Conseguia ver um futuro lindo ao seu alcance, um futuro em que Brady Wilson Hartsfield era coroado vencedor anos depois que o Det. Apos. pensava que o jogo tinha terminado.

— A peça mais importante do equipamento se chama repetidor.

CABEÇAS E PELES

1

Não é só a dor que acorda Freddi, mas a bexiga também. Parece que vai explodir. Sair da cama é uma operação complicada. A cabeça está latejando, e parece que ela está com o peito envolto em gesso. Não dói tanto, mas está rígido e muito pesado. Cada respiração é como levantamento de peso.

O banheiro parece ter saído de um filme de terror, e ela fecha os olhos assim que se senta na privada para não ter que olhar para todo aquele sangue. *Que sorte eu estar viva*, ela pensa, enquanto o que parece quarenta litros de xixi sai dela. *Tanta sorte. E como eu vim parar no meio dessa porra toda? Foi porque levei aquela maldita foto. Minha mãe estava certa: nenhuma boa ação fica sem punição.*

Mas, se havia uma hora para pensar com clareza, é agora, e ela tem que admitir para si mesma que levar a foto para Brady não foi o que a conduziu até aquele ponto: sentada no banheiro cheio de sangue com um galo na cabeça e um ferimento de bala no peito. Foi *voltar* que fez isso, e ela voltou porque estava sendo paga para isso, cinquenta dólares por visita. O que a tornava uma espécie de prostituta, em sua opinião.

Você sabe o que está acontecendo aqui. Pode tentar se convencer de que só descobriu quando olhou o pendrive que o dr. Z levou, o que ativa o site sinistro, mas sabia quando estava instalando atualizações em todos aqueles Zappits, não sabia? Uma linha de montagem de aparelhos, quarenta ou cinquenta por dia, até que todos que não estavam defeituosos fossem minas armadas. Mais de quinhentos. Você sabia que era Brady o tempo todo, e Brady Hartsfield é maluco.

Ela puxa a calça, dá descarga e sai do banheiro. A luz entrando pela janela da sala é suave, mas mesmo assim machuca a vista. Ela aperta os olhos, vê que está começando a nevar e segue para a cozinha, com dificuldade para respirar. A geladeira está cheia de caixas de restos de comida chinesa, mas tem algumas latas de Red Bull na prateleira da porta. Ela pega uma, bebe metade e se sente um pouco melhor. Deve ser só efeito psicológico, mas para ela já basta.

O que vou fazer? O que, meu Deus? Tem algum jeito de eu sair dessa confusão?

Ela entra no escritório, andando um pouco mais rápido agora, e atualiza a tela. Procura zeetheend no Google, torcendo para ver o homem de desenho balançando a picareta, e seu coração despenca quando a imagem que enche a tela mostra um funeral à luz de velas, exatamente o que ela viu quando deu boot no pendrive e a tela inicial se abriu em vez de importar a coisa toda cegamente, como as instruções diziam. A música arrastada do Blue Öyster Cult está tocando.

Ela rola para depois das mensagens embaixo do caixão, cada uma inflando e murchando como batimentos cardíacos lentos (UM FIM PARA A DOR, UM FIM PARA O MEDO) e clica em POSTAR COMENTÁRIO. Freddi não sabe há quanto tempo esse veneno eletrônico está ativo, mas é tempo o suficiente para já ter gerado centenas de comentários.

Bedarkened77: Esse site tem coragem de falar a verdade!
AliceAlways401: Eu queria ter coragem, as coisas estão tão ruins em casa agora.
VerbanaTheMonkey: Aguentem a dor, gente, suicídio é covardia!!!
KittycatGreeneyes: Não, suicídio é sem dor, leva a muitas mudanças.

VerbanaTheMonkey não é o único que se opõe, mas Freddi não precisa ler todos os comentários para ver que ele (ou ela) é minoria esmagadora. *Isso vai se espalhar como gripe*, Freddi pensa.

Não, está mais para ebola.

Ela olha para o repetidor a tempo de ver 171 ENCONTRADOS mudar para 172. O boato sobre os peixes-número está se espalhando rápido, e até esta noite quase todos os Zappits alterados vão estar ativos. A tela de demonstração os hipnotiza, os torna receptivos... a quê? Bem, à ideia de que eles devem ir visitar zeetheend, para começar. Ou talvez as pessoas com Zappits não acabem no site. Talvez elas só ignorem. As pessoas vão obedecer a uma ordem hipnótica para se matar? Não, não é?

Certo?

Freddi não ousa correr o risco de desligar o repetidor por medo de uma visita de Brady, mas o site?

— Você vai sair do ar, filho da puta — diz ela, e começa a digitar no teclado.

Menos de trinta segundos depois, ela está encarando sem acreditar uma mensagem na tela: ESSA FUNÇÃO NÃO É PERMITIDA. Ela estica a mão para tentar de novo, mas hesita. Até onde sabe, outra tentativa de acabar com o site pode detonar tudo dela: não só o equipamento, mas os cartões de crédito, a conta bancária, o celular e até a porra da habilitação. Se alguém sabe programar merda do mal assim, esse alguém é Brady.

Porra. Eu tenho que sair daqui.

Ela vai jogar umas roupas em uma mala, chamar um táxi e tirar todo o dinheiro que tem no banco. Talvez ainda tenha uns quatro mil dólares. (No fundo do coração, ela sabe que está mais para três.) Irá do banco para a rodoviária. A neve caindo do lado de fora da janela parece ser o começo de uma grande tempestade, e isso pode atrapalhar uma fuga rápida, mas se ela tiver que esperar algumas horas na rodoviária, vai esperar. Droga, se tiver que *dormir* lá, ela vai. Isso tudo é coisa de Brady. Ele elaborou um protocolo Jonestown complicado do qual os Zappits alterados são só uma parte, e ela o ajudou a fazer isso. Freddi não faz ideia se vai dar certo ou não e não pretende ficar esperando para descobrir. Ela tem pena das pessoas que podem acabar sendo sugadas pelos Zappits ou levadas a cometer suicídio por causa daquele maldito site zeetheend em vez de só pensarem nisso, mas ela tem que cuidar da *numero uno*. Não tem mais ninguém para fazer isso.

Freddi vai até o quarto o mais rápido que consegue. Tira a velha Samsonite do armário, e a falta de oxigênio causada pelas respirações curtas e pelo excesso de empolgação transforma as pernas dela em borracha. Ela se senta na cama e abaixa a cabeça.

Vá com calma, ela pensa. *Recupere o fôlego. Uma coisa de cada vez.*

Mas, graças à sua tentativa tola de derrubar o site, ela não sabe quanto tempo tem, e quando "Boogie Woogie Bugle Boy" começa a tocar na cômoda, ela dá um gritinho. É o celular dela. Freddi não quer atender, mas se levanta mesmo assim. Às vezes, é melhor saber.

2

A neve continua leve até Brady sair da interestadual pela saída 7, mas na estadual 79 (ele está na roça agora) começa a cair com um pouco mais de força. O asfalto ainda está visível e molhado, porém a neve vai começar a se acumular em breve, e ele ainda está a sessenta e cinco quilômetros de onde pretende se entocar e trabalhar.

Lago Charles, ele pensa. É onde a diversão vai começar.

É nessa hora que o laptop de Babineau se acende e apita três vezes, um alerta que Brady programou nele um mês antes. Porque prevenir é sempre melhor do que remediar. Ele não tem tempo de encostar, não competindo com essa porcaria de tempestade, mas não pode deixar de olhar. À frente, à direita tem uma casa fechada com tábuas nas janelas e duas garotas de metal usando biquínis enferrujados no telhado, segurando uma placa dizendo PALÁCIO PORNÔ e XXX e OUSAMOS MOSTRAR. No meio do estacionamento de terra batida, que a neve agora está começando a embranquecer, tem uma placa de "À venda".

Brady entra, para e abre o laptop. A mensagem na tela abre uma rachadura significativa no seu bom humor.

23:04: TENTATIVA NÃO AUTORIZADA DE ACESSAR ZEETHEEND.COM
NEGADA
STATUS: ATIVO

Ele abre o porta-luvas do Malibu, e ali está o celular velho de Al Brooks, bem onde ele sempre deixava. E isso é bom, porque Brady se esqueceu de levar o de Babineau.

Que se dane, ele pensa. *Não dá para se lembrar de tudo, e andei ocupado.*

Ele não se dá ao trabalho de acessar os contatos, digita logo o número de Freddi de cabeça. Ela não o muda desde a época da Discount Electronix.

3

Quando Hodges pede licença para ir ao banheiro, Jerome espera até ele sair pela porta e se aproxima de Holly, que está de pé em frente à janela vendo a neve cair. Ainda está claro na cidade, e os flocos dançando no ar parecem desafiar a gravidade. Holly está novamente com os braços cruzados na frente do peito para poder apertar os ombros.

— O quanto ele está mal? — pergunta Jerome em voz baixa. — Porque ele não parece bem.

— É câncer no pâncreas, Jerome. Como alguém pode parecer bem com isso?

— Você acha que ele vai aguentar? Porque ele quer, e eu acho que seria bom para ele terminar essa história.

— Terminar com Hartsfield, você quer dizer. O maldito Brady Hartsfield. Apesar de ele estar *morto*.

— Sim, é isso que eu quero dizer.

— Acho que ele está mal. — Ela se vira para ele e se obriga a olhar nos olhos de Jerome, uma coisa que sempre a faz se sentir nua. — Você viu o jeito como ele sempre fica pressionando a lateral do corpo?

Jerome assente.

— Ele está fazendo isso há semanas e achava que era indigestão. Só foi ao médico porque eu enchi o saco dele. E quando descobriu qual era o problema, tentou mentir para mim.

— Você não respondeu à pergunta. Ele vai aguentar?

— Acho que sim. Espero que sim. Porque você está certo, ele precisa disso. Só que temos que ficar com ele. Nós dois. — Ela solta um ombro para poder segurar o pulso dele. — Prometa, Jerome. Nada de mandar a magrela para casa para os meninos poderem brincar na casa da árvore sozinhos.

Ele solta a mão dela e a aperta.

— Não se preocupe, Hollyberry. Ninguém vai separar a banda.

4

— Alô? É você, dr. Z?

Brady não tem tempo para joguinhos. A neve está ficando mais pesada a cada segundo, e o Malibu velho e caindo aos pedaços de Z-Boy, sem pneus de neve e com mais de cento e sessenta mil quilômetros rodados, não vai ser páreo para a tempestade quando ela engrenar de vez. Sob outras circunstâncias, ele ia querer saber como ela sobreviveu, mas como não tem intenção de voltar para remediar a situação, é uma pergunta retórica.

— Você sabe quem eu sou, e eu sei o que você tentou fazer. Tente de novo e vou mandar os homens que estão vigiando o prédio lhe fazerem uma visita. Você tem sorte de estar viva, Freddi. Eu não provocaria o destino uma segunda vez.

— Desculpe — diz ela quase sussurrando. Essa não é a mesma garota feroz e desbocada com que Brady trabalhou na Ciberpatrulha. Mas ela não está totalmente quebrada, senão nem teria tentado mexer no computador.

— Você contou para alguém?

— Não! — Ela parece horrorizada com a ideia. Horrorizada é bom.
— E vai contar?
— *Não!*
— Essa é a resposta correta, porque, se você contar, eu vou saber. Você está sob vigilância, Freddi. Lembre-se disso.

Ele encerra a ligação sem esperar resposta, mais furioso com ela por estar viva do que pelo que tentou fazer. Freddi vai acreditar que homens fictícios vão estar de olho no prédio, apesar de ele a ter deixado praticamente morta no chão? Brady acha que sim. Ela já interagiu com o dr. Z e com Z-Boy; quem sabe quantos outros drones ele pode ter sob seu comando?

De qualquer modo, não há mais nada a fazer quanto a isso agora. Brady tem um histórico muito longo de culpar os outros pelos seus problemas, e agora ele culpa Freddi por não ter morrido quando deveria.

Ele engrena o Malibu e afunda o pé no acelerador. Os pneus giram na camada fina de neve que cobre o estacionamento do falecido Palácio Pornô, mas se firmam quando entram na estadual de novo, onde os acostamentos antes cor de terra estão ficando brancos. Brady leva o carro de Z-Boy a cem quilômetros por hora. Em pouco tempo, isso vai ser rápido demais para as condições do momento, mas ele vai manter essa velocidade o quanto conseguir.

5

A Achados e Perdidos compartilha os banheiros do sétimo andar com a agência de turismo, mas agora Hodges tem o banheiro masculino todo para si, pelo que ele fica grato. Ele está inclinado em frente a uma das pias, a mão direita segurando a borda, a esquerda pressionando a lateral do corpo. O cinto ainda está aberto, e a calça está caída abaixo dos quadris com o peso das coisas nos bolsos: moedas, chaves, carteira, celular.

Ele foi lá para cagar, uma função excretória comum que executou a vida toda, mas quando começou a fazer força, a parte esquerda da região da barriga surtou. Aquilo fez a dor anterior parecer umas notas de aquecimento antes do começo do concerto principal, e se está ruim assim agora, ele tem medo de pensar no que pode haver pela frente.

Não, ele pensa, medo é a palavra errada. Pavor é a certa. Pela primeira vez na vida, estou apavorado com o futuro, onde vejo tudo que sou e já fui primeiro submergir e depois desaparecer. Se a dor em si não fizer isso, as drogas pesadas que vão me dar para acabar com ela vão fazer.

Agora ele entende por que o que ele tem é chamado de câncer furtivo e por que é quase sempre mortal. Fica se escondendo no pâncreas, aumentando as tropas e enviando emissários secretos para os pulmões, para os linfonodos, para os ossos e para o cérebro. Em seguida, ele bombardeia, sem entender, em sua avidez burra, que a vitória só vai levar à morte dele.

Hodges pensa: *Mas pode ser isso que ele quer. Talvez ele odeie a si mesmo, tenha nascido com um desejo não de assassinar o hospedeiro, mas de se matar. O que torna o câncer o verdadeiro príncipe do suicídio.*

Ele dá um arroto longo e estrondoso, e isso o faz se sentir um pouco melhor, sabe-se lá por quê. Não vai durar muito, mas ele vai tomar qualquer medida de alívio que puder. Pega três analgésicos (que ele acha que têm o mesmo efeito de atirar com uma espingarda de ar em um elefante irritado) e os engole com ajuda da água da pia. Em seguida, joga água fria no rosto, tentando ficar um pouco menos pálido. Como isso não funciona, bate no rosto com força, dois tapas fortes em cada bochecha. Holly e Jerome não podem saber o quanto está ruim. Aquele dia foi prometido a ele, e Hodges pretende aproveitar cada minuto. Até a meia-noite, se necessário.

Ele está saindo do banheiro, lembrando a si mesmo de se empertigar e parar de pressionar a lateral do corpo, quando o celular vibra. *Pete querendo continuar suas lamentações*, ele pensa, mas não é. É Norma Wilmer.

— Encontrei o arquivo — diz ela. — O que a falecida e grandiosa Ruth Scapelli...

— Sei — interrompe ele. — A lista de visitantes. Quem está nela?

— Ela *não* existe.

Ele se recosta na parede e fecha os olhos.

— Ah, mer...

— Mas tem um único memorando com a letra de Babineau. O memorando diz, e agora estou citando, que "Frederica Linklatter deve ser admitida durante e depois dos horários de visitas. Ela está ajudando na recuperação de B. Hartsfield". Isso ajuda?

Uma garota com corte estilo militar, Hodges pensa. *Uma garota magrela com um monte de tatuagens.*

Não despertou nenhuma lembrança na época, mas *houve* uma vibração suave, e agora ele sabe por quê. Ele conheceu uma garota magrela de cabelo curtíssimo na Discount Electronix em 2010, quando ele, Jerome e Holly estavam na cola de Brady. Mesmo seis anos depois, ele lembra o que ela disse sobre o colega da Ciberpatrulha: *Aposto que é alguma coisa com a mãe dele. O cara é doidinho por ela.*

— Você ainda está aí? — Norma soa irritada.

— Estou, mas tenho que ir.

— Você me disse que haveria um dinheirinho a mais se...

— Disse. Pode deixar que vou cuidar disso, Norma.

Ele encerra a ligação.

Os comprimidos já estão fazendo efeito, e ele consegue caminhar relativamente rápido até o escritório. Holly e Jerome estão perto da janela que dá vista para a Lower Marlborough Street, e ele percebe pela expressão dos dois quando se viram que eles estavam falando sobre Hodges, mas não tem tempo de pensar nisso. Nem de ficar chateado. Ele está pensando naqueles Zappits alterados. A pergunta desde que começaram a juntar as peças era como Brady poderia ter alguma coisa a ver com a modificação dos aparelhos, se estava preso em um quarto de hospital, mal conseguindo andar. Mas ele conhecia uma pessoa que quase certamente tinha a habilidade de fazer aquilo para ele, não conhecia? Uma pessoa com quem trabalhava. Uma pessoa que ia visitá-lo no Balde, com a aprovação por escrito de Babineau. Uma garota meio punk com um monte de tatuagens e atitude para dar e vender.

— A visitante de Brady, a única visitante, era uma mulher chamada Frederica Linklatter. Ela...

— Ciberpatrulha! — Holly quase grita. — Ele trabalhava com ela!

— Certo. Também tinha um terceiro cara, o chefe, eu acho. Algum de vocês se lembra do nome dele?

Holly e Jerome se olham e balançam a cabeça.

— Isso faz muito tempo, Bill — diz Jerome. — E nós estávamos concentrados em Hartsfield na época.

— É. Eu só me lembro de Linklatter porque ela é meio inesquecível.

— Posso usar o computador? — pergunta Jerome. — Talvez eu consiga encontrar o cara enquanto Holly procura o endereço da garota.

— Claro, vá em frente.

Holly já está sentada em frente ao próprio computador, concentrada, clicando loucamente. Ela também está falando em voz alta, como costuma fazer quando está envolvida em alguma coisa.

— Droga. Nem o telefone nem o endereço estão listados na Whitepages. Era improvável, de qualquer modo, muitas mulheres solteiras não têm... espere, espere um minutinho... achei a página dela do Facebook...

— Não estou interessado nas fotos das férias de verão dela nem em quantos amigos ela tem — diz Hodges.

— Tem certeza? Porque ela só tem seis amigos, e um deles é Anthony Frobisher. Tenho quase certeza de que esse era o nome do...

— *Frobisher!* — grita Jerome do escritório de Hodges. — *Anthony Frobisher era o terceiro cara da Ciberpatrulha!*

— Eu ganhei, Jerome — diz Holly. Ela soa convencida. — De novo.

6

Ao contrário de Frederica Linklatter, Anthony Frobisher está na lista, tanto como ele mesmo quanto como Seu Guru do Computador. Os dois números são o mesmo, o celular dele, Hodges supõe. Ele tira Jerome de sua cadeira no escritório e se acomoda, devagar e com cuidado. A explosão de dor que sentiu quando estava sentado na privada ainda está fresca em sua mente.

O celular é atendido no primeiro toque.

— Guru do Computador, aqui é Tony Frobisher. Como posso ajudar?

— Sr. Frobisher, aqui é Bill Hodges. Você não deve se lembrar de mim, mas...

— Ah, eu me lembro de você. — Frobisher soa cauteloso. — O que quer? Se for sobre Hartsfield...

— Na verdade, é sobre Frederica Linklatter. Você tem o endereço atual dela?

— Freddi? Por que eu teria o endereço dela? Eu não a vejo desde que a loja fechou.

— Sério? De acordo com a página dela no Facebook, vocês são amigos.

Frobisher solta uma gargalhada.

— Quem mais está na lista dela? Kim Jong Un? Charles Manson? Escute, sr. Hodges, a escrota de boca suja *não* tem amigos. O mais próximo que ela teve de um foi Hartsfield, e eu acabei de ler uma notícia no celular dizendo que ele está morto.

Hodges não faz ideia de que notícia é aquela nem tem vontade de descobrir. Ele agradece a Frobisher e desliga. Está achando que nenhum dos seis amigos de Freddi Linklatter é amigo de verdade, e que ela só os adicionou para não se sentir uma total proscrita. Holly talvez tivesse feito a mesma coisa no passado, mas agora ela realmente *tem* amigos. Sorte dela e sorte deles. O que leva à pergunta: como ele vai localizar Freddi Linklatter?

O negócio do qual ele e Holly cuidam não se chama Achados e Perdidos à toa, mas a maior parte de suas ferramentas de busca especializada é construída para localizar pessoas más com amigos maus, antecedentes longos na polícia e folhas coloridas de procurado. Ele *pode* encontrá-la, nessa época de computadores poucas pessoas conseguem sumir do mapa, mas precisa fazer isso rápido. Toda vez que um adolescente liga um daqueles Zappits, o aparelho se carrega de peixes rosa, de brilhos azuis e, baseado na experiência de Jerome, de uma mensagem subliminar que sugere que uma visita a zeetheend poderia ser uma boa ideia.

Você é detetive. Tem câncer, é verdade, mas ainda é detetive. Então deixe as coisas desnecessárias de lado e trabalhe.

Mas é difícil. A ideia de todos aqueles adolescentes, os que Brady tentou e não conseguiu matar no show do 'Round Here, toda hora volta à sua mente. A irmã de Jerome foi uma delas, e se não fosse Dereece Neville, Barbara poderia estar morta agora em vez de só com um gesso na perna. Talvez o dela fosse um modelo de teste. Talvez o de Ellerton também fosse. Isso até faz sentido. Mas agora, há todos aqueles outros Zappits, um montão deles, e eles devem ter ido para *algum lugar*, caramba.

Isso finalmente acende uma lâmpada.

— Holly! Preciso de um número de telefone!

7

Todd Schneider atende e é cordial.

— Soube que vocês vão encarar uma tempestade e tanto, sr. Hodges.

— É o que dizem.

— Teve algum sucesso em encontrar os aparelhos defeituosos?

— É por isso que estou ligando. Você por acaso tem o endereço para o qual os Zappit Commanders foram enviados?

— Claro. Posso retornar a ligação mais tarde?

— Posso esperar na linha? É meio urgente.

— Um assunto de direito do consumidor urgente? — Schneider parece surpreso. — Isso soa quase antiamericano. Deixe-me ver o que consigo fazer.

Um clique, e Hodges fica na espera, com direito a acordes tranquilizadores que não tranquilizam nada. Holly e Jerome estão no escritório agora, ao redor da mesa de Hodges. Ele se esforça para não pressionar a mão na lateral do corpo. Os segundos se arrastam e viram um minuto. Depois, dois. Hodges pensa: *Ou ele está em outra ligação e me esqueceu ou não está conseguindo encontrar.*

A música de espera desaparece.

— Sr. Hodges? Ainda está aí?

— Sim.

— Estou com o endereço. É Gamez Inc., Gamez com z, você deve se lembrar, no número 442 da Maritime Drive. Aos cuidados da sra. Frederica Linklatter. Isso ajuda?

— Ajuda bastante. Obrigado, sr. Schneider.

Ele desliga e olha para os dois companheiros; uma magrela e pálida, e o outro musculoso por causa do trabalho voluntário construindo casas no Arizona. Ao lado da filha, Allie, agora morando do outro lado do país, eles são as pessoas que ele mais ama nesse final de vida.

— Vamos dar uma volta, crianças.

8

Brady sai da estadual 79 e entra no posto Thurston's Garage da Vale Road, onde uma variedade de limpadores de neve autônomos estão enchendo o tanque das picapes, colocando areia com sal na caçamba ou só batendo papo e tomando café. Brady pensa em entrar e ver se consegue pneus de neve para o Malibu do Al da Biblioteca, mas considerando a multidão que a tempestade levou até a oficina, provavelmente demoraria a tarde toda. Ele está perto do destino agora e decide seguir em frente. Se ficar coberto de neve depois que chegar lá, quem liga? Não ele. Ele já foi até o local duas vezes, a primeira para conhecer, mas na segunda vez levou alguns suprimentos.

Já tem quase oito centímetros de neve na Vale Road, e o progresso é escorregadio. O Malibu desliza várias vezes, em uma dessas quase vai parar na vala. Ele está suando muito, e os dedos artríticos de Babineau estão latejando devido à força com que Brady aperta o volante.

Finalmente ele vê os postes vermelhos altos que são os últimos sinalizadores. Brady pisa nos freios e vira bem devagar. Os três últimos quilômetros são em uma estrada sem nome com uma pista de mão dupla, mas graças às árvores altas, é mais fácil dirigir ali do que foi na última hora. Em alguns lugares, a estrada nem está coberta. Isso não vai durar quando a tempestade de verdade chegar, o que vai acontecer por volta das oito da noite, segundo o rádio.

Ele chega a uma bifurcação, onde setas de madeira presas a um abeto antigo apontam em direções diferentes. A da direita diz CASA DOS URSOS DO BIG BOB. A da esquerda diz CABEÇAS E PELES. Três metros acima das setas, já com uma camada fina de neve, uma câmera de segurança espia o carro.

271

Brady vira para a esquerda e finalmente permite que as mãos relaxem. Ele está quase lá.

9

Na cidade, a nevasca ainda não começou. As ruas estão limpas e o trânsito segue bem, mas os três decidem seguir no jipe Wrangler de Jerome só por segurança. O prédio na Maritime Drive número 442 é um dos condomínios que surgiram como cogumelos na margem sul do lago nos anos 1980. Na época, eram elegantes. Agora, a maioria está meio vazia. No saguão, Jerome encontra F. LINKLATTER no 6-A. Ele estica a mão para o interfone, mas Hodges o impede antes que ele possa tocar.

— O quê? — pergunta Jerome.

Holly diz de forma afetada:

— Olhe e aprenda, Jerome. É assim que a gente faz.

Hodges aperta botões aleatoriamente e uma voz masculina atende na quarta tentativa.

— O que foi?

— FedEx — diz Hodges.

— Quem me mandaria alguma coisa por FedEx? — A voz parece intrigada.

— Não sei dizer, cara. Eu não faço os envios, só entrego.

A porta do saguão emite um estalo mal-humorado. Hodges empurra e a segura para os outros. Tem dois elevadores, um com um cartaz de em manutenção grudado. No que funciona, alguém pendurou um bilhete que diz: **Para quem for o dono do cachorro que late no 4º andar, eu vou encontrar você.**

— Acho isso um mau presságio — diz Jerome.

A porta do elevador se abre e, quando eles entram, Holly começa a remexer na bolsa. Ela encontra a caixa de Nicorette e pega um. Quando o elevador para no sexto andar, Hodges diz:

— Se ela estiver aqui, deixem que eu falo.

O 6-A fica diretamente em frente ao elevador. Hodges bate. Como não há resposta, ele bate de novo. Como continua sem resposta, ele bate com os punhos fechados.

— Vá embora. — A voz do outro lado da porta soa fraca e fina. *A voz de uma garotinha com gripe*, Hodges pensa.

Ele bate de novo.

— Abra, sra. Linklatter.
— Você é da polícia?

Ele poderia dizer que sim, não seria a primeira vez desde que saiu da ativa que ele se passaria por policial, mas seu instinto lhe diz para não fazer isso dessa vez.

— Não. Meu nome é Bill Hodges. Nós já nos conhecemos em 2010. Foi quando você trabalhava na...

— É, eu lembro.

Uma tranca é girada, depois outra. Uma corrente cai. A porta se abre, e o odor característico de maconha chega ao corredor. A mulher na porta está com um baseado pela metade preso entre o indicador e o polegar da mão esquerda. É magra quase a ponto de ser esquelética e pálida como leite. Está usando uma camiseta de alcinha com BAD BOY BAIL BONDS, BRADENTON FLA na frente. Embaixo há a frase: FOI PRESO? NÓS PAGAMOS A FIANÇA!, mas essa parte é difícil de ler por causa da mancha de sangue.

— Eu devia ter ligado para você — diz Freddi, e apesar de estar olhando para Hodges, ele tem a sensação de que é com ela mesma que está falando. — Eu teria ligado se tivesse pensado nisso. Você o prendeu antes, certo?

— Jesus, moça, o que aconteceu? — pergunta Jerome.

— Acho que coloquei coisas demais. — Freddi indica um par de malas descombinadas atrás dela, na sala. — Eu devia ter ouvido a minha mãe. Ela sempre disse para viajar com pouca coisa.

— Acho que ele não está falando sobre as malas — diz Hodges, indicando com o polegar o sangue fresco na camiseta de Freddi.

Ele entra, com Jerome e Holly logo atrás. Holly fecha a porta.

— Eu sei sobre o que ele está falando — diz Freddi. — O babaca atirou em mim. O ferimento começou a sangrar de novo quando tirei as malas do quarto.

— Deixa eu ver — diz Hodges, mas quando dá um passo na direção dela, Freddi dá um passo para trás e cruza os braços na frente do corpo, um gesto tão Holly que toca o coração de Hodges.

— Não. Eu não estou de sutiã. Dói muito.

Holly passa por Hodges.

— Me mostre onde fica o banheiro. Deixa eu dar uma olhada. — Ela parece bem aos ouvidos de Hodges, calma, mas está mordendo aquele chiclete de nicotina como louca.

Freddi segura Holly pelo pulso e elas passam pelas malas, parando um momento para tragar o baseado. Ela solta a fumaça enquanto fala.

— O equipamento fica no outro quarto. À sua direita. Dê uma olhada. — E então, voltando ao texto original: — Se eu não tivesse botado tanta coisa na mala, estaria a quilômetros daqui agora.

Hodges duvida. Ele acha que ela teria desmaiado no elevador.

10

Cabeças e Peles não é tão grande quanto a mansão de Babineau em Sugar Heights, mas é quase. É comprida, baixa e espaçosa. Para além da casa, o chão coberto de neve desce até o lago Charles, que congelou desde a última visita de Brady.

Ele estaciona na frente e anda com cuidado ao redor para o lado leste, com os mocassins caros de Babineau deslizando na neve acumulada. O chalé de caça é em uma clareira, então tem bem mais neve ali na qual escorregar. Os tornozelos dele estão congelando. Queria ter pensado em levar botas, e mais uma vez lembra a si mesmo que não dá para pensar em tudo.

Ele pega a chave do abrigo do gerador dentro da caixa do medidor de energia elétrica e a chave da casa dentro do abrigo. O gerador é um Generac Guardian de primeira linha. Está silencioso, mas provavelmente vai ser ligado mais tarde. Ali na roça, a eletricidade cai em quase todas as tempestades.

Brady volta para o carro para pegar o laptop de Babineau. O chalé tem wi-fi, e o laptop é tudo de que ele precisa para manter-se conectado e atualizado sobre os desenvolvimentos de seu projeto atual. Com o Zappit junto, claro.

O bom e velho Zappit Zero.

O chalé está escuro e frio, e as primeiras coisas que faz ao entrar são as prosaicas que qualquer morador poderia executar ao voltar para casa: ele acende as luzes e aumenta o termostato. A sala principal é enorme e tem painéis de pinheiro nas paredes, iluminados por um candelabro feito de ossos de rena polidos, dos dias em que ainda havia renas naqueles bosques. A lareira de pedra é uma bocarra, quase grande o bastante para assar um rinoceronte. Há vigas grossas se cruzando no teto, escurecidas pelos anos de fumaça da lareira. Encostado em uma parede há um aparador de cerejeira do comprimento da própria sala, com pelo menos cinquenta garrafas de bebida enfileiradas, algumas quase vazias, algumas com os lacres ainda intactos. A mobília é velha, descombinada e exuberante: poltronas fundas e um sofá gigantesco onde várias piranhas foram comidas ao longo dos anos. Muitas trepadas extraconjugais aconteceram ali, além da caça e da pescaria. O tapete de pele em frente à lareira pertenceu a um urso abatido pelo dr. Elton Marchant, que agora foi para aquela grande sala de cirurgia no céu. As cabeças nas paredes e os peixes empalhados são troféus que pertencem a quase doze outros médicos, do passado e do presente. Tem um cervo lindo com chifre de dezesseis pontas que o próprio Babineau matou quando ainda era Babineau. Fora da temporada de caça, mas e daí?

Brady coloca o laptop sobre uma escrivaninha antiga de tampo retrátil no canto da sala e liga antes de tirar o casaco. Primeiro, ele verifica o repetidor, e fica satisfeito de ver que está mostrando agora 243 ENCONTRADOS.

Ele achava que entendia o poder da armadilha visual e viu o quanto aquela tela de demonstração é viciante mesmo *antes* de ter sido alterada, mas esse sucesso vai além de suas expectativas mais promissoras. Bem além. Não houve mais nenhum alerta vindo de zeetheend, mas ele acessa o site mesmo assim, só para ver como está indo. Mais uma vez, suas expectativas são superadas. Mais de sete mil visitas até o momento, sete *mil*, e o número continua aumentando enquanto ele olha.

Ele larga o casaco e faz uma dancinha sobre o tapete de pele de urso. Isso o cansa rápido; quando fizer a próxima troca, vai tomar o cuidado de escolher uma pessoa de vinte ou trinta e poucos anos. Mas o movimento ajuda a aquecê-lo.

Brady pega o controle remoto no aparador e liga a enorme TV de tela plana, uma das poucas indicações da vida no século XXI no chalé. A antena parabólica o conecta a Deus sabe quantos canais, e a imagem em HD é incrível, mas Brady está mais interessado na programação local hoje. Ele mexe no controle remoto até estar vendo novamente a estrada que leva ao mundo exterior. Não espera companhia, mas tem dois ou três dias movimentados pela frente, os mais importantes e produtivos de sua vida, e se alguém tentar interrompê-lo, quer saber com antecedência.

O armário de armas é embutido, com os painéis de pinho cheios de nós cobertos de fuzis e pistolas penduradas em ganchos. A menina dos olhos de Brady é o FN Scar 17S com empunhadura de pistola. É capaz de disparar seiscentas e cinquenta balas por minuto e foi ilegalmente convertida de semiautomática em automática por um proctologista que também é doido por armas; um Rolls-Royce das submetralhadoras. Brady o pega junto com alguns pentes adicionais e várias caixas pesadas de Winchester .308 e os apoia na parede ao lado da lareira. Ele também pensa em acender o fogo, já tem lenha lá dentro, mas tem mais uma coisa para fazer primeiro. Vai até o site de notícias da cidade e rola rapidamente, procurando suicídios. Ainda nenhum, mas ele pode remediar isso.

— Que tal um Zaperitivo? — diz ele, sorrindo, e liga o Zappit. Ele fica à vontade em uma das poltronas e começa a seguir os peixes cor-de-rosa. Quando fecha os olhos, eles ainda estão lá. Ao menos no começo. Depois, eles viram pontos vermelhos se deslocando em um fundo preto.

Brady escolhe um aleatoriamente e começa a trabalhar.

11

Hodges e Jerome estão olhando para o display digital que diz 244 ENCONTRADOS quando Holly leva Freddi até o escritório.

— Ela está bem — diz Holly baixinho para Hodges. — Não deveria estar, mas está. Está com um buraco no peito que parece...

— O que eu falei que é. — Freddi parece um pouco mais forte agora. Os olhos estão vermelhos, mas deve ser da maconha que ela estava fumando. — Ele atirou em mim.

— Ela tinha absorventes míni, e botei um em cima do ferimento — diz Holly. — Era grande demais para um band-aid. — Ela franze o nariz. — Ufa.

— O babaca atirou em mim. — Parece que ela está tentando aceitar o que aconteceu.

— Que babaca? — pergunta Hodges. — Felix Babineau?

— É, ele. A porra do dr. Z. Só que ele é Brady, na verdade. O outro também. Z-Boy.

— Z-Boy? — pergunta Jerome. — Quem é Z-Boy?

— Um cara mais velho? — pergunta Hodges. — Mais velho que Babineau? Com cabelo branco crespo? Dirige um carro velho com manchas de primer? Talvez use um casaco remendado com fita adesiva em alguns pontos?

— Não sei sobre o carro dele, mas reconheço o casaco — diz Freddi. — É meu amigo, Z-Boy. — Ela se senta em frente ao Mac, que está exibindo agora um protetor de tela psicodélico, e dá uma tragada final no baseado antes de apagá-lo em um cinzeiro cheio de guimbas de Marlboro. Ela ainda está pálida, mas parte da atitude feroz e intensa de que Hodges se lembra do encontro anterior está voltando. — O dr. Z e seu fiel companheiro, Z-Boy. Só que os dois são Brady. Não passam de malditas bonecas matrioscas.

— Sra. Linklatter? — diz Holly.

— Ah, pode me chamar de Freddi. Qualquer garota que vê as pobrezas que eu chamo de peitos pode me chamar de Freddi.

Holly fica vermelha, mas continua. Quando está seguindo uma pista, ela sempre continua.

— Brady Hartsfield está morto. Ele teve uma overdose ontem à noite ou hoje cedo.

— Elvis abandonou o local? — Freddi considera a ideia e balança a cabeça. — Seria tão bom se fosse verdade.

E seria tão bom se eu conseguisse acreditar que ela é maluca, Hodges pensa. *Eu realmente queria acreditar.*

Jerome aponta para o display acima do monitor enorme. O mostrador agora está em 247 ENCONTRADOS.

— Aquela coisa está procurando ou fazendo download?

— As duas coisas. — A mão de Freddi está pressionando o curativo improvisado debaixo da camisa em um gesto automático que faz Hodges pensar em si mesmo. — É um repetidor. Eu posso desligá-lo, ao menos acho que consigo, mas você tem que prometer me proteger dos caras que estão vigiando o prédio. Mas o site... não adianta. Eu tenho o endereço de IP e a senha, porém não consegui derrubar o servidor.

Hodges tem mil perguntas, mas quando 247 ENCONTRADOS vira 248, só uma parece de importância real.

— O que ele está procurando? E do que está fazendo download?

— Você tem que me prometer proteção primeiro. Tem que me levar para um lugar seguro. Proteção de testemunhas, sei lá.

— Ele não tem que prometer nada porque eu já entendi — diz Holly. Não há nada de cruel no tom dela; no mínimo, é reconfortante. — Está procurando Zappits, Bill. Cada vez que alguém liga um, o repetidor o encontra e atualiza a tela de demonstração do Pescaria.

— Transforma os peixes rosa em peixes-número e adiciona os brilhos azuis — acrescenta Jerome. Ele olha para Freddi. — É o que está fazendo, não é?

Agora é para o calombo roxo e sujo de sangue seco que a mão dela vai. Quando os dedos tocam nele, ela faz uma careta e tira a mão.

— É. Dos oitocentos Zappits que foram entregues aqui, duzentos e oitenta estavam com defeito. Ou congelavam quando estavam sendo ligados ou pifavam na hora que você tentava abrir um dos jogos. Os outros estavam bons. Tive que instalar um rootkit em cada um deles. Deu um trabalhão. Foi *chato* pra caramba. Como anexar widgets a wadgets em uma linha de montagem.

— Isso quer dizer que quinhentos e vinte estavam bons — diz Hodges.

— O cara sabe subtrair, cadê o charuto dele? — Freddi olha para o display. — E quase metade já foi atualizada. — Ela ri, um som sem humor nenhum. — Brady pode ser maluco, mas trabalhou bem nisso, vocês não acham?

— Desligue tudo — diz Hodges.

— Claro. Quando você prometer me proteger.

Jerome, que sentiu na pele a velocidade com que os Zappits funcionam e o quanto as ideias que eles implantam na cabeça das pessoas são desagradáveis, não tem interesse em ficar parado enquanto Freddi tenta negociar com Bill. O canivete que ele carregava no cinto enquanto estava no Arizona foi tirado da mala e está novamente no bolso. Ele abre a maior lâmina, puxa o repetidor da parede e corta os cabos que o ligam ao sistema de Freddi. Ele cai no chão com um estalo, e um alarme começa a tocar na CPU na mesa. Holly se inclina, aperta alguma coisa e o alarme para.

— Tem um botão, babaca! — grita Freddi. — Você não precisava fazer isso!

— Mas já fiz — diz Jerome. — Um desses Zappit quase matou minha irmã. — Ele dá um passo na direção dela, e Freddi se encolhe. — Você tinha alguma ideia do que estava fazendo? Alguma porra de ideia? Acho que devia ter. Você está chapada, mas não é burra.

Freddi começa a chorar.

— Eu não sabia. Eu juro que não sabia. Porque eu não queria.

Hodges respira fundo, o que desperta a dor.

— Conte tudo do começo, Freddi.

— E o mais rapidamente que conseguir — acrescenta Holly.

12

Jamie Winters tinha nove anos quando foi ao show do 'Round Here no MAC com a mãe. Só havia outros poucos garotos pré-adolescentes lá naquela noite; o grupo era um daqueles classificados por garotos da idade dele como coisa de menina. Mas Jamie gostava de coisas de menina. Aos nove anos, ainda não tinha certeza de que era gay (nem sabia se entendia o que isso queria dizer). Ele só sabia que quando via Cam Knowles, o vocalista do 'Round Here, sentia um frio engraçado na barriga.

Agora ele tem quase dezesseis anos e sabe exatamente o que é. Com certos garotos da escola, ele prefere deixar de fora a última letra do nome, porque com eles prefere ser Jami. O pai também sabe o que ele é e o trata como um anormal.

Lenny Winters, um homem bem machão, é dono de uma construtora de sucesso, mas hoje os quatro empreendimentos do momento da Winters Construction estão fechados por causa da tempestade iminente. Lenny está em casa, no escritório, com papelada até as orelhas e planilhas cobrindo a tela do computador.

— Pai!

— O que você quer? — resmunga Lenny sem tirar os olhos do trabalho. — Por que não está na escola? As aulas foram canceladas?

— *Pai!*

Dessa vez, Lenny olha para o garoto a quem se refere (quando acha que Jamie não está ouvindo) como "a bicha da família". A primeira coisa que percebe é que o filho está usando batom, blush e sombra. A segunda coisa é o vestido. Lenny o reconhece como sendo da esposa. O garoto é alto demais para o vestido, que fica no meio da coxa.

— *Que porra é essa?*

Jamie está sorrindo. Está transbordando de alegria.

— É assim que quero ser enterrado!

— O que você... — Lenny se levanta tão rápido que a cadeira cai. É nessa hora que ele vê a arma que o filho está segurando. Ele deve ter pego no armário de Lenny, na suíte principal.

— Olhe isso, pai! — Ainda sorrindo como se estivesse prestes a demonstrar um truque de mágica muito legal, ele levanta a arma e coloca o cano na têmpora direita. O dedo está no gatilho. A unha foi cuidadosamente pintada de esmalte cintilante.

— Abaixa isso, filho! *Abaixa...*

Jamie, ou Jami, que foi como ele assinou o curto bilhete de suicídio, puxa o gatilho. A arma é uma .357, e o estrondo é ensurdecedor. Sangue e cérebro voam em um esguicho e decoram o batente da porta. O garoto com o vestido e a maquiagem da mãe cai para a frente, com o lado esquerdo do rosto explodido como um balão.

Lenny Winters emite uma série de gritos altos e irregulares. Ele grita como uma menininha.

13

Brady se desconecta de Jamie Winters na hora em que o garoto leva a arma à cabeça, com medo, apavorado, na verdade, do que pode acontecer se ele ainda estiver lá dentro quando a bala entrar na cabeça na qual ele foi se meter.

Ele seria cuspido como um caroço, como aconteceu quando estava dentro do pateta meio hipnotizado limpando o chão do quarto 217, ou morreria junto com o garoto?

Por um momento, acha que demorou demais e que o zumbido que ouve é o que todo mundo ouve quando deixa esta vida. Mas então ele está de volta à sala do chalé com o Zappit na mão frouxa e o laptop de Babineau à sua frente. É de lá que vem o zumbido. Ele olha para a tela e vê duas mensagens. A primeira diz 248 ENCONTRADOS. Essa é a boa notícia. A segunda é a ruim:

REPETIDOR OFF-LINE

Freddi, ele pensa. *Eu não achei que você tivesse coragem, não mesmo. Sua puta.*

A mão esquerda tateia pela mesa até encontrar um crânio de cerâmica cheio de canetas e lápis. Ele o levanta, querendo bater na tela e destruir a mensagem irritante. O que o impede é uma ideia. Uma ideia horrivelmente *plausível*.

Talvez ela *não* tenha tido coragem. Talvez outra pessoa tenha desligado o repetidor. E quem poderia ser essa pessoa? Hodges, claro. O velho Det. Apos. Seu *nêmesis* de merda.

Brady sabe que não bate bem da cabeça, sabe disso há anos, e entende que essa ideia pode não passar de paranoia. Mas faz sentido. Hodges parou de visitar o quarto 217 para se gabar quase um ano e meio atrás, mas estava farejando pelo hospital ontem mesmo, de acordo com Babineau.

E ele sempre soube que eu estava fingindo, Brady pensa. *Ele falou, e várias vezes: "Eu sei que você está aí, Brady".* Alguns advogados da promotoria disseram a mesma coisa, mas com eles foi só ansiedade; eles queriam levá-lo a julgamento o quanto antes. Mas Hodges...

— Ele falou com convicção — diz Brady.

E talvez não seja uma notícia tão terrível, afinal. Metade dos Zappits que Freddi carregou e Babineau distribuiu estão ativos agora, o que quer dizer que a maioria dessas pessoas vai estar tão aberta para uma invasão quanto o veadinho com quem ele acabou de lidar. Além do mais, tem o site. Quando o pessoal dos Zappits começar a se matar, com uma ajudinha de Brady Wilson Hartsfield, claro, o site vai levar os outros ao extremo: o macaco mandou. Primeiro, vão ser só os que estavam perto de fazer isso, de qualquer modo, mas eles vão dar o exemplo, e vai haver bem mais. Eles vão pular para a morte como uma horda de búfalos em desespero em frente a um penhasco.

Mesmo assim.

Hodges.

Brady se lembra de um pôster que tinha no quarto quando era garoto: *Se a vida te der limões, faça uma limonada!* Palavras sábias, principalmente quando você tinha em mente que o único jeito de transformá-los em limonada era espremendo até não sobrar mais nada.

Ele pega o celular velho e ainda funcionando de Z-Boy e liga de novo para o número de Freddi.

14

Freddi dá um gritinho quando "Boogie Woogie Bugle Boy" começa a tocar em algum lugar do apartamento. Holly aperta o ombro dela com gentileza e olha incerta para Hodges. Ele assente e segue o som, com Jerome logo atrás. O celular está em cima da cômoda, em meio a uma confusão de cremes para as mãos, papel de seda, pinças para enrolar baseado e não só um, mas dois sacos de erva de bom tamanho.

A tela diz z-boy, mas Z-Boy, antes conhecido como Al Brooks da Biblioteca, está sob custódia da polícia e não deve estar fazendo nenhuma ligação.

— Alô — diz Hodges. — É você, dr. Babineau?

Nada... ou quase nada. Hodges consegue ouvir a respiração.

— Ou devo te chamar de dr. Z?

Silêncio.

— Que tal Brady, soa melhor? — Ele ainda não consegue acreditar nisso, apesar de tudo que Freddi contou, mas *consegue* acreditar que Babineau ficou maluco e acredita ser Brady. — É você, seu babaca?

O som da respiração continua por mais dois ou três segundos, então some. A ligação foi encerrada.

15

— É possível, sabe — diz Holly. Ela se juntou a eles no quarto apertado de Freddi. — Quero dizer, que seja mesmo Brady. A projeção de personalidade é uma coisa bastante documentada. Na verdade, é a segunda causa mais comum da chamada possessão demoníaca. A mais comum é a esquizofrenia. Eu vi um documentário sobre isso na...

— Não — diz Hodges. — É impossível. Não.

— Não ignore a ideia. Não seja como a srta. Belos Olhos Cinzentos.

— O que isso quer dizer?

Ah, Deus, agora as garras da dor estão chegando até as bolas dele.

— Que não devia dar as costas para provas só porque apontam em uma direção para a qual não quer ir. Você sabe que Brady estava diferente quando recuperou a consciência. Não tem como saber se isso foi causado pela porrada que dei na cabeça dele ou pelos remédios que Babineau o forçou a tomar, ou mesmo por uma combinação das duas coisas, mas ele voltou com certas capacidades que a maioria das pessoas não tem. A telecinesia pode ser só uma delas.

— Eu nunca o vi movendo as coisas de verdade.

— Mas acredita nas enfermeiras que viram. Não acredita?

Hodges está em silêncio, com a cabeça baixa, pensando.

— Responda — diz Jerome. O tom dele é suave, mas Hodges ouve a impaciência por baixo.

— É. Eu acreditei em pelo menos algumas delas. As equilibradas como Becky Helmington. A história delas batia demais para ser invenção.

— Olhe para mim, Bill.

Esse pedido, não, essa *ordem* vinda de Holly Gibney é tão incomum que ele levanta a cabeça. Os olhos dela não se desviam dos dele hoje.

— Você acredita mesmo que *Babineau* reconfigurou os Zappits e criou aquele site?

— Eu não tenho que acreditar. Ele mandou Freddi fazer tudo.

— Não criei o site — diz uma voz cansada.

Eles olham para trás. Freddi está de pé na porta.

— Se eu tivesse criado, poderia desativar. Eu só recebi do dr. Z um pendrive com todas as informações. Liguei no computador e fiz o upload. Mas, quando ele foi embora, eu investiguei um pouco.

— Começou com uma pesquisa de DNS, não foi? — pergunta Holly.

Freddi assente.

— A garota sabe um pouco das coisas.

Holly se vira para Hodges.

— DNS quer dizer Domain Name Server. Ele pula de um servidor para outro, como se usando pedras para atravessar um riacho, perguntando: "Você conhece esse site?". Ele continua se movendo e perguntando até encontrar o servidor correto. — E então, para Freddi: — Mas quando você descobriu o endereço de IP, continuou sem conseguir entrar?

— É.

— Tenho certeza de que Babineau sabe muito sobre cérebros humanos, mas duvido que tenha conhecimento em computação para proteger um site desse jeito.

— Eu fui só a ajudante — diz Freddi. — Foi Z-Boy quem trouxe o programa para alterar os Zappits, escrito como uma receita de bolo, sei lá, e aposto mil dólares que tudo que ele sabe sobre computadores é como ligar, isso se conseguir encontrar o botão, e surfar por seus sites de pornografia favoritos.

Hodges acredita nela. Acha que a polícia não vai acreditar quando finalmente estiver a par da situação toda, mas Hodges acredita. E... *Não seja como a srta. Belos Olhos Cinzentos.*

Isso doeu. Doeu à beça.

— Além do mais — continua Freddi —, tinha dois pontos depois de cada passo nas instruções do programa. Brady tinha essa mania. Acho que aprendeu quando fazia aula de computação no ensino médio.

Holly segura os pulsos de Hodges. Tem sangue na mão dela, da hora em que fez o curativo de Freddi. Junto com suas outras manias, Holly é maníaca por limpeza, e o fato de ter se esquecido de lavar o sangue diz tudo que precisa ser dito sobre o quanto ela está concentrada nisso.

— Babineau estava dando drogas experimentais a Hartsfield, o que foi antiético, mas era *só* isso que ele estava fazendo, porque trazer Brady de volta era seu único interesse.

— Você não tem certeza disso — afirma Hodges.

Ela ainda o está segurando, mais com os olhos do que com as mãos. Como ela costuma ter aversão a contato visual, é fácil esquecer o quanto aquele olhar pode ser poderoso quando ela o usa com força total.

— Só sobrou uma pergunta sem resposta — diz Holly. — Quem é o príncipe do suicídio? Felix Babineau ou Brady Hartsfield?

Freddi fala com uma voz sonhadora e musical:

— Às vezes, o dr. Z era só o dr. Z, e, às vezes, Z-Boy era só Z-Boy, só que parecia que os dois estavam drogados. Mas quando eles estavam totalmente despertos, não eram *eles*. Quando estavam despertos, era Brady quem estava lá dentro. Acreditem no que quiserem, mas era ele. Não são só os dois pontos e a caligrafia inclinada para a esquerda, é tudo. Eu trabalhei com aquele filho da mãe nojento. Eu sei.

Ela entra no quarto.

— E agora, se vocês, detetives amadores, não tiverem objeções, vou fumar outro baseado.

16

Brady anda pela sala do chalé Cabeças e Peles com as pernas de Babineau, pensando furiosamente. Ele quer voltar para o mundo do Zappit, quer escolher um novo alvo e repetir a experiência deliciosa de levar alguém ao limite, mas precisa ficar com a mente calma e serena para fazer isso, e está longe de chegar lá.

Hodges.

Hodges no apartamento de Freddi.

E Freddi vai contar tudo? Caros amigos, o sol nasce no leste?

Existem duas perguntas, na opinião de Brady. A primeira é se Hodges consegue ou não derrubar o site. A segunda é se Hodges consegue ou não encontrá-lo ali, no meio do nada.

Brady acha que a resposta para as duas é sim, mas quanto mais suicídios ele provocar nesse meio-tempo, mais Hodges vai sofrer. Quando olha por essa perspectiva, ele acha que Hodges encontrar o caminho até o chalé pode ser uma coisa boa. Afinal, as limonadas são feitas a partir de limões. De qualquer modo, ele tem tempo. Está a quilômetros de distância da cidade e tem a tempestade Eugenie para ajudá-lo.

Brady volta para o laptop e confirma que zeetheend ainda está no ar. Verifica a contagem de acessos. Mais de nove mil agora, e a maioria (mas não todos) vai ser de adolescentes interessados em suicídio. Esse interesse atinge um pico em janeiro e fevereiro, quando a noite chega mais cedo e parece que a primavera não vai chegar nunca. Além do mais, ele está com o Zappit Zero, e com isso pode trabalhar em centenas de adolescentes pessoalmente. Com o Zappit Zero, atingi-los é tão fácil quanto atirar em peixes em um barril.

Peixes cor-de-rosa, ele pensa, e ri.

Mais calmo agora que descobriu um jeito de lidar com o velho Det. Apos. se ele tentar aparecer como a cavalaria na cena final de um filme de faroeste de John Wayne, Brady pega o Zappit e o liga. Enquanto observa os peixes, o fragmento de um poema que leu no ensino médio ocorre a ele, e Brady o recita em voz alta:

— Ah, "qual seria?", não insista, vamos lá à nossa visita.

Ele fecha os olhos. Os peixes cor-de-rosa em movimento viraram pontos vermelhos, cada um deles algum adolescente que foi ao show e está no momento observando o Zappit que ganhou de presente e torcendo para conseguir prêmios.

Brady escolhe um, faz parar e o vê florescer.

Como uma rosa.

17

— Claro, tem o esquadrão de perícia de computadores na polícia — diz Hodges em resposta à pergunta de Holly. — Isso se você quiser chamar aqueles três cabeçudos de meio período de esquadrão, claro. E não, eles não vão me ouvir. Sou só um civil atualmente.

E isso nem é o pior. Ele é um civil que era policial, e quando um policial aposentado tenta se meter com assuntos da polícia, ele é chamado de tiozão. Não é um termo respeitoso.

— Então ligue para Pete e peça para ele falar — diz Holly. — Porque aquela porcaria de site de suicídio tem que ser derrubado.

Os dois estão na versão de sala de controle de Freddi Linklatter. Jerome está na sala com Freddi. Hodges acha que ela não vai fugir, está morrendo de medo dos homens provavelmente fictícios montando guarda do lado de fora do prédio, mas é difícil prever o comportamento de gente chapada. Além do fato de normalmente quererem fumar mais, claro.

— Ligue para Pete e diga para ele mandar um dos caras dos computadores me ligar. Qualquer cabeçudo com meio cérebro vai conseguir fazer um DoS Attack naquele site e derrubá-lo.

— DoS Attack?

— D maiúsculo, O minúsculo, S maiúsculo. Quer dizer Denial of Service, ou negação de serviço. O cara precisa ligar uma botnet e... — Ela vê a expressão intrigada de Hodges. — Deixa pra lá. A ideia é encher o site de suicídio com pedidos de serviços, centenas, milhares. Encher a porcaria e travar o servidor.

— Você consegue fazer isso?

— Eu não, e Freddi também não, mas a polícia tem recursos suficientes. Se eles não puderem fazer isso dos computadores da polícia, vão pedir para a Homeland Security. Porque é uma questão de segurança, não é? Vidas estão em jogo.

Estão mesmo, e Hodges faz a ligação, mas o celular de Pete vai direto para a caixa postal. Ele liga em seguida para a velha amiga Cassie Sheen, mas o policial que atende à ligação diz que a mãe de Cassie teve uma crise relacionada à diabete e teve que ser levada ao médico.

Sem outras opções, ele liga para Isabelle.

— Izzy, é Bill Hodges. Tentei falar com Pete, mas...

— Pete já era. Acabou. *Finito.*

Por um momento horrível, Hodges pensa que ela quer dizer que ele está morto.

— Ele deixou um memorando na minha mesa. Disse que estava indo para casa, que ia desligar o celular, tirar o telefone fixo do gancho e dormir pelas próximas vinte e quatro horas. Ele disse também que hoje era o último dia dele como policial ativo. E ele pode fazer isso, nem precisa mexer nos dias de férias, coisa que tem aos montes. Ele tem dias de folga o suficiente para chegar à aposentadoria. E acho que é melhor você riscar a festa de aposentadoria da sua agenda. Você e seu parceiro maluco podem ir ao cinema nesse dia.

— Você está me culpando?

— Você e sua fixação em Brady Hartsfield. Você contaminou Pete.

— Não. Ele queria fechar o caso. Era você quem queria passá-lo adiante e se esconder no primeiro buraco. Tenho que dizer que estou do lado de Pete quando o assunto é esse.

— Está vendo? Está vendo? É dessa atitude que estou falando. Acorde, Hodges, estamos no mundo real. Fique sabendo que este é o último aviso. Se você não parar de enfiar o nariz comprido onde não é chamado...

— E fique sabendo *você* que se quer alguma porra de chance de ser promovida, trate de tirar a cabeça de dentro do cu e me ouvir.

As palavras saem antes que ele consiga pensar melhor nelas. Ele tem medo de ela desligar, e, se Izzy fizer isso, para onde ele vai? Mas só há silêncio chocado.

— Suicídios. Algum foi relatado desde que você voltou de Sugar Heights?

— Eu não s...

— Então descubra! Agora!

Ele consegue ouvir o barulho leve do teclado de Izzy durante uns cinco segundos. E então:

— Um acabou de chegar. Um garoto em Lakewood se matou com um tiro. Foi na frente do pai, que ligou. Estava histérico, como era de esperar. O que isso tem a ver...

— Diga para os policiais no local procurarem um aparelho chamado Zappit. Igual ao que Holly encontrou na casa de Ellerton.

— Isso de novo? Você parece um disco quebr...

— Vão encontrar um. E você vai saber de mais suicídios com Zappits até o fim do dia. Possivelmente, bem mais.

O site!, Holly diz com movimentos labiais. *Fale sobre o site!*

— Além disso, tem um site de suicídio chamado zeetheend. Entrou no ar hoje. Precisa ser derrubado.

Ela suspira e fala como se ele fosse uma criança.

— Há todo *tipo* de site de suicídio. Recebemos um memorando do Juvenile Services no ano passado. Eles surgem na internet como cogumelos, normalmente criados por garotos que só usam preto e passam todo o tempo livre enfiados no quarto. Tem muita poesia ruim e coisas sobre como fazer de forma indolor. Junto com a reclamação de sempre de que os pais não os entendem, claro.

— Esse é diferente. Pode dar início a uma bola de neve. Está carregado de mensagens subliminares. Mande alguém da perícia de computadores ligar para Holly Gibney o mais rápido possível.

— Isso seria quebra de protocolo — diz ela com frieza. — Vou dar uma olhada e percorrer os canais adequados.

— Mande um dos seus especialistas de plantão ligar para Holly nos próximos cinco minutos, senão, quando os suicídios começarem a acontecer em cascata, e tenho certeza de que isso vai acontecer, vou deixar claro para qualquer um que queira me ouvir que procurei você e você me barrou com burocracia. Meus ouvintes vão incluir o jornal diário e o 8 Alive. O departamento não tem muitos amigos em nenhum dos dois jornais, principalmente desde que aqueles policiais atiraram e mataram um garoto negro desarmado na Martin Luther King no verão.

Silêncio. Depois, com voz mais suave, magoada, talvez, ela diz:

— Você deveria estar do *nosso* lado, Billy. Por que está agindo assim?

Porque Holly estava certa sobre você, ele pensa.

Em voz alta, ele diz:

— Porque não temos muito tempo.

18

Na sala, Freddi está enrolando outro baseado. Ela olha para Jerome enquanto lambe o papel.

— Você é alto, não é?

Ele não responde.

— Quanto você pesa? Noventa e cinco? Cem?

Jerome também não tem resposta para isso.

Sem se importar, ela acende o baseado, traga e estica o cigarro na direção dele. Jerome nega com a cabeça.

— Azar o seu, grandão. Isso é erva das boas. Tem cheiro de mijo de cachorro, eu sei, mas é das boas mesmo assim.

Jerome não diz nada.

— O gato comeu sua língua?

— Não. Eu estava pensando em uma aula de sociologia que tive quando estava no último ano do ensino médio. Fizemos um módulo de quatro semanas sobre suicídio, e teve uma estatística que nunca esqueci: cada suicídio adolescente que chega às mídias sociais gera novas sete tentativas, cinco que são só para chamar atenção e duas que são reais. Talvez você deva pensar nisso em vez de perder seu tempo nesse papo de garota rebelde.

O lábio inferior de Freddi treme.

— Eu não sabia. Não de verdade.

— Claro que sabia.

Ela baixa os olhos para o baseado. É a vez dela de não dizer nada.

— Minha irmã ouviu uma voz.

Ao ouvir isso, Freddi olha para ele.

— Que voz?

— Vinda do Zappit. Dizia um monte de coisas ruins para ela. Que ela estava tentando ser branca. Que estava renegando a própria raça. Que era uma pessoa ruim e imprestável.

— E isso te lembra alguém?

— Sim. — Jerome está pensando nos gritos acusatórios que ele e Holly ouviram vindos do computador de Olivia Trelawney tempos depois que aquela senhora infeliz já estava morta. Gritos programados por Brady Hartsfield para levar Trelawney ao suicídio como uma vaca indo para o abatedouro. — Na verdade, lembra sim.

— Brady era fascinado por suicídio — diz Freddi. — Sempre estava lendo sobre isso na internet. Ele pretendia se matar junto com todo mundo naquele show, sabia?

Jerome sabe. Ele estava lá.

— Você acha mesmo que ele fez contato com a minha irmã telepaticamente? Usando o Zappit como... o quê? Uma espécie de condutor?

— Se ele conseguiu assumir o controle de Babineau e daquele outro cara... e conseguiu, quer você acredite ou não, então, sim, eu acho que ele pode ter feito isso.

— E as pessoas com os Zappits modificados? Os duzentos e quarenta e alguma coisa?

Freddi apenas o encara através da nuvem de fumaça.

— Mesmo se nós derrubarmos o site... e eles? Como vai ser quando aquela voz começar a dizer para eles que são o cocô do cavalo do bandido e que a única saída é tirar a própria vida?

Antes que ela possa responder, Hodges responde por ela.

— Nós temos que impedir a voz. O que quer dizer impedir *ele*. Venha, Jerome. Nós vamos voltar para o escritório.

— E eu? — pergunta Freddi com súplica na voz.

— Você vem com a gente. E, Freddi?

— O quê?

— Maconha é bom para dor, não é?

— As opiniões sobre isso variam, como você deve saber, considerando o quanto o governo desse país é fodido, então só posso dizer que, para mim, deixa aquela época delicada do mês bem menos delicada.

— Traga junto — diz Hodges. — E as sedas para enrolar.

19

Eles voltam para a Achados e Perdidos no carro de Jerome. A parte de trás está cheia de tralha, o que quer dizer que Freddi vai ter que sentar no colo de alguém, e não vai ser no de Hodges. Não em sua condição atual. Então, ele dirige e Jerome fica com Freddi.

— Ei, isso é meio como sair em um encontro com John Shaft — diz Freddi com um sorrisinho. — O detetive particular que é um garanhão.

— Não se acostume — diz Jerome.

O celular de Holly toca. É um cara chamado Trevor Jeppson, do Esquadrão de Perícia de Computadores. Em pouco tempo, Holly está falando em um jargão que Hodges não entende, alguma coisa sobre bots e darknet. O que o cara está dizendo parece agradá-la, porque, quando ela encerra a ligação, está sorrindo.

— Ele nunca fez esse tipo de ataque a um site. Parece um garoto em uma manhã de Natal.

— Quanto tempo vai demorar?

— Com a senha e o endereço de IP? Não muito.

Hodges estaciona em uma das vagas de trinta minutos em frente ao Turner Building. Eles não vão demorar, ao menos se ele tiver sorte, e considerando sua maré recente de azar, ele acha que o universo deve a ele um pouco de sorte.

Ele entra no escritório, fecha a porta e procura no caderninho de telefones antigo o número de Becky Helmington. Holly ofereceu de programar o caderninho no celular dele, mas Hodges fica adiando. Ele *gosta* do caderninho. *Provavelmente, não vai chegar a fazer a mudança agora*, ele pensa. O último caso de Trent, essas coisas.

Becky o lembra que não trabalha mais no Balde.

— Será que você esqueceu?

— Eu não esqueci. Você está sabendo sobre Babineau?

A voz dela murcha.

— Estou. Eu soube que Al Brooks, o Al da Biblioteca, matou a esposa de Babineau e pode ter matado ele também. Mal posso acreditar.

Eu poderia contar um monte de coisas em que você mal conseguiria acreditar, Hodges pensa.

— Não inclua Babineau nessa lista ainda, Becky. Acho que ele pode estar fugindo. Ele estava dando drogas experimentais a Brady Hartsfield, e elas podem ter colaborado com a morte dele.

— Jesus, isso é sério?

— É. Mas talvez ele não esteja longe, não com essa tempestade a caminho. Você consegue pensar em algum lugar para onde ele possa ter ido? Ele tem uma casa de veraneio ou algo parecido?

Ela nem precisa pensar.

— Não uma casa, um chalé de caça. Mas não é só dele. Quatro ou cinco médicos dividem a propriedade. — A voz dela assume aquele tom confidencial de novo. — Ouvi dizer que eles fazem mais do que caçar lá. Se você sabe o que quero dizer.

— Onde fica?

— No lago Charles. O local tem um nome legal e horrível ao mesmo tempo. Não consigo lembrar agora, mas aposto que Violet Tranh saberia. Ela passou um fim de semana lá uma vez. Disse que foram as quarenta e oito horas mais bêbadas da vida dela e que voltou com clamídia.

— Você pode ligar para ela?

— Claro. Mas, se ele estiver fugindo, pode estar em um avião, sabe? Talvez para a Califórnia ou até para fora do país. Os voos ainda estavam decolando e pousando hoje de manhã.

— Acho que ele não ousaria tentar o aeroporto com a polícia procurando. Obrigado, Becky. Me ligue.

Ele vai até o cofre e digita a combinação. A meia cheia de bilhas, seu Porrete Feliz, está em casa, mas as duas armas estão aqui. Uma é a Glock .40 que ele carregava em serviço. A outra é um .38 do modelo Victory. Era do pai dele. Hodges pega um saco de lona na prateleira do alto do cofre, coloca as armas e quatro caixas de munição dentro e puxa os cordões com força.

Um ataque cardíaco não vai me impedir desta vez, Brady, ele pensa. *Desta vez é só câncer, e posso viver com isso.*

A ideia o surpreende e o faz rir. Dói.

Da outra sala vem o som de três pessoas aplaudindo. Hodges tem certeza de que sabe o que isso significa e não está enganado. A mensagem no computador de Holly diz ZEETHEEND ESTÁ PASSANDO POR DIFICULDADES TÉCNICAS. Abaixo, há a mensagem: LIGUE PARA 141.

— Foi ideia do tal Jeppson — explica Holly, sem tirar os olhos do que está fazendo. — É a linha da Prevenção Nacional ao Suicídio.

— Boa — diz Hodges. — E isso aí que você está fazendo está ótimo também. Você é uma mulher com talentos secretos.

Na frente de Holly há uma fileira de baseados. O que ela acrescenta forma uma dúzia.

— Ela é rápida — diz Freddi com admiração. — E veja como estão bem-feitos. Como se tivessem saído de uma máquina.

Holly olha para Hodges em desafio.

— Minha terapeuta diz que um cigarro ocasional de maconha não faz mal. Desde que eu não exagere, claro. Como algumas pessoas fazem. — Ela encara Freddi e depois volta a olhar para Hodges. — Além do mais, não são para mim. São para você, Bill. Se você precisar.

Hodges agradece e tem um momento para refletir sobre quão longe eles chegaram e o quanto a viagem foi agradável. Mas curta. Curta demais. E então, o celular dele toca. É Becky.

— O nome do lugar é Cabeças e Peles. Eu falei que era meio legal e meio horrível. Violet não lembra como chegou lá, acho que tomou muitas doses no caminho para ir aquecendo, mas lembra que eles foram para o norte pela rodovia por um bom tempo e pararam para botar gasolina em um lugar chamado Thurston's Garage depois que partiram. Isso ajuda?

— Ajuda muito. Obrigado, Becky. — Ele encerra a ligação. — Holly, preciso que você encontre o Thurston's Garage, ao norte da cidade. Depois, quero que ligue para a Hertz do aeroporto e alugue o maior carro com tração nas quatro rodas que tiverem. Nós vamos passear.

— Meu jipe... — Jerome começa.

— É pequeno, leve e velho — diz Hodges... apesar de esses não serem os únicos motivos de ele querer um veículo diferente feito para andar na neve. — Mas vai servir para nos levar até o aeroporto.

— E eu? — pergunta Freddi.

— Serviço de proteção às testemunhas — diz Hodges —, como prometido. Vai ser um sonho se tornando realidade.

20

Jane Ellsbury foi um bebê perfeitamente normal (com 2,8 quilos, nasceu até abaixo do peso, na verdade), mas quando tinha sete anos, ela pesava quarenta quilos e estava acostumada com o cantarolar que às vezes assombra os sonhos dela até hoje: *Gorda, gordona, parece um caminhão, não passa na porta, então caga pelo chão.* Quando a mãe a levou para o show do 'Round Here como presente de aniversário de quinze anos, ela pesava noventa e cinco quilos. Ainda conseguia passar pelas portas sem dificuldade, mas já estava difícil amarrar os sapatos. Agora, o peso aumentou para cento e quarenta e cinco quilos e, quando a voz começa a falar com ela vinda do Zappit que recebeu pelo correio, tudo que diz faz sentido. A voz é baixa, calma e sensata. Diz que ninguém gosta dela e todo mundo ri pelas suas costas. Comenta que ela não consegue parar de comer; mesmo agora, com lágrimas escorrendo pelo rosto, ela está comendo um saco de biscoitos de chocolate, do tipo recheado com marshmallow. Como uma versão mais gentil do Fantasma do Natal Futuro, que apontou algumas verdades para Ebenezer Scrooge, a voz delineia um futuro que se resume a ser gorda, ser mais gorda, ser a mais gorda. E às gargalhadas pela Carbine Street, no Paraíso dos Caipiras, onde ela e os pais moram em um apartamento em um prédio sem elevador. Às expressões de nojo. Aos deboches, como *Aí vem a musa da Goodyear* e *Cuidado, ela pode cair em cima de você!* A voz explica de forma lógica e sensata que ela nunca vai ter um encontro, nunca vai ter um bom emprego agora que o politicamente correto fez a gorda do circo entrar em extinção, que ao chegar aos quarenta anos ela vai ter que dormir sentada porque os seios enormes vão tornar impossível que os pulmões trabalhem, e, antes que ela morra de ataque cardíaco aos cinquenta, vai precisar usar uma escovinha para tirar as migalhas das partes mais profundas das dobras de pele. Quando ela tenta sugerir para a voz que pode perder peso, frequentar uma daquelas clínicas, talvez, a voz não ri. Só pergunta baixinho e com solidariedade de onde virá o dinheiro se a renda combinada da mãe e do pai mal consegue satisfazer seu apetite insaciável. Quando a voz sugere que eles estariam melhor sem ela, a garota só pode concordar.

  Jane, conhecida pelos moradores da Carbine Street como Jane Gorda, vai até o banheiro e pega o vidro de comprimidos Oxycontin que o pai toma para dor nas costas. Ela os conta. Tem trinta, o que deve mais do que bastar. Ela toma cinco de cada vez com leite, comendo um biscoito de chocolate recheado com marshmallow depois de cada gole. Ela começa a flutuar. *Estou começando uma dieta*, ela pensa. *Estou começando uma dieta bem longa.*

Isso mesmo, diz a voz do Zappit. *E você nunca vai trapacear nessa dieta, vai, Jane?*

Ela toma os últimos cinco comprimidos. Tenta pegar o Zappit, mas os dedos não têm mais força para segurar o aparelho fino. E que importância isso tem? Ela jamais conseguiria pegar os velozes peixes rosa nessa condição mesmo. É melhor olhar pela janela, onde a neve está cobrindo o mundo como uma colcha branca.

Chega de gorda, gordona, parece um caminhão, ela pensa, e quando resvala para a inconsciência, ela vai com alívio.

21

Antes de ir para a Hertz, Hodges entra com o jipe de Jerome na pista em frente ao Hilton do aeroporto.

— É isso o Serviço de Proteção às Testemunhas? — pergunta Freddi. — *Isso?*

— Como não tenho uma casa segura à disposição, vai ter que servir — diz Hodges. — Vou registrar você no meu nome. Você entra, tranca a porta, assiste à TV e espera até isso tudo acabar.

— E troca o curativo do ferimento — completa Holly.

Freddi a ignora. Ela está concentrada em Hodges.

— Qual é o tamanho do problema que vou ter? Quando isso terminar?

— Não sei e não tenho tempo de discutir isso agora.

— Posso pelo menos pedir serviço de quarto? — Tem um brilho leve nos olhos vermelhos de Freddi. — Não estou sentindo muita dor agora, mas estou com uma larica horrível.

— Manda ver — diz Hodges. — Só olhe pelo olho mágico antes de deixar o garçom entrar — acrescenta Jerome. — Talvez seja um dos capangas de Brady Hartsfield.

— Você está brincando — diz Freddi. — Não é?

O saguão do hotel está completamente vazio naquela tarde de neve. Hodges, que sente como se tivesse acordado com a ligação de Pete uns três anos atrás, vai até a recepção, faz o que tem que fazer e volta até onde os outros estão esperando. Holly está digitando alguma coisa no iPad e não levanta o rosto. Freddi estica a mão para pegar a chave, mas Hodges o entrega para Jerome.

— Quarto 522. Você pode levá-la até lá? Quero falar com Holly.

Jerome ergue a sobrancelha, e como Hodges não explica nada, ele dá de ombros e segura Freddi pelo braço.

— John Shaft vai acompanhá-la à sua suíte.

Ela afasta a mão dele.

— Vou ter sorte se tiver um frigobar.

Mas ela se levanta e vai com ele na direção dos elevadores.

— Encontrei o Thurston's Garage — diz Holly. — Fica noventa quilômetros ao norte pela rodovia I-47, a direção de onde a tempestade está vindo, infelizmente. Depois disso vem a rodovia estadual 79. O tempo não parece b...

— Nós vamos ficar bem — afirma Hodges. — A Hertz está segurando um Ford Expedition para nós. É um belo veículo pesado. E você pode me dar as instruções detalhadas depois. Quero falar com você sobre outra coisa.

Delicadamente, ele pega o iPad dela e o desliga.

Holly olha para ele com as mãos unidas no colo, esperando.

22

Brady volta da Carbine Street, no Paraíso dos Caipiras, renovado e eufórico; a gorda Ellsbury foi fácil e divertida ao mesmo tempo. Ele se pergunta quantas pessoas serão necessárias para carregar o corpo dela daquele apartamento no terceiro andar. Acha que pelo menos quatro. E pense no caixão! Tamanho gigante!

Quando ele olha o zeetheend e o encontra off-line, seu bom humor se esvai. Sim, ele esperava que Hodges fosse encontrar um jeito de derrubar o site, mas não esperava que fosse tão rápido. E o número de telefone na tela é tão irritante quanto a mensagem de "Foda-se" que Hodges deixou no Debbie's Blue Umbrella na primeira rodada de confronto dos dois. É uma linha de prevenção ao suicídio. Ele nem precisa verificar. Ele *sabe*.

E sim, Hodges virá. Muita gente no Kiner Memorial sabe sobre aquele chalé; é quase uma lenda. Mas vai entrar direto? Brady não acredita nisso nem por um minuto. Primeiro, o Det. Apos. sabe que muitos caçadores deixam as armas de fogo no local (embora poucos sejam tão bem abastecidos quanto o Cabeças e Peles). Além disso, e ainda mais importante, o Det. Apos. é uma hiena ardilosa. Está seis anos mais velho do que quando Brady o encontrou pela primeira vez, verdade, sem dúvida com menos fôlego e menos firmeza nas pernas, mas ardiloso mesmo assim. O tipo de animal sorrateiro que não vai diretamente para cima, mas que ataca os tendões quando menos se espera.

Eu sou Hodges. O que faço?

Após a devida consideração, Brady vai até o armário, e uma verificação rápida da memória de Babineau (o que sobrou dela) é suficiente para ele escolher roupas que sirvam no corpo que ele está habitando. Tudo cabe perfeitamente. Ele acrescenta um par de luvas para proteger os dedos artríticos e sai do chalé. A neve ainda cai de forma moderada, e todos os galhos das árvores estão parados. Tudo isso vai mudar em breve, mas agora o clima está agradável o bastante para ele dar uma volta na propriedade.

Ele vai até uma pilha de madeira coberta por uma lona velha e alguns centímetros de neve. Depois dela há mais ou menos um hectare de pinheiros e abetos antigos separando o Cabeças e Peles da Casa de Ursos do Big Bob. É perfeito.

Ele precisa ir checar o armário de armas. O Scar é ótimo, mas tem outras coisas lá que ele pode usar.

Ah, detetive Hodges, Brady pensa, voltando correndo pelo caminho que seguiu. *Tenho uma surpresa e tanto. Uma surpresinha especial.*

23

Jerome ouve com atenção o que Hodges diz e balança a cabeça.

— De jeito nenhum, Bill. Eu tenho que ir.

— O que você tem que fazer é ir para casa ficar com a sua família — diz Hodges. — Principalmente com a sua irmã. O que aconteceu ontem foi quase uma tragédia.

Eles estão sentados em um canto da área da recepção do Hilton, falando em voz baixa apesar de até o recepcionista ter se recolhido. Jerome está inclinado para a frente, com as mãos apoiadas nas coxas e uma expressão teimosa no rosto.

— Se Holly vai...

— É diferente com a gente — diz Holly. — Você tem que entender, Jerome. Eu não me dou bem com a minha mãe, nunca me dei bem com ela. Eu a vejo uma ou duas vezes por ano, no máximo. Sempre fico feliz quando vou embora, e tenho certeza de que ela também fica. Quanto a Bill... Você sabe que ele vai lutar contra o que tem, mas nós dois sabemos quais são as suas chances. Seu caso é bem diferente.

— Ele é perigoso — continua Hodges —, e não podemos contar com o elemento surpresa. Se ele não souber que vou atrás dele, é burro. E isso ele nunca foi.

— Éramos nós três no Mingo — diz Jerome. — E depois que você ficou para trás, só Holly e eu seguimos. Nós nos saímos bem.

— A última vez foi diferente — explica Holly. — Na última vez ele não tinha esse treco vodu de controle da mente.

— Eu quero ir mesmo assim.

Hodges assente.

— Eu entendo, mas ainda sou o chefe, e o chefe diz que não.

— Mas...

— Tem mais um motivo — diz Holly. — O repetidor está off-line e o site foi derrubado, mas isso deixa quase duzentos e cinquenta Zappits ativos. Já houve pelo menos um suicídio confirmado, e não podemos contar para a polícia tudo que está acontecendo. Isabelle Jaynes acha que Bill é um intrometido, e qualquer outra pessoa pensaria que estamos loucos. Se alguma coisa acontecer com a gente, só temos você. Não entende?

— O que entendo é que vocês estão me deixando para trás. — De repente, Jerome fala como o garotinho magrelo que Hodges contratou para cortar a grama tantos anos antes.

— Tem mais — continua Hodges. — Eu posso ter que matá-lo. Na verdade, acho que é o resultado mais provável.

— Jesus, Bill, eu sei.

— Mas para a polícia e para todo o mundo, o homem que eu matei será um neurocirurgião de renome chamado Felix Babineau. Já escapei por um fio de umas enrascadas jurídicas desde que abri a Achados e Perdidos, mas essa talvez seja diferente. Você quer correr o risco de ser acusado como cúmplice de homicídio doloso com agravantes, definido neste estado como o assassinato imprudente de um ser humano por negligência criminosa? Talvez até assassinato em primeiro grau?

Jerome se remexe, desconfortável.

— Você está disposto a deixar Holly correr esse risco.

— Eu já passei dos cinquenta — explica ela. — É você que ainda tem a vida toda pela frente.

Hodges se inclina para a frente, apesar de o movimento causar uma pontada de dor, e coloca a mão no pescoço largo de Jerome.

— Sei que você não gosta da ideia. Não esperava que gostasse. Mas é a coisa certa, por todos os motivos certos.

Jerome pensa de novo e solta um suspiro.

— Entendo o que você quer dizer.

Hodges e Holly esperam, os dois sabendo que ele ainda não terminou.

— Tudo bem — diz Jerome por fim. — Odeio a ideia, mas concordo.

Hodges se levanta, a mão pressionando a lateral do corpo para diminuir a dor.

— Então vamos pegar aquele utilitário. A tempestade está vindo, e eu prefiro estar o mais longe possível na rodovia I-47 quando ela chegar.

24

Jerome está apoiado no capô do Wrangler quando os dois saem da locadora com a chave de um Expedition com tração nas quatro rodas. Ele abraça Holly e sussurra no ouvido dela:

— Última chance. Quero ir com vocês.

Ela balança a cabeça, encostada no peito dele.

Jerome a solta e se vira para Hodges, que está usando um fedora antigo, com a aba já branca de neve. Hodges estende a mão.

— Em outras circunstâncias eu lhe daria um abraço, mas no momento abraços doem.

Jerome dá um aperto forte. Há lágrimas nos olhos dele.

— Tome cuidado, cara. Mantenha contato. E traga Hollyberry de volta sã e salva.

— É o que eu pretendo fazer — diz Hodges.

Jerome os vê entrar no Expedition, Bill ao volante com desconforto óbvio. Jerome sabe que eles estão certos: dos três, ele é o menos descartável. Isso não quer dizer que gostou daquilo nem que não se sente um garoto sendo mandado para casa para ficar com a mamãe. Pensaria em ir atrás deles, se não fosse o que Holly disse no saguão deserto do hotel. *Se alguma coisa acontecer com a gente, só temos você.*

Jerome sobe no jipe e vai para casa. Quando pega a via expressa, sente uma espécie de premonição: ele nunca mais verá nenhum dos dois amigos. Jerome tenta dizer para si mesmo que isso é baboseira supersticiosa, mas não consegue deixar de acreditar.

25

Quando Hodges e Holly saem da via expressa e pegam a rodovia I-47 para o norte, a neve não está mais só de brincadeira. Dirigir no meio da tempestade lembra a Hodges um filme de ficção científica que ele viu com Holly: o momento em que a nave *Enterprise* entra na dobra espacial, ou como quer que chamem aquilo. Os letreiros de limite de velocidade piscam com ALERTA DE NEVE e 65 KM/H, mas ele leva o velocímetro a noventa e cinco e vai ficar nessa velocidade enquanto conseguir, o que pode ser pelos próximos cinquenta quilômetros. Ou talvez trinta. Alguns carros buzinam para ele ir mais devagar, e passar por caminhões com carregamentos de madeira, cada um gerando uma enxurrada de neve atrás, é um exercício de controle de medo.

Quase meia hora se passa até que Holly rompa o silêncio.

— Você trouxe as armas, não trouxe? É o que tem no saco de lona.

— Sim.

Ela solta o cinto de segurança (o que o deixa nervoso) e pega o saco no banco de trás.

— Estão carregadas?

— A Glock está. O .38 você vai ter que carregar. É a sua.

— Não sei fazer isso.

Hodges já tinha oferecido levá-la a uma galeria de tiro, para começar o processo de qualificação para porte de arma, mas Holly se recusou com veemência. Ele nunca mais ofereceu, acreditando que ela jamais precisaria portar uma arma. Acreditando que nunca a colocaria nessa posição.

— Você vai descobrir. Não é difícil.

Ela examina o Victory, mantendo as mãos longe do gatilho e o cano bem longe do rosto. Depois de alguns segundos, consegue abrir o tambor.

— Isso, agora as balas.

Tem duas caixas de Winchester .38 de cento e trinta gramas, com cápsula de metal. Ela abre uma, olha para as balas enfileiradas como miniogivas e faz uma careta.

— Ugh.

— Você acha que consegue? — Ele está ultrapassando outro caminhão, com o Expedition envolto em neve. Ainda há tiras de asfalto nas pistas principais, mas a pista de ultrapassagem já está coberta de neve, e o caminhão à direita parece não terminar nunca. — Se acha que não, não tem problema.

— Você não está querendo saber se sou capaz de recarregar uma arma — diz ela, parecendo zangada. — Estou vendo como se faz, até uma criança conseguiria.

Às vezes, elas conseguem mesmo, Hodges pensa.

— O que quer saber é se consigo atirar nele.

— Não deve chegar a isso, mas, se chegar, você conseguiria?

— Sim — afirma Holly, e carrega todo o tambor. Ela empurra o cilindro de volta com cuidado, com os lábios comprimidos e os olhos semicerrados, como se com medo de a arma explodir na mão dela. — Onde fica a trava de segurança?

— Não tem. Nenhum revólver tem. O cão está para baixo, e essa é toda a segurança de que precisa. Coloque na bolsa. A munição também.

Ela faz o que ele diz e coloca a bolsa no chão, ao lado dos pés.

— E pare de morder o lábio, vai acabar sangrando.

— Vou tentar, mas a situação é muito estressante, Bill.

— Eu sei.

Eles estão novamente na pista. As placas de quilometragem parecem passar com lentidão excruciante, e a dor na lateral do corpo dele é uma água-viva quente com tentáculos compridos que parecem agora se esticar em todas as direções, até garganta acima. Uma vez, vinte anos antes, ele levou um tiro na perna, dado por um ladrão encurralado em um terreno baldio. Aquela dor foi assim, mas acabou passando. Hodges acha que essa nunca vai passar. As drogas podem fazer com que se cale por um tempo, mas provavelmente não por *muito* tempo.

— E se encontrarmos o chalé e ele não estiver lá, Bill? Você já pensou nisso? Já?

Ele pensou e não faz ideia de qual seria o próximo passo nesse caso.

— Não vamos nos preocupar enquanto não for necessário.

O celular dele toca. Está no bolso do casaco, e ele o entrega para Holly sem tirar os olhos da estrada.

— Alô, aqui é Holly. — Ela escuta e diz para Hodges com movimentos labiais: *Srta. Belos Olhos*. — Aham... sim... tudo bem, eu entendo... não, ele não pode atender, está ocupado agora, mas vou contar a ele. — Ela escuta mais um pouco e diz: — Eu poderia até dizer, Izzy, mas você nunca acreditaria em mim.

Ela fecha o celular de repente e coloca no bolso dele.

— Suicídios? — pergunta Hodges.

— Três até agora, contando o garoto que deu um tiro em si mesmo na frente do pai.

— Zappits?

— Em dois dos três locais. Os policiais no terceiro ainda não tiveram oportunidade de procurar. Estavam tentando salvar o garoto, mas era tarde demais. Ele se enforcou. Izzy parece meio surtada. Ela quer saber tudo.

— Se alguma coisa acontecer com a gente, Jerome vai contar para Pete e Pete vai contar para ela. Acho que Izzy está quase pronta para ouvir.

— Temos que impedi-lo antes que ele mate mais gente.

Ele deve estar matando mais gente agora mesmo, pensa Hodges.

— Nós vamos.

Os quilômetros passam. Hodges é obrigado a reduzir a velocidade para oitenta, e quando sente o Expedition escorregar de um jeito meio descontrolado no vácuo de um caminhão do Walmart, baixa para setenta. Já passa das três da tarde, e a luz está começando a sumir nesse dia de neve quando Holly fala de novo.

— Obrigada.

Ele vira a cabeça rapidamente, com um olhar questionador.

— Por não me fazer implorar para vir junto.

— Só estou fazendo o que sua terapeuta iria querer — diz ele. — Providenciando encerramento.

— Isso é uma piada? Nunca sei quando você está brincando. Você tem um senso de humor bem esquisito, Bill.

— Não estou. Isso é coisa nossa, Holly. De mais ninguém.

Uma placa verde aparece no meio da branquidão.

— A estadual 79 — avisa Holly. — É nossa saída.

— Graças a Deus — diz Hodges. — Odeio dirigir na rodovia mesmo quando está sol.

26

O Thurston's Garage fica vinte e cinco quilômetros ao leste pela rodovia estadual, de acordo com o iPad de Holly, mas eles demoram meia hora para chegar lá. O Expedition lida com a estrada coberta de neve com facilidade, mas agora o vento está aumentando (vai estar com força total por volta das oito da noite, de acordo com o rádio), e, quando sopra, jogando borrifos de neve na estrada, Hodges diminui para vinte e cinco quilômetros por hora até conseguir enxergar de novo.

Quando vira no grande letreiro da Shell, o celular de Holly toca.

— Atenda — diz ele. — Vou ser o mais rápido que conseguir.

Ele sai e segura o chapéu fedora para que não saia voando. O vento empurra a gola contra o pescoço enquanto ele anda pela neve até a loja do posto de gasolina. Todo o seu tronco está latejando; parece que ele engoliu carvões em brasa. As bombas de gasolina e o estacionamento adjacente estão vazios, exceto pelo Expedition. Os limpadores de neve partiram para uma longa noite na esperança de ganhar dinheiro com a primeira grande tempestade da estação.

Por um momento sinistro, Hodges pensa que é Al da Biblioteca quem está atrás do balcão: ele está com a mesma calça verde e tem o mesmo cabelo branco escapando pelas beiradas do boné John Deere.

— O que o traz aqui nesta tarde tão tempestuosa? — pergunta o homem, depois espia por cima do ombro de Hodges. — Ou já é noite?

— Um pouco dos dois — responde Hodges. Ele não tem tempo para conversa fiada, pois na cidade pode haver adolescentes pulando de janelas de apartamentos ou tomando comprimidos, mas é assim que as coisas funcionam. — Você é o sr. Thurston?

— Em carne e osso. Como você não usou nenhuma bomba, estou quase me perguntando se veio me roubar, mas você parece meio próspero para isso. É da cidade?

— Sou — diz Hodges — e estou com certa pressa.

— O pessoal da cidade costuma estar. — Thurston coloca a revista *Field & Stream* que estava lendo no balcão. — O que é, então? Direções? Cara, espero que seja para um lugar perto, pelo jeito como as coisas estão.

— Acho que é. É um chalé de caça chamado Cabeças e Peles. Desperta alguma lembrança?

— Ah, claro — responde Thurston. — A casa dos médicos, perto da Casa de Ursos do Big Bob. Aquele pessoal costuma botar gasolina nos Jaguares e Porsches aqui, indo ou voltando de lá. — Ele pronuncia *Porsches* de um jeito estranho. — Mas não vai ter ninguém lá agora. A temporada de caça terminou no dia 9 de dezembro, e estou falando de caça com arco e flecha. A caça com armas termina no último dia de novembro, e todos aqueles médicos usam fuzis. Dos grandes. Acho que gostam de fingir que estão na África.

— Ninguém parou aqui hoje, mais cedo? Um homem dirigindo um carro velho com manchas de primer.

— Não.

Um jovem sai dos fundos, da parte que é uma oficina, limpando as mãos no pano.

— Eu vi esse carro, vovô. Era um Chevrolet. Eu estava lá fora conversando com Spider Willis quando ele passou. — Ele volta a atenção para Hodges. — Só reparei porque não tem muita coisa na direção em que ele estava indo, e aquele carro não era próprio para a neve como o que você está dirigindo.

— Você pode me dar instruções de como chegar ao chalé?

— É a coisa mais fácil do mundo — afirma Thurston. — Ou seria, em um dia bom. É só continuar seguindo a rodovia por... — Ele volta a atenção para o homem mais jovem. — O que você acha, Duane? Cinco quilômetros?

— Está mais para seis — diz Duane.

— Bem, vamos dividir a diferença e dizer que são cinco e meio — afirma Thurston. — Você vai passar por dois postes vermelhos à sua esquerda. São altos, com mais ou menos um metro e oitenta, mas o limpador de neve do estado já passou duas vezes, então você tem que ficar de olhos abertos, porque não vai ter sobrado muito para ver. E vai ter dificuldade para abrir caminho pelo banco de neve. A não ser que tenha trazido uma pá.

— Acho que o carro que estou dirigindo vai conseguir passar — diz Hodges.

— É, é bem provável, e nem vai estragar o utilitário, porque a neve ainda não teve tempo de ficar dura. Você vai entrar e percorrer dois quilômetros, talvez três, e a estrada vai se bifurcar. Um lado segue até o Big Bob, e o outro, para o Cabeças e Peles. Não consigo lembrar qual é qual, mas havia setas indicando o caminho.

— Ainda tem — afirma Duane. — O Big Bob é o da direita, e o Cabeças e Peles, o da esquerda. Eu sei porque consertei o telhado de Big Bob Rowan outubro passado. Isso deve ser coisa importante, moço. Para fazer você sair em um dia desses.

— Você acha que meu utilitário passa nessa estrada?

— Claro — diz Duane. — As árvores devem estar segurando boa parte da neve, e a estrada vai até o lago. Achá-la talvez seja mais complicado.

Hodges puxa a carteira do bolso de trás (Cristo, até isso dói) e tira o distintivo da polícia com o carimbo de APOSENTADO. A isso ele acrescenta um dos cartões da Achados e Perdidos e coloca os dois no balcão.

— Vocês conseguem guardar um segredo, cavalheiros?

Eles assentem, os rostos tomados de curiosidade.

— Tenho uma intimação para entregar, certo? É um caso civil, e o dinheiro em jogo chega na casa dos sete dígitos. O homem que você viu passar, com o Chevy cheio de primer, é um médico chamado Babineau.

— Eu o vejo todo mês de novembro — diz o Thurston mais velho. — Ele tem uma atitude ruim, sabe? Como se sempre olhasse para você de cima. Mas ele dirige uma BMW.

— Hoje ele está dirigindo o que conseguiu arrumar — afirma Hodges —, e se eu não entregar esses papéis até meia-noite, o caso vai pelo ralo e uma senhora idosa que já não tem muita coisa não vai receber seu dinheiro.

— Erro médico? — pergunta Duane.

— Não posso entrar em detalhes, mas vou com tudo.

E disso vocês vão se lembrar, Hodges pensa. *Disso e do nome de Babineau.*

— Tem duas motos de neve lá atrás — diz o homem mais velho. — Posso emprestar uma se você quiser, e o Arctic Cat tem o para-brisa alto. Seria uma viagem fria mesmo assim, mas você teria garantia de conseguir voltar.

Hodges fica emocionado com a oferta, vinda assim, de um estranho, mas balança a cabeça. Motos de neve são veículos barulhentos. Ele acha que o homem agora residindo no Cabeças e Peles, seja Brady ou Babineau ou uma mistura doida dos dois, sabe que ele está vindo. A única coisa que Hodges tem do seu lado é que ele não sabe quando.

— Minha parceira e eu vamos nos preocupar com a volta depois.

— Para ir no silêncio, não é? — diz Duane, e leva um dedo aos lábios, que estão curvados em um sorriso.

— É essa a ideia. Tem alguém para quem eu possa ligar pedindo uma carona se ficar preso?

— Pode ligar pra cá. — Thurston entrega um cartão que pega na bandeja de plástico ao lado da registradora. — Mando Duane ou Spider Willis. Talvez só dê para buscá-los mais tarde e vai custar quarenta dólares, mas com um caso valendo milhões, acho que dá para pagar.

— Os celulares funcionam aqui?

— Temos cinco barrinhas de sinal mesmo no pior clima — afirma Duane. — Tem uma torre na margem sul do lago.

— Bom saber. Obrigado. Obrigado aos dois.

Ele se vira para sair, e o homem mais velho diz:

— O chapéu que você está usando não serve para esse tempo. Leve este. — Ele está segurando um gorro tricotado com um pompom laranja no alto. — Mas não posso fazer nada quanto aos sapatos.

Hodges agradece, aceita o gorro, tira o fedora e o coloca na bancada. A sensação é de azar; a sensação é de ser a coisa certa a se fazer.

— Uma garantia, então — diz ele.

Os dois sorriem, o mais jovem com alguns dentes a mais.

— Ótimo — diz o homem mais velho —, mas você tem certeza de que quer dirigir até o lago, senhor... — Ele olha para o cartão de visitas da Achados e Perdidos. — Sr. Hodges? Porque você não parece muito bem.

— É só um resfriado — responde Hodges. — Sempre tenho no inverno. Obrigado aos dois. E se o dr. Babineau ligar para cá...

— Eu não direi absolutamente nada — diz Thurston. — O homem é muito metido.

Hodges vai em direção à porta, e uma dor maior do que ele já sentiu antes surge do nada, subindo pela barriga até o maxilar. É como ser acertado por uma flecha em chamas, e ele cambaleia.

— Tem certeza de que está bem? — pergunta o homem mais velho, ameaçando dar a volta na bancada.

— Estou, sim. — Ele está longe disso. — Foi só uma câimbra na perna. De tanto dirigir. Eu volto para buscar meu chapéu.

Se tiver sorte, ele pensa.

27

— Você ficou um tempão lá dentro — diz Holly. — Espero que tenha contado uma ótima história.

— Intimação. — Hodges não precisa dizer mais nada. Eles já usaram a história da intimação mais de uma vez. Todo mundo adora ajudar, desde que não sejam eles a receber a intimação. — Quem ligou?

Ele achava que devia ter sido Jerome para saber como eles estavam indo.

— Izzy Jaynes. Eles receberam mais dois casos de suicídio, uma tentativa e um bem-sucedido. A tentativa foi de uma garota que pulou de uma janela no segundo andar. Ela caiu em um banco de neve e fraturou alguns ossos. O outro foi um garoto que se enforcou no armário. Deixou um bilhete no travesseiro. Só tinha um nome, *Beth*, e um coração partido.

As rodas do Expedition giram em falso quando Hodges engrena o carro para voltar para a estrada. Ele tem que dirigir com os faróis baixos; os altos transformam a neve caindo em um muro branco cintilante.

— Temos que fazer isso sozinhos — diz Holly. — Se for Brady, ninguém vai acreditar em nós. Ele vai fingir ser Babineau e inventar uma história de que estava com medo e fugiu.

— E não ligou para a polícia depois que Al da Biblioteca atirou na esposa dele? — pergunta Hodges. — Difícil de acreditar.

— É, mas e se ele puder pular para outra pessoa? Se conseguiu pular para dentro de Babineau, poderia pular para dentro de outra pessoa. Temos que fazer isso sozinhos, mesmo que isso signifique que vamos acabar sendo presos por assassinato. Você acha que isso pode acontecer, Bill? Acha, acha, acha?

— Vamos pensar nisso depois.

— Não sei se sou capaz de atirar em uma pessoa. Nem mesmo em Brady Hartsfield se ele estiver com a aparência de outra pessoa.

— Vamos pensar nisso depois — repete Hodges.
— Tudo bem. Onde você conseguiu esse gorro?
— Troquei pelo meu fedora.
— O pompom no alto é meio idiota, mas parece quentinho.
— Quer ficar com ele?
— Não. Mas, Bill?
— Jesus, Holly, o que foi?
— Você está com aparência péssima.
— Você não vai conseguir nada com elogios.
— Seja sarcástico. Tudo bem. Qual é a distância para o lugar aonde vamos?
— O consenso geral foi cinco quilômetros e meio nessa estrada. Depois, pegamos uma estrada de terra.

O silêncio se prolonga por cinco minutos enquanto eles avançam pela nevasca. *E o pior da tempestade ainda nem começou*, Hodges lembra a si mesmo.
— Bill.
— O quê?
— Você não está de botas e meu Nicorette acabou.
— Que tal acender um daqueles baseados? Mas fique de olho em postes vermelhos à esquerda enquanto faz isso. Devem aparecer a qualquer momento.

Holly não acende um baseado, só fica inclinada para a frente, olhando para a esquerda. Quando o Expedition derrapa de novo, com a traseira sacudindo para a esquerda e depois para a direita, ela não parece reparar. Um minuto depois, aponta.
— É aquilo?

É. Os limpadores que passaram cobriram tudo de neve, menos os últimos quarenta e cinco centímetros, mas o vermelho é tão intenso que é impossível não ver. Hodges pisa no freio, faz o Expedition parar e o vira até que fique de frente para o banco de neve. Ele diz para Holly o que às vezes dizia à filha quando a levava nas xícaras malucas no parque de diversões de Lakewood.
— Segure a dentadura.

Holly, sempre literal, responde:
— Eu não uso dentadura. — Mas ela apoia a mão no painel.

Hodges pisa delicadamente no acelerador e vai na direção do banco de neve. O baque que ele esperava não acontece; Thurston estava certo sobre a neve ainda não ter tido chance de endurecer. Ela explode para os lados e no para-brisa, cegando-o momentaneamente. Ele liga os limpadores de para-brisa no máximo, e quando o vidro fica limpo, o Expedition está de frente para uma estrada de terra de mão dupla se enchendo rapidamente de neve. De vez em quando um pouco de neve cai dos galhos das árvores acima. Ele não vê marcas de pneus de carro, mas isso não quer dizer nada. Já devem ter sumido.

Ele apaga os faróis e segue devagar. A trilha branca entre as árvores que lhes serve de guia é quase invisível. A estrada parece infinita e cheia de curvas sinuosas, mas eles acabam chegando a um ponto em que ela se abre em uma bifurcação. Hodges não precisa sair para olhar as setas. À frente, à esquerda, em meio à neve e às árvores, ele vê um brilho suave de luz. É o Cabeças e Peles, e tem alguém em casa. Ele aperta o volante e começa a seguir pela pista da direita.

Nenhum dos dois vê a câmera no alto, mas a câmera os vê.

28

Quando Hodges e Holly atravessam o banco de neve deixado pelo limpador, Brady está sentado em frente à TV, vestido com o casaco pesado e as botas de Babineau. Ele tirou as luvas, quer as mãos nuas para o caso de ter que usar o Scar, mas tem uma touca ninja preta em cima da coxa. Quando a hora chegar, ele vai cobrir o rosto e o cabelo branco de Babineau. Os olhos não desgrudam da televisão enquanto ele mexe com nervosismo nas canetas e nos lápis enfiados no crânio de cerâmica. Uma observação atenta é absolutamente necessária. Quando Hodges chegar, ele vai apagar os faróis.

Ele vai trazer o negrinho cortador de grama?, pergunta-se Brady. *Seria tão fofo! Dois pelo preço de...*

E lá está ele.

Ele estava com medo de que o veículo do Det. Apos. pudesse passar despercebido pela neve pesada, mas foi uma preocupação desnecessária. A neve é branca; o carro é um retângulo sólido preto deslizando por ela. Brady se inclina para a frente e estreita os olhos, mas não consegue descobrir se Hodges está sozinho, acompanhado ou com meia dúzia lá dentro. Brady está com o Scar, e com ele poderia destruir um esquadrão inteiro se precisasse, mas isso estragaria a diversão. Ele quer Hodges vivo.

Para começar, pelo menos.

Uma última pergunta precisa ser respondida: ele vai virar à esquerda e vir direto ou vai para a direita? Brady aposta que K. William Hodges vai escolher o caminho que leva a Big Bob, e está certo. Quando o utilitário desaparece na neve (com um breve brilho das luzes de freio quando Hodges faz a primeira curva), Brady coloca o porta-lápis de crânio ao lado do controle remoto da TV e pega algo que estava na mesa de centro. É um item perfeitamente legal quando usado do jeito certo... mas Babineau e seus amigos nunca o usaram do jeito certo. Eles podiam ser bons médicos, porém, ali no bosque, faziam travessuras. Ele passa esse equipamento valioso pela cabeça e o deixa pendurado na frente do casaco pela tira elástica. Em seguida, coloca a touca ninja, pega o Scar e sai. Seu coração está batendo rápido e forte, e, por enquanto, a artrite nos dedos de Babineau parece ter sumido completamente.

A vingança é uma filha da mãe, e a filha da mãe voltou.

29

Holly não pergunta a Hodges por que ele seguiu pela direita. Ela é neurótica, mas não é burra. Ele dirige lentamente, olhando para a esquerda, avaliando as luzes no chalé. Quando chega na altura delas, para o carro e desliga o motor. Está bem escuro agora, e quando ele se vira para olhar para Holly, ela tem a impressão fugaz de que a cabeça dele foi substituída por um crânio.

— Fique aqui — diz ele em voz baixa. — Mande uma mensagem para Jerome, diga que estamos bem. Vou atravessar o bosque e pegá-lo de surpresa.

— Você não quer dizer vivo, quer?

— Não se eu o vir com um Zappit. — *E provavelmente mesmo se não vir*, ele pensa. — Não podemos arriscar.

— Então você acredita que é ele. Brady.

— Mesmo que seja Babineau, ele é parte disso. Está afundado até o pescoço.

Mas, sim, em algum momento Hodges se convenceu de que a mente de Brady Hartsfield está guiando o corpo de Babineau. A intuição é forte demais para se negar e já ganhou o status de fato.

Que Deus me ajude se eu o matar e estiver errado, ele pensa. *Mas como vou saber? Como posso ter certeza?*

Ele espera que Holly proteste, que diga que tem que ir junto, mas ela só diz:

— Acho que não consigo ir embora daqui com esse carro se acontecer alguma coisa com você, Bill.

Ele entrega o cartão de Thurston para ela.

— Se eu não voltar em dez minutos... não, em quinze, ligue para esse cara.

— E se eu ouvir tiros?

— Se tiver sido eu e estiver bem, vou apertar a buzina do carro do Al da Biblioteca. Duas buzinadas rápidas. Se você não ouvir isso, dirija até a outra propriedade, a do tal Big Bob. Entre, encontre um lugar para se esconder e ligue para Thurston.

Hodges se inclina por cima do console central e, pela primeira vez desde que a conheceu, beija os lábios dela. Holly fica surpresa demais para retribuir, mas não se afasta. Quando ele recua, ela olha para baixo, confusa, e diz a primeira coisa que lhe vem à mente.

— Bill, você está de *sapatos*! Vai *congelar*!

— Não tem muita neve nas árvores, só alguns centímetros.

E, falando sério, pés gelados são a última preocupação dele no momento. Ele aciona o botão que apaga as luzes internas do carro. Ao sair do Expedition, grunhindo com a dor reprimida, ela consegue ouvir o sopro crescente do vento nos abetos. Se fosse uma voz, seria de luto. E então a porta se fecha.

Holly fica onde está, observando a silhueta dele sumir em meio às formas escuras das árvores. Quando não consegue mais distinguir o que é o que, ela sai e segue as pegadas dele. O Victory .38 que pertenceu ao pai de Hodges quando era policial nos anos 1950, quando Sugar Heights não passava de um bosque, está no bolso do casaco dela.

30

Hodges segue na direção das luzes do chalé, um passo vacilante de cada vez. Neve bate em seu rosto e cobre suas pálpebras. A pontada ardente voltou, acendendo-o por dentro. Fritando-o. O rosto está úmido de suor.

Pelo menos meus pés não estão quentes, ele pensa, e nessa hora tropeça em um tronco coberto de neve e cai. Cai bem em cima do lado esquerdo e afunda o rosto no casaco para não gritar. Um líquido quente se espalha pela virilha dele.

Molhei a calça, ele pensa. *Molhei a calça como um bebê.*

Quando a dor diminui um pouco, ele fica de joelhos e tenta se levantar. Não consegue. A umidade na calça está ficando fria. Ele literalmente sente o pau murchar para fugir dela. Ele se segura em um galho baixo e tenta se levantar de novo. O galho se quebra. Ele olha para o galho sem acreditar, sentindo-se um personagem de desenho animado, talvez o Coiote, e o joga para o lado. Quando faz isso, a mão de alguém se enfia sob a axila dele.

A surpresa é tão grande que ele quase solta um berro. E então Holly sussurra em seu ouvido:

— Vamos, Bill. Levante-se.

Com a ajuda dela, Hodges consegue ficar de pé. As luzes do chalé estão perto agora, a menos de quarenta metros seguindo em meio às árvores. Ele vê a neve no cabelo dela e salpicando as bochechas. De repente, se lembra do escritório de um vendedor de livros antigos chamado Andrew Halliday, e que ele, Holly e Jerome encontraram Halliday caído morto no chão. Ele mandou os dois esperarem do lado de fora, mas...

— Holly. Se eu pedisse para você voltar, você voltaria?

— Não. — Ela está sussurrando. Os dois estão. — Você provavelmente vai ter que atirar nele, e não vai conseguir chegar lá sem mim.

— Você devia ser meu plano B, Holly. Minha apólice de seguro.

O suor escorre pela pele dele como óleo. Graças a Deus o casaco é comprido. Ele não quer que Holly saiba que ele se mijou.

— *Jerome* é sua apólice de seguros — diz ela. — Sou sua parceira. Foi por isso que me trouxe, quer você saiba ou não. E é o que eu quero. O que sempre quis. Agora, vamos. Se apoie em mim. Vamos acabar com isso.

Eles se deslocam lentamente por entre as árvores. Hodges não acredita no quanto do peso dele ela está carregando. Eles param na beirada da clareira que circula a casa. Há dois aposentos iluminados. A julgar pelo brilho fraco vindo da janela mais próxima, Hodges acha que é a cozinha. Com uma única luz acesa lá, talvez a de cima do fogão. Na outra janela ele consegue ver o brilho irregular do que imagina ser uma lareira.

— É para lá que nós vamos — diz ele, apontando —, e daqui em diante, somos soldados da patrulha noturna. O que quer dizer que vamos ter que engatinhar.

— Você consegue?

— Consigo. — Talvez seja até mais fácil do que andar. — Está vendo aquele candelabro?

— Estou. Parece ser feito de ossos. Horrível.

— Ali é a sala e é onde ele deve estar. Se não estiver, vamos esperar que apareça. Se estiver segurando um dos Zappits, eu pretendo atirar nele. Nada de mãos ao alto, nada de deite-se com as mãos nas costas. Você tem algum problema com isso?

— De jeito nenhum.

Eles ficam de quatro. Hodges deixa a Glock no bolso do casaco por não querer que se encha de neve.

— Bill. — O sussurro dela é tão baixo que ele mal consegue ouvir por causa do sopro do vento.

Ele se vira para olhar para Holly. Ela está oferecendo uma das luvas para ele.

— É pequena demais — diz ele, e pensa em Johnnie Cochran dizendo: *Se a luva não cabe, ele não é culpado.* É uma loucura o que passa pela cabeça de uma pessoa numa hora dessas. Mas será que já houve alguma hora dessas na vida dele?

— Coloque mesmo assim — sussurra ela. — Você precisa manter a mão da arma aquecida.

Ela está certa, e ele consegue enfiar a luva quase toda. É curta demais para cobrir a mão inteira, mas os dedos estão protegidos, e é isso que interessa.

Eles engatinham, Hodges um pouco mais à frente. A dor ainda está lá, mas agora que ele não está mais de pé, a flecha na barriga está fumegando em vez de queimando.

Tenho que poupar as energias, ele pensa. *Só o suficiente.*

São doze a quinze metros da extremidade da clareira até a janela com o candelabro, e sua mão descoberta já está dormente quando eles chegam à metade do caminho. Ele não consegue acreditar que levou a melhor amiga para aquele lugar, naquele momento, engatinhando pela neve como crianças brincando de pique-esconde, a quilômetros de qualquer ajuda. Ele teve seus motivos, que fizeram sentido no hotel do aeroporto. Agora, nem tanto.

Ele olha para a esquerda, para a forma silenciosa do Malibu do Al da Biblioteca. Olha para a direita e vê uma pilha de lenha coberta de neve. Começa a virar a cabeça para a frente de novo, para a janela da sala, mas volta o olhar para a madeira, com os alarmes tocando um pouco tarde demais.

Há marcas na neve. O ângulo da margem do bosque o impedia de vê-las, mas elas estão muito claras agora. Vão dos fundos do chalé até a pilha de lenha. *Ele saiu pela porta da cozinha*, pensa Hodges. *Por isso a luz estava acesa lá. Eu deveria ter adivinhado. E teria, se não estivesse tão doente.*

Ele tenta pegar a Glock, mas a luva pequena demais o deixa lento, e quando ele finalmente a segura e tenta puxá-la, a arma fica presa no bolso. Enquanto isso, uma silhueta escura surgiu de detrás da pilha de lenha. A forma atravessa os cinco metros até eles em quatro grandes passadas. O rosto parece o de um alienígena em um filme de terror, sem feições além dos olhos redondos e projetados.

— *Holly, cuidado!*

Ela levanta a cabeça bem na hora que a coronha do Scar a acerta. Hodges ouve um estalo horrível, e Holly cai de cara na neve com os braços esticados para os dois lados: uma marionete com os fios cortados. Hodges tira a Glock do bolso na hora em que a coronha desce de novo. Ele sente e ouve o pulso quebrar; vê a Glock cair na neve e quase desaparecer.

Ainda de joelhos, Hodges olha para cima e vê um homem alto, bem mais alto do que Brady Hartsfield, de pé perto da forma imóvel de Holly. Ele está usando uma touca ninja preta e óculos de visão noturna.

Ele nos viu assim que saímos das árvores, Hodges pensa, sentindo-se estúpido. *Acho até que nos viu* nas *árvores, quando eu estava colocando a luva de Holly.*

— Olá, detetive Hodges.

Hodges não responde. Ele se pergunta se Holly ainda está viva e se vai se recuperar daquele golpe, se estiver. Mas claro que isso é besteira. Brady não vai dar a ela a chance de se recuperar.

— Você vai entrar comigo — diz o homem. — A questão é se vamos levá-la conosco ou deixá-la aqui para virar picolé. — E, como se tivesse lido a mente de Hodges (até onde Hodges sabe, ele é capaz de fazer isso): — Ah, ela ainda está viva, ao menos por enquanto. Consigo ver as costas dela subindo e descendo. Mas, depois de um golpe forte desses na cabeça e com a cara na neve, quem sabe por quanto tempo?

— Eu vou carregá-la — diz Hodges, e vai mesmo. Por mais que doa.

— Tudo bem. — Não houve pausa para ele pensar, e Hodges sabe que é o que Brady esperava e queria desde o início. Ele está um passo à frente. Sempre. E de quem é a culpa?

Minha. Só minha. É o meu castigo por bancar o Pistoleiro Solitário de novo... mas o que mais eu poderia fazer? Quem teria acreditado?

— Pegue ela — diz Brady. — Vamos ver se consegue. Porque, vou ter que dizer, você não me parece muito bem.

Hodges passa os braços embaixo de Holly. No bosque, ele não conseguiu se levantar depois que caiu, mas agora reúne todas as suas forças e se levanta com o corpo inerte nos braços. Ele cambaleia, quase cai antes de reencontrar o equilíbrio. A flecha ardente sumiu, foi incinerada no incêndio que agora queima dentro dele. Mas Hodges a abraça junto ao peito.

— Que ótimo — diz Brady com admiração genuína. — Agora vamos ver se você consegue chegar no chalé.

De alguma forma, Hodges consegue.

31

A madeira na lareira está queimando e espalhando um calor sufocante. Ofegante, com a neve no gorro emprestado derretendo e escorrendo pelo rosto, Hodges chega no meio da sala e fica de joelhos, tendo que aninhar o pescoço de Holly na dobra do cotovelo por causa do pulso quebrado, que está inchado como uma salsicha. Ele consegue impedir que a cabeça dela bata no piso de madeira, e isso é bom. A cabeça de Holly já sofreu bastante hoje.

Brady tirou o casaco, os óculos de visão noturna e a touca. O rosto é de Babineau e o cabelo branco é de Babineau (agora desgrenhado de forma incomum), mas aquele é Brady Hartsfield, sim. Qualquer dúvida que Hodges tivesse antes desapareceu.

— Ela tem uma arma?
— Não.

O homem com a aparência de Felix Babineau sorri.

— Vou fazer o seguinte, Bill: vou revistar os bolsos dela, e se encontrar uma arma, vou dar um tiro que vai enviar a bunda magra dela para outro estado. Que tal?

— É um... .38 — diz Hodges. — Ela é destra, então, se trouxe a arma, deve estar no bolso direito do casaco.

Brady se inclina, mantendo o Scar apontado para Hodges, com o dedo no gatilho e a coronha apoiada na lateral direita do peito. Ele encontra o revólver, examina rapidamente e o prende na cintura, nas costas. Apesar da dor e do desespero, Hodges acha uma graça amarga. Brady deve ter visto sujeitos maus fazerem isso em incontáveis programas de TV e filmes de ação, mas só funciona com automáticas, que são achatadas.

No tapete bordado, Holly solta um ronco do fundo da garganta. Um dos pés treme em um espasmo, depois fica parado.

— E você? — pergunta Brady. — Mais alguma arma? A popular arma escondida no tornozelo, talvez?

Hodges faz que não.

— Só por segurança, por que você não levanta a perna da calça para mim?

Hodges faz o que ele pede e mostra só os sapatos e meias encharcados e mais nada.

— Excelente. Agora tire o casaco e o jogue no sofá.

Hodges abre o casaco e consegue ficar em silêncio enquanto o tira, mas, quando o joga, uma chifrada de touro o perfura da virilha até o coração, e ele geme.

Babineau arregala os olhos.

— Dor de verdade ou de mentira? A julgar pela perda de peso impressionante, eu diria que é real. O que está rolando, detetive Hodges? O que está acontecendo com você?

— Câncer. No pâncreas.

— Ah, caramba, isso é horrível. Nem o Super-Homem consegue encarar isso. Mas, por sorte, eu posso encurtar seu sofrimento.

— Faça o que quiser comigo — diz Hodges. — Mas deixe ela em paz.

Brady olha para a mulher no chão com grande interesse.

— Por acaso essa é a mesma mulher que esmagou o que era minha cabeça? Ele acha graça da frase e ri.

— Não. — O mundo se tornou uma lente de câmera, se aproximando e se afastando a cada batimento acelerado do coração ajudado pelo marca-passo. — Foi Holly Gibney quem acertou você. Ela voltou a morar com os pais em Ohio. Essa é Kara Winston, minha assistente. — O nome aparece do nada, mas não há hesitação quando ele fala.

— Uma assistente que decidiu acompanhar você em uma missão que podia ser suicida? Acho meio difícil acreditar nisso.

— Eu lhe prometi um bônus. Ela precisa do dinheiro.

— E onde é que está seu negrinho cortador de grama?

Hodges pensa brevemente em falar a verdade para Brady: que Jerome voltou para a cidade, que sabe que Brady provavelmente foi para o chalé de caça de Babineau, que vai passar essa informação para a polícia em breve, se já não tiver passado. Mas qualquer uma dessas coisas vai impedir Brady? Claro que não.

— Jerome está fazendo trabalho voluntário no Arizona, construindo casas.

— Que socialmente consciente da parte dele. Uma pena. Eu estava torcendo para ele estar aqui. O quanto a irmã dele se machucou?

— Quebrou a perna. Vai estar de pé e andando a qualquer momento.

— Isso também é uma pena.

— Ela foi um dos seus testes, não foi?

— Ela recebeu um dos Zappits originais, sim. Eram doze. Como os doze apóstolos, você poderia dizer, saindo por aí para espalhar a palavra. Sente-se na cadeira em frente à TV, detetive Hodges.

— Prefiro não me sentar. Todos os meus programas favoritos passam na segunda-feira.

Brady dá um sorriso educado.

— Sente-se.

Hodges se senta, apoiando a mão boa na mesa ao lado da cadeira. O ato em si é sofrido, mas, quando ele consegue, ficar sentado é melhor. A TV está desligada, mas ele olha mesmo assim.

— Onde está a câmera?

— Na bifurcação. Acima das setas. Não precisa se sentir mal por não ter visto. Estava coberta de neve, sem nada aparecendo além da lente, e seus faróis já estavam desligados.

— Sobrou algo de Babineau dentro de você?

Ele dá de ombros.

— Uns pedacinhos. De vez em quando, ouço um gritinho da parte que acha que ainda está viva. Vai parar logo.

— Jesus — murmura Hodges.

Brady se apoia em um joelho, com o cano do Scar apoiado na coxa e ainda apontando para Hodges. Ele puxa a parte de trás do casaco de Holly e examina a etiqueta.

— H. Gibney — diz ele. — Escrito com caneta permanente. É muita organização. Não sai na lavagem. Gosto de uma pessoa que cuida das próprias coisas.

Hodges fecha os olhos. A dor está forte, e ele daria tudo que tem para se livrar dela e do que vai acontecer em seguida. Daria qualquer coisa para dormir, dormir, dormir. Mas abre os olhos de novo e se obriga a olhar para Brady, porque o show tem que continuar. É assim que funciona; o show sempre continua.

— Tenho um monte de coisas para fazer nas próximas quarenta e oito ou setenta e duas horas, detetive Hodges, mas vou adiar um pouco para lidar com você. Isso te faz se sentir especial? Pois deveria. Porque devo muito a você por foder com a minha vida.

— Você precisa lembrar que *você me* procurou — diz Hodges. — Foi você quem botou tudo em movimento com aquela carta estúpida e arrogante. Não eu. Você.

O rosto de Babineau, o rosto enrugado de um ator mais velho, fica sombrio.

— Talvez você tenha razão, mas veja quem está ganhando agora. Veja quem *venceu*, detetive Hodges.

— Se você chama de vencer fazer um bando de adolescentes burros e confusos cometerem suicídio, acho que você é o vencedor. Eu acho que fazer isso é tão desafiador quanto eliminar o arremessador no beisebol.

— É *controle*! Eu exerço *controle*! Você tentou me impedir e não conseguiu! Simplesmente não conseguiu! Muito menos ela! — Ele chuta a lateral de Holly. O corpo dela rola para o lado na direção da lareira, mas volta para a posição anterior. O rosto está cinzento, os olhos fechados estão fundos. — Ela me deixou melhor, na verdade! Melhor do que eu era!

— Então, pelo amor de Deus, *pare de chutá-la*! — grita Hodges.

A raiva e a empolgação de Brady fizeram o rosto de Babineau ficar vermelho. As mãos estão segurando o fuzil com força. Ele respira fundo duas vezes para se acalmar. E sorri.

— Tem uma quedinha pela srta. Gibney, é? — Ele a chuta de novo, dessa vez no quadril. — Você está comendo ela? É isso? Ela não é lá grande coisa, mas acho que um cara da sua idade tem que aceitar o que consegue. Sabe o que diziam? Coloque uma bandeira na cara dela e trepe em nome da pátria.

Ele chuta Holly de novo e mostra os dentes para Hodges no que talvez seja um sorriso.

— Você queria saber se eu estava comendo minha mãe, lembra? Em todas aquelas visitas que fez ao meu quarto, me perguntando se eu estava comendo a única pessoa que já me amou. Falando do quanto ela era gostosa, que era uma mãe gata. Perguntando se eu estava fingindo. Dizendo o quanto torcia para que eu estivesse sofrendo. E eu tinha que ficar sentado ali ouvindo.

Ele está se preparando para chutar Holly de novo. Para distraí-lo, Hodges diz:

— Teve uma enfermeira. Sadie MacDonald. Você a fez se matar? Foi você, não foi? Ela foi a primeira. Seu primeiro teste.

Brady gosta disso e mostra ainda mais do trabalho dentário caro do dr. Babineau.

— Foi fácil. Sempre é quando você consegue entrar e começa a mexer nas alavancas.

— Como você faz isso, Brady? Como entra na mente das pessoas? Como conseguiu comprar aqueles Zappits com a Sunrise Solutions e alterá-los? Ah, e o site, como o criou?

Brady ri.

— Você leu livros policiais demais em que o detetive inteligente faz o assassino maluco falar sem parar até a ajuda chegar. Ou até a atenção do assassino oscilar e o detetive conseguir roubar a arma. Acho que ninguém está vindo te ajudar, e você não parece capaz de lutar nem com um peixe dourado. Além do mais, você já sabe boa parte de tudo. Não estaria aqui se não soubesse. Freddi deu com a língua nos dentes e, sem querer parecer um vilão de desenho animado, ela vai pagar por isso. Em algum momento.

— Ela disse que não criou o site.

— Eu não precisava dela para isso. Fiz tudo sozinho, no escritório de Babineau, no laptop de Babineau. Em uma das minhas férias do quarto 217.

— E o...

— Cale a boca. Está vendo a mesa ao seu lado, detetive Hodges?

É de cerejeira, como o aparador, e parece cara, mas tem marcas nela toda, de copos colocados sem o uso de porta-copos. Os médicos donos daquele chalé devem ser meticulosos na sala de cirurgia, mas são relapsos ali. Em cima da TV agora estão o controle remoto e um porta-lápis de cerâmica em formato de crânio.

— Abra a gaveta.

Hodges abre. Dentro há um Zappit Commander cor-de-rosa, em cima de um *TV Guide* pré-histórico com Hugh Laurie na capa.

— Pegue e ligue.

— Não.

— Tudo bem, ótimo. Vou cuidar da srta. Gibney, então. — Ele baixa o cano do Scar e aponta para a nuca de Holly. — Essa coisa vai arrancar a cabeça dela. Será que vai voar até a lareira? Vamos descobrir.

— Tudo bem — diz Hodges. — Tá, tá, tá. Pare.

Ele pega o Zappit e encontra o botão no alto do aparelho. A tela de boas-vindas se acende; a haste do Z enche a tela. Ele é convidado a passar o dedo na tela e ter acesso aos jogos. Ele faz isso sem que Brady precise mandar. Suor escorre por seu rosto como óleo. Ele nunca sentiu tanto calor. O pulso quebrado lateja e pulsa.

— Está vendo o ícone do Pescaria?

— Sim.

Abrir o jogo Pescaria é a última coisa que ele quer fazer, mas quando a alternativa é ficar sentado ali, com o pulso quebrado e a barriga inchada, vendo uma série de balas de alto calibre separarem a cabeça de Holly de seu corpo magro, que escolha ele tem? Além do mais, ele leu que uma pessoa não pode ser hipnotizada contra sua vontade. É verdade que o aparelho de Dinah Scott quase o levou, mas ele não sabia o que estava acontecendo. Agora, ele sabe. E se Brady achar que ele está em transe e ele não estiver, talvez... só talvez...

— Tenho certeza de que você já sabe como funciona. — Os olhos de Brady estão brilhando e cheios de vida, os olhos de um garoto prestes a botar fogo em uma teia de aranha para ver o que a aranha vai fazer. Vai correr pela teia em chamas, procurando uma saída, ou vai pegar fogo? — Clique no ícone. Os peixes vão nadar e a música vai tocar. Clique nos peixes rosa e some os números. Para ganhar o jogo, você tem que marcar cento e vinte pontos em cento e vinte segundos. Se conseguir, vou deixar a srta. Gibney viver. Se não conseguir, vamos ver o que essa bela arma automática é capaz de fazer. Babineau a viu demolir uma pilha de blocos de concreto uma vez, então imagine o que vai fazer com carne.

— Você não vai deixar ela viver nem mesmo se eu marcar cinco mil pontos — diz Hodges. — Não acredito nisso nem por um segundo.

Os olhos azuis de Babineau se arregalam de ultraje fingido.

— Mas deveria! Tudo o que sou eu devo a essa vaca inconsciente caída na minha frente! O mínimo que posso fazer é poupar sua vida. Supondo que não esteja sofrendo de hemorragia cerebral e já esteja morrendo, claro. Agora pare de tentar ganhar tempo. Jogue o jogo. Seus cento e vinte segundos começam assim que seu dedo tocar no ícone.

Sem outra opção, Hodges clica no ícone. A tela fica preta. Então há um brilho azul tão intenso que o faz apertar os olhos, e os peixes aparecem, nadando de um lado para outro, subindo e descendo, atravessando, soltando trilhas prateadas de bolhas. A música começa a tilintar: *Vou nadar, pelo mar, pelo tão lindo mar...*

Só que não é *só* música. Tem palavras misturadas. E tem palavras nos brilhos azuis também.

— Dez segundos já se passaram — diz Brady.

Hodges clica em um peixe rosa e erra. Ele é destro, e cada movimento faz o latejar no pulso dele ficar bem pior, mas a dor lá não é nada em comparação à que o queima agora da virilha à garganta. Na terceira tentativa, ele acerta um rosinha — é assim que ele pensa naqueles peixes, rosinhas —, e o peixe vira o número cinco. Ele fala a contagem em voz alta.

— Só cinco pontos em vinte segundos? — pergunta Brady. — Você consegue fazer melhor do que isso, detetive.

Hodges clica mais rápido, com os olhos se movendo para a esquerda e para a direita. Ele não precisa mais apertar os olhos quando os brilhos azuis aparecem porque já se acostumou. E está ficando mais fácil. Os peixes parecem maiores agora, e também um pouco mais lentos. A música parece menos aguda. Mais encorpada, de alguma forma. *Eu vou convidar você pra nadar, ah, no tão lindo mar.* É a voz de Brady cantando junto com a música ou é sua imaginação? Não há tempo para pensar nisso agora. *Tempus* está *fugitindo*.

Ele pega um peixe sete, um quatro e depois, bingo!, um que vira um doze. Ele diz:

— Já estou em vinte e sete. — Mas isso está certo? Ele está perdendo a conta.

Brady não diz para ele se está certo.

— Faltam oitenta segundos. — Agora, a voz de Brady parece ter adquirido um leve eco, como se estivesse chegando a Hodges do final de um longo corredor. Enquanto isso, uma coisa maravilhosa está acontecendo: a dor na barriga está começando a diminuir.

Nossa, ele pensa. *A OMS deveria saber sobre isso.*

Ele pega outro rosinha. O rosinha vira um dois. Não é um número muito bom, mas ainda há muitos peixes. Muitos.

É nessa hora que ele começa a sentir algo como dedos mexendo delicadamente dentro de sua cabeça, e não é imaginação. Ele está sendo invadido. *Foi fácil*, Brady disse sobre a enfermeira MacDonald. *Sempre é quando você consegue entrar e começa a mexer nas alavancas.*

E quando Brady chegar nas alavancas *dele*?

Ele vai pular para dentro de mim do jeito que pulou para dentro de Babineau, Hodges pensa... apesar de esse pensamento ser agora como a voz e a música, está vindo do final de um longo corredor. No final desse corredor fica a porta do quarto 217, e a porta está aberta.

Por que ele ia querer fazer isso? Por que ia querer habitar um corpo tomado pelo câncer? Porque ele quer que eu mate Holly. Mas não com a arma, ele jamais me daria a arma. Ele vai usar minhas mãos para enforcá-la, com pulso quebrado e tudo. Depois, vai me deixar ver o que fiz.

— Você está melhorando, detetive Hodges, e ainda tem um minuto pela frente. Relaxe e continue clicando. É mais fácil quando você relaxa.

A voz não está mais ecoando por um corredor; apesar de Brady estar agora de pé bem na frente dele, a voz vem de uma galáxia muito, muito distante. Brady se inclina e olha, ansioso, para o rosto de Hodges. Só que há peixes nadando entre os dois. Rosinhas, azuizinhos e vermelhinhos. Porque Hodges está dentro do jogo agora. Só que na verdade é um aquário, ele é o peixe e logo vai ser comido. Comido vivo.

— Vamos lá, Billy-boy, clique nos peixes rosa!

Não posso deixar que ele entre em mim, pensa Hodges, *mas não consigo impedi-lo.*

Ele clica em um peixe rosa, que vira um nove, e não são só dedos que ele sente agora, mas outra consciência se espalhando pela sua mente. Está se espalhando como tinta em água. Hodges tenta lutar, mas sabe que vai perder. A força dessa personalidade invasora é incrível.

Eu vou me afogar. Me afogar no Pescaria. Me afogar em Brady Hartsfield. Vou nadar, pelo mar, pelo tão lindo m...

Uma vidraça se quebra ali perto. Vem seguida de um coro jubiloso de garotos gritando: "Foi um HOME RUN!".

O laço que une Hodges a Hartsfield é rompido pela pura e inesperada surpresa. Hodges dá um pulo na cadeira e olha enquanto Brady cai no sofá, os olhos arregalados e a boca escancarada de susto. O Victory .38 preso na cintura da calça só pelo cano curto (o cilindro não permite que vá mais fundo) cai e quica no tapete de pele de urso.

Hodges não hesita. Ele joga o Zappit na lareira.

— *Não faça isso!* — grita Brady, se virando. Ele levanta o Scar. — *Não faça porra nenhuma...*

Hodges pega a coisa mais próxima da mão, não o .38, mas o porta-lápis de cerâmica. Não tem nada errado com o pulso esquerdo dele, e a distância é curta. Ele o joga na cara roubada de Brady, joga com força, e a acerta bem no meio. O crânio de cerâmica se estilhaça. Brady grita, de dor, sim, mas mais de choque, e o nariz começa a sangrar. Quando tenta levantar o Scar, Hodges encolhe os pés, aguenta outra profunda chifrada de touro e acerta o peito de Brady. Ele cambaleia para trás, quase recupera o equilíbrio, mas tropeça em um pufe e cai para trás no tapete.

Hodges tenta se levantar da cadeira, mas só consegue virar a mesinha lateral. Ele está de joelhos na hora que Brady se levanta, pegando o Scar. Um tiro é disparado antes que ele consiga apontar para Hodges, e Brady grita de novo. Dessa vez, é pura dor. Ele olha sem acreditar para o próprio ombro, de onde sangue escorre por um buraco na camisa.

Holly está se sentando. Tem um hematoma grotesco acima do olho esquerdo, quase no mesmo lugar que o da testa de Freddi. O olho está vermelho, cheio de sangue, mas o outro está brilhante e alerta. Ela está segurando o Victory .38 com as duas mãos.

— *Atire nele de novo!* — grita Hodges. — *Atire de novo, Holly!*

Quando Brady se levanta, com uma das mãos sobre o ferimento no ombro e a outra ainda segurando o Scar, a boca aberta de descrença, Holly atira de novo. Essa bala sai alta demais e ricocheteia na chaminé de pedra acima do fogo ardente.

— Pare! — grita Brady, se abaixando. Ao mesmo tempo, tenta mirar o Scar. — Pare, sua va...

Holly dispara uma terceira vez. A manga da camisa de Brady treme, e ele grita. Hodges não sabe se a bala o perfurou, mas ao menos o acertou de raspão.

Hodges se levanta e tenta correr até Brady, que está fazendo um novo esforço para levantar o fuzil. O melhor que ele consegue é se arrastar.

— Você está na frente! — grita Holly. — *Bill, você está na frente, droga!*

Hodges cai de joelhos e abaixa a cabeça. Brady se vira e corre. O .38 dispara. Lascas de madeira voam do batente da porta trinta centímetros à direita de Brady. E então, ele some. A porta da frente se abre. O ar frio entra e faz o fogo oscilar.

— Eu errei! — grita Holly, em um lamento. — Burra e inútil! Burra e inútil!

Ela larga o Victory e dá um tapa no próprio rosto.

Hodges segura a mão dela antes que ela possa fazer isso de novo e se ajoelha ao seu lado.

— Não, você o acertou pelo menos uma vez, talvez duas. Você é o motivo de ainda estarmos vivos.

Mas por quanto tempo? Brady carregou aquela maldita arma, deve ter um pente ou dois extras, e Hodges sabe que ele não estava mentindo sobre a capacidade do Scar 17 de demolir blocos de concreto. Ele viu com seus próprios olhos um fuzil de assalto similar, o HK 416, fazer exatamente isso em uma galeria de tiro no interior do condado de Victory. Ele foi lá com Pete, e no caminho de volta eles fizeram piada dizendo que o HK devia ser a arma padrão da polícia.

— O que vamos fazer? — pergunta Holly. — O que a gente faz agora?

Hodges pega o .38 e abre o tambor. Ainda tem duas balas, e o revólver só serve para distâncias curtas. Holly está no mínimo com uma concussão, e ele está quase incapacitado. A verdade amarga é que eles tiveram uma chance, mas Brady escapou.

Ele a abraça.

— Não sei.

— Talvez a gente devesse se esconder.

— Acho que isso não funcionaria.

Ele não diz por que e fica aliviado de Holly não perguntar. É porque ainda tem um pouco de Brady dentro dele. Não deve durar muito, mas, no momento, pelo menos, Hodges desconfia que funciona como um farol.

32

Brady cambaleia pela neve que chega até a altura dos tornozelos, com os olhos arregalados de descrença, o coração de sessenta e três anos de Babineau batucando no peito. Ele está com um gosto metálico na língua, o ombro está queimando, e o pensamento se repetindo sem parar na cabeça dele é: *Aquela vaca, aquela vaca, aquela vaca imunda e sorrateira, por que eu não a matei quando tive a chance?*

O Zappit também já era. O bom e velho Zappit Zero, e foi o único que ele levou. Sem o aparelho, ele não tem como chegar às mentes das pessoas com Zappits ativos. Ele fica parado, ofegando, na frente do Cabeças e Peles, sem casaco no vento e na neve crescentes. A chave do carro de Z-Boy está no bolso, junto com outro pente do Scar, mas de que adianta a chave? Aquela lata-velha de merda não chegaria na metade da colina sem atolar.

Eu tenho que matá-los, ele pensa, *e não só porque eles me devem. O utilitário que Hodges usou para vir até aqui é a única saída, e ele ou a vaca devem estar com a chave. É possível que tenham deixado na ignição, mas é um risco que não posso correr.*

Além do mais, isso significaria deixá-los vivos.

Ele sabe o que tem que fazer e muda o controle do Scar para AUTOMÁTICO. Apoia a coronha da arma no ombro bom e começa a atirar, virando o cano da esquerda para a direita, mas se concentrando na sala principal, onde os deixou.

Os tiros acendem a noite e transformam a neve veloz em uma série de flashes. O som é ensurdecedor. Janelas explodem. Tábuas caem da fachada como morcegos em revoada. A porta da frente, deixada entreaberta em sua fuga, voa para trás, bate na parede e volta só para ser empurrada novamente. O rosto de Babineau está contorcido em uma expressão de ódio eufórico que é toda de Brady Hartsfield, e ele não ouve o rugido de um motor que se aproxima nem o barulho de esteiras de aço atrás.

33

— *Abaixe-se!* — grita Hodges. — *Holly, se abaixe!*

Ele não espera para ver se Holly vai obedecer ou não, pula em cima dela e cobre o corpo dela com o seu. Acima deles, a sala é uma tempestade de fragmentos, vidro quebrado e lascas de pedra da chaminé voando para todos os lados. Uma cabeça de alce cai da parede em cima da lareira. Um olho de vidro foi estilhaçado por uma bala Winchester, e o bicho parece estar piscando para eles. Holly grita. Várias garrafas no aparador explodem, liberando o fedor de uísque e gim. Uma bala acerta um pedaço de lenha em chamas dentro da lareira, partindo-o em dois e gerando uma tempestade de fagulhas.

Que ele só tenha um pente, Hodges pensa. *E, se ele mirar para baixo, que acerte em mim e não em Holly.* Só que uma bala Winchester .308 vai atravessar os dois, e ele sabe.

Os tiros param. Ele está recarregando ou acabou?

— Bill, sai de cima de mim, não consigo respirar!

— Melhor não — diz ele. — Eu...

— O que é isso? Que som é esse? — E então, respondendo sua própria pergunta: — Tem alguém vindo!

Agora que os ouvidos estão começando a trabalhar melhor, Hodges também escuta. Primeiro, ele pensa que deve ser o neto de Thurston, em uma das motos de neve que o coroa mencionou, prestes a ser assassinado por tentar bancar o bom samaritano. Mas talvez não. O motor que se aproxima parece pesado demais para uma moto de neve.

Uma intensa luz amarelada entra pelas janelas quebradas como holofotes de um helicóptero da polícia. Mas não é helicóptero nenhum.

34

Brady está carregando o outro pente quando finalmente registra o rugido e os estalos do veículo se aproximando. Ele se vira, com o ombro ferido latejando como um dente infeccionado, na hora em que uma silhueta enorme aparece na estrada que leva à propriedade. Os faróis o deixam atordoado. Sua sombra, comprida na neve cintilante, pula conforme a coisa se aproxima da casa coberta de tiros, jogando jorros de neve para trás com as esteiras especializadas. E não está indo só na direção da casa. Está indo para cima *dele*.

Ele aperta o gatilho, e o Scar recomeça a trovejar. Agora consegue ver uma espécie de máquina de neve com uma cabine laranja bem acima das esteiras. O para-brisa explode na hora que alguém pula para fora pela porta aberta do lado do motorista.

A monstruosidade continua se aproximando. Brady tenta correr, mas os mocassins caros de Babineau escorregam. Ele tenta recuperar o equilíbrio enquanto olha para os faróis que se aproximam e cai de costas. O invasor laranja surge no seu campo de visão. Ele vê uma esteira de metal girando na direção dele. Tenta empurrá-la para longe, como às vezes empurrava os objetos do quarto (a persiana, o cobertor, a porta do banheiro), mas é como tentar impedir o ataque de um leão com uma escova de dentes. Ele levanta a mão e abre a boca para gritar. Antes que consiga, a esteira esquerda do Tucker Sno-Cat rola por cima de sua barriga e abre suas entranhas.

35

Holly não tem nenhuma dúvida em relação à identidade do salvador deles e não hesita. Ela corre pela sala coberta de buracos de bala e sai pela porta da frente, gritando o nome dele sem parar. Jerome parece que foi polvilhado com açúcar de confeiteiro quando se levanta. Ela está chorando e rindo quando se joga nos braços dele.

— Como você soube? Como soube que tinha que vir?

— Eu não sabia — diz ele. — Foi Barbara. Quando liguei para dizer que estava indo para casa, ela me disse que eu tinha que ir atrás de vocês, senão Brady os mataria... só que ela chamou de "a Voz". Estava muito nervosa.

Hodges está andando na direção dos dois a passos arrastados, mas está perto o bastante para ouvir isso e lembra que Barbara disse a Holly que parte da voz-suicídio ainda estava dentro dela. *Como um rastro de gosma*, ela falou. Hodges entende o que ela quis dizer, porque ainda está com um pouco dessa porcaria nojenta na cabeça. Talvez Barbara ainda tivesse ligação suficiente para saber que Brady estava esperando por eles.

Ou, caramba, talvez tenha sido pura intuição feminina. Hodges é antiquado e ainda acredita nessas coisas.

— Jerome. — A palavra sai em um gemido rouco. — Meu rapaz.

Seus joelhos falham. Ele começa a cair. Jerome se solta do abraço mortal de Holly e passa um braço ao redor de Hodges antes que ele atinja o chão.

— Você está bem? Quer dizer... Sei que você não está bem, mas levou um tiro?

— Não. — Hodges coloca o braço nos ombros de Holly. — E eu devia saber que você viria. Os dois não têm nada na cabeça.

— Não dava para dividir a banda antes do último show, dava? — diz Jerome. — Vamos levar você para...

Um som animalesco vem da esquerda deles, um gemido gutural que luta para se transformar em palavras e não consegue.

Hodges está mais exausto agora do que em qualquer outro momento na vida, mas anda na direção do gemido de qualquer forma. Porque...

Porque sim, oras.

Qual foi a palavra que ele usou com Holly no caminho até ali? Encerramento?

O corpo destroçado de Brady está aberto até os ossos da coluna. As entranhas estão espalhadas ao redor como as asas de um dragão vermelho. Poças de sangue quente afundam na neve. Mas os olhos estão abertos e cientes, e de repente Hodges consegue sentir aqueles dedos de novo. Dessa vez, não estão só remexendo de forma preguiçosa. Agora estão desesperados, tentando se agarrar. Hodges os afasta com a mesma facilidade com que aquele funcionário limpador de chão empurrou a presença daquele homem de sua mente.

Ele cospe Brady como se descartasse uma semente de melancia.

— Me ajudem — sussurra Brady. — Vocês têm que me ajudar.

— Acho que você já passou do ponto de ser ajudado — diz Hodges. — Você foi atropelado, Brady. Atropelado por um veículo extremamente pesado. Agora você sabe como é. Não sabe?

— Dói — sussurra Brady.

— É — diz Hodges. — Imagino que sim.

— Se você não pode me ajudar, me mate.

Hodges estica a mão, e Holly coloca o Victory .38 nela como uma enfermeira passando um bisturi para o médico. Ele rola o tambor e tira uma das balas que sobraram. Em seguida, o fecha de novo. Apesar de estar sentindo dor por todo o corpo, uma dor infernal, Hodges se ajoelha e coloca a arma do pai na mão de Brady.

— Faça você mesmo — diz ele. — É o que você sempre quis.

Jerome fica ali perto, para o caso de Brady decidir usar aquele último tiro em Hodges. Mas ele não usa. Brady tenta apontar a arma para a cabeça. Não consegue. O braço treme, mas não levanta. Ele geme de novo. Sangue escorre pelo lábio inferior e pelos dentes bem cuidados de Felix Babineau. *Quase daria para sentir pena dele*, Hodges pensa, *se você não soubesse o que ele fez no City Center, o que tentou fazer no auditório Mingo e a máquina de suicídio que botou em funcionamento hoje*. Essa máquina vai reduzir a velocidade e parar agora que o operário principal está fora de jogada, mas vai engolir mais alguns jovens deprimidos antes do fim. Hodges tem certeza disso. O suicídio pode não ser indolor, mas é contagioso.

Daria para sentir pena dele se ele não fosse um monstro, Hodges pensa.

Holly se ajoelha, levanta a mão de Brady e coloca o cano da arma na têmpora dele.

— Agora, sr. Hartsfield — diz ela. — Você tem que fazer o resto sozinho. E que Deus tenha misericórdia da sua alma.

— Espero que não — comenta Jerome. No brilho dos faróis do Sno-Cat, o rosto dele está duro como pedra.

Por um longo momento, os únicos sons são o ronco do motor enorme do veículo e o vento cada vez mais forte da tempestade Eugenie.

Holly diz:

— Ah, Deus. O dedo dele não está nem no gatilho. Um de vocês tem que me ajudar. Acho que não consigo...

E então, um disparo.

— O último truque de Brady — diz Jerome. — Caramba.

36

Não tem como Hodges conseguir voltar ao Expedition, mas Jerome consegue ajudá-lo a subir na cabine do Sno-Cat. Holly se senta ao lado dele, do lado de fora. Jerome vai para trás do volante e bota o veículo em movimento. Apesar de recuar e dar uma volta longe do corpo de Babineau, ele diz para Holly não olhar até eles estarem no alto da primeira colina.

— Estamos deixando marcas de sangue.

— Eca.

— Correto — diz Jerome. — Eca está correto.

— Thurston me disse que tinha motos de neve — diz Hodges. — Não falou nada sobre um caminhão.

— É um Tucker Sno-Cat, e você não ofereceu seu cartão de crédito como garantia. Sem mencionar um excelente Jeep Wrangler que me trouxe até aqui, no meio do nada, muito bem, obrigado.

— Ele está mesmo morto? — pergunta Holly. O rosto pálido está virado para Hodges, e o galo enorme na testa parece pulsar. — De verdade?

— Você o viu colocar uma bala no cérebro.

— É, mas está mesmo? De verdade mesmo?

A resposta que ele não vai dar é "não, ainda não". Não enquanto o rastro de gosma que ele deixou na cabeça de Deus sabe quantas pessoas não for limpo pela capacidade impressionante do cérebro de se curar. Mas, em uma semana, no máximo um mês, Brady terá partido.

— Está — diz ele. — E Holly? Obrigado por programar aquele alerta de mensagens de texto. Dos garotos e o *home run*.

Ela sorri.

— Qual era? A mensagem?

Hodges tira o celular com dificuldade do bolso do casaco, lê e diz:

— Caramba. — Ele começa a rir. — Eu esqueci.

— O quê? Mostra, mostra, mostra!

Ele inclina o celular para ela poder ler a mensagem que sua filha, Alison, mandou para ele da Califórnia, onde o sol sem dúvida está brilhando:

FELIZ ANIVERSÁRIO, PAPAI! 70 ANOS E AINDA FORTÃO! ESTOU INDO AO MERCADO, LIGO MAIS TARDE. BJS, ALLIE

Pela primeira vez desde que Jerome voltou do Arizona, Tyrone Feelgood Delight faz uma aparição.

— Cê tá fazendo setentão, seu Hodges? Caraca! Parece que tem, estourando, uns meia cinco!

— Pare, Jerome — diz Holly. — Sei que você acha engraçado, mas esse jeito de falar é ignorante e bobo.

Hodges ri. Dói quando ele ri, mas não consegue evitar. Ele se agarra à consciência durante todo o caminho até o Thurston Garage; até consegue dar umas tragadas leves no baseado que Holly acende e passa para ele. E então, a escuridão começa a chegar.

Acho que chegou a hora, ele pensa.

Feliz aniversário para mim, ele pensa.

E então, ele apaga.

DEPOIS

Quatro dias depois

Pete Huntley tem menos familiaridade com o Kiner Memorial do que seu velho parceiro, que fez muitas peregrinações até ali para visitar um residente antigo que agora faleceu. Pete precisa parar duas vezes (uma na recepção e uma no departamento de oncologia) para localizar o quarto de Hodges, e, quando entra, está vazio. Tem um amontoado de balões com FELIZ ANIVERSÁRIO, PAI preso na grade, flutuando até quase o teto.

Uma enfermeira coloca a cabeça lá dentro, o vê olhando para a cama vazia e dá um sorriso.

— No solário, no final do corredor. Estão fazendo uma festinha. Acho que você chegou a tempo.

Pete segue para lá. O solário tem uma claraboia e é cheio de plantas, talvez para alegrar os pacientes, talvez para oferecer um pouco mais de oxigênio, talvez as duas coisas. Perto de uma parede, quatro pessoas estão jogando baralho. Duas são carecas e uma está com soro intravenoso. Hodges está sentado diretamente abaixo da claraboia, distribuindo fatias de bolo para seu grupo: Holly, Jerome e Barbara. Kermit parece estar deixando a barba crescer, branca como neve, e Pete tem uma lembrança rápida de ir ao shopping com os filhos ver o Papai Noel.

— Pete! — exclama Hodges, sorrindo. Ele começa a se levantar, e Pete faz sinal para ele se sentar. — Junte-se a nós, coma um pedaço de bolo. Allie trouxe da Padaria Batool. Sempre foi o lugar favorito dela quando era criança.

— Onde ela está? — pergunta Pete, puxando uma cadeira e colocando ao lado de Holly. Ela está com um curativo do lado esquerdo da testa, e Barbara, com a perna engessada. Só Jerome parece sadio e forte, e Pete sabe que o garoto quase não escapou de virar carne moída naquele chalé de caça.

— Ela voltou para a Califórnia hoje de manhã. Dois dias foi o máximo que conseguiu. Mas vai tirar três semanas de férias em março e disse que vai voltar. Se eu precisar dela, claro.

— Como você está se sentindo?

— Nada mau — diz Hodges. Ele desvia o olhar para o alto e para a esquerda, mas só por um segundo. — Tenho três oncologistas trabalhando no meu caso, e os primeiros exames são promissores.

— Que fantástico! — Pete pega o pedaço de bolo que Hodges está oferecendo a ele. — É grande demais.

— Seja homem e coma — diz Hodges. — Escute, quanto a você e Izzy...

— Nós nos resolvemos — afirma Pete. Ele dá uma garfada. — Ei, que gostoso. Não tem nada como bolo de cenoura com cobertura de cream cheese para causar um pico nos níveis de açúcar no sangue.

— Então a festa de aposentadoria está...

— Está de pé. Oficialmente, nunca foi cancelada. Ainda estou contando com você para o primeiro brinde. E lembre-se...

— Sei, sei, sua ex-mulher e a atual estarão lá, nada pesado demais. Pode deixar, pode deixar.

— Só quero que isso fique bem claro.

O pedaço de bolo grande demais está ficando menor. Barbara observa a ingestão rápida com fascinação.

— Estamos encrencados? — pergunta Holly. — Estamos, Pete, estamos?

— Não — responde ele. — Tudo tranquilo. Foi isso que vim dizer a vocês.

Holly se recosta com um suspiro de alívio que levanta a franja grisalha da testa.

— Aposto que culparam Babineau por tudo — comenta Jerome.

Pete aponta com o garfo de plástico para Jerome.

— Você está certo, jovem guerreiro Jedi.

— Vocês talvez estejam interessados em saber que o famoso titereiro Frank Oz fez a voz de Yoda — diz Holly, e olha em volta. — Bem, *eu* acho interessante.

— Achei esse bolo interessante — responde Pete. — Posso comer mais um pouco? Só mais uma fatiazinha?

Barbara faz as honras, e é bem mais do que uma fatiazinha, mas Pete não protesta. Ele dá uma garfada e pergunta como ela está.

— Bem — diz Jerome antes que ela possa responder. — Ela tem um namorado. Um garoto chamado Dereece Neville. Astro do basquete.

— Cala a boca, Jerome, ele não é meu namorado.

— Ele te visita como um namorado — diz Jerome. — Estou falando de todos os dias desde que você quebrou a perna.

— A gente tem muito em comum — explica Barbara, solene.

— Voltando a Babineau — continua Pete —, a administração do hospital tem algumas imagens das câmeras de segurança dele entrando por uma porta dos fundos na noite que a esposa foi assassinada. Ele colocou uniforme da manutenção. Deve ter arrombado um armário. Ele sai, volta quinze ou vinte minutos depois, coloca novamente as roupas com que chegou e vai embora.

— Não tem mais nenhuma imagem? — pergunta Hodges. — Tipo no Balde?

— É, tem alguma coisa, mas não dá para ver o rosto dele porque está com um boné do Groundhogs, e não tem nenhuma imagem dele entrando no quarto de Hartsfield. Um advogado de defesa pode conseguir alguma coisa com isso, mas como Babineau não vai ser julgado...

— Todo mundo está cagando — conclui Hodges.

— É. A polícia da cidade e a do estado estão felizes da vida de deixar que ele carregue o peso. Izzy está feliz, e eu também. Eu poderia perguntar, cá entre nós, se foi mesmo Babineau que morreu no bosque, mas não quero saber.

— E como o Al da Biblioteca se encaixa nesse cenário? — pergunta Hodges.

— Não encaixa. — Pete coloca o prato de papelão de lado. — Alvin Brooks se matou ontem à noite.

— Ah, Jesus — diz Hodges. — Enquanto estava em County?

— É.

— Não o colocaram em vigília por risco de suicídio? Depois disso tudo?

— Colocaram, e nenhum dos detentos deveria ter qualquer coisa capaz de cortar ou perfurar, mas ele conseguiu uma caneta esferográfica, de alguma forma. Um guarda pode ter dado a caneta para ele, mas é mais provável que tenha sido outro detento. Ele desenhou Zs por todas as paredes, na cama e em si mesmo. Depois, pegou o cartucho de metal da carga e usou para...

— Pare — pede Barbara. Ela está muito pálida na luz invernal que entra pela claraboia. — A gente entendeu.

— Então a ideia é... o quê? — pergunta Hodges. — Que ele era cúmplice de Babineau?

— Que caiu sob a influência dele — diz Pete. — Ou talvez os dois tenham caído sob a influência de alguém, mas não vamos entrar nesse assunto, está bem? O ponto no qual se concentrar agora é que vocês três estão limpos. Não vai ter citação desta vez, nem serviços municipais de graça...

— Tudo bem — diz Jerome. — Holly e eu ainda temos pelo menos quatro anos de passes de ônibus.

— Não que você use o seu já que nunca está na cidade — diz Barbara. — Você devia me dar.

— É intransferível — responde Jerome com arrogância. — É melhor eu ficar com ele. Não ia querer que você arrumasse confusão com a lei. Além do mais, logo você vai começar a sair com Dereece. Só não vá muito longe, se entende o que quero dizer.

— Você está sendo infantil. — Barbara se vira para Pete. — Quantos suicídios foram registrados?

Pete suspira.

— Catorze nos últimos cinco dias. Nove tinham Zappits, que agora estão tão mortos quanto os donos. O mais velho tinha vinte e quatro anos, e o mais novo, treze. Um era um garoto de uma família que era, de acordo com os vizinhos, bem esquisita no que diz respeito à religião. Do tipo que faz os fundamentalistas cristãos parecerem liberais. Ele também matou os pais e o irmão mais novo. A tiros.

Os cinco ficam em silêncio por um momento. À mesa da esquerda, os jogadores caem na gargalhada por alguma coisa.

Pete rompe o silêncio.

— E houve mais de quarenta tentativas.

Jerome assovia.

— Pois é. Não saiu no jornal e as estações de TV estão omitindo a informação, até mesmo a Assassinato e Caos. — Esse é o apelido da polícia para a WKMM, uma estação indie que leva a sério a ideia de que *Se tem sangue, dá audiência.* — Mas é claro que muitas dessas tentativas, talvez até a maioria, acabam sendo comentadas nas mídias sociais, e isso alimenta o assunto ainda mais. Eu odeio esses sites. Mas isso vai passar. Suicídios em série sempre passam.

— É — diz Hodges. — Mas, com ou sem as mídias sociais, com Brady ou sem ele, o suicídio é um fato da vida.

Ele olha para os jogadores de cartas quando diz isso, principalmente os dois carecas. Um parece bem (assim como Hodges parece bem), mas o outro está cadavérico e com os olhos fundos. Com um pé na sepultura e o outro na casca de banana, o pai de Hodges teria dito. E o pensamento que ocorre a ele é complicado demais, carregado demais com uma mistura de raiva e dor para que seja articulado. É sobre a forma como algumas pessoas jogam fora o que outros venderiam a alma para ter: um corpo saudável e sem dor. E por quê? Porque estão cegos demais, traumatizados demais ou voltados demais para si mesmos para ver além da curva escura da Terra até o próximo nascer do sol. É só continuar respirando.

— Mais bolo? — pergunta Barbara.

— Não. Tenho que ir. Mas gostaria de assinar seu gesso, se você permitir.

— Claro — diz Barbara. — E escreva alguma coisa brilhante.

— Isso vai muito além do nível salarial de Pete — comenta Hodges.

— Cuidado com a boca, *Kermit*. — Pete se apoia em um joelho, como um pretendente prestes a fazer um pedido de casamento, e começa a escrever com cuidado no gesso de Barbara. Quando termina, ele se levanta e olha para Hodges. — Agora me diga a verdade sobre como está se sentindo.

— Estou ótimo. Me deram um adesivo que controla a dor bem melhor do que os comprimidos, e vou receber alta amanhã. Mal posso esperar para dormir na minha própria cama. — Ele faz uma pausa. — Eu vou vencer essa coisa.

Pete está esperando o elevador quando Holly o alcança.

— Foi muito importante para Bill você ter vindo e também o fato de ainda querer que ele faça o brinde.

— A situação não está tão boa, está? — pergunta Pete.

— Não. — Ele estica os braços para abraçá-la, mas Holly dá um passo para trás. Porém, permite que ele segure sua mão e aperte rapidamente. — Não muito.

— Merda.

— É, merda. Merda mesmo. Ele não merece isso. Mas como não há escapatória, precisa dos amigos ao lado. Você vai ficar ao lado dele, não vai?

— Claro que sim. E não conte com ele fora da jogada ainda, Holly. Onde tem vida, há esperança. Sei que soa clichê, mas...

Ele dá de ombros.

— Eu *tenho* esperança. Tenho muita.

Não dá para dizer que ela continua esquisita como antes, Pete pensa, *mas Holly é peculiar*. Ele meio que gosta disso, na verdade.

— Mas cuide para que o tal brinde seja adequado, está bem?

— Pode deixar.

— E ele viveu mais que Hartsfield. Independentemente do que aconteça, é uma vitória.

— Nós sempre teremos Paris — diz Holly imitando a voz de Bogart.

Sim, ela é peculiar. Única, na verdade.

— Escute, Gibney, você também precisa se cuidar. Aconteça o que acontecer. Ele odiaria se você não se cuidasse.

— Eu sei — diz Holly, e volta para o solário, onde ela e Jerome vão arrumar os restos da festa de aniversário. Ela diz para si mesma que não é necessariamente a última e tenta se convencer disso. Não consegue totalmente, mas continua a ter esperança.

Oito meses depois

Quando Jerome aparece em Fairlawn dois dias depois do enterro — às dez em ponto, como prometido —, Holly já está lá, de joelhos sobre o túmulo. Ela não está rezando; está plantando um crisântemo. Não levanta o rosto quando a sombra dele aparece acima dela. Ela sabe quem é. Foi o que os dois combinaram quando ela disse a ele que não sabia se conseguiria ir ao enterro. "Eu vou tentar, mas não sou boa com essas malditas coisas. Pode ser que eu tenha que ficar de fora", disse ela.

— Isso se planta no outono — diz Holly. — Não sei muito sobre plantas, então comprei um guia. O texto é mais ou menos, mas as instruções são fáceis de seguir.

— Que bom. — Jerome se senta de pernas cruzadas no gramado ao lado do túmulo.

Holly ajeita a terra com as mãos, ainda sem olhar para ele.

— Eu falei que talvez precisasse ficar de fora. Todos ficaram me olhando quando fui embora, mas não consegui ficar. Se eu tivesse ficado, iam querer que eu ficasse de pé na frente do caixão e falasse sobre ele, mas eu não podia. Não na frente de todas aquelas pessoas. Aposto que a filha dele está com raiva.

— Duvido muito — diz Jerome.

— Eu *odeio* enterros. Vim para cá por causa de um, você sabia?

Jerome sabe, mas não diz nada. Só deixa que ela termine.

— Minha tia morreu. Ela era mãe de Olivia Trelawney. Foi lá que eu conheci Bill, naquele enterro. Também fugi daquele. Eu estava sentada atrás da funerária, fumando um cigarro e me sentindo péssima, e foi lá que ele me encontrou. Você entende? — Finalmente, ela olha para ele. — Ele me *encontrou.*

— Eu entendo, Holly. Entendo mesmo.

— Ele abriu uma porta para mim. Uma porta para o mundo. Ele me deu um objetivo. Algo com significado.

— Foi a mesma coisa comigo.

Ela seca os olhos quase com raiva.

— Isso tudo é um cocô.

— É, mas ele não ia querer que você regredisse. É a última coisa que ele iria querer.

— Eu não vou — afirma ela. — Você sabe que ele deixou a empresa para mim, não é? O dinheiro do seguro e tudo mais foi para Allie, mas a empresa é minha. Não consigo cuidar dela sozinha, então perguntei a Pete se ele queria trabalhar para mim. Só meio período.

— E ele disse...?

— Ele disse que sim, porque a aposentadoria já estava um saco. Deve ficar tudo bem. Vou procurar os caloteiros e trapaceiros pelo computador, e ele que vai atrás. Ou vai entregar as intimações, se for o caso. Mas não vai ser como era. Trabalhar para Bill... trabalhar *com* Bill... foram os dias mais felizes da minha vida. — Ela pensa nisso. — Acho que os únicos dias felizes da minha vida. Eu me sentia... sei lá...

— Valorizada? — sugere Jerome.

— É. Valorizada.

— Você devia mesmo se sentir assim — diz Jerome —, porque você foi muito valiosa. Ainda é.

Ela dá uma última olhada crítica à planta, limpa a terra das mãos e dos joelhos da calça e se senta ao lado dele.

— Ele foi corajoso, não é? Até o fim.

— É.

— Aham. — Ela dá um sorrisinho. — Bill teria dito isso. Não "é", mas "aham".

— Aham — concorda ele.

— Jerome, você passaria o braço pelo meu ombro?

Ele passa.

— Quando conheci você, quando descobrimos o programa que Brady colocou no computador da minha prima Olivia, eu tive medo de você.

— Eu sei.

— Não por você ser negro...

— Ser negro é maneiro — diz Jerome, sorrindo. — Acho que concordamos sobre isso desde o começo.

— ... mas porque você era um estranho. Você era de *fora*. Eu tinha medo das pessoas de fora e das coisas de fora. Ainda tenho, mas não tanto quanto na época.

— Eu sei.

— Eu o amava — diz Holly, olhando para o crisântemo. É de um tom laranja-avermelhado intenso na base da lápide, que tem uma mensagem simples: KERMIT WILLIAM HODGES e, embaixo das datas, ÚLTIMO TURNO. — Eu o amava muito.

— Sim — diz Jerome. — Eu também.

Ela olha para ele, com o rosto tímido e esperançoso; por baixo da franja grisalha, é quase o rosto de uma criança.

— Você vai ser meu amigo para sempre, não vai?

— Sempre. — Ele aperta os ombros dela, que estão dolorosamente magros. Durante os dois meses finais de Hodges, ela perdeu cinco quilos que não podia perder. Ele sabe que sua mãe e Barbara estão ansiosas para alimentá-la. — Sempre, Holly.

— Eu sei — diz ela.

— Então por que perguntou?

— Porque é muito bom ouvir você dizer isso.

O último turno, Jerome pensa. Ele odeia como soa, mas está certo. Está certo. E isso é melhor do que o enterro. Estar ali com Holly nessa manhã ensolarada de verão é bem melhor.

— Jerome, eu não estou fumando.

— Que bom.

Eles ficam em silêncio por um tempinho, olhando para as cores intensas do crisântemo na base da lápide.

— Jerome.

— O quê, Holly?

— Quer ver um filme comigo?

— Quero — responde ele, e depois se corrige: — Aham.

— Vamos deixar uma poltrona vazia entre nós. Só para colocar a pipoca.

— Tá.

— Porque eu odeio colocar a pipoca no chão, onde talvez tenha baratas ou até ratos.

— Eu também odeio. O que você quer ver?

— Um filme que faça a gente rir muito.

— Por mim, está ótimo.

Ele sorri para ela. Holly retribui o sorriso. Eles vão embora de Fairlawn e voltam andando juntos para o mundo.

30 de agosto de 2015

NOTA DO AUTOR

Agradeço a Nan Graham, que editou este livro, e a todos os meus outros amigos na Scribner, incluindo (mas não se limitando a) Susan Moldow, Roz Lippel e Katie Monaghan. Agradeço a Chuck Verrill, meu agente de longa data (importante) e amigo de longa data (ainda mais importante). Agradeço a Chris Lotts, que vende os direitos internacionais dos meus livros. Agradeço a Mark Levenfus, que supervisiona essas negociações e fica de olho na Haven Foundation, que ajuda artistas freelancers a conseguirem oportunidades no mercado, e na King Foundation, que ajuda escolas, bibliotecas e quartéis de bombeiros de cidades pequenas. Agradeço a Marsha DeFilippo, minha competente assistente, e a Julie Eugley, que faz tudo que Marsha não faz. Eu estaria perdido sem elas. Agradeço ao meu filho, Owen King, que leu o manuscrito e deu sugestões valiosas. Agradeço a minha esposa, Tabitha, que também contribuiu com sugestões valiosas... inclusive com o que acabou sendo o título certo.

Um agradecimento especial a Russ Dorr, que trocou a carreira de médico-assistente para se tornar meu guru de pesquisa. Ele se superou neste livro e me ensinou com paciência como programas de computador são criados, como podem ser alterados e como podem ser disseminados. Sem Russ, *Último turno* teria sido um livro bem inferior. Tenho que acrescentar que, em alguns casos, mudei deliberadamente vários protocolos de computação para servirem à minha ficção. Os conhecedores desses detalhes vão reparar nisso, mas não tem problema. Só não culpem Russ.

Uma última coisa: *Último turno* é um livro de ficção, mas a alta taxa de suicídios, tanto nos Estados Unidos quanto em muitos outros países onde meus livros são lidos, é real. O número da Prevenção Nacional ao Suicídio que aparece neste livro também é real. Se você estiver se sentindo um cocô (como Holly Gibney diria), ligue para eles. Porque as coisas podem melhorar, e, se você der uma chance, normalmente melhoram.

Stephen King

1ª EDIÇÃO [2016] 9 reimpressões

ESTA OBRA FOI COMPOSTA PELA ABREU'S SYSTEM EM ADOBE GARAMOND
E IMPRESSA EM OFSETE PELA GEOGRÁFICA SOBRE PAPEL PÓLEN NATURAL
DA SUZANO S.A. PARA A EDITORA SCHWARCZ EM FEVEREIRO DE 2024

A marca FSC® é a garantia de que a madeira utilizada na fabricação do papel deste livro provém de florestas que foram gerenciadas de maneira ambientalmente correta, socialmente justa e economicamente viável, além de outras fontes de origem controlada.